Un hiver scintillant

NORA ROBERTS

Un hiver scintillant

Traduit de l'anglais (États-Unis) par
KARINE XARAGAI
JEANNE DESCHAMP

Harper
Collins
POCHE

Titres originaux :
HOME FOR CHRISTMAS
IRISH ROSE
BOUNDARY LINES

HARPERCOLLINS FRANCE

83-85, boulevard Vincent-Auriol, 75646 PARIS CEDEX 13
Tél. : 01 42 16 63 63

www.harpercollins.fr

ISBN 979-1-0339-0296-6

UNE FAMILLE POUR NOËL

1

Tant de choses peuvent changer en dix ans ! Jason Law s'y était préparé. Dans l'avion qui l'emmenait loin de Londres, il avait songé à toutes les différences qu'il allait trouver, et sa réflexion s'était poursuivie le long de l'interminable route qui serpentait du nord de Boston jusqu'à Quiet Valley, New Hampshire, 326 habitants — du moins quand il en était parti, dix ans auparavant. Une décennie ne s'écoulait pas sans apporter son lot de changements, même dans ce coin perdu de Nouvelle-Angleterre. Il devait y avoir eu des naissances et des décès. Maisons et boutiques avaient sûrement changé de main. Peut-être certaines avaient-elles même disparu…

Pour la énième fois depuis qu'il avait pris sa décision, Jason se trouva stupide d'être retourné voir son village natal. Après tout, il y avait fort à parier que personne ne le reconnaîtrait. Le garçon rebelle de vingt ans, frêle d'épaules et vêtu d'un jean râpé, revenait aujourd'hui sous les traits d'un homme ayant appris entre-temps à troquer la révolte contre l'arrogance de la réussite. S'il avait conservé sa silhouette élancée, celle-ci était désormais mise en valeur par des costumes sur mesure de Savile Row et de la 7e Avenue. En dix ans, le garçon désespéré, bien décidé à se faire un nom, s'était métamorphosé en homme content de lui — du moins en apparence. Car ce qui n'avait pas changé en dix ans, c'était sa nature profonde. Il était toujours en quête de ses racines, de sa véritable place. C'était la raison de sa venue à Quiet Valley.

La route décrivait toujours les mêmes courbes et zigzags à travers bois, franchissait des montagnes, exactement comme le jour où il l'avait empruntée dans la direction opposée, à bord d'un Greyhound. Le sol disparaissait sous la neige, ici parfaitement lisse, là plus cahoteux, aux endroits où des congères s'étaient formées sur les rochers. Dans le soleil, les arbres scintillaient de blancheur. Ce paysage lui avait-il manqué ? Il avait passé un hiver enfoncé dans la neige jusqu'à la taille, sur la cordillère des Andes. Un autre à suffoquer sous l'impitoyable soleil d'Afrique. Les années se confondaient mais bizarrement, sur dix ans, il se souvenait de tous les endroits où il avait passé Noël, bien qu'il ne l'ait jamais fêté. La route se rétrécit et décrivit un large virage. Il pouvait voir les montagnes couvertes de pins et saupoudrées de blanc. Oui, tout cela lui avait manqué.

La lumière du soleil se réverbérait violemment sur les amas de neige. Il mit ses lunettes de soleil, ralentit, puis s'arrêta, mû par une subite impulsion. Lorsqu'il descendit de voiture, son haleine forma des bouffées blanches dans l'air glacé. Le froid lui picota la peau mais il ne boutonna pas son manteau et ne fouilla pas ses poches à la recherche de ses gants. Il avait besoin de retrouver cette sensation. Respirer cet air rare et glacial, c'était comme inhaler des milliers de minuscules épingles. Jason parcourut les quelques mètres qui le séparaient du haut de la crête et laissa son regard plonger en contrebas, sur Quiet Valley.

Il était né dans ce village, il y avait grandi. C'est là qu'il avait fait connaissance avec le malheur — et qu'il était tombé amoureux. Même d'ici, il apercevait la maison de Faith — ou plutôt la maison de ses parents, se corrigea-t-il, et la même bouffée de rage familière l'envahit. Elle devait vivre ailleurs désormais, avec son mari, ses enfants…

Voyant qu'il serrait les poings, il se força consciencieusement à détendre ses mains. En dix ans, il avait poussé à l'extrême sa faculté de canaliser ses émotions, il en avait fait tout un art. S'il arrivait à se maîtriser dans son travail, où il rendait compte de la famine, de la guerre et des souffrances, il pouvait bien s'appliquer cette discipline à lui-même. Les sentiments qu'il avait éprouvés pour Faith étaient ceux d'un adolescent. Il était un homme aujourd'hui et, quant à elle, elle faisait partie de son enfance, au même titre que Quiet Valley. Il avait fait plus de huit mille kilomètres rien que pour se le prouver. Faisant demi-tour, il revint à sa voiture et entreprit de descendre la montagne.

De loin, sous son manteau de neige, Quiet Valley, nichée entre montagne et forêt, ressemblait à une toile de Currier & Ives. Mais en approchant du village, c'est un paysage moins idyllique et plus accessible qui s'offrit à lui. La peinture des premières maisons isolées s'écaillait par endroits. Les barrières ployaient sous la neige. Il découvrit de nouvelles habitations là où jadis s'étendaient des champs à perte de vue. Le changement. Il s'y était pourtant préparé…

De la fumée s'échappait des cheminées. Des enfants et des chiens gambadaient dans la neige. Un coup d'œil à sa montre lui indiqua qu'il était 3 h 30. L'école était finie, et cela faisait quinze heures qu'il voyageait. Le plus judicieux était d'aller voir si l'auberge du coin, la Valley Inn, existait encore et d'y prendre une chambre. Un sourire flotta sur ses lèvres : était-ce toujours le vieux M. Beantree qui tenait l'auberge ? Combien de fois Beantree lui avait-il seriné qu'il ne ferait jamais rien de bon dans la vie ? Aujourd'hui, Jason revenait nanti d'un Pulitzer et d'un Overseas Press Award pour lui prouver le contraire.

A présent, les habitations étaient plus rapprochées les unes des autres et il les reconnut. La demeure des Bedford, la maison de Tim Hawkin, celle de la veuve Merchant. Il ralentit de nouveau en passant devant la coquette maison en bardeaux bleus de la veuve. Celle-ci n'avait pas changé la couleur de la façade, remarqua-t-il, et il en fut bêtement ravi. Et devant, le vieil épicéa du jardin était déjà orné de rubans rouge vif… Cette femme s'était montrée bonne envers lui. Il n'avait pas oublié les chocolats chauds qu'elle lui préparait et l'oreille bienveillante qu'elle lui prêtait tandis qu'il discourait pendant des heures sur les voyages qu'il comptait faire, sur les endroits qu'il rêvait de voir. Quand il était parti de Quiet Valley, la veuve affichait soixante-dix ans bien sonnés, mais c'était une femme robuste, native de Nouvelle-Angleterre. Il y avait des chances pour qu'il la retrouve dans sa cuisine, en train d'alimenter patiemment son fourneau à bois tout en écoutant son cher Rachmaninov.

Les rues du village étaient nettes et dégagées. Les habitants de Nouvelle-Angleterre sont des gens pratiques et, songea-t-il, de nature aussi rude que le socle rocheux sur lequel ils s'étaient fixés. Comme prévu, le village n'avait pas changé. La quincaillerie Railings se trouvait toujours à l'angle de la rue principale et le bureau de poste occupait toujours un bâtiment en briques pas plus grand qu'un garage. La sempiternelle guirlande rouge courait d'un réverbère à l'autre, comme dans ses souvenirs de jeunesse, à la saison des fêtes. Des enfants confectionnaient un bonhomme de neige devant la maison des Litner. Les enfants de qui ? se demanda Jason. Il scruta les cache-nez rouges et les bottes brillantes, sachant que parmi ces enfants se trouvaient peut-être ceux de Faith. De nouveau la rage le submergea et il détourna le regard.

L'enseigne de la Valley Inn avait été repeinte, mais c'était bien la seule différence visible sur le bâtiment en pierre de deux étages. L'allée avait été nettoyée à fond et des deux cheminées s'échappait de la fumée en épaisses volutes. Il dépassa l'auberge, malgré lui. Il avait autre chose à faire en priorité, il le savait depuis le début. Il aurait pu tourner à l'angle de la rue, rouler jusqu'au croisement et revoir la maison où il avait grandi. Mais il n'en fit rien.

Presque au bout de Main Street, il y aurait une maison blanche et proprette, plus grande que la plupart des autres habitations, avec deux grandes baies vitrées et une large véranda. C'est là que Tom Monroe avait emmené sa toute jeune épouse. Un journaliste de l'envergure de Jason savait comment dénicher ce genre d'info. Peut-être Faith avait-elle mis aux fenêtres les rideaux en dentelle qui lui plaisaient. Tom lui avait sûrement acheté les jolis services à thé en porcelaine dont elle rêvait. Il devait avoir comblé toutes ses attentes.

Au bout de dix ans, Jason avait encore du mal à le digérer. Néanmoins, il s'exhorta au calme tout en se garant le long du trottoir. Faith et lui avaient été amis jadis, et même amants, brièvement. Il avait eu d'autres maîtresses depuis, et elle un mari. Mais il se souvenait encore d'elle à dix-huit ans : ravissante, douce et passionnée. Elle avait voulu le suivre, mais il avait refusé. Elle lui avait promis de l'attendre, mais elle ne l'avait pas fait. Il inspira profondément et descendit de voiture.

La maison était pimpante. Derrière la grande baie vitrée qui donnait sur la rue trônait un arbre de Noël, bien vert et croulant sous les décorations dans la lumière du jour. De nuit, il devait se parer d'un scintillement magique. Jason n'avait aucun doute là-dessus : Faith avait toujours cru dur comme fer au miracle de Noël.

Planté sur le trottoir, il s'aperçut qu'il luttait contre la peur. Il avait couvert des guerres et interviewé des terroristes, mais jamais il n'avait senti une appréhension semblable à celle qui lui tordait l'estomac en ce moment, debout sur ce petit trottoir balayé par la neige, face à une maison d'une blancheur immaculée, avec ses buissons de houx de part et d'autre de la porte d'entrée. Il pouvait toujours faire demi-tour. Il n'avait pas besoin de la revoir. Elle était sortie de sa vie. Puis, il vit les rideaux en dentelle aux fenêtres et son ancien ressentiment remonta à la surface, au moins aussi fort que sa peur.

Comme il s'engageait dans l'allée, une petite fille apparut en courant à l'angle de la maison, précédant de peu une boule de neige lancée avec adresse. La fillette se jeta à terre, roula et esquiva le projectile. Une seconde plus tard, elle s'était relevée et répliquait en lançant une autre boule de neige de toutes ses forces.

— En plein dans le mille, Jimmy Harding !

Dans un cri, elle se retourna en courant et fonça droit dans Jason.

— Oh, pardon !

Elle leva les yeux vers lui avec une grimace, couverte de neige de la tête aux pieds. Jason se crut revenu des années en arrière.

La gamine était le sosie de sa mère. Ses mèches brun foncé s'échappaient de sa capuche et retombaient à la diable sur ses épaules. Son petit visage triangulaire était mangé par des yeux bleus pétillants d'espièglerie. Mais c'était son sourire, ce même sourire qui semblait tout prendre à la légère, qui lui serra le cœur. Bouleversé, il recula d'un pas tandis que la petite fille brossait de la main la neige qui la recouvrait tout en le scrutant d'un œil aigu :

— C'est la première fois que je vous vois.

Il glissa les mains dans ses poches. « Mais moi, je t'ai déjà vue », songea-t-il.

— Oui. Tu habites ici ?

— Oui, mais pour la boutique, il faut faire le tour, c'est de l'autre côté.

Floc ! Une boule de neige s'écrasa à ses pieds. Elle haussa le sourcil d'un air très étudié.

— C'est Jimmy, expliqua-t-elle du ton d'une femme excédée par un soupirant. Il sait pas viser… La boutique est de l'autre côté, répéta-t-elle en se baissant pour confectionner une autre boule de neige. Vous n'avez qu'à entrer.

Elle fila, une boule de neige dans chaque main. Jimmy ne se doutait pas de ce qui l'attendait…

La fille de Faith. Il ne lui avait pas demandé son nom et il faillit la rappeler. Aucune importance. De toute façon, il ne resterait que quelques jours avant de repartir pour son prochain reportage. Il ne faisait que passer. Pour remettre les compteurs à zéro, c'est tout.

Il rebroussa chemin et fit le tour de la maison. Quel genre de boutique Tom pouvait-il bien tenir ? De toute façon, mieux valait le voir lui en premier. Il s'en délectait presque d'avance.

Le petit atelier auquel il s'attendait s'avéra en fait être un cottage victorien miniature. Le traîneau devant la boutique contenait deux poupées grandeur nature vêtues de chapeaux haut de forme et de bonnets de laine, de capes et de bottines. Au-dessus de la porte était accrochée une enseigne fantaisie peinte à la main et qui portait l'inscription : « La Maison de Poupée ». Jason poussa la porte qui s'ouvrit dans un tintement de clochettes.

— Je suis à vous tout de suite.

En entendant sa voix, Jason sentit le sol se dérober sous ses pieds. Mais il devait faire face. Il ne pouvait pas faire autrement. Otant ses lunettes noires, il les fourra dans sa poche et regarda autour de lui.

Des meubles d'enfant étaient disposés dans la boutique à la manière d'un petit salon douillet. Des poupées de toutes formes, de toutes tailles et de tous styles occupaient les chaises, les tabourets, les étagères et les placards. Devant une cheminée pour lutin où dansaient des flammes, une grand-mère poupée était assise, vêtue d'un bonnet et d'un tablier en dentelle. L'illusion était si forte que Jason s'attendait presque à la voir se balancer sur le rocking-chair.

— Pardon de vous avoir fait attendre.

Une poupée en porcelaine dans une main et un voile de mariée dans l'autre, Faith passa le seuil.

— J'étais en plein…

Elle se figea et le voile s'échappa de sa main. Sans un bruit, il voltigea jusqu'à terre. La couleur se retira du visage de Faith, donnant par contraste un reflet presque violet à ses yeux d'un bleu profond. En réaction — ou peut-être par réflexe de défense —, elle serra la poupée contre sa poitrine.

— Jason.

2

Dans l'encadrement de la porte, éclairée par la faible lumière hivernale qui filtrait chichement des minuscules fenêtres, elle était encore plus ravissante que dans ses souvenirs. Il avait espéré que cela serait différent. Il avait espéré que dans ses rêves il aurait exagéré sa beauté, comme souvent dans les fantasmes. Mais elle était là, en chair et en os, et si merveilleuse qu'il en fut saisi. C'est peut-être pour cela que son sourire se fit cynique et qu'il s'adressa à elle d'une voix plutôt froide.

— Salut, Faith.

Elle était pétrifiée sur place. Il l'avait piégée comme il l'avait déjà fait tant d'années auparavant. Il ne l'avait pas su à l'époque et elle n'allait pas le lui avouer maintenant. Elle lutta pour ne pas se laisser submerger par l'émotion qu'elle réprimait depuis si longtemps au fond de son cœur, et elle y parvint.

— Comment vas-tu ? réussit-elle à articuler, les mains crispées autour de la poupée.

— Bien.

Il alla vers elle. Dieu ! Que c'était bon de voir cette lueur de panique au fond de ses yeux… Dieu ! Quelle torture de sentir qu'elle avait toujours le même parfum… Doux, frais, plein d'innocence.

— Tu es superbe, lâcha-t-il d'un ton nonchalant, l'air presque blasé.

— Tu es vraiment la dernière personne que je m'attendais à voir entrer ici.

Du moins avait-elle appris à ne plus l'attendre… Bien décidée à se maîtriser, elle relâcha son emprise sur la poupée.

— Depuis quand es-tu ici ?

— Quelques jours à peine. Ça m'a pris brusquement.

Elle rit en espérant ne pas lui sembler exagérément nerveuse.

— Comme toujours. Nous lisons beaucoup d'articles sur toi. Tu as réussi à voir tous les endroits dont tu rêvais.

— Et d'autres encore.

Elle se détourna pour s'accorder une pause, fermer les yeux et se remettre de ses émotions.

— Tu as fait la une quand tu as décroché le Pulitzer. M. Beantree s'est pavané dans tout le village comme s'il avait été ton mentor. « Un gars bien, ce Jason Law, disait-il, j'ai toujours su qu'il deviendrait quelqu'un. »

— J'ai vu ta fille.

C'était sa plus grande peur, son plus grand espoir, le rêve auquel il avait renoncé bien des années plus tôt. Faith se baissa pour ramasser le voile d'un geste nonchalant.

— Clara ?

— Là, dehors. Elle était sur le point de faire sa fête à un certain Jimmy.

— Oui, c'est bien Clara.

Un sourire illumina aussitôt son visage, étonnamment identique à celui de sa fille.

— C'est une redoutable adversaire, précisa-t-elle. Elle aurait voulu ajouter « comme son père » mais n'osa pas.

Il y avait trop à dire, trop de choses qui ne pouvaient être exprimées. Jason mourait d'envie de tendre la main vers elle pour la toucher. La toucher ne serait-ce qu'une fois pour se rappeler l'impression que cela faisait.

— Je vois que tu as tes rideaux en dentelle.

Elle se sentit envahie de regrets. Elle aurait préféré des fenêtres nues, des murs vides.

— Oui, j'ai mes rideaux en dentelles et toi, ta vie de baroudeur.

— Et cette boutique, ajouta-t-il en promenant de nouveau son regard autour de la pièce. Quand tout cela a-t-il commencé ?

« Je vais tenir le coup, se promit-elle, je vais supporter cette conversation, ces horribles banalités. »

— J'ai ouvert la boutique il y a presque huit ans maintenant.

Il saisit une poupée de chiffon dans un couffin.

— Alors, comme ça, tu vends des poupées… C'est un passe-temps ?

Quelque chose brilla au fond des yeux de Faith. Une certaine force.

— Non, c'est mon travail. Je les vends, je les répare, et parfois même j'en fabrique.

— Ton travail ? s'étonna-t-il en reposant la poupée, et le sourire qu'il lui adressa n'avait rien à voir avec de la bonne humeur. J'ai du mal à imaginer Tom approuvant que sa femme monte sa propre affaire.

— Vraiment ?

La conversation prenait un tour pénible, mais Faith installa la poupée en porcelaine sur un comptoir et entreprit d'ajuster le voile sur sa tête.

— Tu as toujours été perspicace, Jason, mais il y a longtemps que tu es parti.

Elle le dévisagea par-dessus son épaule d'un regard où ne se lisait plus ni force ni nervosité. Un regard froid, c'est tout.

— Oui, bien longtemps, répéta-t-elle. Tom et moi avons divorcé il y a huit ans. Aux dernières nouvelles, il vivait à Los Angeles. Tu vois, lui non plus n'avait guère de goût pour les petits villages. Ni pour les filles de la campagne.

Jason fut remué par un tourbillon d'émotions indéfinissables qu'il préféra ignorer pour l'instant. L'amertume constituait une parade plus aisée.

— On dirait que tu as tiré le mauvais numéro, Faith.

Elle rit de nouveau, mais froissa le voile dans sa main.

— On dirait, en effet.

— Tu ne m'as pas attendu, laissa-t-il échapper malgré lui.

Il s'en voulut et lui en voulut à elle aussi.

— Tu étais parti.

Elle se tourna lentement et joignit les mains.

— Je t'avais dit que je reviendrais. Je t'avais dit que je viendrais te chercher dès que possible.

— Tu ne m'as jamais téléphoné ni écrit. Pendant trois mois j'ai…

— Trois mois ? s'exclama-t-il, ulcéré, en la saisissant par les bras. Après tout ce que nous nous étions promis, tout ce que nous espérions toi et moi, trois mois, c'est tout ce que tu étais prête à m'accorder ?

Elle l'aurait volontiers attendu toute sa vie, mais elle n'avait pas eu le choix. Luttant pour conserver une voix calme, elle le regarda droit dans les yeux. Il avait toujours le même regard : intense, impatient.

— Je ne savais pas où tu étais. Même ça, tu me l'as refusé.

Elle se dégagea de son emprise car elle éprouvait pour lui le même désir que jadis.

— J'avais dix-huit ans et tu étais parti.

— Et Tom était là.

Elle le fixa d'un air de défi.

— Et Tom était là, oui. Ça fait dix ans, Jason, et en dix ans tu ne m'as pas écrit une seule fois. Pourquoi maintenant ?

— Je me suis posé la même question, murmura-t-il, et il sortit, la laissant seule avec ses poupées.

Faith avait toujours eu des aspirations trop fantaisistes. Petite fille, elle rêvait de blancs destriers et de pantoufles de vair. Il lui fallait faire face tous les jours à la réalité d'une famille où l'on compensait le manque d'argent par un redoublement de fierté. Ses rêves, en revanche, ne se limitaient pas à la nuit.

Elle était tombée amoureuse de Jason à l'âge de huit ans, alors qu'il en avait dix : il était bravement venu à bout de trois garçons qui l'avaient jetée à terre dans la neige. Oui, ils avaient dû s'y mettre à trois. Encore aujourd'hui Faith y repensait avec un sentiment de satisfaction. Mais c'est le souvenir de Jason volant à son secours avec rage, dispersant ses adversaires, qui était encore le plus vivace à son esprit. Il était fluet à l'époque, et portait un manteau trop grand pour lui et rapiécé aux coudes. Elle se rappelait ses yeux baissés sur elle, d'un brun si sombre sous ses sourcils froncés de contrariété. La neige recouvrait ses cheveux blond clair et donnait des couleurs à son visage. Elle avait plongé ses yeux dans ce regard et était tombée amoureuse. Il avait marmonné quelque chose à son intention, lui avait tendu la main pour l'aider à se remettre debout, et l'avait grondée pour s'être attiré des ennuis. Puis, il était parti la tête haute, ses mains nues enfoncées dans les poches de son manteau trop grand pour lui.

De toute son enfance et son adolescence, jamais elle n'avait regardé un autre garçon. Bien sûr, de temps en temps elle faisait semblant de s'intéresser à quelqu'un d'autre, mais c'était dans l'espoir que Jason Law jette un regard sur elle.

Puis, à seize ans, sa mère lui avait cousu une robe pour le bal du printemps donné à la mairie, et il l'avait enfin remarquée. Lui et plusieurs autres garçons, et toute la soirée Faith avait flirté outrageusement avec un seul but en tête : Jason Law. Maussade et provocateur, il l'avait regardée danser tour à tour avec chacun des garçons. Elle avait tout fait pour cela. De même qu'elle avait veillé à le regarder droit dans les yeux avant de sortir prendre l'air. Il l'avait suivie, exactement comme elle l'avait espéré. Elle avait fait des manières. Il s'était montré mal élevé. Et il l'avait raccompagnée chez elle sous une pleine lune rebondie.

Il y avait eu d'autres balades après ce soir-là — au printemps, en été, à l'automne et en hiver. Ils s'aimaient comme seuls s'aiment les adolescents, avec insouciance, innocence, sans penser au lendemain. Elle lui confiait ses envies de maison remplie d'enfants, de rideaux de dentelle et de tasses en porcelaine. Il lui parlait de sa passion pour les voyages, de son désir de tout voir pour ensuite en rendre compte par écrit. Elle savait qu'il étouffait dans ce petit village, bridé par un père sans amour et qui ne lui laissait que peu d'espoir. De son côté, il savait qu'elle rêvait de pièces paisibles décorées de fleurs dans des vases en cristal. Mais ils étaient attirés l'un par l'autre et mêlaient tous leurs rêves en un seul.

Puis, par une belle nuit d'été où l'air embaumait le doux parfum des herbes sauvages, ils avaient cessé d'être des enfants et leur amour avait cessé d'être innocent.

— Maman, tu es encore dans la lune…

— Comment ?

De l'eau savonneuse jusqu'aux coudes, Faith se retourna. Sa fille se tenait sur le seuil de la cuisine, douillettement enveloppée dans une robe de chambre en flanelle qui lui arrivait jusqu'au menton. Avec ses cheveux fraîchement brossés et son visage rutilant de propreté, on aurait dit un ange. Mais Faith ne s'y trompa pas.

— En effet. Tu as fini tes devoirs ?

— Oui… C'est nul d'avoir des devoirs à faire alors que c'est presque les vacances.

— A qui le dis-tu !

— Tu es de mauvais poil, constata Clara en considérant la boîte à cookies d'un œil fixe. Tu devrais aller te balader.

— Un seul, déclara Faith, décryptant sans mal les intentions de sa fille. Et n'oublie pas de te laver les dents ensuite.

Elle attendit que Clara ait plongé la main dans la boîte.

— Tu as vu un homme cet après-midi ? Grand avec des cheveux blonds ?

— Hon-hon, répondit Clara, la bouche pleine, en se tournant vers sa mère. Il venait vers la maison, alors je l'ai envoyé vers la boutique.

— Est-ce que… Est-ce qu'il t'a dit quelque chose ?

— Pas vraiment. Au début, il m'a regardée d'un drôle d'air, comme s'il me connaissait. Tu le connais, toi ?

Le cœur de Faith se mit à cogner calmement sur un rythme monotone et elle se sécha les mains.

— Oui. Il vivait ici il y a longtemps.

— Ah… Jimmy aime bien sa voiture.

Aurait-elle droit à un second cookie ?

— Je pense que je vais aller faire cette balade, Clara, mais je veux que tu ailles te coucher.

Reconnaissant le ton de sa mère, Clara comprit que le cookie devrait attendre.

— Je peux recompter les cadeaux sous l'arbre ?

— Tu les as déjà comptés et recomptés une dizaine de fois.

— Il y en a peut-être un nouveau ?

Faith la souleva de terre en riant.

— Aucune chance.

Puis elle sourit et porta Clara jusque dans le salon.

— Mais ça ne peut pas faire de mal de les compter une fois de plus.

Elle sortit dans l'air glacé à l'odeur de neige. Pourquoi fermer la porte à clé dans un village où elle connaissait tout le monde ? Resserrant son manteau autour d'elle, elle jeta un regard derrière elle en direction de la fenêtre du premier étage où dormait sa fille. Si, contre toute attente, sa maison n'était pas froide, si sa vie n'était pas vide, c'était grâce à Clara.

Elle avait laissé les lumières du sapin allumées, et les décorations colorées qui encadraient la porte lançaient des éclats festifs. Encore quatre jours avant Noël, songea-t-elle, et la magie était déjà de retour, comme chaque année. De l'endroit où elle se trouvait, le village avait le charme d'une carte postale avec ses guirlandes lumineuses, sa place avec l'arbre au sommet duquel brillait une étoile, ses réverbères allumés. Elle sentait la fumée des cheminées et l'odeur envahissante du pin.

A certains, le village pouvait sembler trop tranquille, ennuyeux diraient d'autres. Mais Faith y avait bâti sa vie avec sa fille. Elle avait altéré le cours de sa vie pour s'adapter à celle de Clara, et cela lui convenait tout à fait.

Pas de regret, se dit-elle en lançant un dernier regard en direction de la fenêtre de sa fille. Non, aucun.

Au cours de sa promenade, le vent se leva légèrement. Il y aurait de la neige à Noël. Elle le sentait. Elle attendait cela avec impatience, brusquement ramenée au présent.

— Tu aimes toujours te balader ?

3

Avait-elle su qu'elle tomberait sur lui ? Peut-être. Peut-être même l'avait-elle secrètement espéré…

— Certaines choses ne changent pas, répondit-elle simplement tandis que Jason se joignait à elle.

— Un après-midi m'a suffi pour m'en rendre compte.

Il songea au village qui n'avait pratiquement pas changé. Et aux sentiments qu'il éprouvait pour la femme qui marchait à son côté.

— Où est ta fille ?

— Elle dort.

Il était plus calme que l'après-midi, et bien décidé à le rester.

— Je ne t'ai pas demandé si tu avais d'autres enfants ?

— Non.

Il perçut une note de regret dans sa voix, à peine un soupir.

— Je n'ai que Clara.

— Pourquoi as-tu choisi ce prénom ?

Faith sourit. C'était bien de lui de poser des questions auxquelles personne n'aurait songé.

— Ça vient de *Casse-Noisette*. Je voulais qu'elle sache rêver.

Comme elle-même. Enfonçant les mains dans ses poches, elle se morigéna intérieurement : ils n'étaient que deux vieux amis traversant un paisible village.

— Tu es à l'auberge ?

— Oui… (Amusé, Jason se frotta la poitrine.) Beantree s'est chargé lui-même de me monter mes bagages.

— Le gars du coin qui a réussi…

Elle se tourna vers lui pour le regarder. En un sens, c'était plus facile en se baladant ainsi. Etrange, quand elle l'avait revu, c'est l'image du jeune garçon qui s'était imposée à elle. Mais à présent, elle voyait l'homme. Ses cheveux avaient légèrement foncé, mais ils restaient très blonds. Ils n'étaient plus en bataille, mais coupés dans un style négligé très séduisant, qui laissait quelques mèches retomber sur son front. Il avait des traits si fins, avec ces pommettes saillantes… un visage qui l'avait toujours fascinée. Et sa bouche, toujours pleine, mais qui désormais affichait un pli dur qu'elle n'avait pas autrefois.

— Car tu as réussi, n'est-ce pas ? Tu as réalisé tous tes rêves.

— Presque tous.

Son regard croisa le sien et elle sentit tous ses anciens désirs affluer en elle.

— Et toi, Faith ?

Elle secoua la tête et continua à marcher, les yeux tournés vers le ciel.

— Je n'ai jamais eu autant d'aspirations que toi, Jason.

— Tu es heureuse ?

— Si l'on n'est pas heureux, c'est qu'on l'a bien cherché.

— C'est trop facile.

— Je n'ai pas vu les choses que tu as vues. Je n'ai pas eu à affronter les situations que tu as eu à gérer. Je suis quelqu'un de simple, Jason. C'était bien là le problème, n'est-ce pas ?

— Non.

Il se tourna vers elle et fit glisser ses mains sur son visage. Il ne portait pas de gants et ses doigts se réchauffèrent au contact de sa peau.

— Mon Dieu ! Tu n'as pas changé.

Comme elle restait parfaitement immobile, il passa

la main dans ses cheveux, puis redescendit le long des pointes qui lui frôlaient les épaules.

— Des centaines de fois j'ai évoqué ton image au clair de lune. Tu étais exactement comme ce soir.

— J'ai changé, Jason, protesta-t-elle, troublée. Et toi aussi.

— Certaines choses ne changent pas, lui rappela-t-il avant de céder au désir qui l'embrasait.

Quand sa bouche effleura la sienne, il sut qu'il s'était retrouvé. Tous ses souvenirs, toutes ces choses qu'il croyait perdues lui appartenaient de nouveau. Faith était douce et sentait le printemps même si autour d'eux le sol était saupoudré de neige. Sa bouche était consentante, comme la première fois qu'il avait goûté à ses lèvres. Il n'aurait su dire pourquoi, lui-même ne se l'expliquait pas, mais chaque femme qu'il avait tenue dans ses bras n'avait été que l'ombre du souvenir qu'il gardait de Faith. A présent, elle était bien réelle, blottie entre ses bras, et lui offrant ce bonheur qu'il avait oublié.

Juste une fois, se promit-elle en se fondant contre son corps. Juste encore une fois. Comment aurait-elle pu savoir que sa vie souffrait d'un tel manque ? Elle avait voulu tirer un trait sur cette partie de sa vie qui incluait Jason, tout en sachant que c'était impossible. Elle avait tenté de se convaincre que leur histoire n'était qu'une passion de jeunesse, un engouement de petite fille, mais c'était un mensonge et elle le savait. Il n'y avait jamais eu personne d'autre que lui, elle n'avait de souvenirs que d'un seul homme, et des désirs, des rêves à moitié oubliés.

Mais à cet instant, ce n'était pas un fantôme du passé qui l'enlaçait, mais bel et bien Jason, aussi réel et ardent qu'autrefois. Tout en cet homme lui était si familier : le goût de ses lèvres sur les siennes, la douceur de ses cheveux quand elle fit courir ses doigts dans ses mèches blondes, l'odeur virile, brute et sauvage, qui avait toujours été la sienne, même petit garçon. Il murmura son prénom et l'attira davantage à lui, comme si les années essayaient de les séparer de nouveau.

Elle l'enlaça, aussi consentante et fougueuse, aussi éprise que la dernière fois qu'il l'avait tenue entre ses bras. Le vent leur fouettait les chevilles, soulevant des nuages de neige tandis que le clair de lune les gardait enlacés.

Mais le passé était loin, se souvint-elle en reculant d'un pas. Et demain n'était pas encore là. Elle vivait dans le présent et c'était cela qu'il lui fallait maintenant affronter. Elle n'était plus une enfant, sans responsabilités et gonflée d'un amour si immense qu'il éclipsait tout le reste. Elle était une femme avec une enfant à élever et un foyer à créer. Jason, lui, était un nomade. Il n'avait jamais prétendu être autre chose.

— Toi et moi, c'est fini, Jason, dit-elle, mais elle lui abandonna sa main une seconde encore. C'est fini depuis longtemps.

— Non, répliqua-t-il, et il la saisit par le bras avant qu'elle n'ait pu s'écarter. Ce n'est pas fini. C'est pourtant ce que j'ai voulu croire, et j'étais revenu ici pour me le prouver à moi-même. J'ai passé la moitié de ma vie à être obsédé par toi, Faith. Ça ne sera jamais fini.

— Tu m'as quittée. (Les larmes qu'elle s'était promis de ne pas verser débordèrent de ses yeux.) Tu m'as brisé le cœur. J'ai à peine eu le temps de panser mes plaies, Jason. Je ne te laisserai pas me meurtrir une nouvelle fois.

— Il fallait que je parte, tu le sais bien ! Si tu m'avais attendu…

— Aujourd'hui ça n'a plus d'importance.

Résignée, elle secoua la tête et s'éloigna. Elle ne pourrait jamais lui expliquer pourquoi il lui avait été impossible de l'attendre.

— Ça n'a plus d'importance, parce que dans quelques jours tu seras reparti. Je n'accepterai pas que tu entres et sortes de ma vie comme un ouragan pour m'abandonner ensuite au chaos de mes émotions. Nous avons tous les deux fait notre choix, Jason.

— Mais bon sang, tu m'as tellement manqué…

Elle ferma les yeux. Quand elle les rouvrit, ils étaient secs.

— J'ai dû cesser de penser à toi. Je t'en prie, laisse-moi tranquille, Jason. Je croyais que nous pourrions être amis, mais…

— Nous l'avons toujours été.

— Toujours ne veut plus rien dire.

Néanmoins, elle tendit les mains et saisit la sienne.

— Oh, Jason… tu étais mon meilleur ami, mais je ne peux pas t'accueillir à bras ouverts pour ton retour : tu me fais bien trop peur.

— Faith, murmura-t-il en entrelaçant ses doigts autour des siens. Nous avons besoin de plus de temps, pour parler.

Elle le regarda et laissa échapper un long soupir.

— Tu sais où me trouver, Jason. Tu l'as toujours su.

— Laisse-moi te raccompagner jusque chez toi.

— Non.

Rassérénée à présent, elle sourit.

— Pas cette fois.

De la fenêtre de sa chambre, Jason jouissait d'une vue quasi imprenable sur Main Street. Il pouvait, s'il le voulait, regarder les chalands entrer et sortir du bazar, le Porterfield's Five and Dime, ou les gens qui traversaient d'un pas nonchalant la place du village. Trop souvent, son regard s'égarait vers la maison blanche située presque au bout de la rue. En proie à une agitation tenace, Jason s'était posté à la fenêtre pour voir Faith sortir de chez elle et surveiller du pas de la porte Clara qui partait à l'école en compagnie d'un groupe d'enfants. Il l'avait vue s'accroupir pour arranger le col du manteau de sa fille. Puis, du trottoir, tête nue et le dos tourné vers lui, elle avait suivi des yeux les enfants qui s'embarquaient pour une journée studieuse. Elle était restée là un long moment, les cheveux malmenés par le vent, et il avait vainement attendu qu'elle se retourne en direction de l'auberge, pour d'une certaine manière valider sa présence ici. Mais elle avait fait le tour de la maison pour aller à sa boutique sans un regard en arrière.

Et voilà que des heures plus tard, il se retrouvait à sa fenêtre, dans le même état d'agitation. Au vu du nombre de gens qu'il voyait repartir de La Maison de Poupée, le commerce de Faith était prospère. Elle travaillait sans relâche alors que lui restait posté à sa fenêtre, pas rasé, sa machine à écrire silencieuse, posée sur le bureau non loin de lui.

Il avait prévu de travailler à son roman pendant ces quelques jours — le fameux roman qu'il s'était promis d'écrire. Encore une promesse qu'il n'avait jamais été capable de tenir en raison de ses impératifs de voyages et de son métier de reporter. Il s'était dit qu'il pourrait y travailler ici, dans le calme et paisible village de son enfance, loin des exigences du journalisme et du rythme de vie effréné qu'il s'était imposé. Il s'était dit beaucoup de choses. Mais ce qu'il n'avait pas prévu, c'est qu'il se découvrirait aussi fou amoureux de Faith qu'il l'avait été à vingt ans !

Il s'écarta de la fenêtre et considéra fixement sa machine à écrire. Il y avait là des documents, les notes qui gonflaient des enveloppes de papier kraft, les pages inachevées de son manuscrit. Il n'avait qu'à s'asseoir et s'astreindre à travailler toute la journée ainsi qu'une bonne partie de la nuit. Il avait la discipline requise pour ce genre d'exercice. Mais sa vie ne se bornait pas à un livre laissé en plan, il y avait autre chose. Et il était en train d'en prendre conscience.

Quand il fut rasé et habillé, il était déjà midi passé. Il songea brièvement à traverser la rue pour aller vérifier que Mindy's servait toujours la meilleure soupe maison du village. Mais il n'était pas d'humeur pour une conversation de comptoir. Il prit délibérément la direction du sud — loin de Faith. Pas question de se ridiculiser en lui courant après.

En marchant, il passa devant une demi-douzaine

d'anciennes connaissances. On l'accueillit avec des tapes dans le dos, des poignées de main et une curiosité avide. Au cours de ses nombreuses pérégrinations, il avait flâné sur la Rive gauche, remonté Carnaby Street et suivi les ruelles étroites de Venise. Après dix ans d'absence, la promenade le long de Main Street lui parut tout aussi fascinante. Il y avait une enseigne de coiffeur dont la spirale rouge tournoyait sur elle-même, s'enroulant à l'infini le long de son axe. Devant une boutique de vêtements, un Père Noël en carton grandeur nature faisait signe aux passants d'entrer.

Avisant un étalage de poinsettias, Jason se glissa à l'intérieur de la boutique et acheta le plus gros qu'il pouvait porter. La vendeuse était une ancienne camarade de terminale et elle lui tint la jambe dix bonnes minutes avant qu'il puisse s'esquiver. Il s'était attendu à ce qu'on lui pose des questions mais n'avait pas prévu qu'il serait devenu la gloire du village. Amusé, il redescendit la rue comme il l'avait déjà fait tant de fois auparavant. Arrivé devant la maison de la veuve Merchant, il ne prit pas la peine de passer par la porte d'entrée. Selon sa vieille habitude, il fit le tour et frappa à la double porte de derrière. Elle grinçait toujours, détail qui le transporta de joie.

Quand la veuve eut ouvert la porte et que ses yeux vifs l'eurent scruté entre les feuilles rouges des fleurs de poinsettia, il se rendit compte qu'il lui souriait comme à dix ans.

— Il était temps, lâcha-t-elle en le laissant entrer. Essuie-toi les pieds.

— Bien, m'dame.

Jason frotta ses chaussures contre le rude paillasson avant de poser le poinsettia sur la table de la cuisine.

Du haut de son mètre cinquante, la veuve le considéra, les mains sur les hanches. Elle était un peu courbée par l'âge et son visage arborait toute une harmonie de plis et de rides. Son tablier à bavette était maculé de farine. Jason sentit l'odeur des cookies dans le four et entendit le son majestueux de la musique classique s'échappant des enceintes du salon. La veuve hocha la tête à la vue des fleurs.

— Tu as toujours aimé les grandes déclarations.

Lorsqu'elle se tourna pour le détailler de pied en cap, il se redressa d'instinct.

— Tu as forci à ce que je vois, mais quelques kilos de plus ne te feraient pas de mal. Allez, viens m'embrasser.

Il se pencha pour déposer consciencieusement un léger baiser sur sa joue, puis à sa grande surprise, il se retrouva à la serrer contre lui. Il la sentit fragile. Il ne s'en était pas aperçu en la regardant, mais elle gardait le parfum des bonnes choses de l'enfance : le savon, la poudre et le sucre chaud.

— Vous n'avez pas l'air étonnée de me voir, murmura-t-il en se redressant.

— Je savais que tu étais ici.

Elle lui tourna le dos pour s'affairer autour du four afin de dissimuler ses yeux remplis de larmes.

— L'encre de ta signature sur le registre de l'auberge n'était pas encore sèche que j'étais déjà au courant. Il faut que je sorte ces cookies du four.

Il s'assit et garda le silence pendant qu'elle s'activait, digérant le sentiment réconfortant d'être rentré à la maison. C'est ici qu'il avait toujours pu trouver refuge étant enfant. Tandis qu'il la regardait s'affairer aux fourneaux, elle entreprit de faire chauffer du chocolat dans une petite casserole cabossée.

— Tu restes combien de temps ?

— Je n'en sais rien. Normalement, je suis censé être à Hongkong dans quinze jours.

— Hongkong ?

La veuve eut une moue méprisante tout en disposant les cookies sur une assiette.

— Tu es allé partout où tu rêvais d'aller, Jason. Était-ce aussi palpitant que ce que tu t'imaginais ?

— Certains endroits, oui.

Il s'étira les jambes. Il avait oublié ce que c'était que la sensation de pouvoir se détendre le corps, l'âme et l'esprit.

— D'autres, non.

— Et maintenant, tu es rentré au pays, constata-t-elle en allant poser les cookies sur la table. Pourquoi ?

Avec toute autre personne, il aurait pu se contenter de rester dans le vague. Il pouvait même se mentir à lui-même. Mais cette femme n'admettrait que la vérité.

— Faith.

— Toujours Faith.

De retour au fourneau, elle remua le chocolat. Jason avait été un enfant perturbé et, adulte, il continuait à traîner son mal-être.

— Tu as su qu'elle avait épousé Tom ?

Et avec la veuve Merchant, inutile de dissimuler son amertume.

— Six mois après mon départ, j'ai appelé chez elle. J'avais décroché un boulot chez *Today News*. On m'avait affecté à un bureau minable à Chicago, mais pour moi, c'était quelque chose. J'ai appelé Faith, mais je suis tombé sur sa mère. Elle a fait preuve de beaucoup de gentillesse, de compassion même, pour m'apprendre que Faith était mariée, mariée depuis trois mois, et qu'elle attendait un bébé. J'ai raccroché et j'ai noyé mon chagrin dans l'alcool. J'ai bu jusqu'à l'ivresse. Le lendemain matin, je suis parti pour Chicago.

Il prit un cookie dans l'assiette et haussa les épaules.

— La vie continue, pas vrai ?

— Oui, la vie continue, bon an mal an. Mais tu sais qu'elle est divorcée à présent ?

— Nous nous étions fait une promesse. Et elle a épousé quelqu'un d'autre.

La veuve poussa un soupir exaspéré, tel un jet de vapeur s'échappant d'une bouilloire.

— Tu es devenu un homme, à ce que je vois, tu n'es plus un gamin impétueux. Faith Kirkpatrick…

— Faith Monroe, rectifia-t-il.

— Bon, bon, d'accord…

Patiemment, elle versa le chocolat chaud dans les mugs. Après les avoir posés sur la table, elle s'assit en poussant un soupir tranquille.

— Faith est une femme forte et magnifique, à tous points de vue. Elle élève seule sa petite fille et s'en sort remarquablement bien. Elle a monté un commerce et le fait prospérer. Seule. Et crois-moi, j'en connais un rayon sur la solitude…

— Si elle m'avait attendu…

— Eh bien, elle ne l'a pas fait. Quant à ses raisons, je préfère garder mon opinion pour moi.

— Pourquoi a-t-elle divorcé de Tom ?

La vieille femme se carra dans son fauteuil, laissant ses coudes reposer sur les accoudoirs usés.

— Il l'a quittée alors que Clara n'avait que six mois.

Les doigts de Jason se crispèrent sur l'anse de son mug.

— Il l'a quittée, comment ça ?

— Tu devrais savoir ce que ça signifie. Tu as fait la même chose. (Elle saisit son mug de chocolat à deux mains.) Je veux dire par là qu'il a pris ses cliques et ses claques et qu'il est parti. Faith est restée avec la maison — et les factures. Il a vidé le compte en banque et s'en est allé dans l'Ouest.

— Mais sa fille…

— La dernière fois qu'il l'a vue, elle était encore en couche-culotte. Faith s'est débrouillée seule. Après tout, il lui fallait penser à son enfant, même si c'était à son propre détriment. Ses parents l'ont soutenue. Ce sont des gens bien. Elle a emprunté et monté sa boutique de poupées. Nous sommes fiers d'elle ici.

Jason regarda fixement par la fenêtre, là où s'étendaient les rameaux d'un vieux sycomore, dégouttant de neige et de glace.

— Donc quand je suis parti, elle a épousé Tom et c'est lui ensuite qui est parti ? On dirait que Faith a le don de tirer le mauvais numéro.

— Tu crois ?

Il avait oublié à quel point sa voix pouvait être sèche et il eut du mal à réprimer un sourire.

— Clara ressemble à Faith.

— Mmm… Elle tient beaucoup de sa mère. (La veuve sourit, le nez dans son mug.) Mais j'ai toujours su déceler les traits de son père chez elle. Ton chocolat est en train de refroidir, Jason.

Il en prit une gorgée, l'air absent. La saveur du chocolat fit affluer les souvenirs à sa mémoire.

— Je ne m'attendais pas à retrouver ce sentiment d'appartenance à Quiet Valley. C'est drôle. Du temps où je vivais ici, je n'avais pas cette impression comme je l'éprouve aujourd'hui.

— Tu n'es pas encore retourné voir ton ancienne maison ?

— Non.

— C'est un couple très sympathique qui y habite maintenant. Ils ont fait construire une véranda à l'arrière.

Cela ne signifiait rien pour lui.

— Cet endroit n'a jamais été un foyer pour moi. (Il posa son mug de chocolat et prit la main de la vieille dame.) Contrairement à cette maison. Vous êtes la seule mère que j'ai jamais eue.

La main de la veuve, fine et sèche comme du parchemin, agrippa la sienne.

— Ton père était un homme dur, et perdre ta mère si jeune n'a peut-être pas arrangé son caractère.

— A sa mort, je n'ai ressenti que du soulagement. Et je n'en éprouve même pas de regrets. C'est peut-être pour ça que je suis parti à ce moment-là. Mon père mort, la maison vendue, le moment me semblait bien choisi.

— Il l'était peut-être, pour toi. Et peut-être qu'une même occasion propice se représentera. Tu n'étais pas un bon garçon, Jason. Mais tu n'étais pas un mauvais gars non plus. Accorde-toi donc un peu de ce temps que tu voulais tellement prendre de vitesse il y a dix ans.

— Et Faith ?

La vieille dame se renfonça de nouveau dans son siège.

— Si je me souviens bien, tu ne l'as pas beaucoup courtisée. J'ai plutôt l'impression que cette fille te tournait autour en affichant clairement ses intentions. Un homme comme toi, qui a roulé sa bosse, devrait savoir comment conter fleurette à une femme. Tu as probablement appris à faire de belles phrases.

Il se servit un autre cookie et mordit dedans.

— Une ou deux expressions…

— Je n'ai jamais vu une femme rester indifférente à de beaux discours.

Il se pencha pour lui baiser les deux mains.

— Vous m'avez manqué.

— Je savais que tu reviendrais. A mon âge, on sait attendre. Va reconquérir ta petite amie.

— C'est ce que je vais peut-être faire, en effet.

Il se leva et enfila son manteau.

— Je reviendrai vous voir.

— J'y compte bien.

Elle patienta le temps qu'il ouvre la porte.

— Jason… Boutonne ton manteau.

Elle ne sortit son mouchoir que lorsque la porte se fut refermée sur lui.

4

Lorsqu'il se retrouva dehors, le soleil brillait haut dans le ciel. De l'autre côté de la rue, un bonhomme de neige était en train de perdre ses rondeurs à vue d'œil. Jason retrouva les rues telles qu'elles lui étaient apparues la veille en arrivant au village : pleines d'enfants tout juste sortis de l'école. Il éprouva lui-même une bouffée de liberté. Se dirigeant vers le nord, il vit une fille s'écarter d'un groupe d'enfants pour venir vers lui. Même emmitouflée comme elle l'était dans son bonnet et son écharpe, il reconnut Clara.

— 'Scusez-moi, vous viviez ici avant ?

— Absolument.

Il avait envie de rentrer les mèches de la petite fille sous son bonnet mais se retint.

— Ma mère me l'a dit. Aujourd'hui à l'école, la maîtresse nous a dit que vous étiez parti et que vous étiez devenu célèbre.

Il ne put réprimer un large sourire.

— Eh bien, disons simplement que je suis parti, oui.

— Et vous avez eu un prix. Comme le frère de Marcie qui a gagné un trophée au bowling.

Il songea à son Pulitzer et parvint, non sans mal, à garder son sérieux.

— Quelque chose comme ça.

Aux yeux de Clara, il n'avait rien d'exceptionnel, elle ne le voyait pas comme un baroudeur ayant parcouru le monde. La petite fille plissa les yeux :

— Vous êtes vraiment allé à tous ces endroits comme les gens racontent ?

— Ça dépend de ce qu'ils racontent.

D'un accord tacite, ils se mirent à marcher ensemble.

— J'ai été à certains endroits.

— A Tokyo, par exemple ? C'est la capitale du Japon, on l'a appris à l'école.

— Oui, à Tokyo, par exemple.

— Vous avez mangé du poisson cru ?

— Ça m'est arrivé.

— Berk, c'est vraiment dégoûtant !

Mais elle semblait plutôt ravie. Elle se baissa pour ramasser une poignée de neige sans ralentir son allure.

— C'est vrai qu'en France ils écrasent le raisin avec leurs pieds ?

— Je ne l'ai jamais vu faire, mais je l'ai entendu dire.

— Je suis sûre que je boirai jamais de vin après ça. Est-ce que vous êtes déjà monté sur un chameau ?

Il la regarda lancer son projectile contre un tronc d'arbre.

— Figure-toi que oui.

— C'était comment ?

— Inconfortable.

Elle le crut volontiers car elle s'était déjà fait la même réflexion.

— La maîtresse nous a lu un de vos articles aujourd'hui. Celui sur la tombe qu'on a découverte en Chine. Vous avez vu les statues ?

— Oui.

— C'était comme dans *Les Aventuriers de l'Arche perdue* ?

— Comme dans quoi ?

— Vous savez bien, le film avec Indiana Jones…

Il lui fallut un moment pour comprendre, puis il rit. Instinctivement, il lui rabattit son bonnet sur les yeux.

— Un peu, oui.

— Vous écrivez bien.

— Merci.

Ils se tenaient sur le trottoir devant sa maison. Jason leva les yeux, surpris. Il ne s'était pas rendu compte qu'ils avaient parcouru autant de chemin et regretta de ne pas avoir ralenti le pas.

— On a un exposé à faire sur l'Afrique, dllara Clara en fronçant le nez. Il faut que ça fasse cinq pages. Mle Jenkins veut qu'on l'ait fini après les vacances de Noël.

— Depuis combien de temps tu as ce devoir ?

Il n'avait pas oublié son passé d'écolier…

Clara dessina un cercle dans la neige, au bord de la pelouse de sa maison.

— Une quinzaine de jours.

Oui, constata-t-il avec plaisir, ses souvenirs étaient exacts…

— Je suppose que tu l'as déjà commencé.

— Euh, si on veut…

Elle lui adressa son fameux sourire éclair, lumineux.

— Vous êtes allé en Afrique, pas vrai ?

— Deux ou trois fois.

— Vous devez tout savoir sur le climat, la culture et ce genre de trucs… ?

Il la considéra avec un grand sourire.

— Disons que j'ai quelques connaissances.

— Vous pourriez peut-être rester manger chez nous ce soir ?

Sans lui laisser la possibilité de répliquer, elle le prit par la main et lui fit contourner la maison pour l'amener à la boutique.

Ils trouvèrent Faith en train d'emballer une poupée dans une boîte. Ses cheveux étaient relevés en chignon et elle portait un pull ample sur un jean. Elle riait des propos d'une cliente.

— Lorna, vous savez que vous n'auriez pas pu l'avoir autrement.

— Bah, n'importe quoi !

La femme posa la main sur son énorme ventre et soupira.

— Je voulais vraiment que ce bébé arrive avant Noël.

— Il vous reste encore quatre jours.

— Salut, maman !

Faith se tourna pour sourire à sa fille. Apercevant Jason, elle laissa échapper de sa main la pelote de ruban qui se dévida à ses pieds en un flot écarlate.

— Clara, tu ne t'es pas essuyé les pieds, parvint-elle à dire sans quitter Jason du regard.

— Jason ! Jason Law.

La femme se précipita sur lui et le saisit par les deux bras.

— Lorna... Lorna McBee !

Il contempla le joli visage rond de son ancienne voisine.

— Bonjour, Lorna, la salua-t-il — et il baissa rapidement le regard sur elle. Félicitations.

Une main sur son ventre, celle-ci se mit à rire.

— Merci, mais c'est mon troisième.

Il revit la fille maigre et désagréable qui vivait à côté de chez lui.

— Trois ? Tu n'as pas perdu de temps.

— Bill non plus. Tu te souviens de Bill Easterday, non ?

— Tu as épousé Bill ?

Il se rappelait un garçon qui traînait sur la place du village à chercher les ennuis. En certaines occasions, Jason lui en avait fourni le prétexte.

— Je l'ai mis au pas.

A la vue de son sourire, il la crut bien volontiers.

— C'est lui qui tient la banque. (Elle gloussa devant la mine que fit Jason.) Sans blague, tu n'as qu'à y passer un de ces quatre. Il faut que je mette cette boîte sous clé dans un placard avant que mon aînée ne puisse la voir. Merci Faith, c'est absolument ravissant.

— J'espère que la poupée lui plaira.

Pour s'occuper les mains, Faith entreprit de rembobiner la pelote de ruban. Un courant d'air froid s'engouffra dans la boutique lorsque Lorna s'esquiva, mais fut interrompu quand la porte se referma derrière elle.

— C'était la poupée en robe de mariée ? s'enquit Clara.

— Oui.

— Trop tarte. Je peux aller chez Marcie ?

— Et tes devoirs ?

— J'en ai pas, à part cet exposé débile sur l'Afrique. Il va m'aider à le faire.

Jason haussa un sourcil en voyant le sourire que lui adressa Clara.

— Pas vrai ?

Comment résister à un tel regard ?

— Oui, c'est d'accord.

— Mais Clara, tu ne peux pas…

— Puisque je te dis que c'est d'accord : je l'ai invité à dîner.

Elle la dévisagea, hilare. Sa mère ne manquerait pas d'être prise à son propre piège : elle lui rebattait suffisamment les oreilles avec son obsession des bonnes manières !

— C'est les vacances ce soir, alors je peux faire cet exposé après le repas, hein ?

Jason décida de venir à sa rescousse.

— Une fois, j'ai passé six semaines en Afrique. Clara pourrait obtenir un A.

— Ça ne lui ferait pas de mal, marmonna Faith.

Ils la regardaient. Mais son cœur leur appartenait déjà à tous les deux.

— Je crois que je ferais mieux d'aller préparer le repas.

Faith n'avait pas fermé la porte de La Maison de Poupée et retourné le panonceau « Fermé » côté rue, que Clara filait déjà dans le jardin des voisins.

— Désolée si elle t'a embêté, Jason. Elle a l'habitude de harceler les gens de questions.

— Je l'aime beaucoup, répondit-il simplement, et il observa Faith s'affairer maladroitement avec le loquet.

— C'est très gentil de ta part, mais ne te sens pas obligé de l'aider à faire cet exposé.

— J'ai dit que je l'aiderais. Je tiendrai ma promesse, Faith. Tôt ou tard, ajouta-t-il en effleurant l'une de ses épingles à cheveux.

Elle fut forcée de croiser son regard. Impossible de faire autrement.

— Evidemment, tu es le bienvenu à la maison ce soir.

Elle tripotait les boutons de son manteau tout en parlant.

— J'avais prévu de faire frire du poulet.

— Je vais te donner un coup de main.

— Non, ce n'est pas la…

Il l'interrompit en refermant sa main sur la sienne.

— Je ne te rendais pas si nerveuse, avant.

Avec effort, elle se reprit.

— Non, c'est vrai.

Dans quelques jours, il serait parti. Sorti de sa vie. Peut-être devrait-elle profiter du peu de temps qui lui était accordé ?

— Très bien, tu peux venir m'aider.

Il lui prit le bras pour traverser la pelouse. Bien que percevant sa résistance initiale, il fit mine de l'ignorer.

— Je suis allé voir la veuve Merchant. J'ai eu droit à des cookies tout juste sortis du four.

Faith se détendit et elle poussa la porte de la cuisine.

— Elle garde le moindre entrefilet signé de ton nom.

La cuisine était deux fois plus grande que celle qu'il venait de quitter et les dessins affichés sur le réfrigérateur tout comme la paire de chaussons ouatinés balancés dans un coin témoignaient de la présence d'un enfant. Se mouvant avec aisance, Faith alla mettre la bouilloire sur le feu avant d'ôter son manteau. Elle le suspendit à une patère près de la porte, puis se retourna pour prendre celui de Jason. Les mains de ce dernier se refermèrent sur les siennes.

— Tu ne m'avais pas dit que Tom t'avait quittée.

Elle savait qu'on se serait vite chargé de le lui dire ou qu'il n'aurait pas mis longtemps à l'apprendre de toute façon.

— Ce n'est pas le genre de détail que j'ai en permanence à l'esprit. Du café ?

Elle drapa son manteau sur un crochet et se tourna vers lui, mais il lui bloqua délibérément le passage.

— Qu'est-ce qui s'est passé, Faith ?

— Nous avons commis une erreur.

Elle énonça cette constatation calmement, avec même une certaine froideur dans la voix. C'était la première fois qu'il l'entendait s'exprimer sur ce ton.

— Mais il y avait Clara…

— Arrête.

La colère envahit immédiatement son regard et demeura au fond de ses yeux, brûlante.

— Laisse tomber, Jason, je ne plaisante pas. Clara, c'est mon affaire. Mon mariage et mon divorce, ça me regarde. Tu ne peux pas revenir maintenant et espérer obtenir des réponses à tout.

Ils restèrent un moment face à face en silence. Quand la bouilloire émit un sifflement, Faith sembla s'être ressaisie.

— Si tu veux m'aider, tu peux éplucher quelques pommes de terre. Elles sont là-bas, dans le garde-manger.

Elle s'activait machinalement, remarqua-t-il avec colère. Elle mit de l'huile à chauffer dans une poêle et en enduisit le poulet. Il connaissait bien son caractère. Il en avait déjà fait les frais auparavant, l'évitant parfois, l'affrontant tête baissée à d'autres moments. Il savait aussi comment faire retomber la pression. Il se mit à parler, presque pour lui-même, de certains des endroits où il était allé. Quand il lui raconta comment il avait trouvé à son réveil un serpent enroulé contre sa tête alors qu'il campait en Amérique du Sud, elle éclata de rire.

— Sur le moment, je n'ai pas trouvé ça très drôle. Je suis sorti de la tente en cinq secondes chrono, nu comme un ver. Mon photographe a pris toute une pellicule de clichés fort intéressants. J'ai dû lui filer un billet de cinquante dollars en échange des négatifs.

— Je suis sûre qu'ils valaient davantage. Tu n'as pas mentionné le serpent dans ta série d'articles sur San Salvador.

— Non. (Intéressé, il posa son couteau économe.) Tu l'as lu ?

Elle disposa les morceaux de poulet dans l'huile chaude.

— Bien sûr. J'ai lu tous tes articles.

Il mit les pommes de terre dans l'évier pour les laver.

— Tous ?

Son intonation la fit sourire mais elle resta le dos tourné.

— Ne t'emballe pas, Jason. Ton ego t'a toujours joué des tours. J'estime à quatre-vingt-dix pour cent la proportion d'habitants de Quiet Valley à avoir lu tous tes articles. C'est comme si nous avions tous un peu participé à ta réussite. (Elle régla la flamme sous la poêle.) Après tout, tu es le seul du coin à avoir dîné à la Maison Blanche.

— La soupe était claire…

Pouffant de rire, elle mit une casserole d'eau sur le feu et y jeta les pommes de terre.

— Je suppose que dans certaines situations, il faut prendre les choses comme elles viennent — sans faire le difficile, si j'ose dire. J'ai vu une photo de toi il y a deux ans, poursuivit-elle d'une voix neutre en rajustant une épingle dans ses cheveux. Elle a été prise à New York, je crois. Tu avais une femme à moitié nue à ton bras.

Il se retourna vivement.

— Vraiment ?

— Enfin, elle n'était pas à moitié nue à proprement parler, temporisa Faith. Je suppose qu'elle en avait l'air parce qu'elle avait bien plus de cheveux que de robe. Blonde — très blonde si je me souviens bien. Avec, comment dire… une poitrine opulente.

Il se passa la langue sur les dents.

— On rencontre des tas de gens intéressants dans mon boulot.

— Apparemment.

Avec l'efficacité née de l'habitude, elle retourna le poulet. L'huile grésilla.

— Tu dois trouver ça très stimulant.

— Pas autant que cette conversation.

— Si ma cuisine ne te convient pas…, murmura-t-elle.

— C'est ça… Il commence à faire sombre. Clara ne devrait-elle pas être rentrée ?

— Elle est chez les voisins d'à côté. Elle sait qu'elle doit être à la maison avant 5 h 30.

Il alla néanmoins à la fenêtre et jeta un regard en direction de la maison voisine. Faith étudia son profil. Il était devenu plus affirmé, plus rude. Cela devait correspondre à l'évolution de son caractère : Jason avait dû s'endurcir, forcément. Que restait-il du garçon qu'elle avait follement aimé ? Peut-être que ni l'un ni l'autre n'aurait su le dire.

— J'ai beaucoup pensé à toi, Faith.

Même s'il lui tournait le dos, elle pouvait presque sentir ses mots courir sur sa peau.

— Mais surtout à cette époque de l'année. En général, j'arrive à te bannir de mes pensées quand j'ai du travail, des échéances à respecter, mais à Noël, tu ne me laisses aucun répit. Je me souviens de chaque Noël que nous avons passé ensemble, de la façon dont tu me traînais dans les magasins. Ces quelques années avec toi ont compensé toutes les fois où, gamin, je me suis réveillé seul face au vide.

Le cœur de Faith s'enfla d'une compassion familière.

— Ton père n'arrivait pas à affronter les fêtes de fin d'année, Jason. Il n'arrivait pas à s'en sortir sans ta mère, c'est tout.

— Je le comprends mieux maintenant… Maintenant que je t'ai perdue.

Il se retourna. Elle ne le regardait pas ; elle était penchée au-dessus de la cuisinière, l'air concentré.

— Toi aussi, tu passes tes Noëls seule ?

— Non, moi j'ai Clara.

Il alla vers elle et sentit qu'elle se contractait.

— Personne pour remplir le bas de Noël avec toi ou partager des secrets à propos des cadeaux disposés sous le sapin ?

— Je me débrouille. Pour être heureux, il faut accepter de faire des changements dans sa vie.

— Oui…, approuva-t-il en lui saisissant le menton entre le pouce et l'index. Je commence à le croire.

La porte s'ouvrit en grand. Trempée et hilare, Clara se tenait dégoulinante sur le paillasson.

— On a fait des anges dans la neige.

Faith haussa un sourcil.

— C'est ce que je vois. Bon, tu as un quart d'heure pour ôter tes vêtements mouillés et mettre la table.

Clara se dépêtra de son manteau.

— Je peux allumer le sapin ?

— Vas-y.

— Viens voir ! s'écria Clara en tendant la main à Jason. C'est le plus beau de toute la rue !

Assaillie d'émotions, Faith les regarda sortir ensemble.

5

A la fin du repas, Faith était toujours aussi bouleversée. Elle savait que sa fille était une enfant sociable, parfois même trop, mais Clara s'était attachée à Jason comme à un ancien ami perdu de vue. Elle bavardait avec lui comme avec une vieille connaissance.

Cela saute aux yeux, songea Faith en regardant Clara empiler les assiettes. Ni l'un ni l'autre ne paraissait s'en apercevoir. Que ferait-elle si cela arrivait ? Elle ne croyait pas au mensonge, et pourtant elle avait été forcée de vivre en plein dedans.

Ils s'installèrent avec les manuels scolaires de Clara sans véritablement prêter attention à elle. Dans le style fluide et aisé qui lui était naturel, Jason commença à discourir sur l'Afrique : le désert, les montagnes, la jungle profonde et luxuriante qui fourmillait de vie et de dangers.

Leurs têtes se rejoignirent au-dessus d'une photo dans un livre de Clara et, en les regardant, Faith fut envahie par un sentiment de panique.

— Je vais à côté, annonça-t-elle impulsivement. J'ai beaucoup de travail en retard.

— Hon-hon…

Et sur ce, Jason ne s'intéressa plus à elle. Un rire monta dans sa gorge jusqu'à devenir douloureux. Saisissant son manteau, Faith prit la fuite.

Pour elle, les poupées étaient bien plus que de simples jouets. Certainement bien davantage qu'un simple commerce. Les poupées qui peuplaient sa boutique représentaient la jeunesse, l'innocence, la foi dans les miracles. Elle avait voulu ouvrir le magasin peu après la naissance de Clara, mais Tom s'y était opposé de façon catégorique. Comme elle se sentait redevable envers lui, elle avait laissé filer, comme pour tant d'autres choses. Ensuite, quand elle s'était retrouvée seule avec une enfant à nourrir, monter sa boutique lui avait paru tout naturel.

Elle y travaillait des heures et des heures pour tenter d'atténuer le vide que même l'amour qu'elle éprouvait pour sa fille n'arrivait pas à combler.

Dans son atelier à l'arrière de la boutique, il y avait des étagères recouvertes de pièces détachées et d'éléments disparates de poupées. Des têtes en porcelaine, des jambes et des torses en plastique. Dans une autre section se trouvaient les malades et les blessées. Des poupées au bras cassé ou au corps abîmé qu'on lui apportait à réparer. Même si la vente lui plaisait, elle éprouvait une immense joie créatrice à confectionner ses propres poupées ; rien ne la satisfaisait tant que de récupérer un jouet auquel tenait un enfant pour lui rendre son aspect originel. Elle alluma la lumière, la radio et se mit à l'ouvrage.

C'était un travail apaisant. Au fur et à mesure que le temps passait, sa nervosité s'atténua. A l'aide d'un crochet et d'élastiques, avec de la colle et un soin minutieux, elle ramenait le sourire aux poupées sans visage. Certaines se voyaient octroyer de nouveaux vêtements ou une nouvelle coupe de cheveux, tandis que d'autres ne nécessitaient qu'un fil et une aiguille maniés par une main experte.

Saisissant une poupée de chiffon en lambeaux, elle se mit à fredonner.

— Tu vas réparer ça ?

Surprise, elle manqua se piquer avec l'aiguille. Les mains dans les poches, Jason se tenait dans l'encadrement de la porte, à l'observer.

— Oui, c'est mon métier. Où est Clara ?

— Elle s'est pratiquement endormie sur son livre. Je l'ai mise au lit.

Faith fit mine de se lever.

— Oh, alors je…

— Elle dort, Faith, avec une espèce de boule de poils verte qu'elle appelle Bernardo.

Décidée à prendre les choses avec calme, Faith se rassit.

— Oui, c'est sa peluche préférée. Clara n'est pas très branchée poupées traditionnelles.

— Contrairement à sa mère ?

Intéressé, il se mit à déambuler dans l'atelier.

— Je croyais que lorsqu'un jouet était cassé ou usé, on s'en débarrassait.

— Trop souvent, hélas. J'ai toujours trouvé cette attitude révélatrice d'un manque de reconnaissance envers un objet qui nous a rendus heureux.

Jason saisit une tête en plastique souple, chauve et lisse, qui lui souriait.

— Tu as peut-être raison, mais je ne vois pas ce qu'on peut faire pour sauver de la poubelle le tas de chiffons que tu tiens à la main.

— Beaucoup de choses.

— Tu crois toujours aux miracles, Faith ?

Elle leva les yeux brièvement et, pour la première fois, elle lui adressa un sourire vraiment sincère, accompagné d'un regard chaleureux.

— Oui, bien sûr que j'y crois. Surtout en période de Noël.

Ce fut plus fort que lui : il tendit la main et lui effleura la joue.

— Je t'ai déjà dit que tu m'avais manqué. Mais je ne m'étais pas rendu compte à quel point.

Faith sentit la passion se réveiller en elle et un désir inassouvi s'emparer de tout son corps. Elle feignit l'indifférence et se concentra sur la poupée.

— C'est très gentil à toi d'avoir aidé Clara, Jason. Mais je ne veux pas te retenir.

— Ça t'ennuie qu'on te regarde travailler ?

— Non, affirma-t-elle en commençant à remplacer le

bourrage de la poupée. Il arrive parfois qu'une maman inquiète reste ici pendant que je rafistole un patient.

Jason s'appuya d'une hanche contre le comptoir.

— En revenant ici je m'étais imaginé tout un tas de choses. Mais ça, jamais.

— Quoi ?

— Que je te regarderais redonner vie à un morceau de chiffon. Tu ne t'en es peut-être pas aperçue, mais cette chose n'a même pas de visage.

— Elle en aura un. Où en est l'exposé ?

— Clara n'a plus qu'à le mettre au propre.

Faith leva la tête de son ouvrage, les yeux agrandis d'étonnement.

— Clara ?

— Elle a eu la même réaction que toi.

Puis il sourit et s'appuya de nouveau sur le comptoir. Le parfum de Faith flottait dans la pièce. Le savait-elle ?

— C'est une gosse intelligente, Faith.

— Parfois même trop…

— Tu as de la chance.

— Je sais.

En quelques gestes sûrs et rapides, elle acheva le remplissage de la poupée et répartit correctement le bourrage.

— De toute façon les enfants doivent t'adorer, non ?

— Ne crois pas ça, le corrigea-t-elle en levant de nouveau la tête. Il faut gagner leur affection.

Munie d'un fil et d'une aiguille, elle entreprit de renforcer les coutures.

— Tu sais, Clara tenait à peine debout, mais elle a absolument tenu à ce qu'on s'arrête devant l'arbre de Noël pour compter les cadeaux. Elle a le pressentiment qu'il va y en avoir un de plus.

— J'ai bien peur qu'elle ne soit déçue. Sa liste ressemblait à un ordre de réquisition de l'armée. J'ai dû fixer des limites.

Reposant l'aiguillée, elle prit un pinceau.

— Mes parents la gâtent déjà bien assez comme ça.

— Mmm…

Faith avait déjà saisi la personnalité de la poupée tout en travaillant sur elle. A présent, elle commençait à la faire ressortir en quelques touches de pinceau.

— De temps en temps ils parlent vaguement de partir s'installer en Floride, mais je ne sais pas s'ils le feront jamais. C'est à cause de Clara. Ils en sont complètement fous. Tu pourrais aller les voir, Jason. Tu sais que ma mère t'a toujours beaucoup aimé.

Il examina une robe rouge et moulante qui tenait au creux de sa main.

— Mais pas ton père.

Sa remarque la fit sourire.

— Il ne te faisait pas confiance, c'est tout. (Elle lui décocha un petit sourire coquin.) Quel père aurait eu confiance en toi ?

— C'est vrai qu'il avait de bonnes raisons de se méfier de moi.

Il avança vers elle et vit la poupée qu'elle tenait à la main.

— Ça alors !

Charmé, il s'en empara et la tint sous la lumière. Ce qui n'était qu'un tas de loques s'était métamorphosé en une poupée rebondie à l'expression impertinente. Des cils démesurément longs partaient de ses grands yeux. Fixés par quelques points, ses cheveux bouclés avaient été rajustés de façon que quelques boucles espiègles lui retombent sur le front. Elle était douce, sympathique et jolie comme un cœur. Même un homme pouvait comprendre qu'une petite fille s'illumine de joie à la vue d'une telle poupée.

En le voyant sourire devant son ouvrage, Faith éprouva un ridicule sentiment de fierté devant le travail accompli.

— Elle te plaît ?

— Je suis impressionné. Combien demandes-tu pour ce genre de réalisation ?

— Celle-ci n'est pas à vendre, lui apprit Faith en la plaçant dans un grand carton au fond de la pièce. Au village il y a environ une douzaine de fillettes que leurs familles n'ont pas les moyens de gâter à Noël. Il y a aussi des petits garçons, bien sûr, mais avec Jake, le propriétaire du bazar, nous avons passé un accord il y a quelques années. Le soir de Noël, nous déposons un cadeau sur le pas de la porte. Les filles reçoivent une poupée, les garçons un camion, un ballon ou autre chose.

Evidemment, il aurait dû s'en douter. Cela ressemblait tant à Faith, c'était si conforme à sa nature.

— Le Père Noël existe donc bien.

Elle se tourna pour lui sourire.

— A Quiet Valley, oui.

C'est son sourire qui déclencha tout. Il était si chaleureux, si familier. Jason supprima la distance qui les séparait avant que l'un ou l'autre ait pu s'en rendre compte.

— Et toi ? Tes souhaits seront-ils exaucés à Noël ?

— J'ai tout ce qu'il me faut.

— Tout ?

Il lui prit le visage entre les mains.

— N'était-ce pas toi, la rêveuse ? Celle qui croyait que les vœux se réalisent toujours ?

— J'ai grandi. Jason, tu devrais t'en aller maintenant.

— Je ne te crois pas. Je ne crois pas que tu aies cessé de rêver, Faith. Le seul fait d'être avec toi me donne envie de tout recommencer.

— Jason…

Elle posa les mains sur sa poitrine, consciente qu'il lui fallait mettre un terme à ce qui ne pourrait jamais être fini entre eux.

— On ne peut pas toujours avoir ce qu'on désire, tu le sais. Dans quelques jours tu vas repartir. Tu auras tout loisir de t'intéresser à un tas d'autres choses passionnantes aux quatre coins du monde.

— Qu'est-ce que ça vient faire ici, maintenant ? Il n'y a que le présent qui compte, Faith.

Il passa les mains dans ses cheveux, éparpillant les épingles. Son opulente chevelure brune croula entre ses doigts. Il avait toujours aimé le contact de ses cheveux, leur parfum…

— Tu es mon unique amour, murmura-t-il. Il n'y a jamais eu personne d'autre que toi.

Elle ferma les yeux avant qu'il puisse l'attirer à lui.

— Tu vas t'en aller. Et moi, je dois rester ici. J'ai déjà assisté à ton départ il y a dix ans. Je ne pense pas pouvoir supporter ça une fois de plus si je te laisse de nouveau entrer dans ma vie. Tu ne peux donc pas le comprendre ?

— Peut-être. Mais tout ce que je sais, c'est qu'aujourd'hui j'ai envie de toi comme jamais. Je ne suis pas sûr que tu puisses me garder à distance, Faith.

Mais il fit un pas en arrière, dans leur intérêt à tous les deux.

— Ou en tout cas, pas longtemps, reprit-il. Tu me l'as déjà dit : je n'ai pas droit à toutes les réponses. C'est peut-être vrai. Mais il m'en faut au moins une.

C'était un sursis, un moyen de temporiser un peu. Faith laissa échapper une longue exhalaison et hocha la tête.

— Très bien. Mais tu me promets de t'en aller si je réponds à ta question ?

— Je m'en irai. Tu étais amoureuse de lui ?

Elle ne pouvait pas mentir. Elle n'était pas comme cela. Alors elle le regarda droit dans les yeux, le menton fièrement levé.

— Je n'ai jamais aimé que toi.

Les yeux de Jason s'allumèrent — de triomphe, de rage. Il tendit la main vers elle, mais elle s'écarta.

— Tu as dit que tu t'en irais, Jason. Je t'ai fait confiance.

Elle l'avait piégé. Elle le mettait à la torture.

— C'est il y a dix ans que tu aurais dû me faire confiance.

Il sortit brusquement de l'atelier et s'engouffra dans la nuit glaciale.

6

Quiet Valley était en pleine effervescence de Noël. Des chants traditionnels s'échappaient d'un haut-parleur de fortune fixé sur le toit de la quincaillerie. Un jeune homme entreprenant d'une ferme du voisinage avait obtenu l'autorisation de proposer des promenades en boghei le long de Main Street. Les enfants, excités par l'absence d'école et le plaisir anticipé de Noël, filaient en criant à tous les coins de rue. Le ciel s'était couvert, mais la neige se faisait attendre.

Jason, assis au bar du petit restaurant, buvait tranquillement son café tout en prêtant l'oreille aux derniers racontars du coin : l'aîné des Hennessy avait attrapé la varicelle — il allait passer les vacances à se gratter ; chez Carlotta's, les arbres de Noël étaient vendus moitié prix et la quincaillerie faisait une promotion sur les vélos à dix vitesses.

Dix ans plus tôt, Jason aurait trouvé ce genre de conversation insipide. Mais aujourd'hui, il l'écoutait avec plaisir tout en savourant son café. C'est peut-être ce qui manquait au roman qu'il essayait d'écrire depuis si longtemps. Certes il avait fait le tour du monde, mais tout s'était déroulé à une allure effrénée. En certaines occasions, sa vie tout comme son reportage n'avaient tenu qu'à un fil. Sur le moment on ne pensait pas à ce genre de choses. C'était impossible. Mais maintenant, assis dans l'agréable chaleur de la gargote parmi les odeurs de café et de bacon en train de frire, il avait enfin l'occasion de se pencher sur son passé.

Il avait accepté des missions de reportage, parfois très périlleuses, parce qu'il se fichait de tout. Il avait déjà perdu la partie de lui-même qui comptait le plus à ses yeux. C'est vrai qu'au fil des années, il s'était reconstruit une existence, péniblement, pierre après pierre, mais jamais il n'avait retrouvé son équilibre — parce qu'il l'avait laissé ici, dans le village de son enfance. Et maintenant qu'il l'avait compris, que faire ?

— On sert vraiment n'importe qui, ici !

Jason leva un regard absent vers l'homme qui s'était exprimé et il s'illumina.

— Paul ! Paul Tydings.

Deux énormes mains saisirent la sienne.

— Bon sang, Jas, tu n'as pas changé ! Toujours aussi maigre mais toujours aussi beau !

Jason contempla longuement son plus vieil ami. Sous une tignasse de cheveux bouclés, son visage plein et rougeaud était barré d'une moustache broussailleuse. Dans le temps, sa carrure de taureau lui avait assuré la place de botteur sur la ligne d'attaque. Mais avec les années, Paul s'était alourdi et affichait désormais une corpulence imposante, pour qualifier la chose avec élégance.

— Mais tu peux en dire autant, tu sais, estima Jason.

Dans un rugissement de rire, Paul lui asséna une claque dans le dos.

— Je n'aurais jamais cru te revoir par ici.

— Moi non plus. Je pensais que tu vivais à Boston.

— C'était avant. J'ai gagné de l'argent et je me suis marié.

— Sans blague ? Depuis quand ?

— Ça fera sept ans au printemps. J'ai cinq gosses.

Jason s'étrangla avec son café.

— Cinq ?

— Trois plus des jumeaux. Il y a six ans, je suis venu en visite ici avec ma femme et elle a eu le coup de foudre pour le coin. On tenait une bijouterie à Manchester, alors j'en ai ouvert une ici aussi. Je crois que je te dois des remerciements pour bien des choses.

— A moi ? Pourquoi ?

— Tu m'as toujours bourré le crâne avec tes idées. Et puis tu es parti. Ça m'a fait penser que moi aussi je devrais essayer de voir du pays. Et puis un an plus tard environ, alors que je travaillais dans une bijouterie de Boston, voilà que je vois entrer le plus beau brin de fille que j'aie jamais vu. J'étais tellement troublé que j'ai oublié d'imprimer le reçu de sa carte de crédit. Elle est revenue le lendemain avec le reçu vierge, et grâce à elle j'ai réussi à sauver ma place. Ensuite elle m'a carrément sauvé la vie en m'épousant. Je ne l'aurais jamais rencontrée si tu ne m'avais pas autant parlé de tout ce qu'il y a à voir dans le monde.

On servit son café à Paul qui remercia d'un hochement de tête.

— Je suppose que tu es allé rendre visite à Faith ?

— Oui, je l'ai vue, bien sûr.

— Je la fais beaucoup travailler : trois de mes gosses sont des filles et ce sont toutes des chipies.

Il sourit et ajouta deux dosettes de sucre à son café.

— Faith est aussi jolie qu'à seize ans quand elle dansait au bal, dans la salle de la mairie. Tu vas régulariser cette fois, Jason ?

Avec un petit rire, Jason repoussa son café en train de refroidir.

— Peut-être.

— Viens à la maison pour que je te présente ma famille, d'accord ? C'est juste au sud du village, une maison en pierre à un étage.

— Je l'ai vue en arrivant.

— Alors, ne repars pas sans y être entré. Rares sont les amis avec qui on peut évoquer ses souvenirs d'enfance, Jason. Tu sais… (Il jeta un coup d'œil à sa montre.) Ah, je crois que c'est à peu près l'heure à laquelle Faith fait sa pause-déjeuner. Je dois y aller.

Paul asséna une dernière claque dans le dos de son ami et le laissa seul au bar.

L'air songeur, Jason prit une gorgée de café. Il était parti dix ans, ce qui était généralement considéré comme un bon bout de temps, et pourtant, toutes les personnes qu'il croisait se comportaient comme s'il était encore avec Faith. C'était donc si facile de gommer une décennie ? « Facile pour tout le monde, sauf pour Faith et moi », songea-t-il. Balayer les années et le temps perdu peut-être, mais comment ignorer le mariage de Faith, et sa fille ?

Il la désirait toujours. Voilà une chose qui n'avait pas changé. Il en souffrait toujours. Cette douleur-là ne s'était pas estompée. Mais Faith, qu'éprouvait-elle ? La nuit précédente, elle lui avait avoué qu'elle n'avait jamais aimé d'autre homme que lui. Cela signifiait-il qu'elle l'aimait encore ? Jason laissa un billet sur le comptoir et se leva. Il n'y avait qu'un seul moyen de le savoir. Il allait lui poser la question.

La Maison de Poupée grouillait d'enfants. D'enfants bruyants. Lorsque Jason entra dans la boutique, les murs vibraient de cris et de rires. Des ballons d'hélium se massaient au plafond et le sol était jonché de miettes de cookies. Sur le seuil de la porte qui menait à l'atelier se dressait un grand château en carton. Devant un rideau d'un blanc brillant s'agitaient deux marionnettes : un Père Noël et un lutin en costume vert. Avec moult palabres et efforts exagérés, ils étaient en train de charger un traîneau scintillant d'or avec des paquets colorés. A deux reprises, le lutin tomba face contre terre en soulevant un cadeau, ce qui provoqua des éclats de rire chez les enfants. Après beaucoup de tribulations, tous les paquets furent enfin chargés. Lançant un tonitruant « Ho-ho-ho ! », le Père Noël grimpa sur le traîneau qui, dans un tintement de clochettes, disparut cahin-caha de l'autre côté du rideau.

Précédée par les applaudissements, une troupe de

marionnettes traversa la scène pour aller saluer le public. Jason vit la Mère Noël, deux lutins et, reconnaissable entre tous, le petit renne au nez rouge, avant que le Père Noël n'attire toute l'attention du public en lançant gaiement « Joyeux Noël ! ». Sans en avoir conscience, Jason s'était adossé contre la porte et admirait le spectacle, hilare, quand Faith émergea de derrière le château pour aller elle aussi saluer.

C'est alors qu'elle l'aperçut. Se sentant ridicule, elle salua une dernière fois alors que les enfants commençaient à vouloir escalader le château. Avec l'aisance d'une enseignante de maternelle expérimentée, elle les orienta vers les boissons fraîches et les biscuits.

— Très impressionnant, lui murmura Jason à l'oreille. Je regrette d'avoir manqué la plus grande partie du spectacle.

— Ce n'est pas grand-chose, affirma-t-elle en se passant les mains dans les cheveux. Je fais ça depuis des années maintenant, sans y apporter beaucoup de variations. Ce n'est pas très important, estima-t-elle après avoir jeté un coup d'œil en direction des enfants.

— Au contraire. (Il lui prit la main et la porta à ses lèvres tandis qu'un groupe de petites filles se mettait à pouffer de rire.) C'est très important pour eux.

— Madame Monroe ?

Un petit garçon aux cheveux carotte et au visage parsemé de taches de rousseur tirait sur sa jambe de pantalon.

— Quand est-ce qu'il va passer, Papa Noël ?

Faith s'accroupit et lui lissa les cheveux en arrière.

— Tu sais, Bobby, j'ai entendu dire qu'il était terriblement occupé cette année.

Le petit garçon avança la lèvre inférieure en une moue de dépit.

— Mais il passe toujours !

— Eh bien, je suis sûre qu'il trouvera un moyen d'apporter les cadeaux jusqu'ici. Dans une minute j'irai voir ce qui se passe à l'arrière de la boutique.

— Mais je dois lui parler !

La moue de l'enfant faillit avoir raison d'elle.

— S'il ne peut pas venir, tu peux toujours me donner une lettre pour lui. Je veillerai à ce qu'elle lui parvienne.

— Un problème ? murmura Jason lorsqu'elle se fut redressée.

— Jake fait toujours le Père Noël après le spectacle de marionnettes. Nous distribuons quelques bricoles, trois fois rien en réalité, mais les enfants y tiennent énormément.

— Jake ne peut pas le faire cette année ?

— Un des fils Hennessy lui a passé la varicelle.

— Je vois.

Il y avait des années qu'il n'avait pas fêté Noël, depuis… depuis qu'il avait quitté Faith.

— Je peux m'en charger, s'entendit-il déclarer à sa grande surprise.

— Toi ?

Quelque chose dans l'expression du visage de Faith le décida à être le meilleur saint Nicolas depuis l'original.

— Mais oui, moi. Où est le déguisement ?

— Dans la petite pièce du fond, mais…

— J'espère que tu n'as pas oublié les oreillers, lâcha-t-il avant de s'éloigner d'un pas nonchalant.

Il va se dégonfler, songea Faith. En fait, il n'était pas parti depuis cinq minutes qu'elle était persuadée que Jason avait déjà changé d'avis et s'était esquivé par la porte de derrière. Personne, pas même le groupe d'enfants qui s'empiffraient de cookies, ne fut plus enchanté qu'elle lorsque le Père Noël fit son entrée par la porte, un grand sac jeté sur l'épaule.

Il eut juste le temps de lancer un tonitruant « Joyeux Noël ! » avant d'être assailli de toutes parts. Pétrifiée d'étonnement, elle regarda les enfants gesticuler, bondir de joie et s'accrocher à son déguisement rouge.

— Papa Noël aimerait bien s'asseoir.

Jason fixa Faith d'un regard d'une telle intensité qu'elle en fut troublée jusqu'au plus profond d'elle-même. Elle mit quelques secondes avant de se ressaisir. Elle fila dans l'arrière-boutique et en rapporta une chaise à haut dossier qu'elle installa au milieu de la boutique.

— Maintenant, mettez-vous tous à la queue leu leu, ordonna-t-elle en rassemblant les enfants. Chacun à son tour.

Elle s'empara d'une boîte de cannes en sucre d'orge et les disposa sur la table, près de la chaise. Un par un, les enfants grimpèrent sur les genoux de Jason. Faith comprit très vite qu'elle n'aurait jamais dû douter de Jason. Elle avait entraîné Jake à répondre aux enfants de façon adéquate et, surtout, à ne rien promettre pour ne pas risquer qu'ils soient déçus. Après que le troisième enfant fut redescendu des genoux du Père Noël, Faith se détendit. Jason jouait le rôle à merveille.

En outre il s'amusait comme un fou. Il avait fait cela juste pour donner un coup de main à Faith, peut-être même pour l'impressionner, mais il en retirait bien plus de satisfaction qu'escompté. Jamais un enfant sur ses genoux ne l'avait contemplé avec dans le regard une confiance et un amour aussi aveugles. Il écouta leurs souhaits, leurs confessions et leurs doléances. Chacun eut la permission de plonger la main dans le sac qu'il portait sur l'épaule et d'en sortir un cadeau.

Tous l'étreignirent, lui plaquèrent des baisers poisseux sur les joues et s'acharnèrent à malmener son déguisement. Un petit garçon entreprenant tira un grand coup sur sa barbe postiche avant que Jason ne réussisse à détourner son attention. Les enfants quittèrent la boutique, heureux, en compagnie de leurs parents ou en groupe.

— Tu as été fantastique !

Quand le dernier enfant fut sorti, Faith retourna le panonceau « Fermé » sur la vitrine pour se ménager une pause, le temps de reprendre son souffle.

— Tu veux venir sur mes genoux ?

En riant, elle alla vers lui.

— Je suis sincère, Jason, tu as vraiment été génial. Je n'ai pas de mot pour exprimer la joie que tu m'as procurée.

— Alors montre-la-moi.

Il l'attira sur ses genoux et elle s'enfonça dans les oreillers qui rembourraient son déguisement. Elle rit de nouveau et l'embrassa sur le nez.

— J'ai toujours craqué pour les hommes en costume rouge. Si seulement Clara avait pu être là…

— Pourquoi n'a-t-elle pas assisté au spectacle ?

Avec un petit soupir, Faith s'autorisa à se laisser aller contre lui.

— Elle est trop âgée désormais pour tout ça — du moins c'est ce qu'elle prétend. Elle est allée faire les magasins avec Marcie.

— Trop âgée à neuf ans ?

Faith resta silencieuse un moment, puis haussa les épaules.

— Les enfants grandissent vite.

Elle tourna la tête vers lui.

— Tu as fait beaucoup d'heureux aujourd'hui.

— C'est toi que j'aimerais rendre heureuse, lui confia-t-il en lui caressant les cheveux. A une époque, j'y arrivais.

— N'as-tu jamais rêvé de pouvoir revenir en arrière ? demanda-t-elle en se blottissant dans ses bras, satisfaite. Quand nous étions adolescents, tout paraissait si simple. Et puis, on ferme les yeux une minute et quand on les rouvre, on est devenu adulte. Oh, Jason… Je voulais que tu m'emmènes au loin, vers un château, au sommet d'une montagne… J'étais tellement romantique !

Ils étaient seuls dans la boutique, entourés de poupées et de l'écho du rire des enfants. Il lui caressait toujours les cheveux.

— Et moi, pas assez, n'est-ce pas ?

— Tu avais les pieds sur terre, et moi la tête dans les nuages.

— Et maintenant ?

— Maintenant, j'ai une fille à élever. C'est parfois terrifiant d'avoir conscience que l'on est responsable d'une autre vie que la sienne. Est-ce que tu…, hésita-t-elle, se sachant en terrain glissant. Est-ce que tu as déjà songé à avoir des enfants ?

— Non, jamais. Dans mon travail, je dois me rendre dans des endroits où être responsable de sa propre vie est déjà bien assez difficile.

Elle s'était déjà fait cette réflexion à propos de lui — et cela lui avait causé bien des cauchemars…

— Mais ça t'excite toujours.

Il repensa à certaines choses qu'il avait vues, à la cruauté, au malheur…

— Ça ne m'excite plus depuis longtemps. Mais je suis bon dans mon travail.

— Je crois que je l'ai toujours su. Jason… (Elle se tourna de nouveau pour plonger son regard dans le sien.) Je suis contente que tu sois revenu.

Lorsqu'elle appuya sa joue contre la sienne, les mains de Jason l'étreignirent plus fort.

— Et il a fallu que tu attendes que je sois rembourré comme un éléphant de mer pour me dire ça !

Dans un rire, elle lui noua les bras autour du cou.

— J'ai l'impression que justement, pour une fois, je peux le faire en toute sécurité.

— Si j'étais toi, je ne parierais pas trop là-dessus !

Il pressa ses lèvres contre les siennes et les sentit frémir.

— Qu'y a-t-il de si drôle ?

Réprimant son envie de rire, elle s'écarta de lui.

— Oh, rien, rien du tout… J'ai toujours rêvé d'être embrassée par un barbu coiffé d'un bonnet rouge à clochettes. Il faut que j'aille ranger tout ce bazar dans la boutique.

Elle descendit de ses genoux et il tenta tant bien que mal de se lever de sa chaise.

— Les meilleures choses ont une fin…

Faith ne répondit pas et rassembla les lambeaux de papier coloré. Jason ramassa son sac et glissa un œil à l'intérieur.

— Il reste un paquet là-dedans.

— C'est pour Luke Hennessy. La varicelle.

Il regarda le cadeau, puis reporta son regard sur Faith. Ses cheveux lui voilaient le visage alors qu'elle s'employait à décoller une canne en sucre d'orge de la moquette.

— Où habite-t-il ?

Elle se redressa, la friandise à la main. A certains, il aurait pu sembler ridicule avec son torse rembourré, emmitouflé de tissu rouge et le visage à moitié dissimulé par les boucles de sa barbe blanche. Il ne lui avait jamais paru aussi merveilleux. Elle alla vers lui et lui tira la barbe sur le menton. Elle l'entoura de ses bras et sa bouche trouva la sienne.

Elle embrassait toujours avec la même générosité, songea-t-il, son baiser était empreint d'espérance et de bonté simple. Le désir lui incendia les veines et l'installa dans une douce satisfaction.

— Merci, dit-elle.

Elle l'embrassa de nouveau, un baiser amical cette fois.

— Il habite à l'angle d'Elm et de Sweetbriar.

Jason attendit quelques instants, le temps de reprendre ses esprits.

— Je pourrai avoir une tasse de café à mon retour ?

— Bien sûr, acquiesça-t-elle en lui rajustant sa barbe. Je serai à côté.

7

La traversée du village avait été un grand moment, il fallait bien le reconnaître. Une ribambelle de gamins s'était attachée à ses pas. Les adultes l'avaient apostrophé en agitant la main. On lui avait offert un nombre incalculable de cookies. Mais c'est le regard du jeune Hennessy, très impressionné, qui lui avait causé le plus de satisfaction. Cela avait surpassé la stupeur de sa mère quand elle avait ouvert la porte au Père Noël.

Jason prit son temps pour rentrer, flânant sur la place. Etrange, de voir à quel point l'habit pouvait faire le moine… Il se sentait… comment dire, débordant de bienveillance. Si l'un de ses collègues avait pu le voir maintenant, il serait tombé raide dans la neige. Jason Law avait la réputation d'être un homme impatient, d'une franchise brutale et d'un tempérament emporté. Ce n'était pas sa bienveillance qui lui avait permis de décrocher le Pulitzer. Et pourtant, d'une certaine manière, à cet instant précis, sa barbe en polyester et ses clochettes à trois sous lui procuraient davantage de plaisir que toutes les récompenses qu'il avait reçues au cours de sa carrière.

Il rebroussait chemin en lançant des *ho-ho-ho !* à tout bout de champ lorsque Clara sortit du bazar. Elle et la petite brune qui l'accompagnait partirent d'un fou rire.

— Mais c'est…

Un regard menaçant de Jason suffit à la faire taire. S'interrompant aussitôt, Clara se racla la gorge et lui tendit la main.

— Comment ça va, Père Noël ?

— Fort bien, Clara.

— Ce n'est pas Jake, souffla Marcie à Clara.

Elle s'approcha pour tenter de reconnaître le visage qui se cachait derrière les boucles blanches.

Très amusé, Jason lui décocha un clin d'œil.

— Salut, Marcie !

La brunette ouvrit de grands yeux.

— Comment il peut savoir mon nom ? chuchota-t-elle à l'oreille de son amie.

Clara étouffa son rire derrière sa main.

— Le Père Noël sait tout, pas vrai, Père Noël ?

— J'ai mes sources…

— Le Père Noël n'existe pas.

Mais l'attitude adulte qu'affectait Marcie était en train de s'effriter.

Jason se pencha pour donner une pichenette au pompon de son bonnet.

— A Quiet Valley si, affirma-t-il, et en le disant il faillit y croire lui-même.

Il remarqua que Marcie avait cessé de vouloir voir derrière la barbe et qu'elle acceptait la magie de Noël. Estimant préférable de ne pas trop tenter le diable, il poursuivit son chemin le long de la rue.

Pour un gros bonhomme en costume rouge, s'introduire discrètement chez quelqu'un n'est pas chose simple, mais Jason avait de l'expérience. Une fois dans l'arrière-boutique de Faith, il ôta son déguisement de Père Noël. Il avait envie de recommencer. Tout en se glissant dans son pantalon étroit, il prit conscience que cela faisait des années qu'il ne s'était pas autant amusé. Cela venait en partie de l'éclat dans le regard de Faith, de la façon dont elle s'était adoucie avec lui, même brièvement. A cause aussi du simple fait de procurer du bonheur aux autres. Depuis quand n'avait-il pas agi de façon désintéressée ? En reportage, il fallait toujours marchander. Tu me donnes ceci et en échange je te donne cela. Il s'était blindé contre la compassion, la pitié, afin de découvrir la vérité et d'en rendre compte. Si son style était sans concession, c'est qu'il avait toujours choisi des sujets qui l'exigeaient. Cela l'avait aidé à oublier. Mais aujourd'hui qu'il était revenu chez lui, les souvenirs s'imposaient à lui, impossible d'y échapper.

Quel genre d'homme était-il vraiment ? Il n'en était plus très sûr, mais il savait qu'il existait une femme capable de le rendre heureux ou bien de lui briser le cœur. Rangeant le déguisement dans le placard, il alla la trouver.

Elle l'attendait. Elle était prête à admettre qu'elle l'attendait depuis dix ans. Pendant tout le reste de l'après-midi, Faith avait réfléchi à sa décision. Elle avait réussi sa vie. Même si sa quête du bonheur n'avait pas toujours été facile, elle en avait retiré de la satisfaction. La confiance était venue au fil des années et elle savait qu'elle pouvait continuer son chemin seule. Il était temps d'arrêter d'avoir peur de ce que serait sa vie une fois Jason parti, et d'accepter le cadeau que lui offrait le destin. Jason se trouvait à Quiet Valley, ici et maintenant, et elle était amoureuse de lui.

Lorsqu'il entra dans la maison, il la découvrit pelotonnée dans un fauteuil, près de l'arbre, la joue posée sur le bras. Elle attendit qu'il s'avance vers elle.

— Quelquefois, la nuit, je reste assise ici. Clara dort en haut et la maison est plongée dans le silence. Je peux penser à des petits détails ou à des choses très importantes, exactement comme quand j'étais petite. Les lumières des guirlandes se fondent entre elles et l'arbre sent divinement bon. On peut voyager où on veut dans un fauteuil.

Il la fit se lever et la sentit succomber ; il s'installa dans le fauteuil et la prit sur ses genoux.

— Je me rappelle être resté assis comme ça avec toi à Noël, chez tes parents. Ton père ronchonnait.

Elle se blottit tout contre lui. Sans les oreillers, il n'y avait plus que son corps svelte qu'elle connaissait si bien.

— Ma mère l'entraînait dans la cuisine pour que nous

puissions rester seuls un moment. Elle savait que tu n'avais pas d'arbre de Noël chez toi.

— Ni arbre ni rien.

— Je ne t'ai pas demandé où tu vivais à présent, Jason, si tu avais trouvé un endroit où tu étais heureux ?

— Je bouge beaucoup. J'ai un point de chute à New York.

— Un point de chute ?

— Un appartement.

— A t'entendre, ça ne ressemble guère à un foyer, murmura-t-elle. Est-ce que tu décores un arbre à la fenêtre pour Noël ?

— Ça m'est arrivé une fois ou deux, je crois, quand j'étais là.

Faith en éprouva une peine immense, mais elle ne dit rien.

— Ma mère a toujours prétendu que tu avais la bougeotte. Il y a des gens qui ont ça en eux.

— J'avais quelque chose à prouver, Faith.

— A qui ?

— A moi-même.

Il appuya sa joue sur le sommet de son crâne.

— Et à toi, bon sang !

Elle inspira l'odeur du sapin ; les lumières dansaient sur l'arbre. Il leur était déjà arrivé de rester assis comme ça, il y avait bien longtemps. Ses souvenirs en étaient presque aussi tendres que la réalité présente.

— Je n'ai jamais eu besoin que tu me prouves quoi que soit, Jason.

— C'était peut-être une des raisons pour lesquelles il fallait que je le fasse. Tu étais trop bien pour moi.

— C'est absurde !

Elle voulut se dégager pour protester mais il la tenait serrée.

— Si, et ça n'a pas changé.

Lui aussi considéra l'arbre de Noël. La guirlande scintillait de lumières, comme une vision féerique de la vie qu'il aurait tant voulu offrir à Faith.

— C'est peut-être ce qui m'a poussé à partir au moment

où je l'ai fait — et peut-être est-ce aussi pour ça que je suis revenu. Tu es pétrie de bonté, Faith. Le seul fait d'être avec toi fait ressortir ce qu'il y a de meilleur en moi. Et Dieu sait pourtant qu'il n'y a pas grand-chose à sauver !

— Tu as toujours été trop dur envers toi-même. Je n'aime pas ça.

Cette fois elle parvint à se dégager de son étreinte ; elle posa les mains sur ses épaules et plongea son regard dans le sien.

— Si je suis tombée amoureuse de toi, ce n'est pas par hasard. Tu étais gentil même si tu prétendais le contraire. Tu voulais te faire passer pour un dur et un provocateur parce que ça te rassurait.

Jason sourit et d'un doigt lui effleura la joue.

— J'étais bel et bien un provocateur.

— Alors peut-être que j'aimais ça. Tu n'acceptais pas les évidences, tu ne craignais pas de les remettre en question.

— J'ai failli me faire renvoyer deux fois du lycée à cause de cette attitude.

Son ancienne colère resurgit en lui. Faith était-elle donc la seule personne à l'avoir jamais compris ? Personne d'autre qu'elle n'avait donc été capable de comprendre ses aspirations et ses tourments les plus intimes ?

— Tu les surpassais tous en intelligence. Et tu l'as prouvé, si besoin en était.

— Tu as souvent dû prendre ma défense, n'est-ce pas ?

— Je croyais en toi. Je t'aimais.

Jason caressa son visage d'un geste familier qui la fit fondre.

— Et aujourd'hui ?

Elle avait trop à dire et pas assez de moyens pour l'exprimer.

— Tu te souviens de cette nuit de juin, après le bal de fin d'année ? Nous sommes partis en voiture. C'était pleine lune et l'air embaumait la douceur de l'été.

— Tu portais une robe bleue qui faisait ressortir tes

yeux comme des saphirs. Tu étais si belle que je n'osais pas te toucher.

— J'ai donc fait ta conquête…

Elle avait l'air si contente d'elle-même qu'il rit.

— Absolument pas !

— Oh, que si ! Sinon tu n'aurais jamais fait l'amour avec moi. (Elle lui effleura les lèvres de sa bouche.) Dois-je de nouveau te séduire ?

— Faith…

— Clara dîne à côté, chez Marcie. Elle va y passer la nuit. Viens au lit avec moi, Jason.

Le calme de sa voix incendia ses sens. Le contact de sa main sur sa joue lui fit l'effet d'une brûlure au fer rouge. Pourtant, mêlé au désir qu'il éprouvait pour elle, s'attardait un amour adolescent qui n'avait jamais mûri.

— Tu sais bien que j'ai envie de toi, Faith, mais nous ne sommes plus des enfants.

— Non, nous ne sommes plus des enfants, acquiesça-t-elle en appuyant ses lèvres au creux de sa main. Et j'ai envie de toi. Pas de promesses, pas de questions. Aime-moi comme lors de cette merveilleuse nuit que nous avons passée ensemble.

Elle se leva et lui tendit la main.

— Je veux un souvenir pour les dix prochaines années.

Main dans la main, ils montèrent l'escalier. Il refusa de penser à l'autre homme que Faith avait choisi, à la vie qu'elle s'était construite. Lui aussi allait chasser de son esprit ces dix années gâchées et saisir l'occasion qui lui était offerte.

L'hiver, la nuit tombe de bonne heure — la lumière était chiche. En silence, elle alluma des bougies qui éclairèrent la chambre d'une lueur dorée et la peuplèrent d'ombres mouvantes. Elle se tourna vers lui, un sourire aux lèvres, avec au fond des yeux toute la confiance et l'expérience d'une femme. Sans un mot, elle vint vers lui et leva la tête pour lui offrir sa bouche et tout le reste.

D'une main sûre, elle défit les boutons de sa chemise. Les

doigts de Jason tremblèrent lorsqu'il parvint aux boutons de son corsage. Lui murmurant des mots tendres, elle attendit que ses mains effleurent sa peau, puis soupira de pur plaisir. Ils se dévêtirent chacun avec lenteur, sans aucune gêne, mais avec la tranquille certitude de devoir savourer chaque moment, chaque seconde de leurs retrouvailles.

Quand il la découvrit aussi mince, adorable et inexplicablement innocente que la première fois, il fut submergé par un tourbillon de désirs, de doutes et d'envies. Mais elle fit un pas vers lui, colla son corps au sien et fit voler en éclats ses dernières hésitations. Elle était plus forte qu'avant. Pas physiquement, mais psychologiquement. Peut-être Faith avait-elle changé, mais le désir qui l'embrasait était identique à celui que, tout jeune homme, il avait autrefois éprouvé pour elle. Avec l'insouciance des enfants qu'ils avaient été jadis, ils se laissèrent tomber sur le lit.

Ils ne revécurent pas leur expérience passée. Leur amour était aussi neuf et aussi follement excitant que la première fois. Mais ils étaient devenus un homme et une femme à présent, plus exigeants, plus avides. Faith l'attira contre elle et le caressa avec une impatience toute nouvelle, laissant libre cours à un bouillonnement longtemps refréné. Elle avait tant attendu ce moment, depuis une éternité, qu'elle ne pouvait patienter un instant de plus.

Mais Jason lui prit la main et la porta à ses lèvres. Il apaisa sa fougue en la bâillonnant d'un baiser.

— Je ne savais pas trop comment m'y prendre la première fois.

Il l'embrassa dans le cou jusqu'à ce qu'elle se mette à gémir, enflammée par la perspective du plaisir qu'il allait lui donner.

— Mais maintenant, j'ai de l'expérience.

Et il l'emporta vers des cieux jusqu'ici inconnus d'elle. Plus haut, toujours plus haut, pour la plonger ensuite dans les profondeurs d'un air lourd et sombre. Prise dans un tourbillon, elle se cramponna à lui. Elle aurait voulu lui donner de l'amour, mais elle était sans forces dans ses bras. Les mains de Jason, tendres, douces, sûres, la caressèrent jusqu'à ce que son corps frémisse. Il but ses soupirs avec une ardeur brutale, impérieuse et sans pitié, avant d'apaiser de nouveau ses sens, patiemment. Le plaisir monta en elle, anéantissant toute pensée, toute raison et même tout souvenir.

Lorsqu'ils atteignirent l'extase ensemble, ils partagèrent un bonheur infini. Le temps ne poursuivit pas son cours mais les retint enlacés dans la parenthèse du présent.

Jason la garda serrée très fort contre lui et tous deux goûtèrent la plénitude du moment. Les yeux fermés, Faith savoura leur unité. Elle était amoureuse, et pour l'instant, rien d'autre n'existait. Mais la félicité de Jason était tourmentée de questions. Faith était si ardente, si généreuse dans ses émotions. Elle l'aimait. Il n'avait pas besoin de mots pour s'en rendre compte, elle et lui s'étaient toujours compris de façon implicite. Mais la loyauté qui, pour lui, représentait l'essence même de Faith, cette loyauté-là avait été rompue. Comment pouvait-il trouver le repos sans savoir pourquoi ?

— J'ai besoin de comprendre comment nous avons pu gâcher dix ans, Faith.

Comme elle restait silencieuse, il l'obligea à tourner la tête vers lui. A la lueur vacillante des bougies, les yeux de Faith brillèrent sans toutefois que les larmes s'en échappent.

— J'ai besoin de savoir, aujourd'hui plus que jamais.

— Ne me pose pas de questions, Jason. Pas ce soir.

— J'ai attendu suffisamment longtemps. Nous avons attendu suffisamment longtemps.

Elle inspira profondément et s'assit dans le lit. Elle ramena ses genoux à la poitrine et les enserra de ses bras. Sa chevelure cascadait le long de son dos. Incapable de résister, il saisit une poignée de ses cheveux à pleine main. Elle avait été sienne, jadis, corps et âme. Il avait été le premier. Bien sûr, il lui fallait admettre qu'elle s'était mariée avec un autre homme et qu'elle avait eu un enfant de lui, mais avant tout, pourquoi s'était-elle tournée vers quelqu'un d'autre si peu de temps après son départ ?

— Donne-moi une explication, Faith. N'importe quoi.

— Nous nous aimions, Jason, mais nous avions des buts différents. (Elle se tourna vers lui.) Et c'est encore vrai aujourd'hui.

Elle lui prit la main et l'appuya contre sa joue.

— Si tu me l'avais permis, je t'aurais suivi jusqu'au bout du monde. J'aurais quitté ma maison, ma famille sans un seul regret. Mais tu avais besoin de partir seul.

— Je n'avais rien à t'offrir…, commença-t-il.

Elle l'arrêta d'un regard.

— Tu ne m'as pas laissé le choix.

Il tendit la main pour l'effleurer.

— Et si je te le donnais aujourd'hui ?

Elle ferma les yeux et laissa son front reposer contre le sien.

— Aujourd'hui j'ai une fille, et je ne peux pas lui ôter son foyer. Mes désirs sont secondaires.

Elle s'écarta de lui pour le dévisager.

— Et les tiens aussi. Il y a dix ans, je n'aurais jamais cru que tu t'en irais pour de bon. Mais cette fois, je sais que tu repartiras. Alors, profitons simplement de l'instant présent, offrons-nous ce Noël. S'il te plaît.

Elle referma la bouche sur la sienne, coupant court à toute autre question.

8

Le soir de Noël est un moment magique. Faith en avait toujours été persuadée. Lorsqu'elle s'éveilla auprès de Jason, elle éprouva bien autre chose qu'une sensation de miracle. Elle resta un moment allongée près de lui, à le regarder dormir. Elle s'était déjà imaginé cette scène étant enfant, puis femme, mais aujourd'hui, elle n'avait pas besoin de recourir à l'artifice du rêve. Jason était là, contre elle, son corps chaud et paisible, alors que dehors une neige matinale blanchissait le petit jour. Prenant garde à ne pas le réveiller, Faith se glissa hors du lit.

Lorsque Jason roula sur le côté, il perçut son odeur : cette senteur de printemps que ses cheveux avaient laissé sur la taie d'oreiller. Il resta allongé quelques minutes et laissa ce parfum s'immiscer dans tout son être. Comblé, il se retourna et considéra la chambre qu'il n'avait pas pu voir dans l'obscurité.

Un papier peint ivoire, parsemé de brins de violette recouvrait les murs. Les fenêtres s'ornaient de rideaux bonne femme à volants. Un vieux secrétaire de bois de rose disparaissait sous des boîtes et des flacons colorés. Sur une coiffeuse s'alignaient une brosse et un peigne à manche argenté, de style ancien. Il regarda la neige tomber et huma le pot-pourri placé sur la table de nuit. Cette chambre était vraiment à l'image de Faith : charmante, fraîche et très féminine. Un homme pouvait s'y détendre même en sachant qu'il risquait de trouver une paire de bas jetée sur le dossier d'une chaise ou un corsage mélangé à ses chemises. Ici il pouvait se relaxer. Et il n'allait pas laisser Faith lui échapper une seconde fois.

A mi-escalier, l'odeur du café parvint à ses narines. Faith avait mis des chants de Noël sur la chaîne hi-fi et le bacon était en train de frire. Il ignorait que le seul fait d'entrer dans une cuisine et d'y trouver sa femme en train de préparer le petit déjeuner pouvait procurer autant de bonheur.

— Ah, tu es levé !

Elle était drapée dans un peignoir en flanelle de couleur vive. Il sentit le désir lui contracter le ventre.

— Le café est prêt.

— C'est merveilleux, dit-il en allant vers elle. J'ai senti l'odeur en me réveillant.

Elle posa la tête sur son épaule en s'efforçant de ne pas penser : c'est à cela qu'aurait dû ressembler leur vie si seulement…

— Maman ! Maman ! Il neige !

Clara fit irruption dans la cuisine et se mit à danser tout autour de la pièce.

— Ce soir on va faire une promenade en charrette à foin en chantant des chants de Noël et tout est couvert de neige !

Elle se figea devant Jason et lui adressa un sourire épanoui :

— Bonjour.

— Salut, toi.

— Marcie et moi, on va faire un bonhomme de neige. Elle dit que les plus beaux sont ceux qu'on fait à Noël. Tu pourras nous aider si tu veux.

Faith s'était demandé comment réagirait Clara en voyant Jason assis à la table du petit déjeuner. Secouant la tête, elle se mit à battre les œufs. Elle aurait dû savoir que Clara accepterait l'homme que sa mère avait choisi d'aimer.

— Tu dois prendre un petit déjeuner.

Clara tripota le Père Noël en plastique accroché au

revers de son manteau, tirant sur le cordon pour que son nez s'allume, ce qui la ravissait chaque fois.

— J'ai mangé des céréales chez Marcie.

— Tu as dit merci à sa mère pour t'avoir gardée ?

— Ouais…, soupira-t-elle avant de s'interrompre, perplexe. Enfin, je crois… De toute façon, on va faire deux bonshommes de neige pour organiser un mariage et tout le reste. Le mariage, c'est une idée de Marcie.

— Clara préférerait jouer à la guerre, confia Faith à Jason.

— Je m'étais dit qu'on pourrait jouer à ça après. Je vais peut-être d'abord boire un chocolat chaud.

Elle considéra fixement la boîte à cookies et évalua ses chances. Minimes.

— Je vais t'en préparer un. Et tu auras droit à un cookie quand tu auras fini ton bonhomme de neige, promit Faith, le dos tourné. Suspends tes affaires près de la porte.

Tout en s'extrayant de son manteau, Clara papota avec Jason.

— Tu ne vas pas retourner en Afrique, hein ? Moi, je trouve que l'Afrique, c'est pas marrant à Noël. La mère de Marcie dit que tu vas sûrement partir dans un endroit génial.

— Je suis censé être à Hongkong dans quelques semaines.

Il lança un coup d'œil en direction de Faith. Celle-ci restait le dos tourné.

— Mais je vais passer Noël ici.

— Tu as un arbre dans ta chambre ?

— Non.

Clara le fixa, les yeux écarquillés.

— Mais alors, où tu vas mettre tes cadeaux ? Noël sans arbre, c'est pas vraiment Noël, pas vrai, maman ?

Faith songea à Jason qui avait grandi sans jamais avoir d'arbre à Noël. Il faisait tant d'efforts, se souvint-elle, pour lui faire croire qu'il s'en fichait.

— Un arbre ne sert qu'à rappeler aux autres que c'est Noël.

Sceptique, Clara se laissa tomber sur une chaise.

— Mouais, peut-être…

— A moi aussi, elle me disait la même chose, confia Jason à Clara. De toute façon, à mon avis, M. Beantree n'apprécierait guère que je sème des aiguilles de sapin partout dans la chambre.

— Mais nous, on a un arbre, alors tu pourrais venir manger chez nous ? réfléchit-elle. Maman prépare une énorme dinde et papi et mamie viennent manger ici. Mamie apporte des gâteaux et on se goinfre toute la journée.

— Ça m'a l'air génial comme programme…

Amusé, il lança un regard en direction de Faith qui faisait glisser les œufs sur un plat.

— Il m'est déjà arrivé deux ou trois fois de passer le repas de Noël chez tes grands-parents.

— C'est vrai ?

Clara l'examina d'un œil intéressé.

— Il paraît que tu étais l'amoureux de maman, avant. Comment ça se fait que vous vous êtes pas mariés ?

— Tiens, Clara, voilà ton chocolat. Tu ferais mieux de te dépêcher, Marcie t'attend.

— Vous allez nous rejoindre dehors ?

— Bientôt.

Soulagée d'avoir pu si facilement détourner l'attention de sa fille, Faith posa le plat d'œufs au bacon sur la table. Ignorant le haussement de sourcil mi-figue mi-raisin de Jason, elle s'assit.

— Il nous faut des carottes, des cache-nez et tout un tas de trucs.

— Je m'en occupe.

Avec un grand sourire, Clara avala son chocolat.

— Et des chapeaux ?

— Et des chapeaux.

Une boule de neige vint s'écraser contre la fenêtre de la cuisine. Clara se leva d'un bond.

— C'est elle ! Je dois y aller. Dépêche-toi de venir,

maman, c'est toi la plus forte pour les bonshommes de neige !

— Dès que je serai habillée. N'oublie pas de boutonner ton manteau jusqu'en haut.

A la porte de derrière, Clara hésita.

— J'ai un petit arbre de Noël en plastique dans ma chambre. Tu peux le prendre si tu veux.

Touché, Jason la dévisagea. Tout le portrait de sa mère… et il tomba amoureux une seconde fois.

— Merci.

— De rien. Salut !

— C'est vraiment une gosse formidable, commenta Jason tandis que la porte se refermait derrière Clara… Oui, je l'aime bien… Je lui donnerai un coup de main pour son bonhomme de neige.

— Tu n'y es pas obligé, Jason.

— Ça me fait plaisir. Ensuite, il faudra que je m'occupe de certaines choses.

Il consulta sa montre. On n'était encore qu'à la veille de Noël… Mais quand le destin vous offrait une seconde chance, mieux valait battre le fer tant qu'il était chaud.

— Puis-je espérer une invitation pour ce soir ?

Faith sourit faiblement et du bout de la fourchette joua avec la nourriture dans son assiette.

— Depuis quand as-tu besoin d'une invitation ?

— Ne prépare rien, j'apporterai quelque chose.

— Ce n'est pas la peine, je…

— Ne prépare rien te dis-je, répéta-t-il en se levant.

Il se pencha pour l'embrasser, s'attardant sur ses lèvres.

— Je reviens.

Il prit son manteau à la patère, où il avait côtoyé celui de Clara. Quand Jason fut parti, Faith contempla le toast qu'elle avait réduit en miettes entre ses doigts. Hongkong. Cette fois au moins, elle savait où il allait.

*
**

Au bord du jardin, les bonshommes de neige le regardèrent passer, hilares, lorsqu'il les longea pour se frayer un chemin jusqu'à l'arrière de la maison. Chargé de cartons en équilibre, Jason frappa à la porte de derrière du bout de sa chaussure. Il neigeait à gros flocons depuis le matin.

— Jason !

Interloquée, Faith recula pour le laisser entrer en le voyant vaciller sous le poids des paquets.

— Où est Clara ?

— Clara ? répéta-t-elle en le regardant fixement, et elle repoussa ses cheveux en arrière. En haut, elle se prépare pour sa promenade en charrette à foin.

— Bien. Prends le carton sur le dessus.

— Jason, mais qu'est-ce que c'est que tout ça ?

— Prends le carton sur le dessus te dis-je, à moins que tu ne préfères que la pizza finisse écrasée par terre ?

— D'accord, mais…

Faith rit en voyant qu'un énorme carton menaçait de glisser des bras de Jason.

— Jason, qu'est-ce que tu as fait ?

— Attends une minute.

Tenant la pizza, elle le regarda traîner le grand carton dans le salon.

— Jason, qu'est-ce que c'est que ça ?

— Un cadeau.

Il voulut le poser sous l'arbre mais s'aperçut qu'il n'y avait pas la place. Au prix de quelques cfforts, il parvint à appuyer le paquet contre le mur, à côté de l'arbre. Il se retourna vers Faith, radieux. Il ne s'était jamais senti aussi heureux de sa vie.

— Joyeux Noël.

— A toi aussi. Jason, qu'y a-t-il dans cette boîte ?

— Bon sang, il gèle dehors !

Il se frotta les mains, prenant à peine conscience du froid mordant qui régnait à l'extérieur.

— Il reste du café ?

— Jason…

— C'est pour Clara.

Il se sentit un peu bête, mais curieusement, cela n'atténua en rien sa joie.

— Ce n'était pas la peine de lui offrir un cadeau, commença Faith, mais elle fut vaincue par la curiosité. Qu'est-ce que c'est ?

— Ça ? fit Jason en tapotant la boîte de presque deux mètres. Oh, ce n'est rien…

— Si tu ne me dis pas ce que c'est, tu seras privé de café ! Et je garderai la pizza pour moi, ajouta-t-elle avec un sourire.

— Quel rabat-joie tu fais ! C'est un toboggan, révéla-t-il.

Il prit Faith par le bras et l'entraîna hors de la pièce.

— Pendant que nous faisions le bonhomme de neige, Clara m'a confié qu'un de ses copains avait un toboggan identique à celui-ci et qu'il faisait des superglissades.

— Des superglissades…, murmura Faith.

— Et la neige, c'est idéal pour faire des superglissades…

— Idiot, répliqua Faith en l'embrassant avec fougue.

— Pose cette pizza et répète-moi ça.

Elle rit et laissa la pizza entre eux.

— Waou !

Faith haussa un sourcil surpris en entendant l'exclamation en provenance du salon.

— Je crois que Clara a vu le carton…

La fillette fonça sur eux comme une fusée.

— Tu as vu ? Je savais qu'il y en aurait un de plus, je le savais ! Il est aussi grand que toi, dit-elle à Jason. Et tu as vu ? ajouta-t-elle en le tirant par la main pour l'entraîner dans le salon, il y a mon nom écrit dessus.

— Tu te rends compte…

Jason la souleva et l'embrassa sur les deux joues.

— Joyeux Noël.

— Il me tarde tellement ! s'écria-t-elle en lui nouant les bras autour du cou de toutes ses forces, il me tarde tellement !

En les regardant, Faith se sentit douloureusement

déchirée par un tourbillon d'émotions contradictoires. Que devait-elle faire ? Que pouvait-elle faire ? Lorsque Jason se retourna, tenant toujours Clara dans ses bras, les lumières de l'arbre de Noël nimbèrent leurs visages d'une aura féerique.

— Faith ?

Pas besoin de mots, il suffisait à Jason de lire l'expression de son visage pour reconnaître la détresse, la souffrance et le bouleversement qu'elle ressentait.

— Qu'est-ce qui se passe ?

Faith tritura nerveusement le carton à pizza.

— Rien. Je vais aller découper cette pizza avant qu'elle ne refroidisse.

— De la pizza ? s'exclama Clara en se dégageant de l'étreinte de Jason. Je pourrai en avoir deux parts ? C'est Noël…

— Coquine ! la gourmanda Faith avec tendresse tout en lui ébouriffant les cheveux. Va mettre la table.

— Qu'y a-t-il, Faith ?

Jason la prit par le bras avant qu'elle ait pu suivre sa fille dans la cuisine.

— Quelque chose ne va pas.

— Non, pas du tout.

Il fallait qu'elle se maîtrise. Elle avait réussi à refouler toutes ses émotions depuis si longtemps…

— Je me sens un peu dépassée par tout ce que tu fais, expliqua-t-elle, et elle lui effleura la joue en souriant. Ce n'est pas la première fois, d'ailleurs. Allez viens, allons manger.

Comme elle ne semblait pas disposée à lui livrer le fond de sa pensée, il laissa aller et lui emboîta le pas vers la cuisine où Clara essayait de glisser un œil à l'intérieur de la boîte en carton. Il n'avait encore jamais vu d'enfant engloutir de la nourriture avec un tel enthousiasme. Comment aurait-il pu deviner que le soir de Noël était un moment aussi extraordinaire ? Il n'avait jamais eu personne à ses côtés pour partager cette soirée.

Clara avala le dernier morceau de sa seconde part de pizza.

— Peut-être que si j'ouvrais un cadeau ce soir, il y aurait moins de pagaille demain matin… ?

Faith parut réfléchir à la question.

— Moi, j'aime bien la pagaille, estima-t-elle, et Jason comprit que cette conversation était un rituel entre elles deux.

— Peut-être que si j'ouvrais juste un cadeau ce soir, je pourrais aller au lit tout de suite. Comme ça, tu n'aurais pas à attendre des heures avant d'aller remplir les bas de Noël en cachette…

— Hum…

Faith repoussa son assiette vide et savoura le vin que Jason avait apporté.

— Ça ne me déplaît pas de traîner dans la maison, la nuit…

— Si j'ouvrais juste…

— Pas question.

— Mais si je…

— Non.

— Mais il reste encore des heures et des heures avant que ça soit Noël !

— Atroce, n'est-ce pas ? la taquina Faith en souriant. Et tu vas aller chanter des chants de Noël dans dix minutes, alors tu ferais mieux de mettre ton manteau.

Clara alla enfiler ses bottes.

— Peut-être que quand je reviendrai, tu te diras que dans le tas, il y a un cadeau moins important que les autres et que c'est pas la peine d'attendre jusqu'à demain matin pour l'ouvrir… ?

— Les cadeaux qui se trouvent sous cet arbre sont tous d'une importance capitale.

Faith se leva pour l'aider à passer son manteau.

— Et tu vas bien obéir aux instructions. Tu ne t'éloignes pas du groupe. Tu n'enlèves pas tes mitaines, je tiens à te récupérer avec tous tes doigts. Ne perds pas ton bonnet.

Souviens-toi que M. et Mme Easterday sont responsables de vous.

— Maman…, soupira Clara en tapant du pied. Tu me traites comme si j'étais un bébé !

— Mais tu es mon bébé, répliqua Faith en lui plaquant un baiser sonore sur la joue. Donc…

— Oh ! lala ! Je vais avoir dix ans en février. C'est comme si c'était demain.

— Et tu seras toujours mon bébé en février. Amuse-toi bien.

Clara poussa un soupir résigné d'enfant incomprise.

— D'accord…

— D'accord, fit Faith en l'imitant.

Clara lança un bref coup d'œil derrière sa mère.

— Tu restes jusqu'à ce que je revienne ?

— Bien sûr.

Satisfaite, elle sourit et ouvrit la porte.

— A tout à l'heure.

— Quel petit monstre ! déclara Faith en empilant les assiettes.

— Elle est géniale.

Jason se leva et entreprit de l'aider à débarrasser la table.

— Mais pas très grande pour son âge, je trouve. Je ne lui aurais jamais donné dix ans. C'est dur à…

Il s'arrêta net tandis que Faith déposait les plats dans l'évier.

— Elle va avoir dix ans en février.

— Mmm… Moi-même j'ai du mal à y croire. Parfois j'ai l'impression que c'était hier, et puis…

Elle n'acheva pas sa phrase, soudain saisie d'angoisse.

Avec un soin étudié, elle se mit à remplir l'évier d'eau savonneuse.

— J'en ai pour une minute. Si tu veux bien emporter le vin dans le salon…

— En février…, répéta Jason en la saisissant par le bras.

Il la força à se tourner vers lui et vit le sang se retirer de son visage. Ses doigts se resserrèrent autour de son bras sans que ni l'un ni l'autre ne s'aperçoive qu'il lui faisait mal.

— Dix ans en février. Nous avons fait l'amour en juin, il y a dix ans. Je ne sais plus combien de fois cette nuit-là. Je ne t'ai plus jamais touchée par la suite, nous n'avons plus jamais eu l'occasion de nous retrouver seuls jusqu'à ce que je m'en aille, à peine quelques semaines plus tard. Tu dois avoir épousé Tom en septembre.

Faith avait la gorge sèche comme du parchemin. Bouleversée, elle se contenta de le regarder fixement.

— C'est ma fille, murmura-t-il, et les mots vibrèrent à travers la pièce. Clara est ma fille.

Faith voulut parler, mais que pouvait-elle dire ? Les lèvres tremblantes, les yeux noyés de larmes, elle ne put que hocher la tête.

— Mon Dieu !

Il la saisit par les bras, manquant la soulever de terre avant de la pousser contre le comptoir. Son regard brûlait d'une telle fureur qu'elle aurait pris peur si elle n'avait pas estimé sa colère légitime.

— Comment as-tu pu ? Bon sang, Faith, c'est notre fille et tu ne me l'as jamais dit ! Tu as épousé un autre homme et tu as eu notre enfant avec lui. Tu lui as menti à lui aussi ? Tu lui as fait croire qu'il était le père afin d'avoir ton petit foyer bien douillet avec des rideaux en dentelle ?

— Jason, je t'en prie…

— J'ai des droits !

Il la repoussa brutalement de peur de perdre son sang-froid et de céder à la violence qui l'animait.

— J'ai des droits sur elle. Dix ans… Tu m'as volé dix ans !

— Non ! Non, ça ne s'est pas passé comme ça. Je t'en prie, Jason… Tu dois m'écouter !

— Va au diable.

Il prononça ces mots avec un tel calme qu'elle recula comme sous l'effet d'une gifle. Elle pouvait affronter sa colère, elle pouvait même essayer de le raisonner. Mais devant sa rage froide, elle était impuissante.

— Je t'en prie, laisse-moi essayer de t'expliquer.

— Il n'y a rien qui puisse justifier ça. Rien !

Il arracha son manteau de la patère et sortit en trombe.

— Tu es un bel imbécile, Jason Law.

Installée dans le rocking-chair de sa cuisine, la veuve Merchant le fixa d'un regard courroucé.

— Elle m'a menti. Elle me ment depuis des années.

— Sottises !

Elle tripota nerveusement la guirlande du petit arbre de Noël posé sur la tablette près de la fenêtre. Les joyeux accords de *Casse-Noisette* leur parvenaient du salon.

— Elle a fait ce qu'elle devait faire, ni plus ni moins.

Jason tournait dans la cuisine comme un lion en cage. Pourquoi était-il venu ici au lieu d'aller au Clancy's Bar ? Il l'ignorait. Il avait marché dans la neige pendant une heure, peut-être plus, et s'était retrouvé sur le pas de la porte de la veuve.

— Vous le saviez, n'est-ce pas ? Vous saviez que j'étais le père de Clara.

— J'avais ma petite idée là-dessus.

Le rocking-chair grinçait doucement tandis qu'elle se balançait.

— Elle te ressemble.

Cette remarque électrisa Jason d'un sentiment inconnu, déconcertant.

— C'est le portrait de Faith.

— C'est vrai, sauf si on y regarde de plus près. Elle a tes sourcils et ta bouche. Sans parler de ton caractère, doux Jésus ! Jason, si tu avais su il y a dix ans que tu allais être père, qu'aurais-tu fait ?

Il se tourna vers la vieille dame.

— Je serais revenu pour elle, affirma-t-il en passant

une main dans ses cheveux. J'aurais paniqué, admit-il d'une voix plus calme. Mais je serais revenu.

— C'est ce que j'ai toujours pensé. Mais c'est… enfin, c'est à Faith de tout t'expliquer. Tu ferais mieux de retourner chez elle et d'écouter sa version de l'histoire.

— Ça m'est égal.

— Je ne supporte pas les martyrs, marmonna la veuve.

Il voulut rétorquer vertement, mais préféra pousser un soupir.

— C'est dur. C'est vraiment dur.

— Oui, mais c'est ta vie, lâcha-t-elle, non sans compassion. Tu veux de nouveau les perdre toutes les deux ?

— Non. Mon Dieu, non ! Mais je ne sais pas jusqu'à quel point je peux lui pardonner.

La vieille femme haussa les sourcils.

— Très bien. Demande donc à Faith dans quelle mesure elle est capable de te pardonner à toi aussi.

Avant qu'il ait pu répliquer quoi que ce soit, la porte de la cuisine s'ouvrit à toute volée. Sur le seuil se tenait Faith, couverte de neige, le visage ruisselant de larmes. Sans tenir compte de ses vêtements trempés, elle se précipita sur Jason.

— Clara, parvint-elle à articuler.

Il la prit dans ses bras et sentit son corps secoué de frissons. Elle lui communiqua aussitôt sa panique.

— Qu'est-ce qui s'est passé ?

— Elle a disparu.

9

— Ils vont la retrouver.

Jason tenait Faith par le bras tandis qu'ils rejoignaient péniblement sa voiture dans la neige.

— Ils l'ont probablement déjà retrouvée.

— Un des enfants pense qu'elle et Marcie se sont aventurées derrière cette ferme pour aller voir les chevaux dans la grange. Mais quand ils sont allés vérifier, elles n'y étaient pas. Il fait noir…

Faith sortit maladroitement ses clés.

— Laisse-moi conduire.

Elle ne protesta pas et monta du côté passager.

— Lorna et Bill ont appelé le shérif du téléphone de la ferme. La moitié du village est partie à leur recherche. Mais il y a tellement de neige et elles sont si petites ! Jason…

Il lui prit le visage entre les mains, l'air calme et décidé.

— Nous allons les retrouver.

— Oui.

Elle essuya ses larmes de la paume de la main.

— Dépêchons-nous.

Il ne pouvait dépasser les cinquante à l'heure, c'était trop risqué. Ils descendirent la route enneigée, scrutant les environs dans l'espoir de repérer un signe quelconque. Les collines et les champs se déroulaient, immaculés, paisibles. Implacables aux yeux de Faith. Mais bien qu'en proie à une folle angoisse, elle retenait ses larmes.

A quinze kilomètres du village, les champs étaient éclairés comme en plein jour. Des groupes de voitures formaient un réseau de phares sur la route et des hommes et des femmes s'enfonçaient dans la neige en lançant des appels. A peine Jason eut-il coupé le moteur que Faith bondit hors de la voiture pour se précipiter vers le shérif.

— Nous ne savons toujours pas où elles sont, Faith, mais nous allons les retrouver. Elles ne peuvent pas être allées bien loin.

— Vous avez fouillé la grange et les dépendances ?

Le shérif hocha la tête en direction de Jason.

— Chaque centimètre carré.

— Et du côté opposé ?

— Je vais envoyer des hommes par là-bas.

— Nous allons y aller tout de suite.

Aveuglé par la neige, il se fraya un passage entre les voitures. Une fois qu'ils eurent repris la route, il ralentit encore son allure et se mit à prier. Il avait participé à des recherches un jour, dans les Rocheuses. Il gardait encore à la mémoire les séquelles d'un séjour de quelques heures dans le vent et la neige.

— J'aurais dû lui dire de mettre un autre pull.

Désespérée, Faith joignit les mains sur ses genoux tout en s'efforçant de discerner quelque chose par la vitre. Dans sa hâte, elle avait oublié ses gants mais elle ne sentait pas ses doigts gourds.

— Elle déteste tellement que je fasse des histoires que je n'ai pas eu le cœur de lui gâcher sa soirée. Noël représente tant pour Clara. Elle était si excitée…

Une vague de peur la submergea et sa voix se brisa.

— J'aurais dû lui dire de mettre un autre pull. Elle va être… Stop !

Jason écrasa brutalement le frein, et la voiture fit un tête-à-queue. Il lui fallut tout son sang-froid pour contrôler le dérapage dans la neige. Faith ouvrit la portière et jaillit du véhicule.

— Là-bas, il y a…

— C'est un chien.

Il la retint par le bras avant qu'elle ait pu s'élancer à travers le champ désert.

— C'est un chien, Faith.

— Oh, mon Dieu !

Perdant tout contrôle sur elle-même, elle s'effondra contre lui.

— Elle est si petite… Où peut-elle bien être ? Oh, Jason, où est-elle ? J'aurais dû l'accompagner. Si j'avais été là, elle…

— Arrête !

— Elle a froid, elle doit être terrorisée…

— Et elle a besoin de sa mère, affirma-t-il en la secouant. Elle a besoin de toi.

Luttant pour ne pas céder à la crise de nerfs, elle pressa une main contre sa bouche.

— Oui, tu as raison. Ça va aller. Allons-y. Allons voir un peu plus loin.

— Tu vas m'attendre dans la voiture. Je vais faire quelques mètres dans ce champ pour voir si je repère quelque chose.

— Je viens avec toi.

— J'irai plus vite seul. Ça ne me prendra que quelques minutes.

Il l'entraînait vers la voiture quand son regard saisit un éclair rouge.

— Là-bas !

Il lui agrippa le bras tout en essayant de distinguer quelque chose à travers les flocons. Il revit une fois de plus l'éclair rouge, juste en bordure du champ.

— C'est Clara ! s'écria Faith, en se frayant déjà un passage dans la neige. Elle porte un manteau rouge !

Elle se mit à courir, projetant de la neige autour d'elle. C'était froid et mouillé mélangé aux larmes qui l'aveuglaient. Rassemblant son souffle, elle appela de toutes ses forces. Les bras grands ouverts, elle reçut les deux fillettes et les serra contre elle.

— Oh, mon Dieu, Clara, j'ai eu si peur ! Regardez dans

quel état vous êtes ! Vous êtes gelées toutes les deux. On va retourner à la voiture. Tout va bien. C'est fini maintenant.

— Est-ce que maman est très en colère contre moi ?

Marcie sanglotait en frissonnant contre son épaule.

— Non, non, elle est inquiète, c'est tout. Tout le monde se fait du souci pour vous.

— Hop là ! fit Jason en soulevant Clara de terre.

Pendant un court instant, il s'offrit le luxe de blottir son visage dans le cou de sa fille. Il regarda par-dessus son épaule et vit Faith prendre Marcie dans ses bras.

— Ça va aller ?

Faith sourit, serrant contre elle la petite fille en larmes.

— Pas de problème.

— Alors, rentrons à la maison.

— On voulait pas se perdre…

Les larmes de Clara dégoulinaient le long de son col.

— Bien sûr que non.

— On voulait juste aller voir les chevaux et puis on a tourné en rond. On n'a pas pu trouver quelqu'un. J'ai pas eu peur.

Clara hoqueta en se serrant contre lui.

— C'est Marcie qui avait peur.

Sa fille… Il sentit sa vision se brouiller en l'étreignant de plus belle.

— Vous ne risquez plus rien maintenant.

— Maman pleurait…

— Elle va bien elle aussi.

Il s'arrêta devant la voiture.

— Tu peux les prendre toutes les deux à l'avant sur tes genoux ? demanda-t-il à Faith. Elles auront plus chaud.

— Bien sûr.

Quand Faith se fut installée à l'intérieur de la voiture avec Marcie, Jason lui fit passer Clara. Ils échangèrent un long regard au-dessus de sa tête.

— On n'arrivait pas à voir les lumières de la maison dans toute cette neige, murmura Clara en se blottissant contre sa mère. Et puis, pendant très longtemps, on n'a pas retrouvé la route. Il faisait tellement froid. J'ai pas perdu mon bonnet.

— Je sais, chérie. Tiens, enlève tes mitaines, elles sont mouillées. Toi aussi, Marcie. Jason a mis le chauffage à fond. Dans un rien de temps, vous allez cuire.

Elle couvrit leurs visages de baisers et lutta pour ne pas fondre en larmes.

— Quels chants de Noël avez-vous chantés ?

— *Jingle Bells*, renifla Marcie.

— Ah, un de mes préférés !

— Et aussi *Joy to the world*, intervint Clara.

Le chauffage soufflait de l'air chaud sur leurs mains et leurs visages.

— Tu l'aimes encore plus que *Jingle Bells*, celui-là.

— C'est vrai, mais je ne me souviens plus du début. Comment ça commence, Marcie ?

Elle sourit à Clara et la serra encore plus fort contre elle.

D'un filet de voix haut perché et encore mal assuré, Marcie entonna le chant traditionnel. Elle avait presque atteint la fin du premier couplet lorsqu'ils arrivèrent à la hauteur du reste des équipes de recherche.

— C'est mon papa !

Bondissant sur les genoux de Faith, Marcie se mit à faire de grands signes de la main en direction de son père.

— Il n'a pas l'air en colère…

Avec un petit rire, Faith déposa un baiser au sommet de son crâne.

— Joyeux Noël, Marcie.

— Joyeux Noël, madame Monroe. A demain, Clara.

Marcie eut à peine le temps d'ouvrir la portière qu'elle fut happée par les bras de son père.

— Quelle nuit !

La voiture se fraya un passage à travers la foule qui poussait des cris de joie et agitait la main vers eux.

— C'est le soir de Noël, rappela Clara à sa mère.

Le monde avait retrouvé son ambiance sûre et chaleureuse.

— Je devrais peut-être ouvrir le gros paquet ce soir…

— Pas question, répliqua Jason en lui tirant les cheveux.

Faith tourna sa fille vers elle et la serra de toutes ses forces.

— Ne pleure pas, maman.

— J'en ai besoin, juste une minute.

Elle tint parole, et lorsqu'ils arrivèrent devant la maison, ses yeux étaient secs. Jason porta Clara à l'intérieur, épuisée et endormie sur son épaule.

— Je vais m'occuper d'elle, Jason.

— Nous allons nous occuper d'elle.

Faith laissa les bras retomber le long de son corps et hocha la tête.

Ils lui retirèrent ses bottes, ses chaussettes et ses pulls, puis l'enveloppèrent dans un pyjama chaud. Elle murmura des mots indistincts et s'efforça de garder les yeux ouverts, mais les aventures de la soirée eurent raison d'elle.

— C'est le soir de Noël, marmonna-t-elle. Je veux me lever super-tôt demain matin.

— Aussi tôt que tu voudras, répondit Faith en l'embrassant sur la joue.

— Je pourrai avoir des cookies au petit déjeuner ?

— Une demi-douzaine, acquiesça Faith sans hésitation.

Clara sourit et sombra dans le sommeil avant que Faith l'ait bordée sous les couvertures.

— J'ai eu si peur… (Faith laissa sa main s'attarder sur la joue de sa fille.) J'ai eu si peur de ne plus jamais la revoir comme ça. A l'abri, au chaud. Jason, je ne sais pas comment te remercier d'avoir été là. Si j'avais été seule…

Sa voix se brisa et elle secoua la tête.

— Je crois qu'on devrait descendre, Faith.

Au ton de sa voix elle se raidit. Elle était prête à affronter ses accusations, son amertume, son ressentiment.

— Je boirais bien quelque chose, remarqua-t-elle tandis qu'ils descendaient l'escalier. Du brandy. On dirait que le feu s'est éteint.

— Je m'en occupe. Va chercher le brandy. J'ai à te parler.

— Très bien.

Elle le laissa pour aller au petit buffet de la salle à manger. Lorsqu'elle revint dans le salon, le feu était en train de prendre. Jason se redressa de la cheminée et prit le verre de brandy qu'elle lui tendait.

— Tu veux t'asseoir ?

— Non, je ne peux pas rester assise.

Elle prit une gorgée de son verre, mais il lui aurait fallu bien plus que du brandy pour calmer ses nerfs éprouvés.

— Quoi que tu aies à me dire, Jason, dis-le.

10

Faith se tenait devant lui, très raide, les yeux brillants d'émotion, les mains crispées sur son verre de brandy. Une partie de lui-même avait envie d'aller vers elle, de la prendre dans ses bras et de la garder serrée tout contre lui. En une nuit, il s'était découvert une fille et avait failli la perdre. Le reste comptait-il vraiment ? Mais au fond de lui-même, il y avait un vide qui demandait à être comblé. Il bouillait de questions, de revendications, d'accusations qui exigeaient des réponses. Il fallait mettre la situation à plat avant de pouvoir s'entendre, et parvenir à une compréhension mutuelle avant qu'il puisse être question de pardon. Mais par où commencer ?

Jason alla vers l'arbre de Noël. Au sommet de celui-ci brillait une étoile qui baignait toutes les autres couleurs d'une lumière argentée.

— Je ne sais pas trop quoi dire. Ce n'est pas tous les jours qu'on se découvre une fille préadolescente. J'ai l'impression qu'on m'a volé ses premiers pas, ses mots d'enfant. Il n'y a rien que tu puisses dire ou faire pour me rendre ça, n'est-ce pas ?

— Non.

Il se tourna vers elle : calme et très pâle, elle serrait son verre de brandy sur ses genoux. Maîtresse de ses émotions. Non, ce n'était pas la Faith qu'il avait quittée jadis. La jeune fille d'autrefois n'aurait jamais été capable de contrôler ses nerfs comme la femme qui se tenait aujourd'hui devant lui.

— Des excuses, Faith ?

— Je pensais en avoir, mais cette nuit, quand j'ai cru l'avoir perdue…

Sa voix se brisa et elle secoua la tête.

— Non, je n'ai aucune excuse, Jason.

— Clara croit que Tom est son père.

— Non !

Faith perdit son calme et ses yeux lancèrent des éclairs.

— Crois-tu que je l'aurais laissée croire que son père l'avait abandonnée, qu'il ne se souciait même pas de lui écrire ? Elle connaît quasiment toute la vérité. Je ne lui ai jamais menti.

— Mais quelle vérité ?

Elle prit une profonde inspiration et leva les yeux vers lui ; elle restait pâle mais c'est d'une voix ferme qu'elle déclara :

— Que j'aimais son père, et que lui aussi m'aimait, mais qu'il avait dû partir avant que je me sois aperçue que j'étais enceinte d'elle et qu'il n'avait pas pu revenir.

— Il serait revenu.

Un éclair de désespoir traversa le regard de Faith mais elle détourna la tête.

— C'est ce que je lui ai dit aussi.

— Pourquoi ?

Il sentit monter en lui une bouffée de rage et dut lutter pour ne pas se laisser envahir.

— J'ai besoin de savoir pourquoi tu as agi comme tu l'as fait. Quand je pense que j'ai perdu toutes ces années…

— Toi ?

Faith eut plus de mal à maîtriser sa colère que son chagrin. Des années de souffrance refoulée se mirent à bouillonner en elle. Elle éclata :

— *Toi*, tu as perdu toutes ces années ? répéta-t-elle en faisant volte-face vers lui. Tu étais parti et j'avais dix-huit ans, j'étais seule et enceinte !

Il fut gagné par un sentiment de culpabilité. Ce n'était pas prévu.

— Je ne t'aurais pas quittée si tu m'en avais parlé.

— Je l'ignorais.

Elle posa son brandy et ramena sa chevelure en arrière à deux mains.

— Ce n'est qu'une semaine après ton départ que j'ai découvert que je portais notre enfant. J'étais très excitée.

Avec un petit rire, elle croisa les mains sur la poitrine. Pendant un instant elle parut terriblement jeune et innocente.

— J'étais si heureuse… J'ai attendu jour après jour, nuit après nuit, que tu m'appelles pour pouvoir t'annoncer la nouvelle.

Son regard s'éteignit. Son sourire s'estompa.

— Mais tu n'as jamais appelé, Jason.

— J'avais besoin de temps pour me faire une situation — trouver un boulot stable, un foyer décent.

— Du moment que j'étais avec toi, j'aurais pu vivre n'importe où, mais ça tu ne l'as jamais compris.

Elle secoua la tête avant qu'il puisse répliquer.

— Ça n'a plus d'importance aujourd'hui. Tout ça est loin. Une semaine est passée, puis deux, puis un mois. Je me suis rendue malade d'angoisse, j'avais des nausées matinales, et j'ai commencé à réaliser que tu n'appellerais jamais. Au début, j'étais furieuse contre toi, j'avais compris que tu ne m'aimais pas suffisamment. Que pour toi je n'étais qu'une petite campagnarde.

— C'est faux. Je n'ai jamais pensé ça.

Elle l'étudia un moment, d'un œil presque détaché. Les lumières de l'arbre nimbaient ses cheveux blond foncé, se reflétaient dans son regard si profond, ce regard qui avait toujours recélé ses propres secrets. Cette impatience qui ne le laissait jamais en repos.

— Vraiment ? murmura-t-elle. Tu voulais t'en aller, c'est évident. Pour toi, je faisais partie de Quiet Valley, et tu voulais tout quitter.

— Je voulais t'avoir auprès de moi.

— Mais pas assez pour me laisser venir avec toi.

Il fit mine de protester mais elle l'interrompit en secouant la tête.

— Pas assez pour me faire venir quand tu as eu fait tes preuves comme tu le souhaitais. Je n'ai jamais compris, Jason, mais depuis que tu es revenu, je commence à entrevoir la vérité.

— Tu n'allais rien me dire à propos de Clara, n'est-ce pas ?

Elle perçut de nouveau l'amertume dans sa voix et ferma les yeux pour s'en protéger.

— Je ne sais pas. Franchement, je l'ignore.

Il but une gorgée dans l'espoir que l'alcool réchaufferait le froid glacial qui s'était emparé de lui.

— Raconte-moi la suite de l'histoire.

— Je voulais ce bébé mais j'avais peur, tellement peur que je n'ai pas osé en parler à ma mère.

Elle reprit son verre de brandy mais se contenta de le serrer très fort.

— J'aurais dû, bien sûr, mais je n'avais pas les idées claires.

— Pourquoi as-tu épousé Tom ?

Mais en posant la question, il se rendit compte que ses vieilles rancœurs étaient en train de s'estomper. Tout ce qu'il voulait, c'était comprendre.

— Tom passait me voir presque chaque soir. Nous discutions. Ça n'avait pas l'air de le déranger que je lui parle de toi, et Dieu sait que j'en avais besoin… Et puis, un soir, alors que nous étions assis sous la véranda, j'ai craqué. J'étais enceinte de trois mois et mon corps commençait à se modifier. Ce matin-là, je n'avais pas pu boutonner mon jean.

Elle se passa la main sur le visage et laissa échapper un rire mal assuré.

— Ça peut paraître bête, mais je n'ai pas réussi à boutonner mon jean et ça m'a terrifiée. J'ai compris que je ne pouvais plus faire marche arrière. Je lui ai tout avoué sous la véranda, les mots jaillissaient de moi, je ne pouvais pas m'arrêter. Tom m'a dit qu'il allait m'épouser. Evidemment j'ai refusé, mais il a commencé à raisonner en me démontrant que c'était la meilleure solution. Tu ne revenais pas et j'étais enceinte. Il m'aimait et il voulait m'épouser. L'enfant aurait un nom, un foyer, une famille. Son raisonnement m'a paru si juste sur le moment… et puis je voulais que mon enfant soit à l'abri du besoin. Je voulais être à l'abri du besoin.

Elle prit une gorgée de brandy pour tenter de dénouer sa gorge.

— C'était une erreur dès le départ. Tom savait que je n'étais pas amoureuse de lui, mais lui voulait de moi, ou du moins le croyait-il. Les premiers mois, nous avons essayé, nous avons vraiment fait des efforts. Mais après la naissance de Clara, il n'a plus pu gérer la situation. Chaque fois qu'il posait les yeux sur elle, il pensait à toi, je le voyais bien. Mais Clara était ta fille et je n'y pouvais rien.

Elle marqua une pause et s'aperçut qu'il était finalement plus facile de tout avouer.

— Je ne pouvais rien y faire. Avec Clara, c'était comme si tu étais encore un peu avec moi. Tom ne l'ignorait pas, quels qu'aient été mes efforts pour correspondre à ce qu'il attendait de moi. Il s'est mis à boire, à chercher la bagarre, à fuir la maison. Comme s'il voulait me pousser à demander le divorce.

— Mais tu ne l'as pas fait.

— Je n'ai pas demandé le divorce parce que je… eh bien, parce que je me sentais redevable envers lui. Et puis un jour, je suis rentrée à la maison — j'étais sortie avec Clara — et Tom n'était plus là. Les papiers du divorce sont arrivés par la poste, et voilà.

— Pourquoi n'as-tu jamais essayé de prendre contact avec moi, Faith, par le biais de magazines ou de journaux ?

— Pour te dire quoi ? Jason, tu te souviens de moi ? Au fait, tu as une fille à Quiet Valley. Passe donc nous voir un de ces quatre !

— Un mot — un seul mot de toi et j'aurais tout quitté pour revenir ici. Je n'ai jamais cessé de t'aimer.

Elle ferma les yeux.

— Je t'ai regardé partir. Je t'ai vu monter dans le car et m'abandonner sans laisser la moindre trace. Je suis restée plantée là pendant des heures à t'attendre, avec le vague espoir que tu descendrais au prochain arrêt et que tu reviendrais. C'est moi qui suis restée seule ici, Jason.

— Je t'ai appelée. Bon sang, Faith, il m'a fallu six mois pour me bâtir un semblant de situation.

Elle sourit.

— Et quand tu as appelé, j'étais enceinte de sept mois. Ma mère m'a caché ton coup de fil pendant longtemps, elle ne m'en a parlé qu'après que Tom m'a quittée. Tu le lui avais fait promettre, m'a-t-elle dit.

— J'avais ma fierté.

— Je sais.

Elle n'en doutait pas.

A son sourire, il devina qu'elle l'avait toujours compris.

— Tu as dû être terrifiée.

Faith s'adoucit.

— A certains moments, oui.

— Tu as dû me haïr.

— Jamais. Comment l'aurais-je pu ? Tu étais parti mais tu m'avais laissé la chose la plus merveilleuse de ma vie. Peut-être était-ce toi qui avais raison, peut-être était-ce moi. Peut-être avions-nous tort tous les deux, mais il y avait Clara. Chaque fois que je posais les yeux sur elle, je me souvenais de mon amour pour toi.

— Comment te sens-tu maintenant ?

— J'ai le trac.

Elle eut un petit rire, puis joignit les mains, résolue à agir correctement.

— Clara doit connaître la vérité. Je préfère lui parler moi-même.

Cette perspective le fit tendre la main vers son verre de brandy.

— Comment crois-tu qu'elle va prendre la chose ?

— Elle a appris à vivre sans père. Cela ne signifie pas pour autant qu'elle n'en ait pas besoin d'un.

Elle se redressa sur son siège et leva le menton d'un air de défi.

— Bien sûr, tu es en droit de la voir quand tu veux, mais je refuse qu'elle soit ballottée entre nous. Je comprends aussi que tu ne peux pas rester ici tout le temps à cause de ton travail, mais tu ne peux pas entrer sans crier gare dans sa vie pour en ressortir aussitôt. Il te faut faire un effort pour rester en contact avec elle, Jason.

Voilà donc encore une peur qu'elle portait en elle depuis bien longtemps… Peut-être méritait-il tout cela, après tout.

— Tu n'as pas confiance en moi, n'est-ce pas ?

— Clara est trop importante pour moi et, ajouta-t-elle avec un petit soupir, toi aussi.

— Si je te disais que je l'ai aimée avant de savoir qu'elle était ma fille, cela changerait-il quelque chose pour toi ?

Elle songea au toboggan, à l'expression de Jason lorsque Clara lui avait jeté les bras autour du cou.

— Elle a besoin de tout l'amour qu'on peut lui donner. Comme nous tous. Elle te ressemble tellement, je…

Sa voix se brisa et ses yeux s'emplirent de larmes.

— Bon sang ! Je ne veux pas pleurer… (D'un geste impatient, elle chassa ses larmes.) Je lui parlerai demain, Jason. Le jour de Noël. Pour ce qui est des modalités, nous pourrons régler ça entre nous. Je sais que tu pars bientôt, mais si tu pouvais rester quelques jours de plus afin de lui laisser un peu de temps, ça nous faciliterait les choses à tous les trois.

Il se massa la nuque pour soulager sa tension.

— Tu ne m'as pas demandé grand-chose jusqu'à présent, n'est-ce pas ?

Elle sourit.

— Je t'ai tout demandé, au contraire. Nous étions tous les deux trop jeunes pour en avoir conscience.

— Tu as toujours cru aux miracles, Faith.

Il tira un petit paquet de sa poche.

— Il est presque minuit. Ouvre-le.

— Jason…

Elle se passa les mains dans les cheveux. Comment pouvait-il songer à des cadeaux en cet instant ?

— Je ne crois pas que le moment soit bien choisi.

— Nous avons dix ans de retard.

Il la força à accepter la petite boîte et Faith se surprit à la serrer des deux mains.

— Je n'ai rien à t'offrir.

Il lui effleura le visage, presque timidement.

— Tu viens de m'offrir une fille.

Elle fut submergée par une vague de soulagement. La voix de Jason vibrait de gratitude — son amertume avait disparu. L'amour qu'elle n'avait jamais cessé d'éprouver pour lui illumina son regard.

— Jason…

— S'il te plaît, ouvre-le.

Une fois ôté, le papier glacé de couleur rouge révéla un écrin de velours noir. D'une main un peu tremblante, elle l'ouvrit. La bague était un diamant taillé en poire, semblable à une goutte de givre brillant de mille feux sous les lumières de l'arbre de Noël.

— Paul m'a affirmé que c'était ce qu'il avait de plus beau en magasin.

— Tu as acheté cette bague avant de savoir que…

— Oui, avant de savoir que j'allais demander la mère de ma fille en mariage. Nous allons officialiser notre famille, tous les trois.

Il lui prit la main et laissa passer quelques secondes.

— Que dirais-tu d'une seconde chance ? Je ne te décevrai pas, Faith.

— Tu ne m'as jamais déçue.

Au bord des larmes, elle lui effleura la joue.

— Ce n'était ni ta faute ni la mienne, c'est la vie qui en a décidé ainsi. Oh, Jason ! J'ai tellement envie de devenir ta femme. Tu comprends, mon seul rêve a toujours été de me marier avec toi et de fonder une famille.

— Alors, laisse-moi passer cette bague à ton doigt.

— Jason, je ne suis pas seule dans cette histoire. Autrement, je partirais avec toi à la seconde. Nous irions à Hongkong, en Sibérie, à Pékin… N'importe où. Mais je ne suis pas seule : je dois rester ici.

— Tu n'es pas seule, répéta-t-il.

Il prit la bague et se débarrassa négligemment de l'écrin.

— Et c'est *moi* qui dois rester ici. Crois-tu que je pourrais t'abandonner une seconde fois ? Crois-tu que je pourrais partir en laissant la petite fille qui dort là-haut et renoncer à la chance de la voir grandir ? Non, je ne vais nulle part.

— Mais tu avais parlé de… Hongkong.

— J'ai démissionné.

Il sourit en sentant s'évanouir la tension accumulée entre eux pendant toutes ces années.

— Aujourd'hui. C'est une des choses que j'ai réglées cet après-midi. Je vais écrire un livre, annonça-t-il en la prenant par les épaules. Je n'ai plus de travail, je vis à l'hôtel et je te demande de m'épouser.

Bouleversée jusqu'au tréfonds d'elle-même, elle sentit son cœur cogner violemment dans sa poitrine. Oui, elle avait toujours cru aux miracles. Et Jason était là, devant elle.

— Il y a dix ans, je croyais t'aimer autant qu'il est possible d'aimer. Mais tu n'étais qu'un adolescent. Ces derniers jours, j'ai appris qu'aimer un homme était tout à fait différent.

Elle s'interrompit et considéra la bague au creux de la main de Jason. Elle scintillait sous les lumières festives de l'arbre de Noël.

— Si tu m'avais demandée en mariage il y a dix ans, je t'aurais répondu oui.

— Faith…

Elle se jeta à son cou en riant.

— Et je vais te faire la même réponse aujourd'hui. Oh, je t'aime, Jason, plus que jamais !

— Nous avons tant d'années à rattraper…

— Oui.

La bouche de Faith rencontra celle de Jason avec une passion égale, un espoir identique.

— Ce temps perdu, nous le rattraperons. Tous les trois.

— Tous les trois…, répéta-t-il, et il laissa son front reposer contre celui de Faith. Trois, ce n'est pas assez pour moi.

— D'ici Noël prochain, nous aurons bien le temps de donner à Clara un petit frère ou une petite sœur.

Ses lèvres cherchèrent de nouveau celles de Jason.

— Nous aurons bien le temps de faire tout ce dont nous avons toujours rêvé…

Les cloches se mirent à carillonner depuis la mairie du village. Minuit.

— Joyeux Noël, Faith.

Elle sentit qu'il lui glissait la bague au doigt : tous leurs vœux se réalisaient.

— Bienvenue chez toi, Jason.

L'IRLANDAISE

1

Susan était fille d'Irlande, et elle avait hérité de cette terre sauvage et belle qui l'avait vue naître un caractère passionné et fier. Elle était assez forte pour se battre pour ce qu'elle croyait juste, et assez têtue pour ne jamais abandonner, même lorsqu'une cause semblait perdue d'avance. Elle était aussi suffisamment généreuse pour pouvoir donner tout ce qu'elle avait. Elle était douce et résolue. Elle cachait au fond de son cœur des rêves secrets, mais une ambition folle l'animait.

Elle s'appelait Susan McKinnon, et elle se sentait terriblement nerveuse.

Il faut dire que c'était seulement la troisième fois de sa vie qu'elle venait dans cet aéroport de Cork. De toute façon, elle n'en connaissait pas d'autre. Ce n'était pas la foule ni le grondement des avions au décollage qui la rendaient nerveuse. Au contraire, elle aimait écouter les annonces qui évoquaient des pays lointains qu'elle ne connaissait pas. Et elle enviait terriblement tous ces gens qui allaient découvrir ces endroits mystérieux et magiques.

Londres, New York, Paris. A travers les grandes baies vitrées de la salle d'attente, elle contemplait ces monstres métalliques qui quittaient le sol dans un vacarme effroyable et elle rêvait à des destinations inconnues.

Peut-être qu'un jour elle aussi monterait à bord et, à cette pensée, elle sentit son estomac se contracter.

Pourtant, aujourd'hui, ce n'était pas le départ d'un avion

qui la rendait fébrile, mais une arrivée. Et cette arrivée était imminente.

Elle se passa une main dans les cheveux pour essayer de se recomposer une coiffure. Elle ne voulait pas paraître négligée, ou tendue… ou pauvre. Cette pensée lui arracha une grimace et elle tira sur sa veste pour lui redonner un peu de tenue.

Par bonheur, sa mère pouvait faire des merveilles avec une aiguille et du fil. Le bleu sombre de son chemisier et de sa veste faisait ressortir la pâleur de ses traits. Certes, la coupe de ses vêtements était un peu trop classique à son goût, mais cette couleur faisait écho au bleu de ses yeux. Elle voulait donner une impression de sérieux et de compétence, et pour cela elle était même parvenue à discipliner en un strict chignon ses magnifiques cheveux roux.

Un maquillage léger avivait ses joues, ses lèvres, et ombrait ses paupières. Aux oreilles, elle portait des anneaux que Nanny lui avait prêtés.

Elle avait peur que l'on devine sa pauvreté et que ces gens venus d'un pays riche aient pitié d'elle. Cette seule pensée lui fit serrer les dents. La pitié était un sentiment qu'elle ne voulait pas rencontrer sur sa route.

Elle était une McKinnon, et même si la chance ne lui avait pas encore souri comme elle avait souri à sa cousine, elle était malgré tout bien déterminée à réussir sa vie.

« Ce sont eux… » Sa gorge se serra.

Elle observa l'avion qui roulait sur la piste et qui avait dû les amener de Curragh. C'était un petit avion de location. Elle pouvait imaginer sans peine les passagers assis à l'intérieur en train de déguster une coupe de champagne ou de grignoter une fantaisie exotique.

Susan avait toujours eu beaucoup d'imagination. Tout ce qui lui manquait, c'était de pouvoir enfin vivre les situations qu'elle rêvait.

Une femme d'un certain âge parut sur la passerelle, accompagnée d'une petite fille qu'elle tenait par la main. La dame avait les cheveux blancs et, à son côté, la fillette avait l'air d'un petit lutin aux cheveux rouges. Quand elles furent sur la piste, un garçon de cinq ou six ans sortit à son tour et sauta à terre.

A travers la vitre, Susan vit la femme gronder le garçonnet. Elle le saisit de sa main libre, et le visage de l'enfant s'illumina d'un sourire espiègle.

Susan décela immédiatement un air de famille. Si elle ne se trompait pas, ce devait être Brendon, l'aîné des enfants d'Adelia. Et la fillette était Keeley et avait un an de moins que son frère.

Un homme les suivait, et Susan reconnut Travis Grant. Il avait épousé sa cousine sept ans plus tôt et était propriétaire d'un ranch aux Etats-Unis, Royal Meadows. Il était grand et large d'épaules.

Debout sur la passerelle, il souriait à son fils qui attendait en bas sur la piste. Travis était séduisant. Elle l'avait rencontré brièvement quatre ans plus tôt lorsqu'il était venu chercher Adelia en Irlande.

Il portait dans ses bras un enfant, un garçon aux cheveux noirs et raides comme ceux de son père. Lui aussi souriait, mais ce n'était pas en direction de son frère et de sa sœur. Il regardait le ciel et ce spectacle paraissait l'émerveiller.

Quand Adelia franchit le seuil de la porte, le soleil sembla l'accompagner. Ses longs cheveux roux tombaient en cascade sur ses épaules. Elle aussi riait. Travis la prit par les épaules et elle parut toute petite à côté de lui. Le geste de Travis était protecteur, et sans doute était-il tout autant destiné à sa femme qu'à l'enfant qu'elle attendait de lui.

Adelia se mit sur la pointe des pieds et embrassa son mari. Ce n'était pas seulement le baiser d'une épouse, mais aussi celui d'une femme amoureuse.

Un sentiment d'envie s'empara de Susan, et elle ne chercha pas à se le cacher. Elle n'avait pas pour habitude de dissimuler ses émotions, au contraire.

D'ailleurs qu'avait-elle à envier à Dee ? Adelia Cunnane, la petite orpheline de Skibbereen, avait dû lutter pour trouver le bonheur, et elle n'en avait que plus de mérite. Susan entendait bien en faire autant.

Susan soupira et s'apprêtait à rejoindre sa cousine quand elle aperçut un autre homme qui sortait à son tour de l'avion. Sans doute un employé de la famille... Mais, en observant mieux le personnage, elle comprit que cet homme ne pouvait vraiment pas prétendre à ce titre.

Il descendit lentement la passerelle, un fin cigare entre les dents. Il avait la démarche souple et tranquille d'un chat.

Susan ne pouvait voir ses yeux car il portait des lunettes de soleil, mais elle eut l'impression très forte que cet homme devait avoir un regard intense et perçant, qu'il devait être difficile de soutenir.

Il était aussi grand que Travis, mais plus mince, plus sec. Plus solide. Le qualificatif lui était venu instinctivement à l'esprit tandis qu'elle l'observait. L'homme avait les cheveux très noirs. Il portait des bottes et un jean, mais il lui sembla exclu qu'il pût être fermier. Il ne ressemblait pas à quelqu'un qui travaille la terre, mais à quelqu'un qui la possède.

Pourquoi cet homme voyageait-il avec sa cousine ? Faisait-il partie de la famille ?

Oh, et puis quelle importance en fait... Cela ne la concernait pas, se dit-elle en remettant en place une épingle dans son chignon.

Travis et lui ne se ressemblaient pas du tout, mis à part la couleur de leurs cheveux. L'inconnu était presque maigre, avec un visage osseux. Il lui fit penser aux images du diable qu'on lui montrait au catéchisme.

Plutôt régner en enfer que servir au paradis.

Oui... Cet homme devait cultiver ce genre de préceptes. Elle sourit, et c'était la première fois depuis qu'elle était arrivée dans cet aéroport. Elle prit une profonde inspiration et partit accueillir sa famille.

Le petit Brendon franchit le premier la porte d'entrée de l'aéroport. Il portait l'une de ses chaussures à la main et semblait très intrigué par ce lieu qu'il ne connaissait pas. La femme aux cheveux blancs accourut et lui prit la main.Veux-tu rester ici, petit coquin ! Je ne vais plus te quitter des yeux maintenant.

— Mais je veux visiter, Hannah !

— Tu visiteras bien assez tôt. Il est inutile que tu donnes du souci à ta maman. Et toi, Keeley, reste à côté de moi.

— Oui, Hannah.

La petite fille regardait autour d'elle, en évitant de s'éloigner, quand elle aperçut Susan.

— C'est elle ! s'écria Keeley. C'est notre cousine Susan. Elle est comme sur la photo.

Avec assurance, elle se dirigea vers Susan et lui sourit.

— Tu es notre cousine Susan, n'est-ce pas ? Je suis Keeley. Maman nous a dit que tu nous attendais.

Susan, charmée, se baissa pour embrasser la petite fille. Toute appréhension était maintenant dissipée.

— Bonjour ! Je suis bien Susan. Et la dernière fois que je t'ai vue, tu n'étais qu'un tout petit bébé et tu hurlais plus fort qu'une machine à vapeur.

Les yeux de Keeley se mirent à briller.

— Elle parle comme maman ! s'écria-t-elle. Hannah, viens voir. Elle parle comme maman.

— Mademoiselle McKinnon, dit Hannah en tendant la main, mais sans lâcher Brendon. Enchantée de vous rencontrer. Je suis Hannah Blakely, la gouvernante de votre cousine.

Susan serra la main qu'on lui tendait.

Une gouvernante ! Dans la famille Cunnane qu'elle avait connue, les filles pouvaient devenir gouvernantes, mais jamais elles n'en avaient eu à leur service.

— Bienvenue en Irlande. Et toi, tu dois être Brendon, c'est cela ?

— Je suis déjà venu en Irlande, précisa-t-il fièrement. Mais cette fois, nous avons pris l'avion.

— Quelle chance tu as !

Il ressemblait terriblement à sa mère quand elle était enfant. Et comme elle, il avait ce petit côté espiègle.

— Tu sais que toi aussi tu as énormément grandi.

— Je suis l'aîné. C'est Brady le bébé maintenant.

— Susan ?

Susan leva les yeux et aperçut Adelia qui accourait vers elle, aussi vite que le lui permettait son ventre bien rond. Les deux jeunes femmes tombèrent dans les bras l'une de l'autre et s'étreignirent avec force. L'amour qui les unissait ne s'était pas dissipé avec les années.

— Oh, Susan ! Je suis si heureuse d'être de retour. Et je suis si heureuse de te voir ! Laisse-moi te regarder.

Sa joie d'être là se lisait tellement fort sur son visage que le cœur de Susan s'emplit de tendresse pour cette cousine qu'elle voyait si peu et qu'elle aimait comme une sœur. Elle n'avait pas changé… Adelia n'avait pas loin de trente ans, et elle en paraissait beaucoup moins.

— Tu es superbe, Dee. L'Amérique te réussit à merveille.

— Et la plus jolie petite fille de Skibbereen est devenue une femme splendide. Oh, Susan !

Elle embrassa de nouveau sa cousine, puis se mit à rire en essuyant la larme qui coulait sur sa joue.

— Tu es ce qui me reste de plus cher de mon pays et de ma famille.

Puis elle se retourna brusquement en gardant un bras sur les épaules de sa cousine.

— Tu te souviens de Travis.

— Bien sûr ! Je suis heureuse de te revoir.

— Tu as beaucoup grandi toi aussi depuis quatre ans, dit-il en l'embrassant sur les joues. Tu n'avais pas vu Brady la dernière fois.

— Non, c'est notre première rencontre.

Le petit garçon serrait le cou de son père et regardait Susan avec curiosité.

— Il te ressemble beaucoup, Travis. Vraiment, Brady, tu es un très joli petit garçon.

Brady sourit largement, puis cacha son visage dans le cou de son père.

— Et très timide, ajouta Adelia. Susan, c'est très gentil à toi d'être venue nous chercher.

— Ce n'est pas souvent que nous avons des visiteurs. Je suis venue avec le minibus. Vous vous souvenez comme il est compliqué de louer une voiture ici, aussi je vous le prêterai pendant tout votre séjour.

Tout en parlant, Susan se sentit observée. Elle se retourna et se retrouva face à l'homme qu'elle avait vu sortir de l'avion.

— Susan, je te présente Burt. Burt Logan, voici ma cousine Susan McKinnon.

— Monsieur Logan, dit-elle en évitant de regarder son propre reflet dans les lunettes noires.

— Mademoiselle McKinnon.

Il ôta le cigare qu'il avait à la bouche et lui sourit.

Elle ne pouvait voir ses yeux, mais elle sentait qu'il la détaillait et cela la mettait mal à l'aise.

— Vous devez être fatigués, dit-elle en gardant le regard braqué sur Burt. Le minibus est garé devant la porte.

Ils se mirent en marche et Burt resta un peu en retrait. Ainsi, il pouvait observer plus facilement Susan McKinnon. Son physique et ce qu'il avait lu dans son regard ne correspondaient pas au classicisme de ses vêtements.

Des bribes de conversations avec Adelia pendant le voyage lui revinrent à la mémoire. En fait, les McKinnon et les Cunnane n'étaient pas des cousins très proches. Mais la mère de Susan et celle d'Adelia avaient grandi ensemble.

Burt sourit quand il vit Susan regarder subrepticement par-dessus son épaule dans sa direction. Il se sentait très peu concerné par toutes ces histoires de famille. Lui-même avait toujours cherché à les éviter.

Ils firent charger les bagages et tous prirent place à bord du minibus. Susan s'installa au volant et mit le moteur en marche. Elle avait une longue route à faire et le regard de Burt posé sur elle la rendait nerveuse.

Elle pouvait le voir dans le rétroviseur, tranquillement assis sur la banquette arrière, un bras négligemment appuyé sur le dossier, et les yeux braqués sur elle. Elle était si troublée qu'elle avait du mal à répondre aux questions d'Adelia.

Elle lui dit que tout le monde se portait à merveille et que la ferme marchait relativement bien. Elle raconta aussi quelques anecdotes sur des gens qu'elles connaissaient toutes les deux.

Mais Susan aurait bien aimé à son tour formuler une question. Qui était donc ce Burt Logan ? Qui était donc ce rustre qui ne cessait de l'observer et qui avait autant d'éducation qu'un mulet de ferme ?

— Et alors Cullen n'est toujours pas marié ? demanda Adelia.

— Non, au grand désespoir de maman. Il est allé s'installer à Dublin où il chante dans les cabarets les chansons qu'il compose.

Soudain, la roue avant du minibus roula dans un trou que Susan n'avait pu éviter et tout le monde fut bousculé.

— Excusez-moi, dit-elle.

— Ce n'est pas grave, répondit Adelia.

Susan se tourna vers sa cousine, inquiète.

— Tu en es sûre ? Je me demande s'il est bien prudent pour toi de voyager dans ton état.

Adelia sourit et posa la main sur son ventre rebondi.

— Je suis en parfaite santé, et il me faudra attendre encore plusieurs mois avant qu'ils viennent au monde.

— Pourquoi ce pluriel ? demanda Susan.

— Parce que j'attends des jumeaux, répondit Adelia, rayonnante.

— Des jumeaux !

— Oui. C'est merveilleux. J'ai toujours rêvé d'avoir une grande famille comme la tienne.

— Je crois que ton souhait est en passe de se réaliser.

Ils venaient d'arriver dans le village et Adelia regardait par la fenêtre défiler les paysages et les décors de son enfance.

Les maisons n'avaient pas changé. Des haies bien taillées

entouraient toujours un carré de gazon d'un vert inimitable. Et l'enseigne du pub, le Shamrock, se balançait toujours en grinçant sous le souffle de la brise de mer.

Les bruits et les odeurs de ce pays qui était le sien remontaient à sa mémoire. Elle se souvenait du temps où elle allait attendre sur les rochers face à la mer le retour des pêcheurs pour les aider à nettoyer leurs filets.

Ici, les conversations portaient toujours sur la pêche, sur les travaux de la ferme ou sur les histoires d'amour. Elle était chez elle. Elle était en Irlande, et elle savait que, toujours, un coin de son cœur resterait attaché à cette terre et à ses habitants.

— Rien n'a changé, dit-elle.

Susan arrêta le moteur et regarda autour d'elle. Elle connaissait chaque centimètre carré de ce village. Et elle connaissait toutes les fermes à des kilomètres alentour. En fait, c'était là toute sa vie depuis sa naissance.

— Croyais-tu que c'était possible ? Rien ne change jamais ici.

— Oh, regarde ! Voici le vieux O'Donnelly.

Adelia sauta à terre. Elle avait besoin de sentir cette terre sous ses pieds, et de respirer l'air de la mer qu'elle aimait tant. En riant, elle prit Brady des bras de Travis et le tint tout contre elle.

— Travis, tu vois l'église, là ? Nous y venions tous les dimanches. C'était le père Finnegan qui disait la messe. Est-il toujours là ?

— Il est mort, Dee, il y a de cela plus d'un an.

Susan vit une ombre de chagrin traverser les yeux de sa cousine et elle lui prit le bras.

— Il avait quatre-vingts ans passés, rappelle-toi… Il est parti doucement pendant son sommeil. Ainsi, le temps passe néanmoins.

Adelia regarda une nouvelle fois en direction de l'église en se disant que ce n'était pas exactement comme avant.

— C'est lui qui a enterré papa et maman. Je ne peux pas oublier à quel point il a été gentil avec moi.

— Nous avons un nouveau prêtre maintenant, s'empressa de dire Susan. Il vient de Cork.

Elle se retourna pour aller décharger les bagages et vint buter contre Burt qui se trouvait derrière elle. Il posa la main sur son épaule et la regarda droit dans les yeux. Enfin, c'est ce qu'elle pensait puisqu'il n'avait pas ôté ses lunettes.

— Excusez-moi, dit-elle en se dégageant très vite pour échapper à son sourire.

— C'est ma faute.

Il prit deux lourdes valises et les sortit du minibus.

— Travis, dit-il, emmène donc Dee et les enfants. Je m'occupe de décharger tout ça.

Travis eut un moment d'hésitation, mais il savait que sa femme avait besoin de repos et qu'elle ne partirait pas sans lui.

— Je te remercie. Je vais remplir les fiches de l'hôtel. Susan, j'espère que nous allons te revoir avec ta famille ce soir ?

— Nous serons là, répondit-elle en embrassant Dee. Maintenant, va te reposer. Maman ne serait pas contente de te voir fatiguée.

— Tu dois partir ? Tu ne veux pas entrer un moment ?

— J'ai des choses à faire. Mais toi, monte dans ta chambre avant que tes enfants s'endorment dans la rue. Je vous retrouve tout à l'heure.

Susan saisit deux valises et suivit sa cousine dans l'hôtel. Surprise par leur poids, elle ne put s'empêcher de penser que les vêtements de qualité devaient peser plus lourd que les autres…

Elle croisa Burt.

— Il ne reste presque plus rien, dit-elle en forçant son ton désinvolte.

A l'intérieur de l'auberge, il faisait assez sombre, mais l'excitation était à son comble. Tout à la joie de recevoir des visiteurs venus de la lointaine Amérique, l'aubergiste et sa famille s'étaient levés à l'aube pour faire briller les sols et cirer les boiseries.

La vieille Mme Malloy était en train de guider Adelia vers sa chambre et des orangeades avaient été servies aux enfants. Certaine que sa cousine était en de bonnes mains, Susan se décida à partir.

Dehors, il faisait frais. Le vent du large avait chassé les nuages et le ciel était clair. Susan observa un moment ce village qui avait tant fasciné sa cousine quelques instants plus tôt.

C'était un village des plus ordinaires, calme et tranquille, où une odeur de poisson semblait flotter là de toute éternité. Toutes les rues descendaient vers le port où les bateaux se balançaient doucement.

Tout le monde la connaissait et elle pouvait saluer chacun d'un mot aimable sur sa famille. Les secrets ne le restaient jamais très longtemps, mais ils se racontaient durant les veillées sur le ton de la conspiration.

Oui, mille fois oui, elle voulait vraiment connaître autre chose du monde que cet endroit perdu. Elle rêvait de voir les grandes villes où les gens sont pressés et la foule, anonyme. Elle rêvait de marcher dans des rues inconnues et de se perdre dans leur dédale. Une fois, une seule fois dans sa vie, elle aurait aimé vivre ailleurs, hors de ce cocon où elle étouffait.

Le claquement sec de la portière du minibus qui se fermait la ramena à la réalité et elle se retrouva en face de Burt Logan.

— Tout a été déchargé ? demanda-t-elle sur un ton qui se voulait poli.

— Oui.

Il alluma son cigare sans quitter Susan des yeux.

— Vous ne vous ressemblez pas beaucoup, Adelia et vous, n'est-ce pas ?

C'était la première fois qu'il prononçait une phrase de plus de trois mots. Susan remarqua qu'il n'avait pas le même accent que Travis. Il parlait lentement, comme s'il pensait que toute précipitation était superflue.

— Peut-être les cheveux ? continua-t-il en voyant que

Susan ne répondait pas. Mais les vôtres se rapprochent davantage de la couleur d'une table en acajou comme celle qui est dans ma chambre.

— Je ne doute pas que ce soit un compliment, monsieur Logan, mais je ne me sens aucune affinité avec une table.

Elle prit les clés du minibus dans sa poche et les lui tendit.

— Avant de partir il faut que je vous donne ça.

Au lieu de prendre les clés, il se saisit de sa main et la garda dans la sienne.

— Vous avez besoin de quelque chose d'autre, monsieur Logan ? demanda-t-elle sans se troubler.

Il aimait sa réaction et la façon qu'elle avait de remonter son petit nez d'un air dédaigneux.

— Je peux vous déposer quelque part ?

— Ce ne sera pas nécessaire.

Elle remarqua soudain que les deux plus grandes commères du village passaient à vitesse réduite sur le trottoir d'en face. Elles n'allaient pas avoir assez de toute une semaine pour commenter ce qu'elles venaient de voir : Susan McKinnon tenant la main d'un étranger en pleine rue !

— Il y a ici beaucoup de gens qui peuvent me ramener.

— Il y a moi. J'ai promis à Travis de le faire.

Sans la lâcher, il la conduisit vers la portière et la lui ouvrit. Après tout, se dit-elle, le soleil commençait à décliner et il lui fallait rentrer.

Burt s'installa au volant et tourna la clé de contact.

— Vous êtes en train de perdre vos épingles à cheveux.

Elle essaya de remettre un peu d'ordre dans son chignon tandis que Burt démarrait.

— Vous prenez à gauche en sortant du village. Ce n'est qu'à cinq kilomètres d'ici.

Elle croisa les bras sur la poitrine, bien décidée à ne pas soutenir davantage la conversation.

— Joli pays, dit Burt en désignant les collines qui s'enflammaient au soleil couchant. Vous êtes très près de la mer.

— En effet !

— Est-ce que vous avez quelque chose contre les Américains ?

— J'ai quelque chose contre les gens qui m'observent sans le montrer.

— Ça doit faire beaucoup de monde !

— Les hommes ici ont de bonnes manières, monsieur Logan.

Il aimait la façon qu'elle avait de prononcer son nom.

— Quel dommage ! On m'a toujours enseigné à bien regarder ce qui m'intéressait.

— Sans doute devrais-je encore une fois considérer cette remarque comme un compliment ?

— Simplement comme une remarque générale.

Elle soupira et se dit qu'il n'y avait aucune raison pour qu'elle perde son sang-froid.

— Est-ce que vous travaillez pour Travis ? demanda-t-elle.

— Non. Nous sommes plutôt des associés. Je suis propriétaire du ranch voisin du sien.

— Vous faites l'élevage des chevaux ?

— Entre autres, oui.

Elle l'observa et l'imagina au milieu des chevaux. Oui, cette activité lui convenait beaucoup mieux qu'un emploi dans un bureau.

— Les affaires de Travis marchent très bien, dit-elle distraitement.

— Est-ce une façon de me demander comment vont les miennes ?

— Cela ne me regarde absolument pas.

— Non, c'est vrai, ça ne vous regarde pas. Mais je peux vous dire que je ne m'en sors pas mal non plus. Je ne suis pas né dans le métier comme Travis, mais je m'y suis fait une place. Vous savez, si vous le leur demandez, ils vous emmèneront avec eux en Amérique.

Tout d'abord, elle ne comprit pas. Et quand elle voulut protester, Burt ne lui en laissa pas le temps.

— Je sais reconnaître quelqu'un qui a la bougeotte.

Vous ne rêvez que d'une chose, c'est de quitter ce coin perdu. Si vous me posez la question, je vous répondrai que cet endroit est plein de charme.

— On ne vous a rien demandé.

— C'est vrai. Mais c'est difficile de ne pas remarquer que vous avez une envie folle de disparaître de ce village et de ne plus en entendre parler.

— C'est faux !

Elle avait presque crié, mais elle savait qu'il disait la vérité.

— Allons… je sais.

— Vous ne savez rien ! Vous ne me connaissez pas !

— Mieux que vous ne le pensez, murmura-t-il. Vous vous sentez prisonnière, bloquée, muselée. Vous regardez cet endroit qui vous a vue naître et vous vous demandez si vous connaîtrez jamais autre chose. Quel âge avez-vous, Susan McKinnon ?

Elle avait l'impression qu'il lisait ses pensées les plus secrètes et elle était ulcérée de ne pouvoir le contredire.

— Vingt-cinq ans. Qu'est-ce que cela peut vous faire ?

— J'avais cinq ans de moins quand je suis parti de chez moi. Je ne peux pas dire que je l'ai regretté.

Il se tourna vers elle, mais elle ne voyait que son propre reflet dans ses lunettes.

— J'en suis heureuse pour vous, monsieur Logan. Maintenant, si vous pouviez vous arrêter… nous sommes arrivés.

— A vos ordres.

Il posa le bras sur son épaule avant qu'elle ait eu le temps de descendre. Il ne savait pas pourquoi il lui avait proposé de partir pour l'Amérique. Il ne savait pas pourquoi il lui avait parlé ainsi. Il avait suivi son instinct, tout simplement, comme il l'avait toujours fait.

— C'est l'ambition qui vous anime. Certains pensent que c'est un péché. Moi je crois que c'est une bénédiction.

Pourquoi sa présence et sa façon de lui parler la mettaient-elles aussi mal à l'aise ?

— Y a-t-il une raison à toutes vos paroles, monsieur Logan ?

— Vous me plaisez, Susan.

Il souleva un chapeau imaginaire et lui sourit à travers la fumée de son cigare.

Susan se précipita hors du véhicule et en oublia de fermer la portière. Elle ne savait pas qui, de Burt ou de ses propres démons, elle fuyait le plus.

2

Susan avait l'esprit assailli par mille pensées contradictoires. Elle était en train de dîner dans la salle à manger de l'auberge, entourée par les cris et les rires de toute sa famille. Toutes les lumières avaient été allumées pour l'occasion et la pièce sentait bon le repas familial et le whiskey vieilli en fût de chêne.

Susan mangeait peu. Non seulement parce que son frère ne cessait de la déranger pour lui demander de lui passer ceci ou cela, mais surtout à cause des paroles de Burt. Elle ne pouvait s'empêcher d'y penser sans cesse.

Elle n'était pas satisfaite de sa vie, mais elle ne supportait pas l'idée qu'un étranger ait pu s'en apercevoir aussi rapidement alors que sa propre famille ne s'en doutait pas.

Et puis un sentiment d'envie la dévorait quand elle regardait sa cousine. Elle savait que l'envie était un péché, mais…

Après tout, elle n'était pas une sainte, et elle n'avait pas choisi d'en devenir une. Quand elle voyait Dee heureuse, assise à côté de son mari qu'elle aimait, elle ne souhaitait pas que son bonheur cesse. Elle voulait simplement que cela lui arrive à elle aussi.

Pourtant la présence des Grant lui faisait plaisir. Pendant quelques jours, elle allait écouter leurs histoires, les histoires de cette Amérique qui la faisait rêver. Elle poserait des questions et imaginerait la grande maison de pierre dans laquelle vivait sa cousine. Ensuite, quand ils partiraient, tout redeviendrait comme avant et elle replongerait dans la routine de sa vie.

Mais pas pour toujours, non, pas pour toujours. Dans un an, peut-être deux, elle aurait suffisamment économisé pour aller à Dublin. Elle trouverait un travail, un appartement… Rien ne l'arrêterait…

Un pli amer se dessinait au coin de sa bouche quand elle croisa le regard de Burt assis en face d'elle.

Il ne portait plus ses lunettes de soleil, mais elle aurait préféré qu'il ne les ait pas quittées. Elle était alors moins mal à l'aise que sous le feu de ces deux grands yeux gris sombre qui l'observaient avec intensité.

Un loup devait avoir ces yeux-là. Elle pensa tout à coup qu'il n'avait aucun droit de se comporter ainsi avec elle et elle se décida à soutenir son regard.

Le bruit autour d'eux continuait et semblait les isoler. Cette expression qu'elle décelait, était-ce de l'amusement ou de l'arrogance ? Peut-être les deux, liés par une acuité particulière de l'intelligence ? Elle ne savait pas, mais elle était certaine que cet étranger était différent de tous les hommes qu'elle avait rencontrés jusqu'à présent.

« Une rose irlandaise… », pensa Burt. Il n'était pas sûr d'en avoir déjà vu, mais elles devaient posséder des épines acérées, une tige fine et des pétales de velours. Une rose irlandaise, une rose sauvage… poussée sur le sol ingrat d'Irlande, balayée par les vents de la mer, pliant sans rompre, puisant sa force dans le souffle même de cette nature dure et vigoureuse. Cette fleur-là, il avait envie de la protéger.

Il aimait la famille de Susan. C'étaient des gens simples et bons. Leur ferme les faisait vivre à condition qu'ils y travaillent sept jours sur sept. Mary McKinnon avait un petit atelier de couture, mais elle semblait plus intéressée par les enfants de Dee que par la dernière mode de New York. Ses frères étaient sympathiques. L'aîné, Cullen, avait l'air d'un guerrier celte et parlait comme un poète.

Burt était heureux de s'être laissé convaincre par Travis

de prolonger son séjour en Irlande. Les affaires avaient été bonnes, et maintenant il pouvait se détendre.

— Tu veux bien jouer pour nous, s'il te plaît, Cullen ? demanda Adelia. En souvenir du bon vieux temps.

— Il n'est pas très difficile à convaincre, intervint Mary McKinnon. Nous ferions mieux de débarrasser un peu si nous voulons danser.

— Ma flûte n'est pas loin, dit Cullen.

Il se mit debout et sortit de sa poche le petit instrument et le porta à la bouche.

Burt fut étonné qu'un homme aussi grand et fort puisse être à l'origine d'une musique aussi délicate, aérienne. Ses gros doigts couraient sur la flûte et paraissaient mus par un ressort magique.

Burt s'enfonça dans son fauteuil et savoura ce moment.

Mary McKinnon prit son plus jeune fils par la main et l'entraîna sur la piste. Leurs mouvements semblaient portés par la musique. Les autres battaient le rythme avec les mains ou les pieds.

Susan avait posé le bras sur l'épaule de son père et observait les danseurs en souriant. Burt fut ému par ce sourire, comme si c'était la première fois qu'il le voyait.

— Elle danse vraiment comme une jeune fille, s'écria Matthew McKinnon en désignant sa femme.

— Et elle est belle, ajouta Susan.

— Tu veux essayer ?

Susan secoua la tête en riant.

— Je n'y arriverai jamais aussi bien.

— Allons, viens ! Une McKinnon sait danser en naissant.

Et, sans lui laisser le temps de protester davantage, il entraîna sa fille sur la piste.

— Tu crois que tu peux y arriver ?

Adelia regarda son jeune cousin qui venait de lui poser la question.

— Tu oses dire cela ?... Cher cousin, le jour où je refuserai une danse n'est pas venu.

Travis tenta de l'en dissuader, mais il comprit que c'était peine perdue.

— Quelle famille ! dit-il en se tournant vers Burt.

— Et toi, tu n'as pas essayé d'apprendre cette danse ?

— Dee n'y a pas réussi. Je crois qu'il faut être né sur cette terre pour y parvenir.

Il réfléchit un moment avant de continuer sa réflexion à haute voix.

— Je n'avais pas réalisé à quel point toute cette ambiance pouvait lui manquer.

— Tout le monde un jour ou l'autre finit par avoir le mal du pays, dit Burt sans quitter Susan des yeux.

— Nous ne sommes revenus ici que deux fois en sept ans. Ce n'est pas assez. Mais Adelia est quelqu'un qui ne se plaint jamais, qui ne demande jamais rien pour elle.

Burt ne fit aucun commentaire, mais se tourna pour observer le profil de son ami. Ils se connaissaient depuis quatre ans, et leur amitié avait été presque immédiate. Pourtant il s'était toujours considéré comme un être solitaire et sans attaches. Jusqu'à ce qu'il rencontre les Grant.

— Je ne connais pas grand-chose aux femmes, aux femmes mariées, je veux dire, mais je peux te dire que la tienne est heureuse.

Travis avait le regard braqué sur Dee et son esprit semblait remonter le fil de ses souvenirs.

— La première fois que je l'ai rencontrée, je l'ai prise pour un garçon.

— Tu plaisantes ?

— Il faisait noir.

— Piètre excuse.

— C'est ce qu'elle a dû penser aussi. Il s'en est fallu de peu qu'elle me donne un coup de poing. C'est depuis ce jour-là que je suis tombé amoureux.

Il entendait le rire clair de sa femme. La danse était finie et elle venait vers lui, les bras tendus.

— Je pourrais danser pendant des heures, mais ces deux-là semblent en avoir assez.

Elle se tapota le ventre avec un large sourire.

— Vous avez vu ? Susan danse comme une fée.

Burt but une gorgée de whiskey.

— Oui, c'est un vrai plaisir de la regarder.

Adelia éclata de rire et observa Burt.

— Je crois que, en tant que cousine et amie de Susan, je me dois de la mettre en garde contre ton épouvantable réputation auprès des femmes.

— De quoi parles-tu ?

Elle s'assit sur les genoux de Travis et eut une mimique entendue.

— Oh, j'ai entendu dire des choses, monsieur Logan. Des choses intéressantes. Tu sais que le monde des courses de chevaux est un monde très fermé, où tout finit par se savoir. Et j'ai appris qu'en ta présence les hommes surveillaient leurs filles, mais aussi leurs femmes…

— Si j'étais intéressé par les femmes des autres, tu sais très bien que tu serais la seule élue.

— Travis, je crois que Burt est en train de me faire la cour.

— J'en ai l'impression, répondit celui-ci en embrassant sa femme.

— Sois prudent, monsieur Logan. Il n'est pas très dangereux de faire des compliments à une femme mariée et enceinte de jumeaux. Mais méfie-toi des Irlandaises. Si tu continues à regarder ma cousine comme tu le fais, je ne serais pas étonnée que Matthew McKinnon aille décrocher son vieux fusil.

— Il n'y a pas de loi qui interdise à un homme de regarder une femme.

— Je crois que Susan sort prendre le frais…, fit remarquer Dee innocemment. N'aurais-tu pas toi aussi envie d'aller fumer ton cigare sous les étoiles ?

— Puisque tu m'y fais penser, je crois que je vais me laisser tenter.

Il se leva en lui lançant un clin d'œil et se dirigea vers la porte.

— Voulais-tu le prévenir ou l'encourager ? demanda Travis.

— Ne t'occupe pas de ces histoires, répondit Adelia en l'embrassant.

Susan rajusta la veste sur ses épaules. Les nuits étaient froides en février. Elle était heureuse que son père l'ait poussée à danser. Il y avait bien peu d'occasions de faire la fête car le travail occupait tous leurs loisirs.

Frank avait fondé sa propre famille et Cullen ne pensait qu'à la poésie. Quand Sean quitterait la maison lui aussi, ce qui ne saurait tarder, il ne resterait que Joe et Brian pour travailler. Et elle.

Un à un, ses frères partaient, mais la ferme devait continuer à être entretenue. Son père en mourrait s'il en allait autrement. Mais elle-même ne finirait-elle pas par se consumer d'ennui à rester ici ? Il lui fallait donc trouver une solution qui satisfasse tout le monde.

Elle regarda la lune qui semblait lui sourire de là-haut. Après tout, ne s'était-elle pas promis de tout faire pour que quelque chose arrive enfin dans sa vie…

Elle entendit le craquement d'une allumette derrière elle et vit l'éclair d'une flamme.

— Belle nuit !

Elle ne se retourna pas. Cette voix seule avait le pouvoir d'accélérer les battements de son cœur.

Non, elle n'avait pas voulu qu'il la suive. Et d'ailleurs, pourquoi l'aurait-elle souhaité ?

— Un peu froide.

— J'ai aimé vous regarder danser.

— Vous auriez dû essayer.

Elle fit quelques pas pour s'éloigner de l'auberge et ne fut pas surprise d'entendre qu'il l'accompagnait.

— Votre frère a un don.

— Vous aimez la musique, monsieur Logan ?

— Quand elle est bonne.

A l'intérieur, Cullen s'était mis à jouer une valse lente et mélancolique. Elle sentit sa main se poser sur sa taille.

— Que faites-vous ?

— Je vous invite à danser, dit-il simplement.

— Je croyais que les garçons devaient d'abord demander l'avis de leur cavalière.

Mais elle ne le repoussa pas et se mit à suivre le rythme doux de la musique.

— Je pensais que vous n'aimiez pas danser.

— Je trouve que ce clair de lune se prête à merveille à cet exercice.

Elle se tut, savourant cet instant magique. La fraîcheur de la nuit les rapprochait et les isolait du reste du monde. Seule la musique les reliait à la réalité.

A la fin de la chanson, Susan s'écarta de Burt.

— Pourquoi êtes-vous venu ici, monsieur Logan ?

— Pour voir des chevaux. J'en ai acheté deux à Kildare. Je voulais assister aussi à des courses. Vous connaissez Curragh ?

— Non.

Elle leva les yeux vers la lune. Elle n'était jamais allée à Curragh ni à Kildare ni nulle part ailleurs.

— Vous savez, continua-t-elle, il n'y a pas de chevaux ici à Skibbereen.

— Ah bon ? fit-il en souriant. Alors disons que je suis là pour faire du tourisme. C'est la première fois que je viens en Irlande.

— Et quelle est votre impression ?

— C'est un très beau pays, plein de contrastes et de contradictions.

— Vous savez que, avec un nom comme le vôtre, il y a de fortes chances pour que du sang irlandais coule dans vos veines.

Il baissa la tête sans sourire et regarda son cigare.

— C'est possible.

— C'est même probable. Ce qui m'étonne, c'est que

vous soyez voisin de Travis, et que vous n'ayez pas du tout le même accent.

— C'est normal, je viens de l'ouest des Etats-Unis.

— L'ouest ? Là où sont les cow-boys ?

Il éclata de rire et posa la main sur son épaule. Susan était si vexée qu'elle ne pensa pas à s'écarter ni à s'offusquer de ce geste familier.

— Vous savez, il y a un bon bout de temps que nous ne sommes plus tenus de nous promener avec des revolvers à la ceinture.

— Ce n'est pas la peine de vous moquer de moi.

— Ce n'est pas ce que j'ai fait. Qu'auriez-vous dit si je vous avais parlé des lutins et des farfadets ?

— Je vous aurais répondu que le dernier à en avoir vu ici avait passé beaucoup trop de temps au pub pour pouvoir être crédible.

— Vous ne croyez pas aux contes de fées, Susan ?

Il se tenait maintenant si près d'elle qu'il pouvait voir le clair de lune se refléter dans ses yeux comme sur la surface d'un lac.

— Non, je ne crois qu'à la réalité, aux choses tangibles. Le reste appartient aux rêveurs.

Elle ne voulait pas reculer. Elle n'avait pas l'habitude de battre en retraite, même devant un homme. Il y a toujours un gagnant et un perdant, et elle avait horreur de perdre.

— Quel dommage pour vous ! dit-il tout en pensant qu'il avait toujours eu cette même philosophie de la vie. La tendresse par exemple, on ne peut pas la toucher.

— Je n'ai pas besoin de tendresse.

— En êtes-vous sûre ?

— Je dois rentrer.

Ce n'était pas une fuite… Elle avait froid, c'est tout. Mais avant qu'elle ait pu faire le moindre mouvement il l'avait prise dans ses bras et la tenait serrée contre lui.

— Excusez-moi, monsieur Logan, on doit me chercher.

— Vous n'avez pas répondu à ma question.

— Cela ne vous regarde pas.

Elle essaya de se dégager, mais il la retenait fermement.

— Cela m'intéresse. Quand un homme rencontre une femme qu'il reconnaît, tout ce qui la concerne l'intéresse.

— Nous ne nous connaissons pas.

Mais elle avait compris ce qu'il avait voulu dire. Quelque chose en eux semblait identique, comme s'ils avaient été forgés avec le même acier.

— Et au risque de vous paraître brutale, je dois vous dire que vous ne m'intéressez pas.

— Avez-vous toujours des réactions aussi violentes quand vous rencontrez quelqu'un pour la première fois ?

— La seule réaction que vous m'inspirez, c'est l'ennui.

C'était le plus gros mensonge qu'elle se souvenait avoir prononcé.

— Je suis certaine que vous devez vous imaginer que je devrais être flattée qu'un homme comme vous s'intéresse à une fille comme moi. Mais détrompez-vous. Je ne suis pas une pauvre paysanne qui embrasse un étranger sous le simple prétexte qu'il y a de la musique et un clair de lune.

— Susan, si j'avais voulu vous embrasser, ce serait déjà fait. Je ne perds jamais mon temps quand je veux quelque chose.

Susan rougit sous l'affront. Comment pouvait-il être aussi sûr de lui ?

— En tout cas, vous êtes en train de me faire perdre le mien. Bonne nuit.

Pourquoi ne l'avait-il pas embrassée ? se demanda Burt en la regardant rentrer dans l'auberge. Pourtant il en avait eu envie.

Mais il ne l'avait pas fait. Quelque chose au fond de lui l'avait averti, l'avait mis en garde, comme si ce baiser au clair de lune avait pu changer sa vie. Et il n'était pas prêt pour ça.

Il aspira une dernière bouffée de son cigare et le jeta au loin. Il était venu en Irlande acheter des chevaux, et il valait mieux qu'il se cantonne à cette occupation. Mais la prudence et la réserve n'étaient pas ses principales qualités.

*
* *

Susan arriva en retard volontairement. Elle rangea sa bicyclette dans le couloir qui menait à la cuisine de l'auberge. Elle ne voulait pas que sa cousine sache qu'elle travaillait ici. Ce n'était pas le fait d'avouer qu'elle s'occupait de la comptabilité et de la gestion de l'auberge, mais elle ne tenait pas à révéler qu'elle faisait un peu de ménage. Mme Malloy avait promis de ne pas la trahir.

Dee et sa famille avaient prévu de visiter le village toute la matinée, ce qui lui laissait le temps de terminer son travail. Comme les livres de comptes étaient à jour, elle pourrait l'après-midi accompagner sa cousine qui voulait revoir la ferme où elle était née et où elle avait grandi.

Son travail n'avait rien d'humiliant, se dit-elle en faisant couler l'eau dans l'évier pour laver la vaisselle. Mais elle ne voulait pas que Dee soit gênée pour elle. Elle travaillait pour gagner de l'argent, et cela n'allait pas plus loin. Un jour sans doute elle trouverait un emploi dans un bureau à Cork ou à Dublin, et le seul ménage qu'elle aurait à faire, ce serait le sien.

Par la fenêtre, elle regarda l'endroit où la nuit dernière elle s'était retrouvée avec Burt. Où elle avait dansé avec lui. Quelle folie ! Burt ne faisait que passer. Elle n'était plus assez naïve pour l'ignorer.

Ce qu'elle avait ressenti n'était dû qu'à l'attrait de la nouveauté. Il était différent, mais il n'avait rien de spécial. D'ailleurs, s'il la voyait maintenant les mains plongées dans la mousse, il s'intéresserait beaucoup moins à elle.

Le bruit de la porte qui s'ouvrait derrière elle la ramena à la réalité.

— Je sais que je suis en retard, madame Malloy, mais je vous promets que tout sera prêt pour le repas.

— Mme Malloy est au marché.

C'était la voix de Burt. Susan ferma simplement les yeux. Mais quand il s'approcha et qu'il posa la main sur son épaule, elle serra les dents et se mit à frotter énergiquement les assiettes.

— Que faites-vous ?

— Cela me paraît assez évident, non ? Si vous voulez bien m'excuser, je suis en retard.

Sans rien dire, il alla se servir une tasse de café et l'observa. Elle portait un bleu de travail qui avait dû appartenir à l'un de ses frères. Ses cheveux retombaient sur ses épaules, retenus par un simple élastique pour ne pas qu'ils lui tombent devant les yeux.

Burt but une gorgée de café. Il ne s'attendait pas à la trouver dans cette situation et il était aussi embarrassé qu'elle.

— Vous n'aviez pas dit que vous travailliez ici.

— Non. Et je vous serais reconnaissante si vous n'en parliez pas vous non plus.

— Pourquoi ? C'est un travail honnête, n'est-ce pas ?

— Je préfère que Dee ne sache pas que c'est moi qui nettoie les plats dans lesquels elle mange.

La fierté était un sentiment qu'il connaissait bien lui aussi.

— D'accord.

Elle osa jeter un coup d'œil par-dessus son épaule.

— C'est vrai, vous ne direz rien ?

— Puisque je vous le promets.

L'odeur du détergent lui piqua le nez. Après toutes ces années, il ne la supportait toujours pas.

— Merci, fit Susan, soulagée.

— Vous voulez une tasse de café ?

— Non. Vous êtes gentil, mais je n'ai pas le temps.

Elle n'avait pas pensé que les choses pourraient se passer aussi simplement. Rassurée mais toujours prudente, elle se tourna vers lui et sourit.

— Je croyais que vous étiez parti vous promener.

— Je suis de retour.

En fait, il avait voulu prendre rapidement un café avant d'aller faire un tour dans le village.

— Vous voulez un coup de main ?

Elle se retourna de nouveau, étonnée et effrayée.

— Non, bien sûr que non. Buvez votre café tranquillement. Il doit y avoir des biscuits dans le placard. Et puis allez vous promener. Il fait beau aujourd'hui.

— Vous voulez m'accompagner ?

— Je vous en prie, Mme Malloy…

— … est au marché, finit-il en prenant un torchon et en commençant à essuyer la vaisselle.

Il était tout proche d'elle maintenant.

— Je n'ai pas besoin d'aide, je vous assure.

— Je n'ai rien d'autre à faire, dit-il sans arrêter son travail.

— Je n'aime pas beaucoup vous voir aussi aimable.

— Rassurez-vous, cela ne m'arrive pas souvent. Dites-moi, que faites-vous quand vous ne dansez pas et que vous ne faites pas la vaisselle ?

— Si vous tenez à le savoir, je tiens la comptabilité de l'auberge et de la ferme.

— Vous devez être très occupée, murmura-t-il. Et vous êtes… compétente ?

— Personne ne s'est plaint jusqu'à présent. Je vais essayer de trouver un emploi à Dublin l'année prochaine. Dans un bureau.

— Je ne vous y imagine pas.

— Je ne vous ai rien demandé.

— Il y a trop de murs dans un bureau. Vous allez devenir folle.

— Je sais ce que j'ai à faire. Vraiment, je me trompais quand je disais que je n'aimais pas vous voir aussi aimable. En vérité, je ne vous aime pas du tout.

— Vous savez, il vous suffit de le demander et Dee vous emmènera avec elle en Amérique.

Elle jeta une casserole dans l'évier et réussit à les éclabousser tous les deux.

— Et puis après ? Sans doute me faudra-t-il vivre de sa charité ? Est-ce que vous croyez que c'est mon but ?

— Non, fit-il sans cesser d'essuyer les assiettes. Je voulais simplement vous voir en colère de nouveau.

— Vous êtes un odieux individu, monsieur Logan !

— Cela m'arrive quelquefois. Et maintenant que notre relation a pris un tour plus intime, vous avez le droit de m'appeler Burt.

— J'ai plutôt envie de vous donner un autre nom… Pourquoi n'allez-vous pas vous promener ? Je dois finir ça et je n'ai pas de temps à perdre avec des individus de votre genre.

— Je crois qu'il va falloir vous y résigner.

Sans qu'elle ait eu le temps de réagir, il l'avait prise dans ses bras et l'embrassait. Elle fut si surprise de son geste qu'elle ne fit rien pour se défendre. Puis, tout aussi brusquement, il la lâcha et reprit son torchon.

Susan s'appuya contre l'évier et essaya de recouvrer son sang-froid.

— Vous avez un sacré culot !

— On ne va pas très loin dans la vie sans en avoir un peu.

— Essayez de vous en souvenir, monsieur Logan : à l'avenir, si j'ai envie que vous m'approchiez, je vous le ferai savoir.

— Vos yeux parlent pour vous, petite Irlandaise. C'est un réel plaisir que de les déchiffrer.

Elle ne voulait pas lui répondre. Elle ne souhaitait qu'une chose : qu'il s'en aille.

— Je dois nettoyer le sol maintenant. Vous me gênez.

— Alors je crois qu'il est temps que je fasse cette balade.

Il posa le torchon et, sans ajouter un mot, il sortit par la porte de derrière. Susan attendit quelques secondes, puis lança dans sa direction la mousse qui s'accrochait à ses bras.

Deux heures plus tard, Susan retrouvait les Grant dans la salle à manger de l'auberge. Elle s'était changée et avait laissé ses vêtements de travail accrochés à son vélo.

Burt était là, ce qui était logique, pensa-t-elle en prenant le petit Brady sur ses genoux. Elle n'avait qu'à ignorer sa présence.

— Maman vous fait porter ceci, dit-elle à Dee en tendant une assiette recouverte d'un linge. C'est un gâteau aux raisins.

— Je me souviens des pâtisseries de ta maman, dit Adelia en soulevant le linge. Je suis heureuse que tu puisses venir avec nous aujourd'hui.

Ils se rendirent tout d'abord au cimetière, où de grandes pierres sombres émergeaient de l'herbe grasse et haute. Des fleurs sauvages poussaient par endroits. La famille de Dee reposait là et Susan s'associait à sa peine.

— C'est une cicatrice qui ne se refermera jamais, murmura Adelia en montrant les tombes.

— Je comprends, dit Travis en posant le bras sur l'épaule de sa femme.

— Je me souviens du père Finnegan qui m'expliquait que c'était la volonté de Dieu, mais je ne pouvais m'empêcher de penser que ce n'était pas juste. Et je le pense toujours.

— Non, répondit Travis. Ce n'est pas juste. J'aurais tant aimé les connaître.

— Ils t'auraient aimé.

Elle avait les yeux humides de larmes, mais elle gardait un sourire attendri.

— Ils auraient aimé les enfants aussi. Ils auraient été aux petits soins pour eux.

Elle poussa un long soupir, comme pour chasser ces images d'un bonheur qui ne pouvait plus exister.

— Ne pleure pas, maman ! s'écria Keeley en se jetant dans les bras d'Adelia. Regarde, j'ai cueilli un bouquet de fleurs. Burt m'a dit qu'ils seront contents de l'avoir, même s'ils sont là-haut au paradis.

— Elles sont magnifiques, ma chérie. Je suis sûre qu'ils les aimeront beaucoup.

Dee prit le bouquet et le posa au pied de la pierre.

Burt Logan était vraiment un étrange personnage…

Susan l'avait vu s'éloigner avec Keeley et ils s'étaient parlé longuement. La petite fille l'avait écouté avec beaucoup de sérieux et semblait lui faire entière confiance.

Susan ne pensait pas que quelqu'un puisse faire confiance à cet homme. Et surtout pas un enfant.

Ils remontèrent tous en voiture et Susan prit la route de la ferme qui avait vu naître sa cousine. Elle connaissait bien le chemin de l'ancienne ferme des Cunnane.

— Regarde, dit-elle en s'adressant à Brendon, c'est ici que ta maman a grandi, juste derrière cette colline.

— Dans une ferme, elle me l'a raconté. Nous avons une ferme aussi. La meilleure de tout le Maryland.

Il accompagna sa dernière phrase d'une grimace espiègle en direction de Burt.

— Elle n'arrivera qu'en deuxième position quand j'aurai terminé de m'occuper de la mienne, répondit Burt en riant.

Brendon semblait ravi de son échange avec Burt. Il se mit debout sur le siège et se tourna vers Susan.

— Tu sais que Burt a gagné sa ferme au poker ? Et il est en train de m'apprendre à jouer.

Susan se rangea le long du bas-côté et arrêta le moteur.

— Quand tu seras grand, tu me regagneras peut-être la ferme, dit Burt en descendant avec Brendon dans les bras.

— Est-ce que c'est vrai ? demanda doucement Susan à Hannah. A-t-il vraiment gagné sa ferme au jeu ?

— C'est ce qu'on dit. La rumeur parle de pertes et de gains fabuleux. C'est un homme à qui il est difficile de tenir tête.

Hannah regarda Burt par-dessus son épaule avec un mélange de respect et de crainte.

Susan rejoignit les autres en songeant qu'elle était trop irlandaise pour s'intéresser à un joueur, et surtout à un gagneur.

Ils étaient sur une hauteur et la ferme se situait en contrebas. Elle n'avait pas beaucoup changé par rapport au souvenir que Susan en avait gardé. Peut-être avait-elle été repeinte. A l'est s'élevaient des collines où quelques vaches noires paissaient, donnant au paysage un air de carte postale.

— Les Sweeney sont des gens très gentils, dit Susan. Ils nous recevront avec joie.

— Non, répondit Adelia qui ne pouvait détacher son regard de la ferme. Nous sommes bien ici.

La vérité était qu'elle ne pouvait s'approcher davantage de cet endroit où subsistaient tant de souvenirs et qui ne lui appartenait plus.

— C'est plus petit que je ne le croyais. Regarde, Keeley, tu vois cette fenêtre, là, sur la gauche, eh bien, c'était celle de ma chambre quand j'avais ton âge.

Les autres s'éloignèrent doucement, laissant Adelia et Travis seuls.

— Dee, je te l'ai déjà dit plusieurs fois, nous pouvons racheter ta ferme. Il suffit d'en proposer un bon prix aux Sweeney.

Silencieuse, elle continuait à regarder la petite bâtisse à ses pieds. Puis elle prit le bras de Travis et l'entraîna.

— Tu sais, quand j'ai quitté cet endroit il y a des années, je croyais que je perdais tout. J'avais tort.

Elle l'embrassa et posa la tête sur son épaule.

— Marchons un peu. Il fait si beau aujourd'hui.

Susan les regardait s'éloigner quand elle entendit Burt s'approcher d'elle.

— Si je partais d'ici, dit-elle sans tourner la tête, je n'aurais plus un seul regard pour le passé.

— Et le passé finirait par vous rattraper.

— Je ne comprends pas.

Elle posa enfin les yeux sur lui, et ses cheveux, fouettés par le vent, lui voilèrent le visage.

— Un instant, vous semblez n'avoir ni famille ni attaches, et la seconde suivante vous donnez l'impression d'emporter tout avec vous.

Il se baissa et ramassa une poignée de terre grasse.

— C'est de la bonne terre. Elle reste collée aux semelles. Avez-vous déjà vu le sable du désert, Susan ? Non, je ne pense pas. Le sable est si fin qu'il ne tient même pas dans la main.

Elle le regarda droit dans les yeux. Il l'intriguait. Elle ne le comprenait pas.

— Pourquoi m'avez-vous embrassée ?

Elle n'avait pas voulu poser cette question, mais quelque chose l'y avait poussée malgré elle.

Il sourit, lentement, l'air amusé.

— Une femme ne devrait jamais demander à un homme pourquoi il l'a embrassée.

Gênée, elle lui tourna le dos.

— Ce n'était pas un vrai baiser d'ailleurs.

— Vous voulez que je vous donne un vrai baiser ?

— Non.

Elle voulut s'éloigner, mais la main de Burt la retint.

— Si je suis intéressée, dit-elle en levant la tête d'un air de défi, je vous le ferai savoir.

3

La tempête était en train de se lever. Susan en discernait les prémices au fond d'elle-même, tout autant qu'elle regardait les gros nuages noirs obscurcir le ciel et s'accrocher aux sommets des montagnes. Elle devait avoir rentré tout le linge avant que les premières gouttes tombent. Ce travail simple ne la gênait pas : il lui laissait l'esprit libre de vagabonder, de rêver, de faire des projets.

Elle aimait la violence de la tempête. Elle aimait contempler les éléments déchaînés mettant à mal l'équilibre précaire des constructions de l'homme. Après son passage, les choses reprenaient leur cours normal, cette routine qui lui pesait tant.

Que lui arrivait-il en ce moment ? Elle aimait sa famille, elle avait des amis et son travail lui permettait de vivre. Alors pourquoi était-elle aussi nerveuse ?

Elle ne pouvait tout de même pas en faire porter la responsabilité aux Grant ! Pas plus qu'à l'apparition inattendue de Burt Logan. Son malaise existait avant leur arrivée. Tout au plus leur présence — sa présence — amplifiait-elle ce sentiment.

Elle ne pouvait en parler à sa mère. Celle-ci n'aurait pas pu la comprendre, car elle était trop loin de ce genre de préoccupations. Il lui aurait été plus facile d'en discuter avec son père, car elle avait hérité de lui ce tempérament fougueux et tourmenté. Mais elle savait qu'elle l'aurait aussi plongé dans le désespoir le plus profond. Pour lui, si sa fille n'était pas satisfaite, c'est qu'il ne lui avait pas donné assez. Il ne lui restait qu'à attendre, qu'à laisser passer l'orage.

Burt observait Susan depuis un moment. Il n'avait pas le sentiment d'être indiscret. Il pensait simplement qu'on apprenait beaucoup de choses en regardant les gens sans qu'ils s'en rendent compte.

Il aimait la voir se déplacer. Il aimait ses gestes. C'est dans ces moments-là qu'elle dévoilait le feu intérieur qui brûlait en elle, un feu plus flamboyant que les reflets rouges de sa chevelure.

Le même brasier fou incendiait son âme et le dévorait. Comment aurait-il pu ne pas le reconnaître !

Elle ramassait le linge avec des gestes mécaniques, et levait les yeux de temps en temps pour regarder le ciel.

Il se demanda ce qui allait se passer quand enfin elle allait oser rompre les amarres. Car il savait qu'elle finirait par s'envoler comme un oiseau trop longtemps captif. Et au fond de lui-même, il avait décidé d'être là pour voir le résultat.

— Cela faisait très longtemps que je n'avais pas vu une femme occupée à cette activité, dit-il en s'approchant.

Susan se retourna brusquement, un monceau de linge sur le bras. Burt… Il se tenait à quelque distance d'elle, bien droit, le col remonté, mais la veste ouverte, les mains dans les poches. Et puis ce sourire exaspérant sur les lèvres…

Elle fut surprise de le voir aussi décontracté, comme si l'orage était son élément de prédilection, comme s'il aimait faire front au moment où le reste de la nature courbait le dos.

— Les femmes ne ramassent donc jamais le linge dans votre pays ?

— Le progrès se moque des traditions.

Il passa derrière elle et commença à décrocher chemisiers et sous-vêtements qui pendaient sur le fil.

Susan ne put retenir son irritation.

— Il est inutile que vous mettiez vos mains sur le linge qui vient d'être lavé.

— Rassurez-vous, mes mains sont propres.

Pour le lui prouver, il les lui tendit, paumes ouvertes, et elle remarqua une fine cicatrice qui courait sur les jointures.

— Que faites-vous ici ?

— J'étais venu vous voir.

Elle garda le silence quelques instants. Sa franchise la mettait mal à l'aise.

— Pourquoi ?

— J'en avais envie.

— Ne deviez-vous pas rester avec Travis et Dee ?

— Je crois qu'ils pourront survivre à un après-midi sans ma compagnie. Et puis j'ai aimé votre ferme.

Il jeta un regard circulaire autour de lui. La bâtisse ressemblait en tout point à celle qui avait vu grandir Adelia. Peut-être la maison de Susan était-elle un peu plus petite. Mais elle était construite avec les mêmes pierres, et les mêmes parterres de fleurs couraient le long des murs.

La peinture de la grange était un peu défraîchie, mais les poules qui picoraient dans la cour étaient grasses et saines. Il imaginait les McKinnon travaillant sept jours sur sept pour faire tourner la ferme. Car telle était la vie des fermiers d'ici.

— C'est une belle terre, et votre père a l'air de savoir l'entretenir.

— Cette terre, c'est sa vie, dit-elle simplement.

— Et qu'en est-il de la vôtre ?

— Je ne comprends pas ce que vous voulez dire.

Elle allait se baisser pour ramasser la corbeille, mais il fut le plus rapide.

— C'est une belle ferme qui devrait suffire à beaucoup. Je ne pense pas que ce soit votre cas.

— Vous ne me connaissez pas assez pour savoir ce qui peut me convenir.

Elle lui prit la corbeille des mains et se dirigea vers la porte de la cuisine.

— Et puis d'ailleurs, je vous ai déjà dit que j'allais partir dans le Nord pour trouver un emploi de bureau.

Elle poussa la porte et pénétra dans la cuisine. Sa mère aurait été horrifiée si elle avait su qu'elle n'avait pas proposé à son visiteur une tasse de thé. Elle se retourna pour l'inviter, mais Burt avait déjà franchi le seuil.

— Allons marcher un moment. J'ai une proposition à vous faire.

Elle s'appuya contre la porte et le regarda froidement.

— Je me doutais bien que c'est là que vous vouliez en venir.

Il lui prit la corbeille des mains et la posa à terre.

— Vous vous montez la tête, petite Irlandaise. Je vous ai simplement proposé de venir faire quelques pas avec moi dehors. C'est tout.

Cette fois, d'autorité, il lui prit le bras. Elle aurait pu refuser de le suivre, mais elle avait envie de savoir ce qu'il voulait lui dire.

Après tout elle ne risquait rien à aller se promener avec lui. Ses parents n'étaient pas loin, et elle était tout à fait à même de se défendre seule.

— Je n'ai pas beaucoup de temps. J'ai énormément de choses à faire aujourd'hui.

— Ça ne prendra pas longtemps.

Ils sortirent et marchèrent un moment en silence. Discrètement, il observait le cadre de vie de Susan. La ferme était remarquablement entretenue. Ces gens-là ne devaient compter ni les heures ni la peine. Il y avait une trentaine de vaches. C'était bien suffisant pour vivre.

Il n'y a pas si longtemps, lui aussi avait dû travailler sans relâche. Il ne l'avait pas oublié, comme il n'avait pas oublié que la chance qui avait fait de lui ce qu'il était devenu pouvait s'en aller et le laisser sans rien.

— Si vous vouliez faire le tour de la ferme…

Il ne répondit pas et continua à regarder les bâtiments.

— Vous travaillez aux champs aussi ?

— Cela m'arrive.

Il lui prit les mains et les retourna pour en regarder les paumes. Elles étaient fines et délicates, mais abîmées par endroits et les ongles étaient coupés court.

— Vous n'en prenez pas assez soin.

— Pourquoi voulez-vous que je le fasse ? Je n'ai pas honte de mon travail.

— Non, bien sûr, le sens des réalités est trop bien ancré en vous. Vous n'êtes pas de ces jeunes filles qui rêvent au prince charmant.

Elle eut envie de sourire, mais le regard qu'il avait posé sur elle l'en dissuada.

— J'ai toujours pensé que les princes charmants devaient être des gens terriblement ennuyeux. Et puis d'ailleurs, je ne suis pas une princesse en détresse et je me sens assez forte pour partir toute seule chasser le dragon.

— Bien ! J'ai horreur des femmes qui n'aspirent qu'à être protégées et qui ont besoin en permanence de quelqu'un pour les rassurer.

Il avait gardé ses mains dans les siennes et semblait ignorer le vent qui soufflait en rafales.

— Susan, pourquoi ne viendriez-vous pas en Amérique avec moi ?

Elle le regarda sans pouvoir prononcer la moindre parole. Aucun son ne sortait de sa bouche.

Soudain, le ciel se déchira et, en quelques secondes, ils furent trempés jusqu'aux os. Elle restait là, immobile, et elle n'aurait pas fait le moindre geste s'il ne l'avait prise par les épaules pour la conduire à l'abri dans une grange.

A l'intérieur, tout était sombre et la pluie s'abattait bruyamment sur les tuiles du toit.

Susan prit ses cheveux à deux mains pour les tordre en une natte somptueuse. Les hurlements du vent semblaient des mises en garde.

— Vous êtes fou, Burt Logan. Vous êtes complètement fou. Vous croyez peut-être qu'il suffit simplement que je mette des vêtements secs pour pouvoir vous suivre et traverser un océan ?

Elle était certaine qu'il se moquait d'elle, et cela la rendait furieuse.

— Je ne vous connais même pas, et Dieu sait que je n'ai aucune envie de vous connaître.

Elle lui tourna le dos et s'apprêtait à sortir quand il la retint par les épaules.

— Lâchez-moi immédiatement, espèce de serpent, cria-t-elle en se retournant. Si vous me touchez encore une seule fois, je vous casse la figure.

Burt leva les mains en signe de paix.

— Vous n'avez rien à craindre, mademoiselle l'Irlandaise. Je ne vous veux pas de mal. Je vous parle d'affaires.

— Et de quel genre d'affaires pourrait-il s'agir entre nous ?

Il fit un pas en avant, mais elle se saisit d'un râteau qui traînait là et le brandit dans sa direction.

— Vous approchez et je vous promets que je vous en donne un coup sur la tête.

— Très bien, c'est d'accord.

Il fit mine de reculer, mais, vif comme l'éclair, il lui attrapa le poing et lui arracha le râteau des mains avant de l'enserrer dans ses bras.

— La prochaine fois, apprenez à tenir votre garde.

Elle se débattait, mais il était trop fort pour elle.

— Vous allez vous arrêter ? Calmez-vous !

Rien n'était susceptible d'apaiser Susan. Au contraire, des envies de meurtre traversaient son esprit.

— Un jour, vous allez me payer ce que vous êtes en train de faire.

— Tout le monde doit payer un jour, petite Irlandaise. Bon, maintenant respirez un bon coup et écoutez : je veux vous proposer du travail, c'est tout.

Elle cessa de se débattre et le regarda.

— J'ai besoin de quelqu'un pour tenir ma comptabilité.

— Votre comptabilité ? dit-elle comme s'il lui avait proposé de venir chasser le crocodile.

— Oui, ma comptabilité. Les recettes et les dépenses. Celui

qui s'en occupait s'est montré un peu trop… imaginatif. Il a pris pension dans une prison d'Etat pour quelques années. J'ai besoin de quelqu'un pour le remplacer. Quelqu'un que je connaisse et en qui je puisse avoir confiance.

Sa fureur se dissipa subitement.

— Vous voulez que je vienne avec vous en Amérique pour tenir votre comptabilité ?

Il sourit.

— Je ne vous offre pas des vacances. Vous êtes très agréable à regarder, mais c'est votre cerveau qui m'intéresse.

— Lâchez-moi, ordonna-t-elle. Je ne peux pas respirer.

— Vous me jurez que vous n'allez pas essayer de me frapper ?

— C'est d'accord, mais lâchez-moi !

Il s'exécuta. Elle s'éloigna et respira profondément. Mais elle avait surtout besoin de réfléchir.

— Vous voulez m'embaucher ?

— Oui.

— Pourquoi ?

— Je viens de vous le dire.

Elle secoua la tête, pas convaincue.

— Vous dites que vous avez besoin d'un comptable. Mais j'imagine qu'il doit y avoir beaucoup de comptables aux Etats-Unis.

— Disons que j'apprécie votre style.

Il reposa le râteau contre le mur et se demanda si elle aurait osé s'en servir. La réponse lui parut évidente : elle n'aurait pas hésité une seconde à l'assommer.

— Tout ce que vous savez de mes compétences, c'est que je peux faire une addition.

— Mme Malloy m'a dit beaucoup de bien de vous.

— Quoi ? Vous avez parlé de moi avec Mme Malloy ?

— Je lui ai simplement demandé ce qu'elle pensait de votre travail.

— Mais vous n'en aviez pas le droit !

— Les affaires, jeune mégère, simplement les affaires.

Mais je sais que vous êtes compétente, honnête et digne de confiance. C'est tout ce que je voulais savoir.

— C'est de la folie ! On n'engage pas quelqu'un que l'on ne connaît que depuis quelques jours.

— Les entreprises se contentent d'un entretien de dix minutes pour choisir un employé.

— Ce n'est pas ce que je veux dire. Il ne s'agit pas d'aller travailler dans un bureau en ville. Vous me proposez d'aller en Amérique pour tenir la comptabilité d'une ferme beaucoup plus importante que celle de mon père.

Il haussa les épaules d'un air désinvolte.

— Les chiffres sont un peu plus gros, c'est tout. Vous vouliez partir pour le Nord l'année prochaine. Je vous offre la possibilité de venir en Amérique tout de suite. A vous de voir.

— Ce n'est pas aussi simple !

A l'excitation que suscitait la proposition de Burt se mêlaient l'affolement et l'angoisse de la décision à prendre. N'était-ce pas là ce qu'elle avait toujours désiré ? Et maintenant que son rêve était à portée de main, elle était terrifiée.

— C'est comme un coup de poker. Je vous offre votre billet d'avion en gage de ma bonne foi. Vous commencerez comme salariée, payée à la semaine. Si tout marche bien, je vous augmenterai de dix pour cent au bout de six mois. Mais je veux que vous vous occupiez de tout. Et il faudra me faire un rapport toutes les semaines. Nous partons dans deux jours.

— Deux jours ? Mais même si je suis d'accord, je ne serai jamais prête dans deux jours !

— Vous n'avez qu'à préparer vos valises et dire au revoir. Je me charge du reste.

— Mais je…

— C'est à vous de choisir, Susan. Partir ou rester.

Il s'approcha d'elle.

— Si vous décidez de rester, vous ne prenez aucun

risque, mais, toute votre vie, vous vous demanderez ce qui serait arrivé si vous étiez partie.

Il avait raison.

— Et si je viens, où vais-je habiter ?

— La maison est très grande.

— Non.

Sur cette question, elle se devait de rester ferme.

— Je ne suis pas d'accord. Je peux peut-être travailler pour vous, mais je ne veux pas vivre avec vous.

De nouveau, Burt haussa les épaules, comme si cette question était secondaire et qu'elle ne le concernait pas.

— Je suppose qu'Adelia se fera un plaisir de vous recevoir chez elle. Un plaisir qui n'aura rien à voir avec la charité. Avec votre salaire, vous pourriez trouver un endroit à vous, mais je pense que vous serez mieux chez votre cousine. Et puis nos fermes sont voisines.

— Je lui en parlerai. Il faut aussi que j'en discute avec mes parents, mais je crois que je vais accepter votre proposition.

Elle allait partir. Tout en elle la poussait à le faire. Elle tendit la main à Burt, et celui-ci s'en saisit pour sceller leur engagement.

— Je ne vous fais pas un cadeau. J'attends de vous un travail bien fait, et je ne doute pas d'être satisfait.

— Je vous le promets. Et je vous remercie de la chance que vous m'offrez.

— Vous me remercierez quand vous aurez vu dans quel état mon dernier comptable a laissé les livres.

Elle respira un grand coup et écarta les bras.

— Je n'arrive pas à y croire. L'Amérique ! Je vis un rêve. Moi qui ne suis jamais sortie d'Irlande, je vais m'envoler à des milliers de kilomètres d'ici !

Il aimait la voir aussi heureuse. Tout son corps rayonnait de bonheur.

— Je vais découvrir un nouveau pays, un nouveau travail. Et je vais avoir de l'argent.

— L'argent semble vous intéresser.

— L'argent intéresse tous ceux qui en ont manqué un jour.

Il acquiesça en silence. Il avait été pauvre, et à un point que Susan aurait du mal à imaginer.

— Vous allez en gagner.

Soudain son excitation retomba et un pli sombre barra son front.

— Il va me falloir un passeport. Et un permis de travail.

— Je vous ai dit que je m'en chargeais.

Il sortit un papier de sa poche et le lui tendit.

— Remplissez ce formulaire et déposez-le à l'auberge ce soir. Tous les papiers seront à Cork au moment du départ.

— Vous êtes terriblement sûr de vous, dit-elle en regardant le formulaire.

— Il le faut quelquefois. J'ai aussi besoin d'une photo récente.

— Que serait-il arrivé si j'avais dit non ?

Il sourit doucement.

— Vous n'auriez été qu'une petite folle sans intérêt, et je n'aurais pas insisté.

— Pourquoi faites-vous tout cela pour moi ? Vous réalisez mon rêve, mais cela n'a pas l'air de vous toucher.

— Les gens se sentent toujours trop concernés. C'est comme cela que la vie les blesse et laisse des traces.

— Vous voulez dire que rien ne vous touche ? Pas même votre ferme ?

La question le surprit.

— C'est un endroit, un lieu confortable dont je profite sur le moment. Mais je n'ai pas le même attachement pour elle que vous pour votre terre d'Irlande. Si je devais partir, je n'aurais pas un remords, pas un regard en arrière. Quand vous quitterez ce pays, et malgré tout le désir que vous en avez, vous allez souffrir.

— C'est vrai, murmura-t-elle. Ici, c'est chez moi.

— Certaines personnes ne connaissent pas cela. Elles vivent dans un endroit, puis le quittent pour un autre.

— C'est une philosophie étrange et terrible de la vie.

— C'est celle que j'ai choisie… N'oubliez pas de déposer le formulaire à l'auberge. Je pars pour Cork demain à l'aube.

— Mais vous aviez dit que nous partions dans deux jours ?

— Je vous verrai là-bas.

— D'accord. J'ai beaucoup de choses à préparer.

— Ah, il y a encore une question à régler, dit-il en la prenant dans ses bras. Une question qui n'a rien à voir avec le travail.

Furieuse, elle essaya de se débattre, mais il la tenait fermement. Il posa ses lèvres sur les siennes et l'embrassa, sans douceur.

Elle aurait voulu l'étrangler, elle aurait voulu le voir mort, et en même temps sa bouche, ses lèvres, son corps entier semblaient disposés à la trahir et à pactiser avec l'ennemi.

Susan lui donnait des coups de pied, elle tapait avec ses poings contre sa poitrine, mais seule la violence du désir faisait battre son cœur.

Burt ne savait pas comment elle allait réagir, et il avait besoin de le savoir. Si elle s'était laissé faire, elle ne l'aurait plus du tout intéressé. Mais elle s'était défendue comme une furie, et chaque coup qu'il recevait était la confirmation que Susan était différente.

Il la repoussa, la tenant par les épaules. Elle ne pouvait parler. Son émotion était trop intense pour pouvoir laisser la place à des mots. Elle avait été surprise par le geste de Burt, mais elle avait été bouleversée par la violence de sa propre réaction.

Si elle devait traverser un océan avec lui, travailler avec lui, une chose pareille ne devait pas se renouveler.

— Vous n'aviez pas le droit.

— J'en avais envie. Mais il ne faut pas que cela se reproduise si nous voulons travailler ensemble. Voilà, faites mes amitiés à votre famille.

Il sortit et alla se perdre dans la tempête. Susan suivit sa silhouette quelques instants, puis la perdit de vue. Il n'était qu'une ombre. Elle ne connaissait rien de lui et elle allait partir avec lui pour l'Amérique.

4

L'Amérique. Susan n'était plus une enfant pour croire encore que les rues de ce pays étaient pavées d'or, mais elle entendait bien saisir toutes les chances qu'il lui offrirait.

La première chose qui l'étonna en arrivant fut la précipitation, l'agitation des gens autour d'elle. Mais finalement cela correspondait bien avec son état d'esprit du moment, se dit-elle en s'installant dans la voiture de ses cousins.

Il faisait froid, et elle n'avait pas l'habitude de ces températures. Le climat d'Irlande était plus tempéré et c'était la première fois qu'elle voyait de la neige. Il y en avait partout et elle formait comme des murs le long de la route.

Burt avait tenu parole. Il lui avait donné tous ses papiers à Cork. Ils avaient voyagé ensemble, puis s'étaient séparés à l'aéroport de Virginie, il l'avait laissée avec sa famille et lui avait dit qu'il la verrait dans un jour ou deux.

Elle aurait aimé qu'il lui donne plus d'explications. Elle aurait aimé — mais c'était là pure folie — qu'il lui dise qu'il était content qu'elle soit là. Il s'était conduit comme un patron envers son employée, ce qu'elle était… Jamais plus il ne danserait avec elle, ni ne l'embrasserait.

Le regrettait-elle ? Elle avait l'impression de penser plus à lui qu'à sa nouvelle situation et à son nouveau pays. Mais quelque chose lui disait que tout cela allait ensemble.

Agacée par ces pensées qui la troublaient, elle se tourna vers la fenêtre pour regarder défiler le paysage.

C'était magnifique. Les montagnes noires qui s'étiraient

vers l'ouest lui rappelaient l'Irlande, et les grosses voitures qui roulaient tranquillement sur l'autoroute à quatre voies symbolisaient l'Amérique. Susan aimait ces contrastes.

Adelia se tourna vers elle et lui sourit.

— Je me souviendrai toujours de la première fois que j'ai débarqué ici. J'avais l'impression de me retrouver au milieu d'un cirque en folie.

— Oui, c'est formidable.

— Je suis reconnaissante à Burt de ce qu'il a fait. Jamais, en arrivant en Irlande, je ne pensais en repartir avec un morceau de ma famille.

Susan se sentit gênée soudain.

— Oui, tout cela est allé très vite, et je te remercie de m'accueillir, Dee.

— Veux-tu cesser de dire des sottises ! Je me sens redevenue jeune fille, et ma meilleure amie vient s'installer à la maison. Nous allons faire une fête pour ton arrivée, n'est-ce pas, Travis ?

— C'est une bonne idée.

— Je ne veux pas vous déranger, dit Susan.

— Laisse-toi faire, ou sinon tu vas briser le cœur de ta cousine, dit Travis. Attention, nous approchons de la maison.

— Je voudrais bien me rendre utile pendant mon séjour. Je ne veux pas être une charge pour vous.

— Tu fais partie de la famille, lui répondit simplement Dee.

Travis ralentit et s'engagea sous un grand portail à colonnes.

— Bienvenue à Royal Meadows, cousine. Je te souhaite tout le bonheur possible dans cette maison.

Susan n'avait rien imaginé de particulier. Elle supposait seulement que la maison devait être grande. Elle ne fut pas déçue. Elle n'avait jamais rien vu d'aussi grand et d'aussi beau. Les murs s'élevaient avec majesté et semblaient sortir tout droit de la neige. La porte s'ouvrait devant un perron immense, et des balcons en fer forgé couraient sur la façade.

— C'est extraordinaire, s'écria Susan.

— Je le pense aussi, répondit Adelia. Et c'est bon de s'y retrouver.

— Oncle Paddy ! s'écrièrent en même temps Brendon et Keeley.

Ils sortirent comme des fusées de la voiture et coururent se jeter dans les bras d'un vieil homme aux cheveux gris. Celui-ci embrassa les enfants et se dirigea vers Adelia.

— Comment va la plus belle de mes petites filles ?

— Fatiguée et heureuse d'être à la maison. Regarde un peu qui nous ramenons de Skibbereen.

Elle se tourna et prit Susan par la main.

— Tu te souviens de Susan McKinnon, oncle Paddy ? La fille de Mary et Matthew McKinnon.

— Susan McKinnon ?

Son visage s'éclaira soudain.

— C'est Susan McKinnon ? Bonté divine, la dernière fois que je t'ai vue tu n'étais qu'un gros bébé. J'avais l'habitude de passer boire un verre avec ton père, mais tu ne peux pas te rappeler ça.

— Non, mais dans le village les gens parlent toujours de Paddy Cunnane.

— C'est vrai ? dit-il avec une mine réjouie. Allons, rentrons, il fait froid dehors.

— Attends, je vais t'aider à sortir les bagages, dit Susan à Travis.

— Je préférerais que tu accompagnes Dee, elle va te montrer ta chambre, lui répondit-il. Elle ne veut jamais se reposer et je te charge de l'obliger à le faire.

Susan resta un moment indécise, puis se décida à suivre les conseils de Travis.

— D'accord, si tu préfères.

— Et elle ne se fâchera pas si tu insistes pour t'asseoir et pour prendre une tasse de thé.

Susan sourit et embrassa Travis sur la joue.

— Dee est la plus chanceuse des femmes… elle a trouvé le meilleur des maris. Et ne t'inquiète pas, je vais m'arranger pour qu'elle se repose sans qu'elle s'aperçoive que nous avons comploté…

Elle lui prit une valise des mains et rentra à l'intérieur.

La chaleur la saisit quand elle pénétra dans la maison. Les enfants couraient d'une pièce à l'autre, comme pour s'assurer que rien n'avait changé.

— Tu veux monter voir ta chambre ? demanda Adelia.

Elle lui prit le bras et l'entraîna vers l'escalier.

— Tu me diras si elle te plaît. Et si tu as besoin de quoi que ce soit, demande-le-moi. Dès que tu seras installée, je te ferai visiter.

Adelia ouvrit une porte et l'invita à entrer.

— Voici la chambre d'amis.

La pièce était grande et peinte dans des tons pastel de gris et de rose. Il y avait un grand lit et un immense tapis recouvrant le parquet. La porte-fenêtre donnait sur une terrasse qui surplombait de vastes étendues de neige.

Incapable de parler, Susan, sans lâcher sa valise, regardait, bouche bée.

— Tu n'aimes pas ? Tu peux changer ce que tu veux, tu sais.

— Non, ce n'est pas ça. Je n'ai jamais vu une chambre aussi belle. Je ne sais pas quoi dire.

— Dis simplement qu'elle te plaît, lui répondit gentiment Dee en la débarrassant de son bagage. Je veux que tu te sentes ici chez toi. Je sais ce que c'est de quitter sa maison pour se retrouver sur une terre étrangère.

Susan respira profondément.

— Je ne mérite pas tout ça, Dee.

— Ne dis pas d'âneries.

Adelia posa la valise sur le lit et l'ouvrit, s'apprêtant à déballer ses affaires.

— Non, je t'en prie.

Susan retint sa cousine par le bras. Elle ne voulait pas la voir se fatiguer inutilement, mais elle était embarrassée aussi de montrer les misérables vêtements qu'elle avait emportés.

— Je dois t'avouer quelque chose, dit Susan en s'asseyant sur le lit.

Amusée, Dee s'assit à côté d'elle et la regarda.

— Tu as besoin d'un confesseur ?

Susan secoua la tête et baissa les yeux.

— J'ai été jalouse de toi.

— Mais tu es bien plus jolie que moi…

— Non, ce n'est pas vrai ! Et puis il ne s'agit pas de cela. Oh ! J'ai horreur des confessions. J'étais jalouse de toi en pensant à ta jolie maison, avec toutes ces belles choses à l'intérieur. J'imaginais des habits somptueux, la vie avec ta famille et je t'enviais tout ça. Pendant que je t'attendais à l'aéroport, j'avais un trac fou.

— Le trac ? Tu avais le trac de me revoir ? Mais, Susan, nous avons grandi ensemble !

— Oui, mais maintenant tu habites ici, et tu es riche.

Adelia prit sa cousine dans ses bras et sourit en la berçant doucement.

— Oh, là ! là ! Tout cela me semble très grave. C'est un gros péché et tu me feras deux jours de purgatoire. Susan, je sais ce que c'est moi aussi d'être pauvre et je te comprends. Et, aveu pour aveu, j'ai été plutôt flattée par ta confession. Et cela aussi, c'est un péché.

— Vous êtes tous trop gentils avec moi. J'ai l'impression d'abuser de votre générosité et de ne rien vous apporter en retour.

— Ne crois pas cela. Je suis heureuse d'avoir une amie auprès de moi. J'étais très proche de la sœur de Travis, mais elle est partie il y a deux ans. Je voudrais tant que tu la remplaces.

— Je ne demande que ça.

Elles s'embrassèrent sur les joues, puis Dee se leva.

— Bon, maintenant nous allons défaire tes paquets.

— Cela ne presse pas. Je préférerais que nous descendions prendre une tasse de thé tranquillement.

— C'est Travis qui te l'a suggéré ?

— Je ne vois pas du tout ce que tu veux dire.

Adelia lui fit les gros yeux, mais ne put retenir un sourire.

— Tu sais que mentir est un péché aussi !

Cette nuit-là, elle rêva de l'Irlande. Elle rêva des vallées à l'herbe toujours verte et des montagnes noires auxquelles s'accrochaient les lourds nuages de l'Atlantique. Elle revit sa mère qui lui disait au revoir en écrasant une larme, et son père qui l'avait serrée si fort contre lui qu'elle avait failli étouffer.

Cette nuit-là, elle pleura en pensant à ce qu'elle avait laissé derrière elle, de petites larmes salées en souvenir de sa terre natale.

Mais au matin, quand elle s'éveilla, ses yeux étaient secs et son esprit clair. Elle avait fait son choix, et il était trop tard pour revenir là-dessus.

Elle s'habilla rapidement, optant pour la robe verte que lui avait faite sa mère, et tressa ses cheveux.

Dans la cuisine, elle retrouva Adelia et ses enfants en train de prendre le petit déjeuner. Hannah était debout et assurait le service.

— Bonjour, tout le monde ! dit-elle en s'asseyant à côté de sa cousine.

— Que désirez-vous manger ? lui demanda Hannah.

— Oh, je ne sais pas si…

— Prends donc des œufs, lui dit Adelia qui avait compris la gêne de sa cousine. J'ai horreur de manger seule et j'ai un appétit d'ogre en ce moment.

— Du café ? proposa Hannah.

— Oui, s'il vous plaît. Travis n'est pas là ?

— Il est déjà dehors. Il est parti pour les écuries il y a plus d'une heure. Quand il s'en va en voyage d'affaires, je ne sais jamais si c'est moi ou ses chevaux qui lui manquent le plus.

Elle regarda les gâteaux posés sur la table, hésita une

seconde, puis se décida à en prendre un. Après tout, il lui fallait manger pour trois !

— Brendon va à l'école, et Keeley à la garderie. Il n'y a que Brady qui reste avec nous. Qu'as-tu envie de faire aujourd'hui ?

— Je pensais aller trouver M. Logan pour commencer à travailler.

— Déjà ? Mais tu viens à peine d'arriver. Je suis certaine que Burt acceptera de te laisser respirer un jour ou deux.

— Je sais, mais je suis pressée de commencer, pour savoir quel travail il attend de moi et être sûre que je suis à la hauteur.

— Burt n'a jamais engagé personne à la légère.

— Oui, mais pour moi tout est si différent. Je n'ai pas l'habitude de compter en dollars.

Dee se souvint alors de son désarroi quand il lui avait fallu travailler la première fois dans ce pays. Elle avait eu l'impression qu'il lui fallait prouver qu'elle était aussi compétente qu'une autre.

— Je comprends. Je te conduirai là-bas dès que nous aurons terminé le petit déjeuner.

— Il n'en est pas question, madame ! s'écria Hannah.

— Par pitié, supplia Dee, je peux encore conduire.

— Pas avant que le médecin vous ait vue. Paddy peut conduire Mlle McKinnon.

Adelia fit la grimace, mais dut se soumettre.

— Je suis prisonnière dans ma propre maison… Quand je vais aux écuries, Travis me surveille comme si je transportais de la nitroglycérine. On dirait que c'est la première fois que je suis enceinte !

— Les jumeaux sont précoces, tu le sais.

— Le plus tôt sera le mieux, répondit Adelia avec un soupir.

Susan se leva et aida à tout ranger avant de monter dans sa chambre prendre un manteau.

Paddy Cunnane la conduisit à la ferme voisine. Dès qu'elle monta dans la voiture, le trac la saisit, et elle ne savait pas vraiment si c'était à cause de son nouveau travail, ou à l'idée de revoir Burt.

Pourtant, les choses étaient plus simples maintenant. Elle était son employée, et ce qui s'était passé ce matin d'orage, loin là-bas en Irlande, devait être oublié. Il attendait d'elle qu'elle fasse son travail, et qu'elle le fasse bien.

Elle était comptable maintenant, et elle allait gagner de l'argent. Dans un mois, avec sa première paie, elle pourrait envoyer un mandat à ses parents. Elle en garderait un peu pour s'acheter… Déjà elle rêvait.

Bientôt Paddy engagea la jeep sous un portique en fer sur lequel était écrit le nom de la propriété : les Trois As. Etait-ce grâce à ces trois cartes que Burt avait gagné la ferme ?

La maison était invisible de la route. Susan pensait que, de toute façon, plus rien ne pouvait la surprendre depuis qu'elle avait vu la résidence des Grant. Elle se trompait.

La maison de Burt n'était rien d'autre qu'un château de pierre grise, aussi sombre et terrible que les manoirs anglais qui l'avaient inspiré. Il y avait une haute tour crénelée et des fenêtres étroites à pilastres.

— Y a-t-il des gens qui peuvent vivre dans un endroit pareil ? demanda-t-elle comme pour elle-même.

— Cunningham, le précédent propriétaire, aimait à s'entourer de symboles royaux. Il a investi plus d'argent dans la décoration que dans sa ferme. Il a même fait installer une piscine à l'intérieur.

— Vous plaisantez ?

— Pas le moins du monde. Elle est dans la maison. Eh bien, tu n'as qu'à m'appeler quand tu auras fini. Je viendrai te chercher.

— Je ne veux pas vous déranger.

— Mais non, voyons, pas du tout. Allez, bonne chance, jeune fille.

— Merci.

S'armant de tout son courage, elle descendit de la voiture et se dirigea vers la porte. Quelle porte ! Elle était immense et entièrement sculptée. Elle sonna une fois et attendit avec angoisse.

Une femme brune aux grands yeux noirs vint lui ouvrir. Susan s'éclaircit la voix et releva le menton.

— Je suis Susan McKinnon, la comptable de M. Logan.

La femme l'observa un moment, sans dire un mot, puis s'effaça pour la laisser entrer. Susan se retourna et agita la main pour dire au revoir à Paddy qui lui jeta un pâle sourire.

L'intérieur était aussi grand que le chœur d'une cathédrale. Elle n'avait jamais pensé qu'une telle chose pouvait exister. L'escalier monumental donnait sur un balcon qui desservait toutes les pièces de l'étage. Susan était si impressionnée qu'elle n'osait plus avancer.

— Je vais prévenir M. Logan de votre arrivée.

Susan acquiesça en hochant la tête. La femme avait un chaleureux accent espagnol qui contrastait avec la froideur de l'endroit.

— Etes-vous très impatiente de travailler ou vouliez-vous simplement me rendre visite ?

Elle se retourna et se trouva face à Burt. Il portait un jean et des bottes de cheval. Son éternel sourire flottait toujours sur ses lèvres.

— Il faut que je travaille.

— Vous pouviez attendre un jour ou deux, le temps de vous installer.

— Je sais, mais il faut que je gagne ma vie.

— Très bien.

Il lui fit signe de le suivre.

— Morita, mon précédent comptable, a réussi à détourner près de trente mille dollars avant de se retrouver en prison. Il va vous falloir remettre de l'ordre dans les livres. En même temps, vous aurez à vous occuper des salaires et des factures.

— Bien sûr.

Burt ouvrit une porte et s'effaça pour la laisser entrer.

— Vous travaillerez ici. Si vous avez besoin de quelque

chose, vous pourrez appeler Rosa par l'Interphone. Faites une liste de ce qui vous manque, et laissez-la sur le bureau. Je ferai le nécessaire.

Susan s'éclaircit la voix et acquiesça timidement. Son bureau était aussi grand que l'auberge des Malloy. Elle s'approcha de la table et contempla le désordre des livres, les factures en vrac et les comptes inachevés. Son assurance revint en force : enfin, elle allait se sentir utile.

Burt s'approcha et commença à ouvrir les tiroirs.

— Dès demain, je vous remettrai les chéquiers et les tampons. Depuis le départ de Morita, rien ne se fait sans ma signature.

— Si vous aviez pris cette précaution dès le début, vous seriez plus riche de trente mille dollars.

— Vous avez raison.

Mais il ne lui expliqua pas que Morita travaillait pour lui depuis dix ans, et à des époques plus ou moins fastes.

— Vous êtes libre de choisir vos horaires, du moment que le travail est fait. Rosa vous préparera votre déjeuner. Vous pourrez prendre votre repas ici ou dans la salle à manger. Quelquefois, je viendrai déjeuner avec vous.

— Restez-vous ici toute la journée ?

— Je ne suis jamais très loin.

Il se mit soudain à observer attentivement son visage.

— Vous avez mal dormi.

— Nnnon… Enfin, si, sans doute le décalage horaire.

— Etes-vous bien installée chez les Grant ?

— Oh oui ! Ils ont tous été merveilleux avec moi.

— Ce sont des gens bien. Il y en a peu comme eux.

— Vous en parlez comme si vous ne faisiez pas partie de ces « gens bien » ?

— C'est exact. Alors soyez prudente dans vos rapports avec moi.

— Vous n'aviez pas besoin de me mettre en garde. J'avais fait ce constat-là toute seule.

Elle s'assit à son bureau, un sourire narquois sur les lèvres. Burt s'approcha et lui saisit le poignet.

— Essayez-vous de me provoquer, mademoiselle l'Irlandaise ?

— Non, mais j'imagine qu'il vaut mieux éviter de le faire.

— Vous avez raison. Autant que je vous le dise tout de suite : je suis quelqu'un qui réagit vite et fort.

— Très bien, me voilà prévenue.

Elle avait l'air de s'amuser, mais, quand elle voulut dégager son poignet, il ne desserra pas son étreinte.

— Autre chose, dit-il. Vous venez de débarquer dans notre petite communauté. Vous allez entendre les gens raconter des tas d'histoires. Je préfère vous avertir que, quand une femme me plaît, je fais en sorte qu'elle devienne mienne, quels que soient les moyens qu'il me faille employer.

Ce n'était pas une mise en garde, mais bien une menace… Susan sentait un lourd malaise grandir en elle, mais elle ne voulait pas baisser les yeux. Cela lui aurait fait trop plaisir.

— Tout cela ne me concerne en rien. Je n'ai pas du tout l'intention de chercher à vous séduire.

— Trop tard, fit-il en lui lâchant le poignet. Je vous ai trouvée assez intéressante pour vous inviter à danser au clair de lune, et assez désirable pour vous embrasser.

Susan pâlit et baissa les yeux.

— Eh bien, j'image que ces flatteries feraient tourner la tête à plus d'une femme, monsieur Logan. Dites-moi, m'avez-vous fait franchir un océan pour que je tienne vos livres de comptes, ou pour me faire la cour ?

— Les deux, répondit-il simplement. Mais c'est sur le travail que nous avons conclu notre premier marché.

— Restons-en là. Et maintenant j'aimerais commencer.

— Très bien !

Mais au lieu de sortir, il appuya une épaule contre le chambranle de la porte, croisa les bras sur la poitrine et la regarda en souriant.

Il n'avait cessé de penser à elle depuis son retour. Le souvenir de leur baiser était vivant en lui et il ne pouvait arracher ses pensées du corps chaud et souple qu'il avait tenu dans ses bras.

Il savait qu'elle n'était pas restée insensible. Il savait qu'elle avait envie de lui comme il avait envie d'elle. Et maintenant qu'elle était là, dans sa maison, il n'aurait de repos avant qu'elle soit à lui.

Mais il fallait qu'elle vienne à lui. Sa fierté l'exigeait.

— Quels que soient les moyens qu'il me faudra employer, vous serez mienne, murmura-t-il.

Elle ferma les yeux. Il cherchait à l'impressionner et elle ne devait pas se laisser faire. Elle avait envie de lui lancer tous les livres à la figure, mais elle devait se contenir.

— Vous avez peut-être l'habitude de toujours obtenir ce que vous voulez. C'est possible. Et je ne peux pas nier que vous ne me laissez pas indifférente. Mais je ne suis pas là pour ça, Burt.

— Je sais être patient. J'ai dans mon jeu toutes les cartes maîtresses, et je saurai les abattre au moment opportun. Un jour ou l'autre, nous jouerons cette partie, tous les deux.

Susan attendit qu'il ait quitté la pièce pour se détendre un peu. Comment pouvait-il être aussi prétentieux ?

Mais elle était d'accord avec lui sur un point : un jour ou l'autre, il allait leur falloir abattre les cartes. Et Susan n'était pas très sûre d'avoir envie de gagner…

5

En moins d'une semaine, Susan avait pris un rythme qui lui plaisait. Elle se levait tôt et aidait Adelia à préparer les enfants pour l'école. Ensuite, elle prenait sa voiture de location pour partir travailler au ranch des Trois As.

Burt avait largement sous-estimé le désordre de ses livres de comptes. Tout était à refaire. En même temps, elle pouvait prendre la mesure de sa fortune.

Elle n'était que très rarement interrompue. Rosa venait lui porter son repas sans un mot et elle déjeunait dans son bureau. A la fin de la première semaine, elle avait assez avancé pour être contente d'elle.

Elle venait de terminer son rapport et elle décida d'aller le rendre à Burt.

En se retrouvant dans le grand hall d'entrée, Susan eut un moment d'hésitation. Cette grande maison vide l'effrayait un peu. Elle aurait pu appeler Rosa par l'Interphone, mais ce moyen de communication la déroutait. Elle réfléchit trente secondes, puis choisit une direction au hasard, espérant rencontrer Rosa.

Cette femme était un mystère. Elle ne parlait jamais, mais semblait être au courant des moindres faits et gestes de Burt. Elle ne l'appelait que M. Logan, et cependant Susan sentait confusément qu'une relation moins formelle les liait. Elle s'était demandé si Burt avait été l'amant de cette femme, ou s'il l'était toujours.

Elle finit par ouvrir une porte à double battant, mais elle ne se retrouva pas dans la cuisine comme elle le pensait.

Sous une imposante verrière qui laissait pénétrer la pâle lumière d'hiver, une immense piscine à l'eau bleu azur semblait attendre d'hypothétiques nageurs. Il faisait une chaleur torride. Des arbres tropicaux, comme elle n'en avait vu que dans des livres, poussaient dans des bacs tout autour. Susan était bouche bée. C'était là pour elle une vision de paradis.

Les yeux mi-clos, Burt observait Susan. Les rayons du soleil jouaient avec le feu de ses cheveux. Il sentit revenir leur souvenir brûlant au bout de ses doigts. Il avait caressé cette masse soyeuse et il avait terriblement envie de retrouver leur douceur.

Susan s'approcha d'un bac où poussaient différentes espèces de fleurs et se baissa pour respirer le parfum d'une orchidée blanche.

— Vous avez envie de prendre un bain ?

Elle se retourna et aperçut alors Burt. Il était à moitié allongé dans une étrange baignoire, très grande, et où l'eau semblait bouillonner.

— Vous voulez vous joindre à moi ?

Il accompagna sa proposition d'un sourire qui acheva de décontenancer Susan.

— Je vous remercie, mais je vais partir. J'ai fini ma journée et je venais vous porter mon rapport.

Il acquiesça de la tête, mais lui désigna la chaise qui se trouvait à côté de lui.

— Asseyez-vous.

— Vous avez peut-être du temps à perdre, dit-elle en se dirigeant vers la chaise, mais moi, j'ai encore beaucoup de choses à faire.

Burt allongea les bras sur les bords de la baignoire et se redressa un peu. Il ne lui dit pas qu'il était dans les écuries depuis l'aube, qu'il avait travaillé sans répit toute la journée et que chaque muscle de son corps était douloureux.

— Vous avez bien quelques minutes à me consacrer, non ? Alors, où en sont mes finances ?

— Vous êtes un homme riche, monsieur Logan. Enfin,

autant qu'il m'a été possible de le découvrir dans le désordre de vos livres. Je me suis arrangée pour remettre tous les comptes à jour.

Elle oublia volontairement de préciser qu'elle avait dû y consacrer deux nuits entières.

— Si vous voulez, je peux attendre que vous ayez fini et je vous montre tout ça.

— Je suis d'accord.

Burt appuya sur un bouton pour arrêter les jets d'eau. Puis il se mit debout, et Susan s'aperçut qu'il était nu. Elle sentit son corps se raidir et son visage s'empourpra sans qu'elle puisse s'en empêcher.

Il prit une serviette et l'enroula autour de sa taille avant de sortir du bain.

— Vous n'avez aucune honte, Burt Logan.

— Aucune ! La honte est un sentiment inutile.

— Eh bien si vous aviez l'espoir de me choquer, vous serez déçu. Je vous rappelle que j'ai cinq frères et…

Elle aperçut alors une marque sombre au-dessous de son épaule.

— Mais vous êtes blessé !

Elle s'approcha et regarda de plus près.

— Ce n'est pas une très jolie blessure. Vous êtes sûr que vous n'avez rien de cassé ?

Elle posa les doigts autour de la contusion et palpa pour vérifier qu'il n'avait rien de brisé.

— Ce n'est pas grave, dit-il.

La réaction de Susan l'amusait. Elle était toujours sur la défensive avec lui, mais il suffisait qu'elle s'inquiète un peu pour retrouver ce naturel qu'il aimait tant. Ses doigts étaient doux et ce contact suffisait à lui faire oublier sa douleur.

— Demain, vous aurez toute l'épaule bleue. Vous devriez vous frictionner avec une pommade décontractante.

Comme si elle avait subitement pris conscience de son geste, Susan retira sa main brusquement en se reculant.

— Que vous est-il arrivé ?

— C'est le jeune étalon que j'ai acheté en Irlande qui m'a salué de son sabot.

— A l'avenir, donnez-lui un box plus grand. Les Irlandais n'aiment pas se sentir prisonniers.

— J'y compte bien. J'ai le plus grand respect pour le tempérament irlandais.

— Peut-être serait-il temps que vous jetiez un coup d'œil sur mon rapport. Si vous avez des questions, je pourrai y répondre.

Burt prit les feuillets dactylographiés et commença la lecture.

Susan tourna les yeux en direction de la verrière. Mais ce ne fut pas la neige qu'elle aperçut. Le corps de Burt revenait dans son champ de vision, comme une obsession qu'elle n'avait pas envie de chasser.

— Tout cela me paraît très clair. Vous connaissez votre travail, Susan, mais je le savais avant de vous engager.

Aurait-il trouvé autre chose pour la faire venir en Amérique si son travail ne l'avait pas intéressée ? se demanda Susan.

— Eh bien, si vous n'avez plus besoin de moi, je vais rentrer.

Burt la regarda longuement, comme s'il ne parvenait pas à se décider à lui avouer ce qu'il avait réellement envie de lui dire.

— Ne pensez-vous pas que votre travail serait plus intéressant si vous connaissiez davantage le monde des chevaux ?

— Sans doute.

— J'ai un étalon qui court demain. Pourquoi ne viendriez-vous pas le voir ? Vous comprendriez ainsi où va l'argent, et comment il arrive.

— Aller aux courses ? s'écria-t-elle en ouvrant de grands yeux. Et je pourrai prendre des paris ?

— Je passerai vous chercher à 8 heures.

— Très bien, je vous attendrai. Bonsoir.

Elle se dirigea vers la sortie. Arrivée devant la porte, elle se retourna vers lui.

— Et n'oubliez pas de passer un peu de pommade sur votre blessure.

Susan faisait les cent pas dans le salon. C'était son premier jour de congé, et elle allait le passer sur un champ de courses. Il allait y avoir une foule de gens comme elle n'en avait jamais rencontré. D'un geste de la main, elle essaya de discipliner un peu ses cheveux. Elle voulait faire bonne impression. Oh, pas pour Burt… Non, elle voulait simplement se sentir bien.

Dès qu'elle entendit la voiture de Burt, elle se précipita vers la porte. Mais lorsqu'elle vit le coupé sport rouge qui l'attendait, elle eut un moment d'hésitation.

— Vous êtes ponctuelle, lui dit-il quand elle s'assit à son côté.

— C'est la première fois que je vais assister à des courses de chevaux. Je suis très impatiente de voir ça.

Elle remarqua alors le tableau de bord constellé de cadrans.

— J'ai l'impression de me retrouver dans le cockpit d'un avion supersonique. Il faut être au moins ingénieur pour conduire un pareil engin !

— Vous voulez essayer ?

Quand elle le regarda et qu'elle constata qu'il était sérieux, elle fut tentée de répondre oui. Mais elle se souvint de la densité de la circulation sur les autoroutes américaines et préféra s'abstenir.

— Je vais commencer par observer pour comprendre. A quelle heure débutent les courses ?

— Nous ne serons pas en retard. Comment va Dee ?

— Très bien. Le médecin est passé et lui a demandé de ne pas sortir. Elle ronchonne un peu, mais, avec la neige, elle comprend qu'elle doit être prudente.

— Encore quelques jours et la neige se mettra à fondre.

— J'espère bien que non ! J'adore ces paysages blancs.

Elle essaya de s'installer confortablement dans le siège étroit. La voiture filait, puissante et silencieuse.

— Alors... que pensez-vous de l'Amérique, que préférez-vous, mis à part la neige ?

— Votre manière de parler, répondit-elle sans hésiter.

— Ma manière de parler ?

— Oui, votre accent. Je le trouve charmant.

— Charmant ? répéta-t-il doucement.

— Oh ! Regardez les avions.

Burt s'engagea alors sur la route qui menait à l'aéroport.

— Mais que faisons-nous ici ?

— Rien d'extraordinaire puisque nous allons prendre l'avion...

— Je croyais que nous partions pour le champ de courses ?

— C'est exactement là où nous allons. Mon cheval court à Hialeah.

— Hialeah ? Mais où est-ce ?

Burt s'apprêtait à descendre de la voiture. Il se tourna vers elle et la regarda, songeur.

— En Floride, dit-il.

Trop excitée pour réfléchir, trop terrifiée pour se défendre, Susan suivit Burt dans l'avion. La cabine était assez petite, mais les fauteuils se révélèrent très confortables. Burt s'assit en face d'elle et lui demanda d'attacher sa ceinture. Ensuite, il appuya sur le bouton d'un Interphone.

— Nous sommes prêts, Tom.

— Bien, monsieur Logan. La météo est bonne. Il y a quelques nuages au-dessus de la Caroline, mais nous pourrons les éviter.

Quand elle entendit les moteurs démarrer, Susan s'accrocha aux accoudoirs de son fauteuil.

— Etes-vous certain que cet avion est en bon état ? demanda-t-elle, affolée.

— La vie est un jeu, mademoiselle l'Irlandaise. Il faut savoir être beau joueur.

Le sourire qui se dessina sur ses lèvres acheva de révolter Susan. C'était un défi, il fallait le relever. S'il n'avait pas peur, elle n'aurait pas peur non plus.

— Vous avez raison, dit-elle en souriant à son tour et en essayant de dissimuler sa frayeur.

L'avion se mit à rouler sur la piste avant de quitter le sol. Susan avait le visage collé contre le hublot.

— Belle vue ! dit-elle. Quand j'attendais votre arrivée à l'aéroport de Cork, je me suis demandé quelle impression on devait avoir à voyager dans un avion privé. Maintenant je connais.

— Et quel est votre jugement ?

— Eh bien…, dit-elle en souriant, … il manque quelque chose : du champagne.

— Il peut y en avoir.

— Pas à 8 h 30 du matin tout de même. C'est un peu tôt.

Elle éclata de rire.

— Je vous suis reconnaissante de m'avoir emmenée avec vous. Ainsi les Grant pourront se retrouver un peu seuls.

— Est-ce là la seule raison de me remercier ? dit-il en se levant et en se dirigeant vers la cabine.

— Non, j'apprécie sincèrement ce voyage.

— Du lait dans votre café ?

— Oui, s'il vous plaît.

Il vint se rasseoir et lui tendit une tasse.

— Est-ce que je peux vous poser une question qui n'a rien à voir avec le travail ?

Burt sortit un cigare et l'alluma.

— Allez-y. Je vous donnerai une réponse, mais ce ne sera pas forcément la vérité.

— Avez-vous réellement gagné votre ranch au poker ?

Il souffla un gros nuage de fumée et se renversa dans son fauteuil.

— Oui et non.

— Ce n'est pas une réponse.

— Oui, j'ai joué au poker avec Cunningham. J'ai joué

souvent avec lui, et il a perdu beaucoup d'argent. Un joueur doit savoir s'arrêter. Lui n'a pas su.

— Alors vous lui avez gagné le ranch.

Elle aurait aimé voir cette scène. Les deux hommes face à face, dans une pièce enfumée, avec sur le tapis une grosse clé représentant le ranch des Trois As.

— C'est une façon de parler. J'ai gagné beaucoup d'argent, plus qu'il n'en avait. A la fin, il a dû me vendre la propriété, pour un bon prix.

— Oh ! fit-elle, un peu déçue. Vous deviez être riche.

— Disons que j'étais dans une bonne passe.

— Ce n'est pas une vie de jouer au poker.

— C'est mieux que de nettoyer les parquets.

Susan garda le silence. Elle était d'accord avec lui, mais ne tenait pas à le lui faire savoir.

— Vous connaissiez bien les chevaux avant ?

— Je savais qu'ils avaient quatre jambes, c'est tout. Et vous, où avez-vous appris la comptabilité ?

— J'ai toujours été assez douée en arithmétique. J'ai commencé à tenir les comptes de la ferme. Plutôt que de traire les vaches, je préférais cette activité. Ensuite j'ai travaillé pour Mme Malloy et M. O'Donnelly. J'ai tenu un temps la comptabilité de l'épicier, M. Duggan. Mais son fils Donald voulait m'épouser et j'ai préféré partir.

— Pourquoi avoir dit non à ce pauvre Donald ?

— Parce que cela signifiait que j'allais passer ma vie à compter les pommes de terre et les boîtes de conserve. Non, merci. Pourquoi souriez-vous ?

— Je pense que ce Donald Duggan avait de la chance de ne pas vendre des râteaux.

Susan baissa les yeux en essayant de dissimuler le sourire qui lui venait aux lèvres.

— Parlez-moi de votre cheval qui va courir aujourd'hui.

— Double Bluff. Il a deux ans. Il est un peu nerveux, mais il a gagné le derby la semaine dernière.

— Ah oui, Travis nous en a parlé une fois. Il a dit que c'était le meilleur cheval qu'il ait vu depuis longtemps.

— Sans doute. Son père a gagné plus d'un million de dollars. Et sa mère est arrivée première au prix de la Triple Croix.

Il porta son cigare à la bouche, et de nouveau Susan remarqua les cicatrices sur sa main.

— Vous en parlez avec beaucoup de fierté.

— C'est un gagnant.

— Et celui que vous avez ramené d'Irlande, celui qui vous a donné un coup de sabot ?

— Je vais le faire courir dans les petits rassemblements, pour garder un œil sur lui. Si mon instinct ne me trompe pas, il va me permettre de doubler ma mise de départ en moins d'un an.

— Et vous arrive-t-il de vous tromper ?

— Rarement. Et quant à mon voyage en Irlande, il n'a pas été inutile.

Elle sentait un malaise sourd s'insinuer en elle. Etait-ce son sourire, cette façon qu'il avait de la regarder, ou plus simplement ses paroles ?

— Vous êtes joueur, et vous n'avez pas l'air de savoir perdre.

— Je sais gagner, c'est suffisant.

Elle posa son café sur la tablette.

— D'où viennent ces cicatrices sur votre main ?

Il ne regarda pas sa main, comme n'importe qui à sa place l'aurait fait. Il garda les yeux fixés sur elle en aspirant son cigare.

— C'est une bouteille de Texas Star, pendant une bagarre dans un coin d'El Paso. Nous avions un désaccord au sujet d'un brelan de rois et d'une jolie blonde.

— Vous avez gagné ?

— Le brelan a gagné. La femme ne m'intéressait pas.

— Je suppose qu'il est plus facile pour vous de vous battre pour un brelan de rois plutôt que pour une femme.

— Ça dépend.

— De quoi ? De la femme ?

— Du jeu, bien sûr ! Tout dépend du jeu, mademoiselle l'Irlandaise.

Susan descendit de l'avion et se retrouva dans un autre monde. Burt l'avait prévenue et lui avait dit d'ôter son manteau, mais elle ne s'attendait pas à une telle chaleur.

— Des palmiers ! s'écria-t-elle en prenant la main de Burt. Il y a des palmiers ici !

Une voiture les attendait.

— Oh, c'est incroyable ! Il fait si chaud ! Et les fleurs sont belles ! Elles ressemblent à celles qui se trouvent dans votre serre. Maman adorerait toutes ces fleurs. Je n'arrive pas à y croire, c'est un rêve. Il y a deux semaines, je faisais le ménage chez Mme Malloy et, aujourd'hui, je me promène sous les palmiers.

Burt s'engagea sur la route et avait l'air de savoir où il allait. Susan s'aperçut que tout cela était habituel pour lui et qu'il devait la prendre pour une folle. Elle résolut de cacher son excitation.

Il n'avait pas mesuré à quel point tout cela était nouveau et merveilleux pour elle. Sa joie l'enchantait et, un moment, il eut envie d'oublier le champ de courses et de passer la journée avec elle, à se promener et à discuter.

Burt était un homme sans attaches, et sa vie n'avait été qu'un éternel voyage. Et, de ce fait, il avait perdu cette faculté de s'émerveiller devant un nouveau paysage.

Susan découvrit que Burt était très connu dans le milieu hippique. Lorsqu'ils se promenèrent dans le coin des écuries, jockeys et entraîneurs se retournaient pour lui faire un signe de la main.

— Logan !

L'homme qui l'avait apostrophé était corpulent et il portait au doigt une bague surmontée d'un gros diamant. Il semblait souffrir énormément de la chaleur et son visage dégoulinait de sueur.

— Durnam…

— Je ne savais pas que vous viendriez.

— J'aime me tenir au courant. Votre cheval a bien couru la semaine dernière.

— Oui, à Charles Town. Je ne savais pas que vous y étiez.

— Je n'y étais pas. Susan McKinnon, je vous présente Charlie Durnam. Il possède les écuries Durnam à Lexington.

— Mes hommages, mademoiselle.

— Enchantée de vous rencontrer, monsieur Durnam.

— Vous êtes irlandaise ?

— C'est la cousine d'Adelia Grant.

— Eh bien, mademoiselle, laissez-moi vous dire que les amis des Grant sont les amis de Charlie Durnam.

— Merci.

— Je dois aller faire enregistrer mon cheval, dit Burt un peu sèchement. A plus tard, Charlie.

— Il a l'air très gentil, dit Susan quand l'homme fut parti.

— Il possède l'une des meilleures écuries de courses de la région, et mon cheval court contre le sien aujourd'hui.

— Et vous allez gagner ?

— J'y compte bien, dit-il en lui prenant le bras.

Il faisait une chaleur torride. Ils déambulaient toujours dans le quartier des écuries et Susan aimait l'odeur familière des chevaux.

— Voici Double Bluff, dit Burt en s'arrêtant devant une stalle.

L'étalon noir était bâti pour la course. Il était d'une beauté parfaite.

— Alors, prêt pour la victoire, Double Bluff ? demanda Burt.

Il s'approcha et le caressa longuement.

— C'est un impatient. Il a horreur d'attendre. C'est un démon noir et arrogant. Grâce à lui, je crois que le ranch des Trois As peut gagner le grand prix de la Triple Croix cette année. Comment le trouvez-vous ?

Comme pour s'assurer de sa réponse, l'étalon tourna la tête dans sa direction et la regarda.

— Il est superbe, dit-elle. Vous pouvez être fier de lui.

Susan commençait elle aussi à souffrir de la chaleur. Sa gorge était sèche et elle avait des difficultés à respirer.

— Je vais voir s'il ne lui manque rien, dit Burt en ouvrant la porte du box.

Susan le regarda pénétrer à l'intérieur et se demanda un moment s'il pouvait y faire plus frais. Mais elle n'eut pas le temps de se décider à le suivre. Le sol se déroba sous elle et elle s'évanouit.

Quand elle revint à elle, elle sentit que quelqu'un la soutenait et qu'on essayait de la faire boire. Elle ouvrit les yeux et cligna des paupières plusieurs fois.

— Que s'est-il passé ?

— C'est à vous de nous le dire.

Il y avait une pointe d'inquiétude dans la voix de Burt, mais ses gestes étaient tendres.

— C'est sans doute le soleil, dit un jeune garçon qui se trouvait là.

— Oui, certainement, dit-elle d'une voix tremblante. Mais je vais beaucoup mieux.

— Restez assise, lui ordonna Burt.

— Oh, je suis vraiment désolée.

— Vous paraissiez aller bien et, tout à coup, vous vous êtes évanouie.

Burt avait eu très peur. Il n'osait pas se l'avouer, mais quand il avait vu Susan à terre, il avait failli crier.

— Vous êtes encore très pâle. Ne bougez pas, je vais vous porter à l'ombre.

Burt lui prit la main pour l'aider à se relever. A ce moment-là, Double Bluff se cabra et poussa un hennissement terrible. Affolée, Susan se jeta au cou de Burt et se serra contre lui de toutes ses forces.

— Mais bon sang, Susan, pourquoi ne pas m'avoir dit que vous aviez peur des chevaux ?

— Je n'ai pas peur !

— Menteuse.

Il la souleva et la prit dans ses bras.

— Ne me portez pas. J'ai été assez humiliée comme ça aujourd'hui.

Ils s'éloignèrent lentement des écuries et Burt la fit asseoir dans un coin à l'ombre.

— Racontez-moi d'où vous vient cette peur des chevaux.

— C'est sans intérêt.

— Je peux en juger par moi-même.

— Nous avions deux chevaux de trait, commença-t-elle en soupirant. Nous étions dehors et un orage s'annonçait. Joe et Brian les tenaient pour les ramener à l'écurie. Moi, je les caressais pour essayer de les calmer. Tout à coup, un éclair les a effrayés et les chevaux ont rué. Je me suis retrouvée par terre et l'un d'eux m'a marché dessus. Et les sabots d'un cheval, quand ils sont sur vous, je peux vous assurer que c'est très impressionnant.

— Mon Dieu ! dit Burt en lui prenant la main.

— Par chance, je n'ai pas eu trop de mal. Simplement quelques côtes cassées ou fêlées. Mais depuis, je ne peux pas approcher un cheval sans être prise de panique.

— Si vous me l'aviez dit, je ne vous aurais jamais amenée ici.

— Je pensais pouvoir surmonter cette peur. Cela s'est déroulé il y a plus de cinq ans.

Elle se passa une main dans les cheveux.

— J'ai dû inventer mille excuses pour ne pas visiter les écuries des Grant.

— Pourquoi ne pas avoir dit simplement la vérité ? Il n'y a aucune honte à avoir peur des chevaux.

— Peut-être. Mais je vous en prie, ne leur en parlez pas.

Elle lui jeta un regard implorant.

— Encore des secrets ?

Il la tenait par les épaules et elle semblait totalement sans défense. Ses yeux paraissaient plus grands encore dans la pâleur de son visage. Burt se retenait à grand-peine de la serrer contre lui et de l'embrasser.

— Vous semblez avoir très peur de ce que les gens peuvent penser de vous. Je sais que vous faisiez des ménages, et que vous vous évanouissez à la vue d'un cheval, mais cela ne change rien aux sentiments que je vous porte.

— C'est vrai ?

Elle avait tourné vers lui un visage plein de joie et d'espoir. Elle lui offrait sans fard toute sa candeur. Il n'essaya pas de résister quand ses lèvres partirent à la rencontre de celles de Susan.

Il savait qu'il ne pouvait y avoir d'autre conclusion à ce moment, et elle le savait aussi. Elle s'accrochait à lui et caressait ses cheveux.

La première fois qu'il l'avait embrassée, elle avait senti une tempête se déchaîner en elle. Aujourd'hui, elle était en totale confiance. Le baiser de Burt était plein de tendresse et de douceur.

— Nous allons rentrer maintenant, dit-il en s'écartant légèrement pour permettre à Susan de poser sa tête sur son épaule.

— Rentrer ! Mais je veux voir la course. Je me sens très bien, je vous le promets.

Elle se releva sans son aide pour lui prouver qu'elle disait vrai.

— Venez, Burt. Nous n'avons pas pris l'avion pour rester cinq minutes ici. Et puis j'ai parié dix dollars sur Double Bluff.

Burt éclata de rire et lui prit la main.

— Allons essayer de trouver une place.

Il y avait beaucoup de monde et Burt la conduisit dans les tribunes d'honneur où il avait sa place réservée. Les spectateurs étaient élégamment vêtus et les femmes portaient de superbes robes très légères qui ne dissimulaient rien de leur beauté. Plusieurs fois, elle surprit Burt en train de répondre d'un signe de la main à l'une d'elles, mais jamais il ne proposa de les rejoindre.

Susan regarda le tableau électronique qui venait de s'allumer et donnait toutes les indications pour la prochaine course.

— Je veux que vous m'expliquiez tout ce qui se passe, dit Susan. Je veux parier à coup sûr.

— Si vous voulez un tuyau, il vous faudra attendre la troisième course et miser sur le cinq.

— Pourquoi ?

— C'est un cheval de l'écurie de votre cousin. Les sentiments mis à part, c'est un très bon sprinter et il a l'air très en forme aujourd'hui.

— Vous avez misé sur lui ?

— Non.

— Je pensais que vous étiez joueur.

— J'aime à choisir mon jeu.

Susan se rassit et observa les jockeys qui menaient leurs montures vers le point de départ. Ils portaient des tenues aux couleurs vives et chatoyantes.

Elle vit les chevaux s'élancer au galop et il y eut un brusque frémissement dans la foule. Les gens dans les tribunes étaient debout et suivaient la course du regard. La tension augmentait à l'approche de l'arrivée.

Un murmure s'éleva, bientôt suivi de quelques cris. Susan pensa que ce devait être les gagnants qui exprimaient leur joie.

— C'est merveilleux, s'écria-t-elle. Je veux parier dans la prochaine.

— Attendez la troisième.

Après la deuxième course, Susan insista pour aller prendre elle-même son pari. Quand elle revint, les chevaux commençaient à se mettre en place.

— Lequel est-ce ? demanda-t-elle.

— Le quatrième sur la ligne, casaque rouge et or.

— Il court vite, n'est-ce pas ?

— Oui.

— Oh, regardez, ils sont partis !

— Calmez-vous. Il leur reste un kilomètre à parcourir.

Des cris commençaient à s'élever autour d'elle. Elle se tenait sur la pointe des pieds et s'accrochait à la chemise de Burt.

— Regardez ! Il prend la tête ! Il a gagné ! J'ai gagné.

Folle de joie, elle se jeta dans les bras de Burt et l'embrassa.

— Combien ? demanda-t-elle.

— Cinquante dollars.

— Cinquante dollars ! Je vous offre une bière pour fêter ça. Quand Double Bluff doit-il courir ?

— Dans la cinquième.

— Très bien. Cela me laisse le temps de me remettre de mes émotions.

Elle partit chercher une bière et acheta aussi deux hot dogs. Elle ne s'était pas autant amusée depuis longtemps. Il planait une ambiance de kermesse sur l'hippodrome. Elle toucha sa poche pour s'assurer que son deuxième ticket était bien là. La cinquième course allait commencer.

— J'espère que Double Bluff va gagner, dit-elle en retrouvant Burt. Et pas seulement parce que j'ai misé sur lui.

— Eh bien, nous sommes deux à espérer.

Burt revoyait l'enfant pauvre du Nouveau-Mexique qu'il avait été. Quel chemin parcouru depuis cette époque ! C'était incroyable… Tellement incroyable qu'il ne savait pas trop s'il en était heureux ou non. Tout ce qu'il avait acquis pouvait disparaître demain !

Et qu'arriverait-il alors ?

Il savait depuis longtemps que lorsque l'on tient trop fort à quelque chose, on s'y accroche de toutes ses forces, si fort qu'il s'évanouit entre les doigts. Comme le sable… Il avait travaillé sans épargner sa peine pour son ranch, mais il avait essayé de ne pas y attacher d'importance, en étant toujours prêt à partir. Cela durait depuis quatre ans.

Récemment, il avait songé qu'il était peut-être temps pour lui de trouver un gérant et de passer la main. Il pouvait prendre de grandes vacances. Mais il était allé en Irlande, et était revenu avec Susan…

Ce qui l'étonnait le plus, c'est qu'il n'avait pas envie de bouger. C'était même le contraire. Et si, de plus, une femme occupait ses pensées…

— Vous avez gagné ! s'écria Susan en lui sautant au cou. Vous avez gagné avec au moins trois longueurs d'avance. Oh, Burt, je suis si contente pour vous.

— C'est vrai ?

Il avait oublié la course, le cheval et les paris.

— Bien sûr que je le suis.

Elle sourit avant d'ajouter :

— Et je le suis aussi pour moi : la cote était à huit contre un.

Il la prit dans ses bras et l'embrassa passionnément.

— Au diable les paris, murmura-t-il avant de l'embrasser de nouveau.

6

Elle ne savait plus que penser.

Burt lui avait offert une journée de rêve. Elle avait pris l'avion pour la Floride, assisté aux courses, rencontré des gens extraordinaires, mais c'est le baiser que Burt lui avait donné qu'elle conservait au fond de sa mémoire.

Depuis, les journées s'étaient écoulées, monotones et routinières. Elle travaillait, mais les visites de Burt se faisaient plus rares. Il lui arrivait même de se surprendre en train de regarder la porte, espérant son arrivée.

Elle se disait que ses sentiments pour lui n'étaient que superficiels. Il la faisait rire et il pouvait se montrer gentil. Mais il était trop imbu de lui-même pour qu'elle puisse en tomber amoureuse. Même ses baisers étaient sans conséquence. Enfin, elle voulait le croire.

Car, en même temps, elle savait qu'elle pensait un peu trop souvent à lui.

Burt entra dans la maison. Il s'était tenu loin d'elle suffisamment longtemps… Il avait cherché à éviter Susan depuis leur retour de Floride, car il avait besoin de remettre un peu d'ordre dans ses idées.

Il la revoyait pendant la course, enthousiaste et heureuse, et cette joie était sa joie. Et puis il pensait à elle évanouie, pâle et sans défense, et il sentait naître en lui le besoin de veiller sur elle.

Il n'avait jamais ressenti auparavant ce besoin de protéger

une femme. Il n'avait jamais non plus pensé à fonder un foyer. Mais maintenant il y avait Susan McKinnon.

Et il y avait trop longtemps qu'il ne l'avait pas vue.

Quand il pénétra dans le bureau, elle était en train d'aligner des chiffres dans un cahier. Elle sut immédiatement que c'était lui, mais attendit d'avoir terminé sa colonne pour lever la tête.

— Bonjour. Votre présence se faisait rare.

— J'avais beaucoup de travail.

— D'après ce que je vois dans mes comptes, je ne peux que vous croire. Au fait, j'ai vu que Flash avait très bien couru à Santa Anita.

— Vous lisez la page des sports maintenant ?

— En habitant chez les Grant et en travaillant pour vous, je peux difficilement faire autrement.

Susan lui sourit et reprit son stylo.

— Eh bien, je crois que je vais me remettre au travail. A moins que vous ayez quelque chose à me demander.

— Suivez-moi.

— Pardon ?

— Je vous ai dit de me suivre.

Sans lui laisser le temps de répondre, il lui prit le bras et l'entraîna.

— Où est votre manteau ?

— Pourquoi ? Où allons-nous ?

Il ne répondit pas et se saisit de son manteau qui était posé sur une chaise.

— Mettez-le, dit-il en poursuivant son chemin, sans lâcher Susan.

— C'est incroyable ! Vous venez m'interrompre dans mon travail au beau milieu de la journée et vous m'entraînez sans me donner la moindre explication. Ce n'est pas parce que vous me payez, Burt Logan, que je dois vous obéir en tout. Une employée a des droits dans ce pays. D'ailleurs, je vous rappelle que nous n'avons pas parlé de mes congés payés.

— Vous apprenez vite, dit-il sans la regarder.

— Si vous ne me lâchez pas le bras, je ne pourrai jamais mettre mon manteau.

Il s'arrêta et Susan enfila son manteau en soupirant.

— Il fait beau, c'est vrai. La neige a fondu, il y a de la boue partout, mais c'est bientôt le printemps. Si c'est ce que vous vouliez me montrer, je crois que je peux retourner travailler.

Il ne répondit pas et lui reprit la main.

— Burt, quelle mouche vous a piqué ? Je veux bien vous suivre, si vous y tenez, mais évitez de me casser le poignet.

— Depuis combien de temps travaillez-vous pour moi ?

— Trois semaines.

— Et depuis trois semaines, vous n'avez pas sorti le bout du nez de votre bureau.

— Mais je travaille dans ce bureau…

— Ne vous est-il pas venu à l'idée que vous ne pourriez pas comprendre votre travail tant que vous n'auriez pas constaté avec vos yeux d'où vient l'argent et où il va ?

— Je pensais que c'était pour cette raison que nous étions allés aux courses.

— C'est ici que vous pourrez comprendre la réalité des choses.

Il n'était pas certain de penser ce qu'il disait, mais il avait envie de lui montrer son royaume pour la sentir plus proche de lui.

Susan repoussa en arrière une mèche de cheveux qui lui tombait dans l'œil et observa Burt. Il avait l'air sombre.

— Quelque chose ne va pas ?

— Non, rien, fit-il sèchement.

Il essaya de se détendre un peu. Après tout, elle n'était pas responsable, elle, si son souvenir hantait ses pensées en permanence.

Ils passèrent devant les écuries et arrivèrent en face de la grande boucle de la piste d'entraînement sur laquelle évoluait un cheval.

— C'est merveilleux, on dirait une photo de magazine. Vous devez être fier que tout cela vous appartienne.

Il n'en était pas sûr. Il n'avait jamais été dans ses intentions de rester longtemps ici, mais simplement de tout réorganiser pour pouvoir bien vendre le ranch.

Il avait commencé il y a quatre ans, et il était toujours là. Il regarda autour de lui et commença à comprendre. Cet endroit était beau, il lui appartenait et il était un défi permanent.

Il prit la main de Susan et repartit.

— Nous avons trente chevaux. Celui qui tourne en ce moment sur la piste fait partie de la paire que j'ai achetée en Irlande.

— Il a l'air d'être très rapide.

— Oui, mais il a vraiment un très mauvais caractère.

— C'est celui qui vous a donné un coup de sabot ?

Il acquiesça de la tête.

— S'il a aussi mauvais caractère, pourquoi l'avoir acheté alors ?

— J'aime son style. Venez, je veux vous montrer autre chose.

— Si vous m'aviez dit que nous allions patauger dans la boue, j'aurais mis des bottes.

Ils entrèrent dans l'écurie et se dirigèrent vers un petit rassemblement d'ouvriers qui se tenait devant une stalle.

— Je vous présente le dernier arrivé au ranch des Trois As.

Un jeune poulain était en train de trottiner maladroitement autour de sa mère. Susan s'approcha prudemment.

— Comme il est mignon, dit-elle. Il est gentil, n'est-ce pas ?

Elle avança la main doucement pour le caresser.

— A la maison, c'est Joe qui s'occupait des animaux. Il les adore.

— Votre famille vous manque ?

— C'est étrange de ne pas les voir tous les jours. Je ne me rends pas encore vraiment compte.

Le poulain s'approcha de Susan et celle-ci eut un mouvement de recul. Mais elle s'obligea aussitôt à tendre la main vers l'animal.

— Est-ce que lui aussi deviendra un champion ?

— Je l'espère.

Susan s'éloigna de la stalle, les mains dans les poches.

— Pourquoi m'avez-vous amenée ici ?

— Je ne sais pas. C'est sans importance.

— Si, c'est important. Je crois qu'il vaut mieux que je rentre.

— Vous avez vaincu une de vos peurs aujourd'hui. Pourquoi n'essayez-vous pas d'en vaincre une autre ?

— Je n'ai pas peur de vous.

C'était la vérité. Elle n'avait pas peur de lui, et si son cœur battait si fort et si vite, ce n'était pas à cause d'une quelconque frayeur.

Il posa la main sur son cou, là où battait la veine, et l'obligea doucement à se rapprocher de lui. C'était lui qui avait peur. Il avait peur de ce qu'elle était en train de faire de lui, du pouvoir inconscient qu'elle avait sur lui.

— Ce que vous faites là n'est pas très prudent, dit-elle en cherchant à s'éloigner.

— Je ne suis pas un homme prudent.

Il la pressa contre lui et écrasa ses lèvres contre les siennes. Il y avait une certaine rage et une violence contenue dans son baiser. Ses mains se promenaient sur le corps de Susan, avides, et il sut qu'il ne pouvait se contenter de ces fugaces rencontres.

Il avait besoin d'elle libre et consentante, sans obstacle.

— Je veux que vous restiez avec moi cette nuit, dit-il en l'embrassant doucement.

— Rester ?

— Oui, rester, répéta-t-il. Cette nuit. Et même davantage. Prenez vos affaires et portez-les ici.

Elle tressaillit. Pas seulement à cause de cette demande incroyable, mais surtout parce qu'elle se sentait prête à dire oui.

— Vous voulez que je vienne vivre ici, avec vous ? demanda-t-elle en le repoussant. Que je vive ici, que je mange ici, et que je dorme dans votre lit ?

— Je vous veux avec moi. Et vous le savez très bien, et ce, depuis le premier soir où je vous ai tenue dans mes bras.

— C'est possible, mais je ne suis venue que pour travailler avec vous. Vous pensiez que j'allais devenir votre maîtresse ? Vous vous imaginiez que vous alliez pouvoir me retenir dans votre jolie maison ? Eh bien, vous vous êtes trompé.

Humiliée, blessée, Susan s'écarta de lui.

— Si j'ai accepté que vous m'embrassiez, c'est pour mon seul plaisir, continua-t-elle. Mais ce n'est pas pour cette raison que je vais venir vivre sous votre toit jusqu'à ce que vous soyez fatigué de ma présence.

Elle rejeta ses cheveux en arrière d'un mouvement nerveux et croisa les bras.

— Maintenant, je vais retourner travailler. Et je vous conseille de vous écarter de mon chemin…

Elle tourna les talons et partit. Burt la suivit des yeux. Un homme sensé aurait jeté les cartes et abandonné la partie. Lui préférait attendre la prochaine donne.

Susan n'avait pas trop la tête à faire une fête, mais Adelia avait tout prévu. Et elle avait choisi le jour de la Saint-Patrick, patron des Irlandais, pour présenter Susan à ses amis.

Elle était en train de faire briller un plat en argent et elle songeait à Burt. Comment avait-il pu lui parler ainsi ! Croyait-il s'adresser à l'un de ses affreux chevaux quand il lui avait demandé de venir vivre avec lui ? Elle l'avait rapidement détrompé.

Il était trop rustre pour pouvoir dire de jolies choses à une femme. D'ailleurs, Susan McKinnon n'avait absolument pas envie d'entendre de jolies choses de la bouche d'un homme. Elle devait se consacrer à sa nouvelle carrière.

Elle se donnait six mois pour trouver un petit appartement et un nouvel emploi. Elle en avait assez de travailler pour ce fou furieux.

Dès qu'elle pensait à lui, une colère salutaire montait en elle. Elle frotta vigoureusement le plat en argent comme si sa rage, par enchantement, pouvait s'évanouir ainsi.

Tout cela n'était qu'un jeu pour lui, elle le savait depuis le début. Et puisque c'était ainsi, rien ne lui interdisait de s'amuser elle aussi. Cette soirée allait certainement lui en apporter l'occasion. D'après ce que lui avait dit Adelia, il y aurait beaucoup de jeunes et beaux garçons.

Elle observa son reflet dans le plat en argent, pas mécontente de son plan, et le sourire revint sur ses lèvres.

— Vas-tu finir de te contempler ? lui cria Dee en riant de l'autre bout de la pièce.

— Excuse-moi.

— Il n'y a pas de mal. Mais il n'y a pas de temps à perdre non plus. Nous n'avons plus que deux heures avant l'arrivée des invités. Tu avais peut-être envie de me parler ?

— Euh… non…

Susan se passa une main nerveuse dans les cheveux.

— Enfin, si. Je trouve vraiment que les hommes américains sont plus rustres et plus arrogants que les Irlandais.

— Ce n'est pas toujours vrai, répondit Adelia en prenant Susan dans ses bras. Est-ce que Burt t'a fait de la peine ?

— C'est le moins qu'on puisse dire.

Toutefois, une lueur dans le regard malheureux de Susan fit sourire Dee.

— Il est comme ça, dit-elle.

— Moi pas.

— Eh bien alors, n'y pensons plus. Nous avons une fête à préparer. Suis-moi.

Elles prirent le couloir qui menait à l'escalier. Des caisses de champagne étaient empilées le long du mur. Des brassées de fleurs attendaient sur la table.

— Quelle maison de fous ! s'exclama Dee en montrant le désordre. Plus tard, si tu en as assez d'entendre raconter des histoires de chevaux et de courses, tu n'auras qu'à me faire un signe de la main, je comprendrai.

— J'aime écouter les gens. J'ai l'impression d'apprendre une langue étrangère.

Adelia entraîna Susan dans sa chambre et alla prendre une grande boîte en carton posée sur le lit.

— Bonne Saint-Patrick, dit-elle en la tendant à Susan.

— Qu'est-ce que c'est ?

— Un cadeau, bien sûr. Prends-le donc !

— Mais il n'y a aucune raison que tu me fasses un cadeau.

Adelia comprenait parfaitement l'attitude fière de Susan.

— Non, mais je n'ai pas besoin d'avoir une raison pour te faire un cadeau. Je suis heureuse que tu sois parmi nous, et ceci est un présent de bienvenue. Je t'en prie, prends-le.

Le bonheur empêchait Susan de répondre. Muette et timide, elle prit lentement le paquet.

— Dépêche-toi de l'ouvrir ! Je n'ai jamais été quelqu'un de très patient.

Susan hésita un instant, puis se décida. Elle défit le ruban et souleva le couvercle. A l'intérieur, elle découvrit une superbe robe de soie verte.

— Oh ! Quelle magnifique couleur !

— Essaie-la vite, que je sache enfin si elle te va bien.

Avec précaution, Susan sortit la robe du carton et la contempla. Dee s'approcha et la tint un moment devant sa cousine.

— Je le savais ! dit-elle en riant. J'étais sûre que j'avais raison. Oh, Susan, tu vas vraiment être éblouissante.

— Je n'ai jamais porté une robe aussi belle, murmura Susan en caressant le tissu.

— Tu as tout juste le temps de l'essayer.

— Merci, Adelia. Tu es trop gentille avec moi. Je ne le mérite pas.

Elle se jeta dans les bras de sa cousine et l'embrassa tendrement.

La fête était commencée depuis longtemps quand Burt arriva. Il avait failli ne pas venir. Il pensait aller à Atlantic City jouer au casino, au milieu de gens comme lui.

Il s'était convaincu qu'il avait changé d'avis pour faire plaisir aux Grant, et que la présence de Susan n'intervenait en rien dans sa décision.

Depuis leur dernière rencontre, il s'était obligé à ne plus penser à elle. Plus rien ne devait subsister de ce sentiment étrange qu'il n'était pas parvenu à contrôler.

C'est Travis qui le reçut. Dans la grande salle, on entendait des bruits de voix qui parvenaient presque à couvrir la musique irlandaise qui donnait le ton à la soirée.

— Dee commençait à s'inquiéter.

— J'avais deux ou trois points à régler.

— Des problèmes ?

— Non, aucun.

Malgré ses dénégations, le visage tendu de Burt trahissait son énervement.

— Je crois que tu connais tout le monde ici, lui dit Travis en le conduisant dans le séjour.

— Il y a beaucoup de monde ce soir, murmura Burt.

Son regard balaya la pièce et s'arrêta sur la chevelure flamboyante de Susan.

Elle était transformée. Elle buvait une coupe de champagne en riant aux bons mots de Lloyd Pentel, propriétaire de l'un des plus grands ranchs de Virginie.

Deux autres garçons qu'il connaissait vaguement l'entouraient et n'avaient d'yeux que pour elle. Quand l'un d'eux s'approcha très près de son oreille pour lui murmurer quelque chose, Burt sentit son sang bouillonner dans ses veines.

— Une bière ? lui proposa Travis.

— Whisky.

Il le but d'un trait, mais cela ne suffit pas à le calmer. Il en but un second à la suite et se sentit plus détendu.

*
* *

Susan savait pertinemment que Burt était là. Elle avait senti sa présence dès qu'il avait franchi le seuil du séjour. Elle souriait aux hommes qui l'entouraient, se persuadant qu'elle passait une soirée extraordinaire, mais ne cessait de surveiller Burt et les femmes qui venaient à sa rencontre.

Il n'avait même pas eu la politesse de venir lui dire bonsoir. La blonde qui riait aux éclats en face de lui semblait l'intéresser davantage.

Susan accepta d'aller danser avec Lloyd, mais ne perdit pas Burt de vue.

Elle ne semblait pas ennuyée d'être dans les bras du jeune Pentel, remarqua Burt en vidant son verre de whisky. Et où avait-elle pu dénicher une robe pareille ? Après tout, cela ne le regardait pas.

Il posa son verre et écrasa son cigare. Que le diable l'emporte, se dit-il en quittant la blonde sans un mot pour se diriger vers Susan.

— Pentel.

— Logan ?

— Je dois m'entretenir avec Susan une minute. Pour affaires.

Sans lui laisser le temps de répondre, il se glissa entre eux et saisit Susan par le bras.

— Quel rustre ! Vous n'avez pas honte, Burt Logan ?

Susan était aux anges.

— La robe que vous portez ne vous autorise pas à parler de honte.

— Vous ne l'aimez pas ?

— J'aimerais avoir l'opinion de votre père.

— Vous n'êtes pas mon père !

Elle lui sourit d'un air de défi.

— Vous ne croyez pas à la chance, Burt Logan ? Vous savez qu'il faut être habillé en vert le jour de la Saint-Patrick…

— Qui vous dit que je ne porte pas de vert sur moi ?

— Vous parlez de vos dollars ? Les billets de banque ne comptent pas.

— Je pense à quelque chose de plus intime. Vous voulez que je vous montre ?

— Je suis certaine que vous en seriez capable. De quoi vouliez-vous me parler ?

Il s'approcha d'elle et leurs corps se touchèrent presque.

— Vous avez fait beaucoup de chemin depuis que j'ai dansé avec vous sous le clair de lune, mademoiselle l'Irlandaise.

Le ton de Burt déplut à Susan et son sourire s'effaça de ses lèvres.

— Que voulez-vous dire ?

— Vous êtes ambitieuse, très ambitieuse. Et Lloyd Pentel n'est pas un mauvais choix. Il est jeune, riche, et pas aussi futé que son vieux père. Le genre d'homme qu'une femme décidée peut mener par le bout du nez.

— Et vous ! Vous croyez que je n'ai pas vu cette blonde vous tourner autour depuis que vous êtes arrivé ?

— Une personne très gentille.

— Eh bien, allez donc la rejoindre, je ne vous retiens pas.

Elle voulut partir, mais il lui prit tout de même le bras.

— Que le diable vous emporte, Burt Logan.

— J'en ai assez de ces jeux puérils, dit-il en l'entraînant.

Elle le suivit sans pouvoir répondre et ils se retrouvèrent dans le hall d'entrée.

— Que faites-vous ?

— Nous partons. Où est votre manteau ?

— Je ne vais nulle part, et je…

Il lui mit le manteau sur les épaules et la poussa dehors.

— Montez dans la voiture, Susan.

Elle resta immobile un moment, incapable de se décider. C'était à elle de choisir. Finalement elle ouvrit la portière et se glissa dans l'automobile.

7

Avait-elle perdu l'esprit ?

Susan était assise dans le coupé sport de Burt et regardait les phares déchirer la nuit. Elle n'entendait que les battements sourds de son cœur dans sa poitrine. Elle était devenue folle. Mais pourquoi ne lui avait-on pas dit que la folie avait le goût du bonheur ?

Elle n'arrivait pas à ouvrir la bouche pour former des mots. Avait-elle perdu la parole en même temps que l'esprit ? Et elle sentait confusément que son cœur ne lui appartenait plus.

Aimer cet homme était aussi une forme de folie. Mais elle l'aimait comme jamais elle n'aurait pu imaginer qu'on pouvait aimer. Il y avait tant de violence dans cet amour qu'elle en avait mal physiquement.

N'avait-elle pas rêvé si souvent à un amour fait de tendresse et de douceur, un amour fondé sur la confiance et l'estime réciproques ? Mais l'homme installé à côté d'elle, les mains crispées sur le volant et le visage tendu, ne pouvait lui apporter cela.

Susan se mordit la lèvre. L'amour existait, même s'il ne correspondait pas à ses espoirs de jeune fille romantique. Mais elle ne devait pas croire que cet amour était partagé. Sa fierté, son honneur lui commandaient de rester sur ses gardes.

Elle ne dit rien quand ils s'engagèrent sur le chemin qui menait au ranch des Trois As.

Pourquoi ressentait-il aussi fort que sa vie venait de

prendre un tour nouveau et inattendu ? se demandait Burt en voyant apparaître les lumières de sa maison.

Pourtant le besoin qu'il avait d'elle aurait dû s'évanouir devant l'attitude de Susan. Elle ne disait pas un mot, et cela le mettait à la torture. Pouvait-elle se montrer aussi indifférente à ce qui se passait entre eux ?

Ce n'est pas cela qu'il souhaitait. Il voulait davantage. C'était la première fois de sa vie qu'il attendait quelque chose de quelqu'un.

Que pensait-elle ? Qu'y avait-il au fond de son cœur ? N'avait-elle pas vu chaque jour les rapprocher davantage ?

Il freina brutalement en arrivant devant le perron et sortit en claquant la portière.

Susan descendit à son tour de la voiture, les jambes tremblantes. La porte de la maison paraissait encore plus impressionnante la nuit, comme une ouverture sur un autre monde. Elle respira profondément et franchit le seuil.

Etait-ce ainsi que deux amoureux se retrouvaient ? Etait-ce le silence et le froid qui devaient l'accueillir, alors qu'elle espérait qu'il l'avait attendue pour réchauffer ses mains glacées ? Mais c'était folie de souhaiter cela. Elle n'était plus une enfant. Elle était une femme.

Il était arrivé le premier dans la chambre, attendant, espérant d'elle un sourire, un signe qui aurait voulu dire qu'elle était heureuse d'être là. Mais quand elle entra à son tour, il n'y avait que du défi dans son regard.

Au diable tout cela… Si elle n'avait pas besoin de tendresse et de douceur, il n'en avait pas besoin non plus. Ils étaient des adultes. Il devait plutôt se montrer heureux qu'elle n'insiste pas pour allumer des chandelles et pour qu'il lui fasse des promesses qui ne seraient jamais tenues.

Il la prit dans ses bras, presque avec violence, et l'embrassa. Leurs baisers essayèrent de prendre le relais des paroles ; le temps des mots était passé silencieusement et ils en souffraient tous les deux.

Susan se rendit sans résistance. Elle s'accrocha à lui, enfin sincère, enfin honnête et soulagée. La passion la dévorait. Elle n'était pas heureuse, mais la question ne se posait pas. Elle l'aimait. Et elle sentait qu'elle ne pourrait jamais avoir davantage de lui que cet instant volé à l'amour.

Leurs deux corps avides et impatients titubaient dans la chambre. Ils s'écroulèrent sur le lit, perdus dans une passion qu'ils n'avaient jamais appris à connaître. Leurs souffles, leurs bras, leurs jambes, leurs âmes se découvraient et se mêlaient, mais eux n'en savaient rien.

Ils reprirent conscience, leurs corps toujours entremêlés, naufragés d'une tempête qu'ils avaient eux-mêmes déclenchée.

Burt n'osait pas dire les mots de l'émotion, et Susan cachait son visage pour dissimuler ses larmes amères. Elle avait cru qu'il ne pouvait y avoir de plaisir aussi fou sans amour, et maintenant elle découvrait dans le silence de Burt qu'il ne l'aimait pas.

— Burt, je veux rentrer chez moi.

— Non.

— Quoi ?

— Ne pars pas.

— Je ne t'en veux pas, Burt. Je suis venue ici de mon plein gré.

— Et maintenant je te demande de rester.

Il approcha doucement son visage du sien et déposa un baiser sur ses lèvres.

— Je vais te faire couler un bain. Tu vas te détendre.

Il disparut dans la salle de bains. Quand il revint, il avait revêtu un peignoir et Susan crut lire une trace d'émotion dans son sourire si arrogant d'habitude.

— Tu as besoin de quelque chose ? Un thé ?

Susan répondit négativement d'un signe de la tête. Elle entendait l'eau couler dans la baignoire.

— Prends ton temps. Je serai de retour dans quelques minutes.

Susan se leva et alla se plonger dans la baignoire. L'eau

bouillante la détendit au-delà de tous ses espoirs. Elle ferma les yeux. Elle se sentait bien.

Où Burt pouvait-il bien être allé ? Elle l'aimait. Maintenant, elle ne pouvait plus se le cacher. Mais elle savait que cela ne suffisait pas. Il fallait être deux pour aimer…

Elle sortit du bain et se sécha. Elle pouvait se retrouver face à lui maintenant. Il n'y aurait ni larmes ni remords.

Elle s'enroula dans une serviette et revint dans la chambre.

Il avait allumé des chandelles. Des dizaines de chandelles. Il avait mis une musique douce et changé les draps.

— Tu te sens mieux ?

— Oui, merci.

— Tu m'as dit que tu ne voulais pas de thé, alors j'ai apporté du vin.

— C'est gentil, mais…

Les mots butèrent, empêchés par les larmes, et Burt se précipita pour la prendre dans ses bras.

— Burt…

— Détends-toi, dit-il en lui embrassant les cheveux. Je ne veux pas te faire de mal.

Il la porta sur le lit et la déposa comme une charge précieuse. Puis il revint prendre deux verres et les remplit de vin blanc.

— Tous mes vœux pour la Saint-Patrick.

Ils firent tinter leurs verres et Burt sourit à Susan.

— C'est une très jolie chambre, dit-elle. Je ne l'avais jamais remarqué.

— Elle était dans le noir.

Il s'assit à côté d'elle et passa son bras autour de ses épaules.

— Je me demandais à quoi pouvait ressembler le reste de la maison.

— Tu pouvais visiter.

— Je ne voulais pas me montrer indiscrète.

Elle trempa ses lèvres dans son verre. Elle aimait le contact du vin glacé.

— C'est une maison immense pour un homme seul…

— Je ne me sers que d'une seule pièce à la fois.

Elle sourit. Elle se demanda quelle était cette musique.

— J'ai entendu dire que Double Bluff avait gagné lors de la dernière course. Travis m'a expliqué qu'il avait battu l'étalon de Durnam d'une bonne longueur. Tout le monde parle du prochain derby du Kentucky et ton cheval est favori. Tu dois être content.

— On est toujours très content de gagner.

— Ce soir, Llyod m'a dit que Double Bluff était devenu le cheval à battre.

— T'a-t-il dit aussi que tu étais très belle ?

— C'est à cause de la robe que Dee m'a offerte.

— Quand je t'ai vue, je n'en croyais pas mes yeux. Il a fallu que je demande confirmation à Travis.

Susan étouffa un petit rire.

— Je crois que tu exagères un peu.

— Mais j'aimais déjà beaucoup te voir dans tes bleus de travail. J'ai découvert que j'avais un petit faible pour les femmes qui ont les mains dans la lessive.

— C'est pour la majorité des femmes une corvée et une nécessité de se retrouver les mains dans la lessive. Entre nous, Burt, si tu es en train d'essayer de me faire du charme, tu devrais t'y prendre autrement.

Il lui prit la main et lui embrassa les doigts.

— Il ne t'est pas interdit de me faire des compliments, ou de me dire des mots gentils, dit-il doucement.

Susan le regarda et attendit qu'il relève la tête.

— Eh bien, laisse-moi réfléchir… je crois que j'aime bien ton visage.

— Oh ! Je me sens écrasé sous un tel compliment.

— Tu sais, je suis très difficile dans mes choix, très exigeante. Aussi tu devrais te montrer flatté.

— Mais je le suis, dit-il en lui donnant de petits baisers sur le bras.

— J'aime aussi tes caresses, et tes baisers.

Elle baissa la tête, effrayée par les mots qui venaient de sortir de sa bouche.

Burt l'attira vers lui, doucement, et posa la tête de Susan dans le creux de son épaule. Cette victoire sur sa pudeur était le plus beau cadeau qu'elle pouvait lui faire. Elle avait été douloureusement sincère, et il ne pouvait pas la faire souffrir.

Au contraire, il avait besoin de la protéger, et pas seulement pour elle, mais pour lui aussi.

— Jamais plus je ne te ferai du mal, lui murmura-t-il en lui caressant les cheveux. Jamais plus.

Elle ne le croyait pas… Même si elle lui ouvrait ses bras, il vit dans son regard qu'elle ne le croyait pas. Il l'embrassa pour dissimuler sa peine.

Seuls leurs corps pouvaient aisément retrouver le langage du plaisir. Les mots les ramenaient sur le champ de la bataille que se livraient leurs âmes trop fières.

Burt entraîna Susan vers lui, et Susan ne se défendit pas. Leurs gestes devenaient plus sûrs, plus tranquilles. La flamme des chandelles adoucissait leurs traits et les enveloppait d'un halo voluptueux.

Susan criait son nom dans la nuit, et Burt répondait dans un murmure rauque, les yeux clos.

Muets, épuisés, douloureux, ils se retrouvèrent dans le silence de la nuit comme à l'issue d'un ouragan terrible. Susan avait posé la tête sur la poitrine de Burt, mais leurs pensées les retenaient loin de l'autre.

Burt ne comprenait pas. Cette petite Irlandaise au mauvais caractère avait changé les règles du jeu, et il ne se révoltait pas. Les chandelles et la musique douce ne faisaient pas partie de ses habitudes. Ce n'était pas son style, et pourtant il se sentait bien.

Sa façon de vivre l'ennuyait, et il trouvait calme et repos auprès de Susan. Il en avait assez de jouer, de perdre et de gagner, et il avait l'impression d'approcher le bonheur quand il était avec elle.

Il l'aimait. Lui, qui n'avait jamais accordé aux femmes

qu'un intérêt passager et superficiel, était tombé amoureux aussi facilement qu'un collégien.

Mais il n'y avait pas de place pour cet amour. Il avait voulu sa vie comme un équilibre instable. C'était lui qui prenait les décisions sans jamais consulter quiconque. Il avait des projets, il avait… Mais qu'avait-il sans elle, loin d'elle ? Rien. Plus rien.

Il ferma les yeux et se raccrocha à sa logique comme à une planche livrée aux courants tumultueux de l'océan. Il était fou, complètement fou. Que pouvait-il savoir de l'amour ?

Il n'avait aimé qu'une seule fois dans sa vie, et c'était bien loin. S'il n'était pas encore parti, c'est simplement qu'il n'avait pas trouvé un jeu plus intéressant ailleurs.

Burt savait que c'était un mensonge.

Il allait partir pour Monte-Carlo. Au diable la ferme et les responsabilités… Il quitterait tout au matin, pour reprendre sa vie aventureuse.

Mais la main de Susan restait posée sur son cœur.

Il n'irait donc nulle part, mais il était sans doute temps d'abattre les cartes qu'il avait en main.

— Comment te sens-tu ? lui demanda-t-il.

Susan réfléchit avant de lever son visage vers lui.

— Je me sens… oh, tu vas penser que je suis idiote.

— Sans doute, mais dis-le-moi tout de même.

— Je me sens belle, dit-elle en se jetant contre lui. J'ai l'impression d'être la plus belle femme du monde.

— Tu l'es.

— Je voudrais que ce moment n'ait pas de fin.

— Il n'y a pas de raison que cela cesse. Dès demain, tu transporteras tes affaires ici.

— Quelles affaires ? demanda-t-elle en se reculant.

— Tes bagages, tout ce que tu as. Il est inutile d'y aller maintenant, le jour va bientôt se lever.

Elle reposa la tête sur sa poitrine.

— Burt, je t'ai déjà dit que je ne voulais pas habiter avec toi.

— Les choses ont changé, dit-il simplement.

— Ma décision reste la même. Ce qui s'est passé cette nuit…

Cette nuit, elle avait vécu les plus beaux moments de sa vie, et elle ne voulait pas en gâcher le souvenir par des discussions stériles.

— Je veux conserver le souvenir de cette nuit. Mais je ne veux pas devenir ta maîtresse.

Elle voulut se lever, mais il s'agrippa à ses épaules.

— Je te veux, tu ne le comprends pas ? Je te veux à moi, complètement. Et je n'ai pas envie d'être obligé de te chercher chez les Grant chaque fois que je voudrai passer un moment avec toi.

— Tu n'auras pas à m'appeler, répondit Susan en recouvrant toute sa fierté. Crois-tu que je vais accourir ici chaque fois que tu en exprimeras le désir ? Tu te trompes, Burt Logan. Maintenant, lâche-moi, je veux partir.

— Non.

Elle le fusilla du regard.

— Tu n'as pas le droit de me retenir ici.

— C'est ce qu'on va voir.

— Méfie-toi, ma grand-mère était un peu sorcière. Elle m'a appris à me défendre. Si tu ne me laisses pas partir, je vais te faire mourir dans d'atroces souffrances.

— Pour te laisser veuve ? Il y a peu de chances.

— Tu as tort de ne… Qu'est-ce que tu as dit ?

— Que nous allons nous marier.

Susan ne trouva rien à dire. Il approcha la main de son visage, et elle le mordit.

— Hum, je suis content de voir que tu as de bonnes dents.

Il prit un cigare sur la table de nuit.

— Alors, jeune Irlandaise, on n'a rien à dire ?

— Se marier… ?

— C'est ça. Nous pourrions prendre l'avion pour Las Vegas demain, mais Adelia ne me le pardonnerait pas. Ici, il nous faudra sans doute attendre quelques jours.

— Quelques jours…

Elle secoua la tête et s'assit.

— Je crois que le vin m'a fait perdre l'esprit. Je ne comprends plus rien.

— Je te veux, dit-il tranquillement en allumant son cigare. Tu as besoin de moi, toi aussi, mais tu ne veux pas que nous vivions ensemble comme maîtresse et amant. Le mariage reste la seule solution.

— Solution… ?

Calmement, comme si la conversation roulait sur la pluie et le beau temps, il tira une bouffée de son cigare.

— Vas-tu passer le reste de la nuit à répéter la fin de mes phrases ?

De nouveau, elle secoua la tête. Il lui fallait garder son calme.

Elle leva les yeux vers lui, pour essayer de trouver une réponse, mais son visage demeurait impassible. C'était un joueur trop habile pour montrer ses émotions.

— Pourquoi veux-tu ce mariage ?

— Je n'en sais rien. Je ne me suis jamais marié. Et je dois dire que je ne compte pas en faire une habitude. Je suppose qu'une fois doit être suffisante.

— Je ne pense pas que ce soit une décision que l'on peut prendre à la légère.

Burt regarda le bout incandescent de son cigare.

— Mais ce n'est pas ce que je fais. Je n'ai jamais demandé à une femme de m'épouser, et je n'ai jamais pensé le faire. Mais je te le demande.

— Est-ce que…

Elle voulait lui demander s'il l'aimait. Mais la phrase ne parvenait pas à sortir de sa gorge.

— Est-ce que tu penses que ce que nous avons vécu ce soir suffit pour bâtir un mariage ?

— Non, mais nous sommes bien ensemble. Nous nous comprenons. Tu me fais rire, tu sais me remettre à ma place et tu es loyale. Je ne saurais en demander plus. Je te donnerai tout ce dont tu as toujours rêvé. Une jolie maison, une vie aisée, et tu seras la personne qui compte le plus pour moi.

En entendant cette dernière phrase, elle lui sauta au cou. Elle ne demandait qu'à compter pour lui.

— Tu le penses vraiment ?

— Je dis rarement ce que je ne pense pas. La vie est un jeu, tu t'en souviens ?

— Je m'en souviens.

— Beaucoup de mariages tournent mal, car les époux passent leur temps à vouloir changer l'autre. Je ne veux pas te changer. Tu me plais telle que tu es.

Il lui prit la main et y déposa un léger baiser.

— C'est pour ça que je te prends telle que tu es.

8

— Tout cela va trop vite, dit Adelia en s'asseyant dans la chambre de Susan.

Une couturière s'affairait autour de sa cousine pour mettre au point sa robe de satin blanc.

— Tu es sûre que tu n'as pas besoin d'un peu de temps ?

— Pour quoi faire ?

— Pour reprendre ta respiration, pour réfléchir à tout ça.

— Même si j'attendais six mois encore, cela ne changerait rien.

Qui aurait pu penser qu'elle pourrait porter un jour une pareille robe ? Dans deux jours, elle en serait vêtue pour devenir la femme de Burt. Son épouse.

— Venez jeter un coup d'œil dans le miroir, mademoiselle McKinnon. Je crois que la longueur est bonne. Si vous voulez mon avis, cette robe est parfaite sur vous. Aucune autre femme ne la porterait aussi bien que vous.

Susan se tourna vers le grand miroir en pied. La robe était une merveille. Des milliers de perles étaient cousues sur le satin et brillaient dans une cascade de reflets. Susan ressemblait à une princesse médiévale.

— Elle est splendide, madame Viceroy, ajouta Adelia. Et c'est un miracle que vous ayez réussi à la confectionner en si peu de temps.

— Vous voyez d'autres retouches à apporter, mademoiselle McKinnon ?

Susan regardait sa robe avec une expression à la fois heureuse et fascinée.

— Non, excusez-moi, mais je n'ai jamais rien vu d'aussi beau. C'est une robe de conte de fées.

— Votre futur mari sera sans aucun doute ébloui. Maintenant, je vais vous aider à l'enlever.

Susan retrouva l'une de ses robes qu'elle avait apportées d'Irlande, et elle comprit ce qu'avait dû ressentir Cendrillon un certain soir à minuit.

— Je vous conseille aussi de coiffer vos cheveux en hauteur, ajouta Mme Viceroy en rangeant ses affaires pour prendre congé.

— Merci, madame Viceroy. Je vais vous raccompagner.

— Ce n'est pas nécessaire, madame Grant. Je connais le chemin, et dans votre état il est inutile de faire des efforts. Je vous ferai livrer la robe après-demain.

« Après-demain », pensa Susan. Un frisson courut le long de sa colonne vertébrale.

— C'est une femme très gentille, dit Adelia en refermant la porte de la chambre.

Le poids des jumeaux semblait lui peser chaque jour davantage, et elle vint s'asseoir lourdement sur le lit.

— C'était très gentil de sa part de venir jusqu'ici.

— Elle ne pouvait manquer cette occasion de plaire à la future Mme Logan. Susan… je suis heureuse pour toi, bien sûr, mais… Oh ! J'ai l'impression de me conduire comme une mère poule. Tu es sûre que c'est ce que tu veux ?

— Je ne suis sûre de rien, avoua Susan en s'asseyant à côté de Dee. Je suis morte de peur. J'ai sans cesse l'impression que je vais me réveiller pour me retrouver dans la cour de notre ferme, et que tout cela n'a été qu'un rêve.

— C'est la réalité. Tu dois comprendre que tout ce qui se passe en ce moment est réel.

— J'ai peur malgré tout. Mais je l'aime. Je voudrais le connaître davantage, qu'il me parle de sa famille, de lui. Je souhaiterais aussi que maman et toute la famille soient là. Mais…

— Mais ?

— Mais je l'aime. C'est suffisant, n'est-ce pas ?

— Pour commencer, oui.

Adelia se souvint de l'amour aveugle et absolu qu'elle portait à Travis. La vie lui avait donné le reste.

— Burt n'est pas un homme facile, tu le sais, ajouta-t-elle.

— Tu l'aimes bien pourtant ?

— Oui, je l'aime bien. Il est généreux, même si la plupart des gens ne s'en aperçoivent pas. Et je suis certaine qu'il fait son possible pour ne pas heurter ceux qu'il apprécie.

— Je ne sais pas s'il m'aime.

— Quoi ?

— Ce n'est pas important, répliqua vivement Susan. J'ai assez d'amour en moi pour deux.

— Pourquoi voudrait-il t'épouser s'il ne t'aimait pas ?

— Il me veut.

Susan baissa la tête.

— Je vois.

Dee comprit le doute qui rongeait l'esprit de Susan, aussi choisit-elle soigneusement ses mots avant de répondre.

— Le mariage est un bouleversement terrible dans la vie d'un homme comme Burt. Et si les mots sont si difficiles à venir sur ses lèvres, c'est peut-être parce qu'il ne les a jamais appris.

— Je n'ai pas besoin qu'il me dise quoi que ce soit.

— Bien sûr que si.

— Tu as raison, mais cela peut attendre.

— Quelquefois, les gens ont besoin de se sentir en confiance avant de pouvoir parler avec leur cœur.

— Tu es merveilleuse avec moi, dit Susan en embrassant sa cousine. Je suis heureuse, et je saurai le rendre heureux.

Quand Susan se retrouva en haut des marches du grand escalier, au bras de Paddy, elle n'était pas certaine de trouver la force de descendre jusqu'à la salle de la cérémonie.

La musique s'éleva. Elle descendit une marche et s'arrêta. Elle sentit la main de Paddy qui se resserrait pour essayer de la réconforter.

— Allons, petite fille, tu es splendide. Ton père serait fier de toi aujourd'hui.

Elle fit un signe de tête, respira profondément et reprit sa marche.

Burt sentait qu'il allait étouffer dans son costume. S'il n'avait tenu qu'à lui, ils seraient allés dans une mairie, auraient dit le mot consacré et seraient repartis. Mission accomplie.

Mais Dee avait insisté pour s'occuper de la cérémonie. Quelque chose de simple, avait-elle précisé.

Burt fit la grimace. Il avait cédé en croyant que, en deux semaines, elle n'aurait pas le temps d'organiser quoi que ce soit. Mais elle avait réussi.

La « petite chose simple » était devenue ce grand spectacle, avec deux cents personnes invitées à l'entendre dire oui. La maison était pleine de fleurs et il y avait assez de champagne pour remplir sa piscine. Il ne manquait plus que les violonistes tziganes pour achever le tableau.

Les mains dans les poches et le visage fermé, Burt se demandait ce qu'il faisait là.

Puis il la vit.

Ses cheveux rayonnaient sous le voile de tulle. Elle paraissait pâle, mais leurs regards se croisèrent immédiatement. Comment avait-il fait pour ne pas remarquer son air fragile et délicat ! Elle allait devenir sa femme. Un frisson de panique le parcourut. Puis il sourit et s'avança vers elle.

Leurs mains se rencontrèrent et ils marchèrent vers le pasteur.

Cela ne dura pas longtemps pour changer de vie et d'état civil. Quelques minutes pour quelques mots. Elle sentit l'anneau glisser à son doigt, mais elle garda les yeux sur lui. Sa main ne tremblait pas quand elle prit la bague que lui tendait Adelia et qu'elle la passa au doigt de Burt.

C'était fait. Il souleva le voile et l'embrassa délicatement. Susan laissa éclater son rire clair et se jeta dans ses bras.

A ce moment-là commença la ronde infernale des

congratulations, des félicitations et des compliments plus ou moins sincères.

Elle vivait cette fête comme un rêve. Il y avait la musique, et tous ces étrangers qui lui parlaient. Les flashs crépitaient et le champagne coulait à flots. Susan parlait, riait, répondait aux questions, et souhaitait secrètement se trouver à des milliers de kilomètres de là.

Burt la prit alors dans ses bras pour la faire danser, et le reste du monde disparut.

— Je n'arrive pas à croire que tout cela est vrai, dit-elle en posant la tête sur sa poitrine. J'ai si souvent rêvé à cette journée. Sommes-nous vraiment mariés ?

Il lui prit la main et lui montra l'anneau.

— Moi, j'ai l'impression que tout cela est bien réel.

Elle regarda la bague et écarquilla les yeux.

— Oh, Burt, elle est merveilleuse !

Elle leva la main, et tous les diamants et les saphirs se mirent à briller à la lumière de la fête.

— Tu la portes depuis une heure et tu ne l'avais pas vue ?

— Non.

C'était une folie de pleurer maintenant, mais elle savait qu'elle ne pourrait contenir plus longtemps ses larmes.

— Merci, Burt. Je reviens dans une minute.

— Je l'espère bien. Tu ne vas pas me laisser seul pour affronter cette foule.

Elle courut jusque dans la chambre. Ce soir, elle allait devenir sa chambre. Elle allait dormir dans ce lit. Elle se regarda dans la glace et sécha ses joues. Heureusement que les larmes de bonheur ne déforment pas les traits…

Elle allait ouvrir la porte pour redescendre, mais elle préféra attendre que les trois femmes dans le couloir aient disparu.

— Pourquoi, mais pour son argent, bien sûr !

Susan reconnut celle qui parlait : elle avait été invitée à la soirée qu'avait donnée Adelia.

— Après tout, elle ne le connaît presque pas. Pourquoi

sinon l'aurait-elle épousé ? Vous croyez qu'elle est venue d'Irlande pour tenir ses livres de comptes ?

— C'est étrange que Burt l'ait épousée, une inconnue sans fortune ni naissance, alors qu'il aurait pu choisir parmi les femmes les plus en vue de la région.

— J'ai trouvé qu'ils formaient un très joli couple, reconnut la troisième. Vraiment, Dorothy, un homme ne se marie jamais sans raison.

— Il faut croire qu'elle a dû lui donner un échantillon de ses talents. Les hommes se laissent avoir facilement par ce genre de filles. Mais ce mariage ne durera pas plus d'un an, à mon avis. Il lui offrira une pension conséquente, et je suis certaine qu'elle acceptera. Il s'est déjà montré très généreux. Vous avez vu la bague ? Une Cartier. Dix mille dollars. C'est un bon début pour une petite fermière de rien du tout.

— Il sera intéressant d'observer son ascension dans notre milieu au cours des prochains mois.

— Elle ne fait pas partie de notre monde, conclut la première femme.

Susan tenait la poignée de la porte et les regardait descendre. Elle n'était pas de leur monde…

Passé le premier choc, elle fut envahie d'une sourde colère. Non, elle ne voulait pas en être, de leur monde. Elle ne tenait pas à fréquenter ces commères en mal de ragots.

Pour l'argent ? Est-ce que tous ces gens pensaient réellement qu'elle avait épousé Burt pour son argent ? Et lui ? Oh, mon Dieu ! Est-ce à cela qu'il pensait quand il lui avait dit qu'il lui donnerait ce qu'elle avait toujours désiré ?

Susan sortit de la chambre d'un pas décidé. Elle lui montrerait, elle lui donnerait la preuve que c'était l'homme qu'elle avait épousé, et pas sa fortune.

Elle descendit l'escalier, et cette fois elle n'était plus la pâle et innocente future mariée. Elle était une femme au regard sombre et fier. Elle repéra le groupe des femmes et, se forçant à sourire, elle se dirigea vers elles.

— Je suis heureuse que vous ayez pu venir.

— Mais comment aurions-nous pu rater une telle cérémonie ? Vous faites une charmante jeune mariée.

— Merci. Mais une femme n'est une jeune mariée qu'une journée, elle est une épouse pour le reste de sa vie.

Elle les planta là et traversa la grande salle pour retrouver Burt. Arrivée devant lui, elle passa les bras autour de son cou et l'embrassa longuement.

— Je t'aime, Burt, dit-elle simplement, et je t'aimerai toujours.

Cette phrase le toucha bien au-delà de ce qu'il aurait pu croire.

— Est-ce là la conclusion à laquelle tu viens d'arriver ?

— Non, mais je pensais que cela faisait longtemps que je ne te l'avais pas dit.

Burt pensait qu'il n'arriverait pas à voir le dernier invité s'en aller.

— Il va falloir avoir recours à une armée pour nettoyer tout ça, dit Susan en passant une main sur son front.

— Personne ne passera cette porte au cours des vingt-quatre prochaines heures.

Elle sourit, mais la fatigue commençait à se faire sentir.

— Je vais monter me changer.

— Attends, dit-il en lui prenant le bras. Je ne t'ai pas encore dit que je te trouvais belle. Je ne crois pas avoir jamais été aussi tendu et angoissé que quand je t'attendais en bas de l'escalier.

— Moi, j'étais morte de peur. J'ai failli remettre ma chemise et m'enfuir.

— Je t'aurais rattrapée.

— Je l'espère, car je n'avais qu'une envie : être seule avec toi.

Il l'embrassa, et sans que leurs lèvres se séparent il la prit dans ses bras.

— Je suis désolé, nous sommes déjà dans la maison. Je ne peux pas te faire franchir le seuil.

— Essaie celui de la chambre.

Ils montèrent l'escalier, Susan toujours dans les bras de Burt. Dans la chambre, Rosa avait disposé une bouteille de champagne et deux verres.

— Burt, dit-elle tandis qu'il la reposait à terre, tu dois me laisser dix minutes pour me préparer.

— Et qui va t'aider à te déshabiller ?

— Je peux me débrouiller. Cela porte malheur que le marié enlève lui-même la robe de son épouse.

Elle courut dans la salle de bains, mais il n'attendit guère plus d'une minute avant d'aller la retrouver. Elle ne portait plus sa robe de mariée, mais un léger déshabillé blanc qui flottait autour des courbes de son corps. Ses cheveux étaient défaits et tombaient en une cascade de feu sur ses épaules.

— Je n'imaginais pas que tu pouvais être plus belle encore que cet après-midi.

Elle baissa les yeux.

— Cette nuit sera la première que je vais passer avec ma femme.

Il s'avança et la prit dans ses bras.

— J'ai quelque chose pour toi.

Quand il sortit un petit paquet de sa poche et qu'il le lui tendit, Susan se mordit la lèvre.

— Burt, je ne veux pas que tu te sentes obligé de m'offrir des cadeaux.

— Mais sinon comment vais-je faire pour avoir le plaisir de te regarder les porter ?

Il ouvrit lui-même la boîte. A l'intérieur il y avait un collier de diamants orné, en son milieu, d'un splendide saphir.

— Oh, Burt, il est encore plus beau que ma bague.

Elle avait envie de pleurer de bonheur, où s'insinuait néanmoins doucement une peur insidieuse.

— Il ne te plaît pas ?

— Oh si, bien sûr ! Mais je ne vais jamais oser le porter.

Il rit et, la prenant par les épaules, l'obligea à se poster devant le miroir.

— Ne dis pas de bêtises. Il est fait pour être porté. Regarde.

Il accrocha le collier autour de son cou. Les pierres lançaient des éclats de lumière.

— A quoi serviraient les bijoux si les femmes refusaient de les porter ? Et pour notre lune de miel, où veux-tu aller ? Paris ? Hawaii ?

L'Irlande, pensa-t-elle. Mais elle eut peur qu'il se moque d'elle.

— Je pensais que nous devrions attendre un peu. Après tout, c'est la période de l'année où tu as le plus de travail. Nous ne sommes pas tenus de partir tout de suite.

— Si tu préfères.

Il replaça le collier dans son écrin et se tourna vers elle.

— Susan, que se passe-t-il ? Quelque chose te tracasse ?

— Ce n'est rien. Tout est si nouveau… Burt, je te jure de tout faire pour que tu sois fier de moi, pour que je ne te fasse pas honte.

— Que veux-tu dire ? dit-il en l'obligeant à s'asseoir sur le lit. Je veux que tu m'expliques ce que tu as en tête.

— Il n'y a rien. J'ai simplement compris aujourd'hui que je ne correspondais pas exactement au milieu que tu fréquentes et à ton style de vie.

— Le milieu que je fréquente ? dit-il en riant. Tu ne sais rien de ces gens et la plupart ne t'arrivent pas à la cheville.

— Mais je pensais que tu les aimais bien. Ce sont tes amis, tes associés.

— Des associés surtout. Et cela peut changer du jour au lendemain. Tu peux te joindre à eux, à leurs clubs et à leurs réunions, ou leur tourner le dos délibérément, ça m'est complètement égal.

— Mais tu fais partie du monde des courses hippiques, et je suis ta femme. Je ne veux pas que quelqu'un te dise un jour que tu as épousé une paysanne qui ne peut pas tenir sa place dans cette société.

— Et quelqu'un l'a fait, c'est cela ?

Elle n'eut pas à répondre. La tristesse et le désarroi de son visage étaient suffisamment éloquents.

— Ecoute-moi bien. Seul ce que nous pensons est important. Je t'ai épousée parce que je te voulais à moi.

— Je le suis, je te le jure.

Il la prit dans ses bras et la serra très fort. Cette étreinte valait tous les serments du monde, et elle pouvait renvoyer au néant les pires calomnies.

Susan avait voulu faire de sa nuit de noces un événement, et ce qu'elle vécut dépassa toutes ses espérances. Elle fut heureuse de pouvoir l'aimer sans retenue, sans obstacle. Le rire et les larmes l'assaillaient, tout à la fois, mais son amour pouvait s'exprimer par son visage rayonnant de bonheur.

Burt la regardait et il ne pouvait se lasser de cette image. Il aurait voulu pouvoir arrêter le temps, ou au moins le ralentir, pour ne plus avoir à puiser ailleurs qu'auprès de sa douce conquête la force de vivre. Au paroxysme du plaisir, il ferma les yeux, mais le visage de Susan resta inscrit au fond de son âme.

Au matin, son premier matin de femme mariée, une pluie fine de printemps voilait le ciel. Elle trouva ce temps merveilleux. En souriant, elle se tourna vers Burt, mais celui-ci était parti.

Elle se redressa d'un bond, terrifiée à l'idée que tout cela ait pu être un rêve.

— Tu te réveilles toujours de cette manière ? lui demanda Burt en traversant la pièce.

— Non, je pensais simplement… C'est sans importance. Où vas-tu ?

— Aux écuries.

— Si tôt ?

— Il est déjà 7 heures.

— 7 heures ! Attends, je vais préparer ton petit déjeuner.

— Rosa va s'en occuper. Dors encore un peu.

— Mais je…

Elle voulait lui préparer son petit déjeuner. C'était une des choses qu'une femme devait faire pour son mari. Elle voulait aller s'asseoir dans la cuisine avec lui et discuter de sa journée. Mais déjà il enfilait ses bottes.

— Je ne suis pas fatiguée, dit-elle. Je vais descendre et me mettre au travail.

— Tu n'es pas obligée de continuer.

— Bien sûr que je vais continuer. C'est pour ça que je suis venue ici.

— Les choses ont changé. Je ne veux pas que ma femme ait à rester enfermée dans un bureau toute la journée.

— Si rien ne change pour toi, rien ne changera pour moi, affirma-t-elle en enfilant une robe. Et si tu ne veux plus que je tienne ta comptabilité, je trouverai un autre travail.

Elle commença à prendre les draps et à les secouer.

— Je veux simplement te dire que tu as le choix. Qu'es-tu en train de faire ?

— Je fais le lit, bien sûr !

Il s'approcha d'elle et lui prit le bras.

— Rosa le fera.

— Mais il n'y a aucune raison !

— C'est son travail.

Il l'embrassa sur le front, puis la serra contre lui.

— Bonne journée. Je serai de retour dans quelques heures. Pourquoi n'irais-tu pas prendre un bain dans la piscine ?

Quand la porte se referma derrière lui, Susan croisa les bras, l'air buté.

« Quoi ? Il veut que je prenne un bain ? Je suis sa femme, c'est notre premier jour de mariage et je ne peux ni lui préparer à manger ni faire notre lit ? » Elle avait refusé de n'être que sa maîtresse, et il la traitait comme une femme entretenue.

Rosa ne se montra pas beaucoup plus coopérative.

« La *señora* n'a pas à faire ça, la *señora* devrait aller se reposer. » En bref, elle n'avait le droit de toucher à rien.

Elle alla se réfugier dans ses papiers et ses comptes. Quand elle ne vit pas revenir Burt pour le déjeuner, elle décida de prendre les choses en main.

Elle s'arma d'un seau et d'une brosse et se rendit dans la pièce où avait eu lieu la cérémonie de la veille. Rosa avait débarrassé les verres et les assiettes qui traînaient, mais n'avait pas eu le temps de nettoyer le sol. Susan poussa un soupir de satisfaction et posa le seau à terre.

« Cette maison est ma maison, se dit-elle en trempant la brosse dans le seau. Et c'est mon carrelage, et j'entends bien le nettoyer comme ça me plaît. »

Burt marchait sous la pluie. Il pensait à Susan. Qu'il l'avait trouvée belle dans son sommeil ! La regarder dormir était déjà un merveilleux cadeau que lui offrait la vie. Il savait qu'il n'avait pas commis une erreur en l'épousant.

Il pouvait lui apporter ce qui lui avait fait défaut jusqu'à présent, ce dont elle rêvait. L'argent ne comptait pas pour lui. En retour, elle lui donnait par sa présence une chaleur et une paix qu'il n'avait jamais connues auparavant.

Quand il pénétra dans la grande pièce, il s'arrêta net, interdit. Elle était à quatre pattes en train d'astiquer le sol.

Il ne lui laissa pas le temps de se relever. Il marcha sur elle et la prit par le bras pour la mettre debout.

— Bon sang ! Mais qu'est-ce que tu es en train de faire ?

— Mais… je nettoie le carrelage. Tu ne peux pas imaginer comme c'est sale. Burt, tu me fais mal au bras !

— Je ne veux plus te voir à genoux comme ça, c'est compris ?

— Non.

Elle l'observa et constata qu'il avait l'air d'être vraiment en colère.

— Ma femme n'est pas là pour nettoyer les sols.

— Ecoute, je nettoierai ce qu'il me plaira de nettoyer.

Ensuite, arrête de m'appeler « ta femme » comme si tu parlais d'un objet qui t'appartient.

— Je ne t'ai pas épousée pour que tu fasses le ménage.

— Non. Je n'ai pas le droit non plus de te préparer ton petit déjeuner ni de faire notre lit. Alors pourquoi m'as-tu épousée ?

— Je pensais que c'était clair.

— Je vois. Ainsi, je ne suis pour toi qu'une maîtresse. Le caractère légal de la chose ne change rien au fond.

Il fit un effort énorme pour contenir sa colère, mais n'y parvint pas.

— Ne sois pas stupide. Et repose cette brosse immédiatement !

Susan jeta la brosse et tourna les talons pour partir.

— Où vas-tu ?

— Je n'en sais rien. Peut-être ai-je le droit de me promener dans cette maison si je ne touche à rien…

Il lui prit le bras pour l'obliger à rester, mais elle se débattit.

— Bon sang, Susan, tu peux toucher à ce que tu veux dans cette maison, mais tu n'es pas obligée de nettoyer.

— Je vois qu'il est temps de mettre les règles au point. Ainsi, j'ai le droit de regarder et de toucher. Fantastique !

— Cesse de jouer à l'idiote.

— Moi ? C'est moi l'idiote ? Qui donc m'a interdit de laver les sols ?

— Je pensais que tu étais ici pour ne plus avoir à faire ce genre de travaux.

— C'est exact, je suis venue en Amérique pour fuir ces choses. Mais je ne t'ai pas épousé pour ça. Je peux peut-être supporter que d'autres pensent que je me suis mariée avec toi pour ton argent et ta belle maison, mais pas toi. Je t'ai dit hier que je t'aimais. Tu ne m'as pas crue ?

— Je n'en sais rien, fit-il d'un ton excédé. Et puis c'est sans importance.

Susan se détourna, accusant le coup. Burt venait de lui faire très mal.

— Je t'ai dit la vérité, mais tu peux penser ce que tu veux. Après tout, tu as peut-être raison, c'est sans importance.

Elle prit un vase qui se trouvait sur la table et le jeta par terre.

— Ne t'inquiète pas, je ne vais pas ramasser les débris.

— As-tu fini ?

— Je n'ai pas encore décidé.

Elle croisa les bras et regarda l'eau de la piscine.

Burt s'approcha d'elle et posa la main sur son épaule.

Peut-être l'aimait-elle un peu ?

— Ma mère a passé la moitié de sa vie à genoux pour frotter les carrelages des autres. Elle n'avait pas quarante ans quand elle est morte. Je ne veux pas te voir à genoux, Susan.

Elle se tourna vers lui et se jeta à son cou.

— C'est la première fois que tu te confies à moi. Tu ne vois pas que tu me rends folle quand tu me repousses ?

— Tu étais d'accord pour me prendre tel que je suis.

— Oui, pour toujours. Je t'aime, Burt.

— Tu as pris un bain dans la piscine ?

— Non, je n'ai pas de maillot.

— Ce ne sera pas utile.

Il la souleva de terre et la porta jusqu'au bord de l'eau. Susan se débattit comme un beau diable.

— Ne fais pas ça ! Si tu me jettes, je t'entraîne avec moi.

— Mais il n'a jamais été question de faire autrement.

Et tous les deux se retrouvèrent dans l'eau tout habillés.

9

Susan était mariée depuis moins d'un mois, et elle était déjà allée à New York et dans le Kentucky pour suivre des courses. Le monde hippique la fascinait et elle ne se lassait pas de ce spectacle extraordinaire.

Au cours des dîners et des cocktails, elle écoutait et se familiarisait avec les techniques de l'élevage et de l'entraînement.

Elle lut des livres sur les pur-sang, et apprit à parier et à gagner. Cette dernière révélation de sa personnalité amusait beaucoup son mari. Il riait, et ce rire était un plus beau cadeau que tous les bijoux et toutes les robes qu'il pouvait lui acheter.

Elle avait découvert au cours de ce premier mois que tout ce dont elle rêvait quand elle était pauvre ne comptait plus autant pour elle maintenant.

Et elle découvrit qu'elle était enceinte.

Cette nouvelle la ravit et la terrifia. Elle portait un enfant, l'enfant de Burt, et il avait été conçu lors de leur première nuit d'amour.

Dans peu de temps, ils ne seraient plus seulement mari et femme, mais ils formeraient une famille. Elle mourait d'envie de le lui apprendre, mais elle redoutait sa réaction.

Ils n'avaient jamais parlé d'enfants. Elle n'en connaissait pas beaucoup plus sur son mari que le jour de leur mariage. Il n'avait plus reparlé de sa mère ou de sa famille. Elle avait essayé de lui poser des questions, mais il n'avait pas répondu.

Elle l'avait vu avec les enfants de Dee, et il les adorait. Il était tendre, affectueux et attentionné avec eux. Si l'enfant était de lui, il n'en serait que plus heureux.

Elle partit à sa recherche et le trouva dans la bibliothèque. Il était en train de téléphoner.

— Je ne veux pas vendre, disait-il en faisant signe à Susan d'entrer. Ni à ce prix ni à aucun autre. Dites à M. Durnam que je ne suis pas vendeur.

Il raccrocha et se passa une main dans les cheveux.

— Des ennuis ?

— Non. Charlie Durnam voulait m'acheter un de mes poulains. Je sais qu'il a des problèmes. A part ça, tu as fait des emplettes ?

— Des emplettes ?

— Oui, tu devais aller faire un tour dans les magasins.

— Ah oui ! Je n'ai rien acheté. Mais… Burt, je voulais te parler.

— Attends. Assieds-toi, Susan.

Le ton était sec. Il n'en usait avec elle que lorsque quelque chose lui avait déplu.

— Qu'y a-t-il ?

— J'ai reçu une lettre de ton père.

— De papa ! Il est arrivé un malheur ? cria-t-elle en se levant de son siège.

— Non, rassure-toi. Il m'écrit pour me remercier de l'argent que tu lui as envoyé et dit que cela l'a beaucoup aidé.

Burt reposa la lettre sur le bureau et leva les yeux vers Susan.

— Pourquoi ne m'as-tu pas dit que tu envoyais plus de la moitié de ton argent en Irlande ?

Elle baissa les yeux pour mentir.

— Je n'y ai jamais pensé. Et puis comment connais-tu les sommes que j'envoie ?

— Tes livres sont très bien tenus, Susan.

Il se leva et se dirigea vers la fenêtre.

— Je ne comprends pas pourquoi tu es en colère. Après tout, cet argent est à moi.

— C'est le tien, murmura-t-il. Bon sang, Susan, il y a un chéquier dans le bureau. Pourquoi ne t'en es-tu pas servie ?

— J'en ai plus qu'assez avec mon salaire.

— Tu es ma femme, et cela te donne le droit de faire ce que tu veux.

Elle resta silencieuse un moment.

— Tu crois encore que je suis là à cause de ton argent ?

Il devait bien reconnaître qu'il ne savait plus que penser. Elle était parfaite. Mais, dans sa logique, on ne pouvait donner sans attendre une contrepartie.

— Pas tout à fait. Mais tu ne m'aurais pas épousé si je n'en avais pas eu. Je t'ai déjà dit que tout cela était sans importance. Nous allons suffisamment bien ensemble.

— Tu le penses ?

— Oui. Et quant à l'argent, il est là pour être utilisé. Qui sait si nous en aurons toujours. Alors profite de tout, cela fait partie du marché.

Elle pensa à l'enfant qu'elle portait et ne dit rien.

— Nous partons pour le Kentucky dans quelques jours. Nous assisterons au derby. Ça te plaira, c'est un spectacle magnifique.

— J'en suis sûre. Quel dommage que Dee ne puisse pas voyager.

— C'est le prix à payer quand on veut avoir des enfants, dit-il en retournant s'asseoir à son bureau.

— Oui, fit-elle tristement. Je vais te laisser travailler.

— Tu n'avais pas quelque chose à me dire ?

— Non, ce n'était rien.

Susan referma la porte derrière elle et cacha son visage dans ses mains. Lui avait-elle dit qu'elle l'aimait ? Et pourrait-elle un jour lui dire qu'elle portait dans ses entrailles le fruit de leur amour ?

Susan s'éloigna, sans savoir que Burt était derrière la porte, la main sur la poignée.

Il n'avait pas voulu se mettre en colère. Elle avait l'air si heureuse quand elle était entrée dans la pièce. Il avait lu dans son regard comme… comme de l'amour. Pourquoi ne pouvait-il pas accepter simplement cet amour ? Parce qu'il ne pouvait pas y croire.

Elle l'aimerait tant qu'il pourrait lui procurer la vie facile dont elle avait toujours rêvé. A cela, à cet amour-là, il pouvait croire.

Mais quels seraient ses sentiments pour l'homme de nulle part qu'il avait été ? Il ne voulait pas le savoir, car l'homme qu'il était aujourd'hui aimait désespérément sa femme.

Susan se dirigea vers la cuisine, persuadée que Burt l'accepterait auprès de lui tant qu'elle ne bouleverserait pas sa façon de vivre. Et tôt ou tard, il finirait par apprendre que quelque chose allait détruire ce fragile équilibre.

Rosa était dans la cuisine et elle leva la tête en voyant Susan entrer.

— Vous désirez quelque chose, *señora* ?

— Je vais me faire un peu de thé.

— Je mets de l'eau à chauffer.

— Je peux le faire moi-même.

— Comme vous voulez, *señora*.

Susan posa les mains sur la table et baissa la tête.

— Excusez-moi, Rosa.

— *De nada*.

Susan sortit une tasse du placard.

— Rosa, depuis combien de temps travaillez-vous pour M. Logan ?

— Beaucoup d'années, *señora*.

— Avant qu'il s'installe dans cette maison ?

— Oui, bien avant.

— Où travailliez-vous pour lui ?

— Dans une autre maison.

— Mais où ?

Elle vit Rosa baisser les yeux.

— Dans le Nevada, dans l'Ouest.

— Que faisait-il ?

— Il faisait des affaires. Pourquoi ne posez-vous pas les questions à M. Logan lui-même ?

— C'est à vous que je les pose, Rosa. Ne croyez-vous pas que j'aie le droit de savoir qui est mon mari ?

Rosa hésita un instant, puis se mit à essuyer les verres nerveusement.

— Ce n'est pas mon rôle, *señora*.

— J'en ai besoin, dit Susan en s'emportant un peu. Peu m'importe qu'il ait fait de bonnes ou de mauvaises choses. Mais comment pourrais-je l'atteindre si je ne comprends pas qui il est ?

— *Señora*, je ne suis pas sûre que vous pourriez le comprendre même si vous saviez.

— Laissez-moi cette chance. Rosa, regardez-moi ! Je l'aime et je veux le rendre heureux.

Rosa la regarda un moment, silencieuse.

— Je vous crois, finit-elle par dire.

— C'est Burt qui doit me croire.

— Pour certains, croire n'est pas une chose facile.

— Pourquoi ? Pourquoi Burt ne le pourrait-il pas ?

— Vous savez ce que c'est que de manquer de tout ? De manquer de nourriture, d'amour ?

— Non.

— Il a grandi dans le dénuement le plus complet. Quand il y avait du travail, il travaillait. Quand il n'y en avait pas, il devait voler. Il n'a jamais connu son père. Sa mère n'était pas mariée, vous comprenez ?

— Oui.

— Sa mère travaillait très dur. Lui, il allait quelquefois à l'école, mais, le plus souvent, il travaillait aux champs pour donner sa paie à sa mère. Il haïssait la vie, sa saleté et sa puanteur.

— Rosa, comment avez-vous pu le connaître quand il était enfant ?

Elle posa la théière fumante devant Susan.

— Nous avons le même père.

— Vous êtes la sœur de Burt ?

— Sa demi-sœur. Mon père m'a emmenée au Nouveau-Mexique quand j'avais six ans. Il a rencontré la mère de Burt. Elle était jolie, frêle et innocente. Après la naissance de Burt, il m'a laissée avec elle et il est parti en nous promettant de nous envoyer de l'argent dès qu'il aurait trouvé du travail. Il ne l'a jamais fait.

— Il a dû lui arriver un malheur, il a sans doute…

Rosa l'interrompit d'un geste las.

— La mère de Burt a découvert qu'il avait une autre femme dans l'Utah. Alors elle s'est mise au travail, faisant des ménages pendant plus de vingt ans. Puis elle est morte. Après son enterrement, il est parti. Je suis restée cinq ans sans le voir.

— Il vous a retrouvée ?

— Non, c'est moi. Burt n'est pas du genre à s'occuper des autres. Il avait gagné une grosse somme au casino de Reno. Comme je ne voulais pas accepter son argent, je me suis mise à travailler pour lui. Il n'a jamais aimé cela, mais il ne m'a pas renvoyée.

— Il ne peut pas. Vous êtes sa sœur.

— Pas pour lui. Parce que, pour lui, son père n'existe pas. Il n'y a pas de famille dans la vie de Burt, pas de foyer.

— Cela peut changer.

— Seul Burt peut changer cela.

— Oui, reconnut-elle en se levant. Merci, Rosa.

Susan ne dit rien à Burt au sujet du bébé et, quand ils partirent pour le Kentucky, elle se promit de lui en parler en rentrant.

Burt avait remarqué que Susan avait changé depuis quelque temps. Elle restait de longs moments silencieuse, ou alors elle devenait très volubile. Elle avait des idées bizarres, comme de venir le chercher au beau milieu de l'après-midi pour aller pique-niquer.

Le jour où il lui avait offert les boucles d'oreilles assorties au collier et à la bague, elle avait fondu en larmes et s'était enfuie. Elle était revenue une heure plus tard lui dire merci.

Elle le rendait fou, mais il devait bien reconnaître qu'il aimait cette folie.

— Tu es prête, ou tiens-tu à arriver en retard pour te faire remarquer ?

Ils étaient dans leur chambre d'hôtel et s'apprêtaient à aller à la soirée d'inauguration du derby.

— Je suis presque prête. Car comme ton cheval va gagner la course demain, je dois me faire belle pour les photographes ce soir.

Elle sortit de la salle de bains et comprit à son regard que sa robe lui plaisait. Elle l'avait choisie avec soin. Dans peu de temps, il allait lui falloir choisir des vêtements amples, mais ce soir elle portait une robe fourreau bleu nuit largement décolletée.

— Tu aimes ? Mme Viceroy l'a dessinée spécialement pour que l'on remarque mon collier.

— Qui va s'intéresser au collier ? dit-il en s'approchant. Jeune Irlandaise, tu es sublime.

— Burt…

Elle voulait lui dire qu'elle l'aimait, mais elle savait qu'il allait se contenter de sourire et de l'embrasser. Et de nouveau elle souffrirait de constater qu'il ne savait toujours pas dire les mots en retour.

Le derby était la course à ne pas manquer. L'hippodrome était envahi d'une foule colorée et impatiente.

Susan avait insisté pour suivre Burt dans le coin des écuries. Elle en faisait une question de fierté.

Elle souhaitait de toutes ses forces que Double Bluff gagne. Il serait sacré meilleur cheval de l'année, mais ce serait surtout une victoire de Burt.

— Bonjour, madame Logan.

— Paddy ! s'écria-t-elle en se précipitant dans les bras du vieil homme. Comment va Dee ?

— Elle se porte comme un charme.

— Alors, sur quel cheval avez-vous parié ?

— Je dois reconnaître que j'ai misé quelques billets sur les couleurs du ranch des Trois As.

— Un homme intelligent aurait tout mis sur le cheval de Charlie ! s'écria Durnam en arrivant par-derrière et en donnant une tape dans le dos de Paddy.

— C'est vrai que vous avez un bon étalon, monsieur Durnam. Que le meilleur gagne !

— J'y compte bien. Comment allez-vous, madame Logan ? Vous êtes toujours aussi belle.

— Merci. Et bonne chance pour la course.

— Ce n'est pas facile de garder la tête froide quand des fortunes colossales sont en jeu, dit Paddy en regardant l'homme s'éloigner. Bon, il faut que j'aille m'occuper de mon cheval.

— A bientôt, Paddy ! Je vous ferai de grands signes quand nous serons sur le podium de la victoire.

— Tu as l'air bien sûre de toi, dit Burt en arrivant derrière elle.

— C'est de toi que je suis sûre, mon chéri. Et puis il est inutile que tu me chaperonnes. Je sais que tu dois aller à la pesée.

— La dernière fois que je t'ai laissée seule sur un champ de courses, je t'ai retrouvée entourée d'une meute de journalistes.

— Je peux me débrouiller seule. Et j'adore avoir ma photo dans les journaux.

— Tu es vraiment une femme superficielle, jeune Irlandaise.

— Et quel mal y aurait-il à cela ?

Ils éclatèrent de rire et Burt accompagna Susan pour s'asseoir dans la tribune réservée aux propriétaires.

Ils connaissaient à peu près tout le monde, et ne cessaient de saluer les uns et les autres.

— Burt, je crois que j'ai connu plus de gens en un mois que pendant tout le reste de ma vie.

Ils atteignirent leurs places au moment où les chevaux faisaient leur entrée. Susan reconnut immédiatement les couleurs de Burt sur le jockey. Ils vinrent se placer dans les cages de départ. La cloche résonna et les portes s'ouvrirent sur les chevaux qui s'élancèrent au galop.

Elle reconnut l'étalon qui prit la tête, et elle savait qu'il ne pouvait tenir ce rythme pendant toute la course. Le cheval de Burt était quatrième. La foule hurlait, et elle ne pouvait entendre la voix du commentateur. Elle s'agrippait désespérément à la manche de Burt.

— Il va attaquer, murmura celui-ci.

Double Bluff se plaça un peu à l'extérieur et commença sa remontée. C'était un vrai champion, pensa Susan. Et il était la fierté de Burt.

Le cheval de Charlie Durnam était en tête, talonné par Double Bluff. A chaque foulée, celui-ci gagnait un peu de terrain. La foule autour d'elle était en délire.

— Il va gagner, s'écria-t-elle en donnant un coup de coude à Burt.

Double Bluff et le cheval de Charlie Durnam étaient maintenant sur la même ligne. Mais inexorablement le cheval aux couleurs des Trois As remontait, le dépassait d'une tête, d'une demi-longueur, d'une longueur. En passant devant le poteau d'arrivée, il avait pris deux longueurs sur le deuxième.

— Oh, Burt, il a gagné ! Tu as gagné !

Elle s'aperçut alors qu'elle était debout sur son siège et qu'elle tenait Burt par le col de sa veste.

— C'est le plus beau cheval de la décennie. Je suis fière de toi.

— Je te rappelle que ce n'est pas moi qui ai couru.

Elle lui caressa la joue.

— Si, toi aussi tu as couru.

Il l'embrassa en regardant son jockey faire le tour d'honneur.

— Tu veux venir avec moi recevoir la coupe ?

— Bien sûr !

Les gens venaient à leur rencontre pour les féliciter. Bras dessus bras dessous, ils se dirigeaient vers la tribune des officiels quand le commentateur annonça le résultat officiel. Le cheval de Charlie Durnam était déclaré vainqueur. Double Bluff était disqualifié.

— Disqualifié ? Mais pourquoi ?

— Nous allons le savoir.

Il lui prit la main et l'entraîna vers les écuries. Les gens murmuraient sur leur passage.

— Mais, Burt, ils ne peuvent pas dire qu'il n'a pas gagné. Je l'ai vu de mes yeux. Il ne peut pas y avoir de discussion. Ce doit être une erreur.

— Attends-moi ici.

Il la laissa et partit rejoindre Double Bluff. Elle vit deux hommes aux visages graves, des officiels sans doute, s'approcher de Burt. L'un des hommes désigna le cheval, puis montra un papier. Tandis qu'il parlait, le jockey et l'entraîneur commencèrent à discuter violemment et à s'emporter. Burt écoutait simplement, silencieux.

Un curieux malaise s'empara de Susan. Ce ne pouvait être qu'une erreur. Burt avait gagné. Cette victoire lui appartenait. Il en avait besoin, et elle en avait besoin pour lui.

— Que se passe-t-il ? lui demanda-t-elle quand il revint.

— Amphétamines. Quelqu'un lui a donné des amphétamines.

— De la drogue ? Mais c'est ridicule.

— Apparemment non.

Il plissa les yeux et regarda en direction des écuries.

— Quelqu'un a voulu le faire gagner malhonnêtement. Ou le faire perdre.

10

— De quel droit veux-tu me renvoyer à la maison ? s'écria Susan en rentrant dans la chambre d'hôtel. Je ne suis pas un paquet dont tu peux te défaire. Tu n'as pas dit un mot depuis que nous sommes partis de l'hippodrome, et maintenant tu veux me renvoyer à la maison !

— Il n'y a rien d'autre à dire pour le moment.

— Rien à dire ? Alors que Double Bluff vient d'être disqualifié de la course la plus importante de l'année parce que quelqu'un l'a drogué ? Je crois au contraire qu'il y a beaucoup de choses à dire !

— Cela ne te concerne pas. Fais tes bagages.

Il ouvrit un placard et en sortit les valises qu'il posa sur le lit.

— Je vois. A cela non plus, je n'ai pas le droit de toucher.

Il la regarda et comprit qu'elle était sur le point de se mettre en colère. Mais il préférait cela que d'exposer sa femme à tous les problèmes qui allaient lui tomber dessus dans les prochains jours. Il voulait la protéger.

— Tu peux voir la chose comme tu veux. J'ai des coups de fil à passer. Fais tes bagages, je m'occuperai de ton billet.

Elle le suivit et se mit en face de lui.

— Attends un peu. J'en ai assez d'être à tes ordres. Si tu ne poses pas ce téléphone immédiatement, je t'étrangle avec le fil.

— Susan, j'ai suffisamment de problèmes comme ça. Il est inutile que tu en rajoutes avec tes accès de colère.

— Mes colères ! Maintenant, tu vas t'asseoir et

m'écouter, sinon je vais te montrer ce qu'est une vraie colère de Susan McKinnon.

Il décida de rester calme et de s'asseoir. La seule manière de la faire partir, c'était de se montrer froid et distant.

— Est-ce que ce sera long ?

— Ça prendra le temps qu'il faudra.

— Dépêche-toi alors. J'ai deux ou trois points à régler avant que tu prennes l'avion.

Susan préféra ignorer ce qu'il venait de dire.

— Ecoute, je pense que tu vas te battre et que tu n'auras de cesse de retrouver celui qui est derrière tout cela pour le réduire en bouillie.

— C'est à peu près ce qui va se passer.

— Et moi, je ne compte pas rentrer à la maison pour me tourner les pouces pendant ce temps-là.

— C'est pourtant ce que tu vas faire.

— Il ne t'est pas venu à l'idée que je pourrais t'aider ?

— Je n'ai pas besoin de ton aide, Susan.

— Non, bien sûr, tu n'as besoin de rien ni de personne. Et certainement pas d'une femme pour te repasser tes chemises et être auprès de toi dans les coups durs.

Elle se trompait. Elle se trompait totalement. Il avait besoin d'elle. Mais il voulait la protéger.

— Je ne t'ai pas épousée pour que tu repasses mes chemises.

— Non, tu croyais pouvoir me garder dans du coton. Eh bien, ce n'est pas ma manière de voir. Et je ne compte pas rentrer à la maison comme une faible femme qui ne supporterait pas les contrariétés.

Il aimait sa fierté, elle ressemblait à la sienne.

— Je ne cherche pas à te diminuer, Susan. Je pense simplement que je me débrouillerai mieux si je suis seul.

— En privé, tu seras seul et tu t'occuperas de tes affaires. Mais en public je serai à tes côtés.

— L'épouse fidèle et loyale ?

— Et pourquoi pas ?

— Ce que les gens vont dire et penser ne te dérange pas ?

— Cela devrait ?

Il se força à réfléchir un moment, mais sa décision était prise.

— Fais comme tu veux. Je ne peux pas te faire monter de force dans l'avion. Mais je te préviens, cela risque de ne pas être facile pour toi.

— Quand nous nous sommes vus la première fois, tu m'as dit que tu me comprenais et je t'ai cru. Aujourd'hui je m'aperçois que tu ne me comprends pas du tout.

Elle avait dit cela sans colère, comme un terrible constat. S'ils avaient été des époux véritables, ils auraient fait front ensemble. Mais Burt refusait son aide.

— Tu peux passer tes coups de fil, je vais me promener.

Songeur, Burt ne prit pas le combiné immédiatement. Il n'avait pas l'habitude que quelqu'un le soutienne quand il était en difficulté. Et il ne voulait pas que la suspicion retombe sur elle aussi.

Elle ne lui avait posé aucune question. Elle ne lui avait même pas demandé s'il était pour quelque chose dans le dopage du cheval. Lui faisait-elle aveuglément confiance, ou bien les moyens de la victoire lui importaient-ils aussi peu ?

La course de Churchill Downs approchait, et Susan se fit un devoir d'assister à toutes les épreuves de qualification. Quand un murmure révélateur s'élevait sur son passage, elle relevait la tête avec dignité.

Personne ne pensait réellement que Burt avait pu doper lui-même son cheval, mais la plupart des gens croyaient qu'il s'était fait aider. Burt n'avait rien voulu lui dire, et elle employait toute son énergie pour donner l'image d'un couple uni. Elle ne voulait pas douter de Burt.

Ils se levaient tôt et passaient leurs journées à l'hippodrome. Le soir, il y avait des cocktails et des réceptions, et Susan se refusait à en rater un seul.

C'était chaque fois un peu plus dur. Derrière les sourires

de façade, elle devinait les commérages mesquins. Certains ne la saluaient même plus.

Susan était fermement déterminée à trouver le responsable de la disqualification de Double Bluff avant la fin de la semaine. Et elle était encore plus déterminée à voir le cheval gagner le dimanche suivant le Churchill Downs.

Elle observait Burt qui était en train de superviser le dernier entraînement de Double Bluff. Les tribunes étaient vides, mais dans vingt-quatre heures elles allaient se remplir de la foule des passionnés de chevaux. La course n'allait durer que quelques minutes, mais ces minutes compteraient beaucoup pour Burt et elle. Elles pouvaient sauver leur avenir.

— A quoi rêves-tu, jeune cousine ?

— Travis ! s'écria Susan en lui sautant au cou. Oh, je suis si heureuse de te voir. Mais tu ne devrais pas être ici. Comment va Dee ?

— Très bien. Elle en avait assez de me voir tourner autour d'elle et elle m'a envoyé ici.

— Je te suis reconnaissante d'être venu.

Elle lança un regard triste en direction de Burt.

— Il a besoin de tous ses amis.

— Et toi ?

Elle eut un petit rire sans joie.

— Je crois qu'il n'a pas besoin de moi.

— Je ne le pense pas… Ce n'est pas trop difficile pour toi ?

— Je commence à avoir l'habitude de me faufiler entre les regards assassins et les ragots mesquins.

— Tu es pâle, très pâle.

— Je vais bien. J'ai simplement besoin d'un peu de sommeil.

Comme pour contredire ses paroles, elle sentit qu'elle perdait l'équilibre et se raccrocha au bras de Travis.

— Assieds-toi, je vais appeler Burt.

— Non, lui cria-t-elle en le retenant. Ça ira mieux dans une minute. Il faut que je ferme les yeux.

— Susan, tu es malade.

— Je ne suis pas malade, je te le promets.

Inconsciemment, elle sourit et posa la main sur son ventre.

— Ah, je vois ! fit-il, tout étonné. Alors, je dois te présenter mes félicitations. Et qu'en dit le futur papa ?

— Il ne sait pas. Il a assez de soucis comme ça.

— Tu ne crois pas qu'il vaudrait mieux le lui dire ?

— Non. Non, je ne veux pas, parce que je ne suis pas sûre qu'il veuille avoir des enfants. Et en ce moment, tout ce qu'il veut, c'est que je le laisse seul.

— Tu le sous-estimes.

— Tu es son ami.

— Et le tien.

— Alors ne lui dis rien avant que toute cette affaire soit finie. Je le ferai quand les choses iront mieux.

— C'est d'accord, si tu me promets de prendre bien soin de toi.

Susan sourit et l'embrassa sur la joue.

— Promis. Après-demain, je dors une semaine entière.

— Travis ! dit Burt en les rejoignant. Je ne m'attendais pas à te voir ici.

— Je n'aime pas rater une course aussi importante. Comment vas-tu ?

Burt désigna Double Bluff qui courait sur la piste.

— Il est au mieux de sa forme. Nous sommes prêts pour faire nos preuves.

— Et l'enquête ?

— Au point mort.

C'était vrai de l'enquête officielle, mais la sienne avançait plus rapidement. Maintenant que Travis était là, il allait pouvoir lui faire part de sa théorie.

— Je vais vous laisser, dit Susan qui avait compris qu'ils voulaient parler.

— Elle s'inquiète pour toi, remarqua Travis en regardant Susan s'éloigner.

— Je préférerais la savoir au ranch, loin de toutes ces histoires.

— Si tu voulais une épouse calme et docile, il ne fallait pas aller la chercher en Irlande.

— Rends-moi un service, tu veux. Garde un œil sur elle. J'ai l'impression qu'elle ne va pas très bien.

— Tu devrais lui parler.

— Je ne suis pas très fort dans ce domaine. Quand tu repartiras dimanche, tu l'emmèneras avec toi.

— Tu ne rentres pas ?

— Je veux rester encore quelques jours dans le Kentucky.

— Tu as une piste ?

— Un début. Mais la commission des jeux a besoin d'une preuve.

— Tu veux en parler ?

Burt hésita quelques secondes avant de se décider.

— Oui. Tu as quelques minutes ?

Susan se dirigea vers les écuries. Elle avait le besoin de se prouver qu'elle n'avait plus peur. Et ainsi, demain, elle pourrait suivre Burt jusque dans la stalle de Double Bluff.

Le coin était désert. Il était midi, et quand les jockeys n'étaient pas à l'entraînement, ils étaient en train de déjeuner.

L'un des chevaux avait la tête hors de son box et observait Susan. Elle se dirigea vers lui d'un pas mal assuré et tendit la main pour le caresser. Mais le cheval, effrayé, recula.

— Ce n'est pas assez, dit-elle tout bas. Je dois faire mieux.

Elle ouvrit la porte et pénétra dans la stalle. L'animal n'était pas très nerveux, et elle put le caresser.

— Voilà qui est bien. J'ai le cœur qui bat à cent à l'heure, mais je suis là.

Elle se promit de revenir tous les jours, et elle s'apprêtait à sortir quand le bruit d'une conversation l'arrêta. Elle ne voulait pas qu'on la surprenne ainsi et préféra ne pas bouger.

Il y avait deux hommes, et ils semblaient se disputer. Susan reconnut la voix de l'un d'eux.

— Si tu veux ton argent, il faut que tu trouves une solution.

— Je vous ai dit que le cheval était surveillé en permanence. Logan le fait garder comme les joyaux de la couronne.

En entendant le nom de son mari, Susan étouffa un cri et se recula dans l'ombre.

— Tu as un travail à faire, et je te paie bien pour ça. Si tu ne peux pas atteindre le cheval, occupe-toi de sa nourriture. Je ne veux pas qu'il coure demain.

— Je n'ai jamais empoisonné un cheval, et j'en ai assez de prendre tous les risques.

— Tu n'as pas eu de problèmes de conscience quand tu l'as piqué aux amphétamines. Et tu n'as eu aucun remords en empochant dix pour cent des gains de la course.

— Les amphétamines, c'est une chose. Le cyanure en est une autre. Si son cheval meurt, Logan se vengera. Et je ne tiens pas à le trouver sur ma route.

— Alors refais le coup du dopage. Trouve un moyen, ou tu n'auras pas l'argent. Si Double Bluff est encore contrôlé positif, il sera exclu de toutes les courses. Et j'ai besoin de gagner.

Susan ne pensait qu'à prévenir Burt, mais la chance n'était pas avec elle. Elle vit la porte s'ouvrir et les deux hommes entrèrent dans le box.

— Bonjour, monsieur Durnam ! fit-elle d'un ton détaché. Comment allez-vous ?

Elle reconnut le petit palefrenier qui l'accompagnait. L'entraîneur de Burt l'avait embauché à peine quelques jours plus tôt.

— Madame Logan ? Nous ne vous avions pas vue.

— Je me promenais. Excusez-moi, Burt m'attend.

— Je ne crois pas.

Il lui prit le bras et la bâillonna avec la main.

— Mon Dieu, s'écria le palefrenier. Qu'est-ce que vous faites ? Logan va vous tuer.

— Il te tuera aussi si elle se met à parler. Elle a tout entendu, idiot. Aide-moi à la tenir, il faut que je réfléchisse.

— Il faut partir. Si quelqu'un arrive…

— Tais-toi.

Le visage de Durnam dégoulinait de transpiration. Il sortit un mouchoir de sa poche et s'épongea le front. C'était un homme désespéré qui prenait des décisions désespérées.

— Nous allons la mettre dans la camionnette jusqu'à la fin de la course demain. D'ici là, j'aurai trouvé une solution. Va chercher de la corde et attache-lui les mains et les pieds.

Susan ne pouvait rien faire. Ils la tenaient fermement. Discrètement, elle réussit malgré tout à enlever sa bague et à la laisser tomber par terre.

Ensuite, ils la ligotèrent et l'enfermèrent à l'arrière du véhicule.

— Qu'allons-nous faire d'elle ? demanda le palefrenier. Dès que nous l'aurons relâchée, elle nous dénoncera.

— Alors il ne faudra pas la laisser partir.

Durnam s'épongea de nouveau le visage. Tout avait marché à merveille jusqu'ici. Il n'allait pas permettre à une femme de détruire tout son plan.

— Je ne veux pas être mêlé à un meurtre.

Durnam attrapa le palefrenier par le col de la chemise.

— Toi, tu te charges du cheval, et tu me laisses la femme.

Ils allaient la tuer, elle le savait. Ils ne pouvaient plus reculer. Son enfant… De toutes ses forces, elle essaya de faire glisser son bâillon. Elle devait protéger son enfant. Et Burt.

Elle céda à un moment de panique et se déchira la peau des poignets en tirant sur ses liens. Puis elle se calma et réfléchit. Elle devait arriver à ouvrir la porte.

Elle se mit à ramper jusqu'à la porte et avec ses mains ligotées tenta de baisser la poignée. Fermée…

Elle donna des coups contre les parois, mais elle ne réussit pas à faire suffisamment de bruit. Alors elle se résigna à se rallonger sur le sol et à essayer de faire jouer pour les relâcher les cordes qui la retenaient.

— Est-ce que tu as vu Susan ?

— Non, répondit Travis. Pas depuis ce matin. Elle a dû rentrer à l'hôtel.

— Peut-être. Elle a sans doute pris un taxi. Nous sommes venus ensemble ce matin. D'habitude, elle m'attend.

Il n'y avait vraiment aucune raison de s'inquiéter…

— Elle avait l'air fatiguée, ajouta Travis. Elle devait avoir envie de se reposer. Oui, c'est certainement cela…

— Je pense que je vais aller la voir.

— Demande-lui si elle aura pitié d'un pauvre homme solitaire et si elle voudra bien m'accorder une danse ou deux ce soir.

— Bien sûr.

— Burt ?

— Oui ?

— Quelque chose ne va pas ?

Il avait les mains froides, froides comme de la glace.

— Non, rien du tout. Je te vois tout à l'heure.

Ce n'était pas dans les habitudes de Susan de partir sans prévenir. Mais il se rappela qu'ils s'étaient un peu disputés. C'était sa faute. Il appuya davantage sur l'accélérateur pour arriver plus vite à l'hôtel.

Quand le scandale serait fini, dissipé, ils pourraient parler. Ils avaient des choses à se dire. Peut-être fallait-il qu'il lui parle de son passé ? Peut-être. Il valait mieux se débarrasser de ce poids. Il ne pouvait pas attendre qu'elle découvre tout cela d'elle-même.

Il n'avait pas honte de son passé. C'était quelque chose

qui ne lui appartenait plus. Susan l'avait obligé à regarder en arrière, et il n'avait pas aimé ce qu'il avait vu.

Il n'avait pas à être agacé, se disait-il en pénétrant dans l'hôtel. Elle avait tout à fait le droit de rentrer seule et de ne pas l'attendre. Mais il ne voulait pas se sentir dépendant des autres.

— Susan ! cria-t-il en ouvrant la porte de la chambre.

Mais il sut immédiatement qu'elle n'était pas là. Elle ne pouvait pas l'avoir quitté ! Il se précipita vers les placards. Non, ses affaires étaient toujours là. Elle devait être allée faire des courses, certainement.

Il s'assit sur le lit, étrangement abattu, et serait resté là, immobile, si le téléphone ne s'était mis à sonner.

— Burt, c'est Travis. Est-ce que Susan est à l'hôtel ?

— Non. Pourquoi ?

Il avait la bouche sèche et une curieuse difficulté à déglutir.

— Lloyd Pentel vient de trouver sa bague de mariage. Elle était par terre dans un box.

— Quoi ? Dans un box ? C'est impossible. Elle ne pouvait pas aller là-bas, elle a peur des chevaux. Je veux parler à Lloyd.

— J'ai parlé avec lui, dit Travis en essayant de garder son calme. Il ne l'a pas vue. Burt, je crois que nous devrions appeler la police.

Elle avait perdu la notion du temps. Ses liens ne voulaient pas céder malgré tous ses efforts, mais elle refusait de perdre espoir. Elle avait mal partout et chaque mouvement lui arrachait des cris de douleur. Elle pensait sans cesse à son enfant. Et à Burt.

S'inquiétait-il pour elle ? La recherchait-il ? Elle s'endormit un moment et rêva à son Irlande natale. Pourquoi l'avait-elle quittée ? Mais le visage de Burt dansait dans ses pensées, et il était la réponse.

— Madame Logan…

Une main se posa sur son épaule et la secoua. Elle ouvrit les yeux et reconnut le palefrenier. « Mon Dieu, pensa-t-elle, il vient pour nous tuer, moi et mon enfant. »

— Je vous ai apporté à manger. Promettez-moi de rester tranquille. Durnam me tuerait s'il savait que je suis venu ici. Je vais vous enlever votre bâillon pour que vous puissiez manger. Mais si vous criez, je vous le remets.

Elle fit oui de la tête et l'homme lui retira le bâillon.

— Pourquoi faites-vous ça ? Si c'est pour de l'argent, je peux vous en donner.

— Je suis trop impliqué, fit-il en lui tendant un sandwich. Mangez ou vous allez être malade.

— Quelle importance, puisque vous allez me tuer ?

Une lueur de panique traversa le regard du palefrenier.

— Je n'ai rien à voir avec ça.

Il avait peur… Si elle pouvait exploiter sa crainte, elle avait une chance.

— Vous savez ce que Durnam va faire… Il ne peut plus me laisser partir.

— Il veut gagner la course, c'est tout. Il en a besoin. Il a des ennuis financiers, mais ses chevaux sont bons. Il n'y a que celui de Logan qui peut le battre. C'est pour ça que Durnam m'a fait engager au ranch des Trois As.

— Vous me parlez de courses, moi, je vous parle de meurtre.

— Je ne veux rien entendre de cette histoire. Mangez.

— Monsieur… quel est votre nom au fait ?

— Berley, madame. Tom Berley.

Cette constatation était ridicule dans la situation où elle se trouvait, mais ce Tom Berley n'était pas un bandit, et encore moins un assassin.

— Monsieur Berley, ma vie est entre vos mains. Et pas seulement la mienne, mais aussi celle de l'enfant que je porte. Vous ne pouvez pas tuer mon enfant. Un innocent.

— Je ne veux plus vous entendre.

Sa voix se voulait assurée, mais ses mains tremblaient quand il lui remit le bâillon.

— Vous ne voulez pas manger… tant pis pour vous. J'aurai fait mon possible.

Il sortit, mais hésita un long moment avant de refermer la porte.

11

— Je préférerais que vous partiez à la recherche de ma femme, plutôt que de vous entendre poser des questions stupides.

— Monsieur Logan, nous avons lancé un avis de recherche prioritaire, et plusieurs de mes hommes sont sur cette affaire. Mais vous nous aideriez si vous vouliez bien répondre à mes questions.

Le lieutenant Hallinger, légèrement offusqué, avait près de soixante ans et paraissait très compétent.

— Je vous ai déjà dit que Susan n'était pas revenue à l'hôtel. Personne ne l'a vue depuis ce matin, et on a trouvé sa bague de mariage dans un box des écuries.

— Certaines personnes passent leur temps à perdre leurs affaires.

Certaines personnes ! Savait-il, ce policier, qu'il parlait de Susan, de sa Susan ?

— Pas Susan. Et certainement pas sa bague de mariage.

— Hum… Monsieur Logan, il peut s'agir d'un simple malentendu.

Le lieutenant écrivait sur son carnet et ne regardait pas Burt.

— Vous êtes-vous disputé avec votre femme ce matin ?

— Non.

— Est-il envisageable qu'elle ait loué une voiture pour aller se promener ?

— C'est ridicule. Si Susan avait voulu aller quelque

part, elle me l'aurait dit et aurait pris notre voiture. Et puis elle devrait être ici. Nous avions des projets pour ce soir.

Travis lui tendit une tasse de café qu'il accepta.

— Cette semaine a été éprouvante pour elle. Peut-être a-t-elle perdu la tête ?

— Susan est la personne la plus raisonnable que je connaisse. Si elle n'est pas là, c'est que quelque chose ou quelqu'un l'en empêche.

— Monsieur Logan, si elle avait été kidnappée, on vous aurait téléphoné pour vous demander une rançon. On ne l'a pas fait, n'est-ce pas ?

— Non, je n'ai pas été appelé. Je vous ai dit tout ce que je savais. J'aimerais sortir pour partir à sa recherche, mais je crois qu'il est préférable que je reste là, à… attendre.

— Monsieur Logan, vous avez eu des problèmes lors de la dernière course. Comment votre femme a-t-elle pris la chose ?

— Elle était bouleversée, bien sûr.

Il mâchonna nerveusement son cigare.

— Bouleversée au point de vouloir fuir la foule et le regard des autres ? Bouleversée au point de vouloir faire une fugue ?

Burt serra les dents, une lueur assassine dans le regard.

— Susan ne voulait fuir rien ni personne. La vérité est que j'ai voulu qu'elle reparte chez nous, et qu'elle a insisté pour rester.

— Vous avez de la chance.

— J'en suis conscient. Mais pourquoi ne partez-vous pas à sa recherche ?

Le lieutenant ignora la phrase de Burt et se tourna vers Travis.

— Monsieur Grant, vous êtes la dernière personne à avoir parlé à Mme Logan ce matin. Dans quel état d'esprit était-elle ?

— Elle se faisait du souci pour la course, et pour Burt. Elle était fatiguée aussi. Mais je puis vous assurer qu'elle ne voulait absolument pas rater la course ni quitter son mari. Elle est très amoureuse.

— Hum… Nous avons retrouvé sa bague dans les écuries. Or, vous m'avez dit qu'elle se refusait à y aller.

— Elle a dû vouloir se prouver qu'elle pouvait le faire. L'important, c'est qu'elle était là, et qu'elle n'y est plus.

Le téléphone se mit à sonner. Burt bondit sur le combiné.

— C'est pour vous, dit-il en le tendant au lieutenant.

— Ils vont la retrouver, Burt, dit Travis en posant sa main sur l'épaule de son ami.

— Je sens qu'il lui est arrivé quelque chose. Je le sens. S'ils ne la trouvent pas rapidement, ce sera trop tard. Il faut que j'y aille. Tu peux rester ici, au cas où il y aurait un appel ?

— Bien sûr.

Le lieutenant Hallinger regarda Burt sortir, puis il fit simplement signe à un de ses hommes de le suivre.

Elle avait dû dormir. Elle venait de faire un cauchemar et elle avait froid. Elle essaya de bouger, mais elle ne put remuer ses bras.

Depuis combien de temps était-elle là ? Oh, mon Dieu, voulaient-ils la rendre folle ?

Elle résistait grâce à Burt, pour Burt. Il lui suffisait de fermer les yeux pour le voir. Elle sentait encore l'odeur de son corps. Et ses mains qui la caressaient. Elle avait envie de lui dire qu'elle l'aimait. Peut-être finirait-il par la croire ?

Burt…

Au bout d'un moment, elle se rendormit.

Il était maintenant près de 3 heures et Burt était de retour à l'hôtel. Il avait cherché en vain. Susan avait disparu.

Il s'assit à côté du téléphone et ne prit pas le café que

lui proposait Travis qui lui conseilla alors d'aller dormir, mais il refusa.

Il ne voulait pas la perdre, pas elle. Il savait que la chance pouvait tourner, et la vie, se montrer cruelle, mais il ne voulait pas que Susan souffre.

Ils avaient si peu vécu ensemble, et déjà elle n'était plus là. Et peut-être à cause de lui…

Quand le téléphone sonna, il attrapa le combiné à deux mains.

— Logan ?

Au son de la voix, Burt comprit immédiatement, et son cœur fit un bond dans sa poitrine.

— Où est-elle ?

— Je ne veux pas d'ennuis. Droguer un cheval, c'est une chose, mais moi, je ne veux pas de problèmes.

— Très bien. Dites-moi où elle est.

— Je ne veux pas être mêlé à ça. Il me tuerait s'il l'apprenait.

— Dites-moi simplement où elle est.

— A l'hippodrome, dans la camionnette. Je ne sais pas ce qu'il veut faire. La tuer sans doute.

— Quelle camionnette ? Quelle camionnette, bon sang ?

Il avait raccroché.

— Elle est au champ de courses. Ils l'ont enfermée dans une camionnette.

— J'appelle la police et je te rejoins.

Il prit la voiture et roula comme un fou. *La tuer sans doute…* Cette phrase résonnait dans sa tête comme un glas terrible, et il appuya davantage encore sur l'accélérateur.

Quand il arriva sur le parking de l'hippodrome, les pneus crissèrent sur le macadam. Il y avait beaucoup de véhicules garés. Il lui fallait trouver le bon.

— Du calme, lui dit Paddy. Travis m'a téléphoné.

Il regarda Paddy et vit que le vieil homme non plus n'avait pas dormi.

— La camionnette de Durnam. Où est-elle ?

— Durnam ? Mais Travis m'a dit que tu ne savais pas…

— Un pressentiment. Laquelle est-ce ?

— La noire, là-bas.

Au loin, on entendit les sirènes des voitures du shérif.

— La police est là.

Mais déjà Burt courait vers la camionnette.

— Susan !

La porte était fermée. Burt tira de toutes ses forces, mais elle résista.

— Prends ça, dit Paddy en lui tendant une barre en fer.

Sans hésiter, Burt commença à forcer la serrure. Il ne cessait de l'appeler. Il voulait qu'elle sache que c'était lui. Il ne voulait pas qu'elle ait peur.

Enfin la porte céda.

— Susan ?

Il n'y eut pas de réponse. Etait-il trop tard ?

— Susan, c'est moi, Burt. Je suis venu te chercher.

Il s'avança en tâtonnant et réussit à allumer le plafonnier. C'est alors qu'il la vit.

Il se précipita, fou de terreur. Il posa la main sur son front. Si froid, si froid.

— Susan…

Avec une rage muette, il lui ôta son bâillon et elle ouvrit doucement les yeux.

— Tout va bien, murmura-t-il. Personne ne peut plus te faire de mal, je suis là. C'est moi, Burt.

— Burt…

Elle avait refermé les yeux, mais elle avait prononcé son nom.

Il voulut défaire ses liens, mais elle poussa un petit cri de douleur. A ce moment-là les policiers entrèrent dans le véhicule.

— Un couteau, vite ! demanda-t-il au lieutenant. Il me faut un couteau pour la libérer.

Hallinger sortit un canif de sa poche et le lui tendit.

— Tiens le coup, ma petite Irlandaise. Tout est fini. Je vais te ramener chez nous.

Elle avait les poignets et les chevilles en sang.

— Mes bras…

— Je sais.

Le plus délicatement possible, il coupa les cordes et la souleva.

En sortant, Susan fut éblouie par les lumières des voitures, mais elle n'écoutait que la voix de Burt.

— J'ai appelé une ambulance, dit Travis à Burt. Elle est là. Paddy et moi, nous vous suivons.

Comme dans un rêve, Susan sentit qu'on la déposait sur une civière. Elle ne pouvait pas garder les yeux ouverts.

Burt parlait sans cesse. Il lui disait des mots tendres et lui faisait des promesses. Mais, au fond de lui, une colère meurtrière lui rongeait l'esprit. Il ne pensait qu'à Durnam. Et à la façon dont il allait le tuer.

— Dans les écuries, murmura Susan. Je les ai entendus parler dans les écuries. La drogue… le cheval…

— C'est sans importance, répondit Burt en lui caressant les cheveux.

— Dans les écuries… Je n'ai pas pu m'échapper… J'ai essayé.

— Tu ne crains plus rien maintenant. Repose-toi.

Arrivé à l'hôpital, il ne put l'accompagner et se retrouva seul avec son angoisse dans le couloir.

— Tout ira bien, lui dit Travis en arrivant.

Burt acquiesça. Les infirmiers le lui avaient dit aussi. A part ses blessures aux pieds et aux mains, elle n'avait rien. Mais qui pouvait savoir si le choc émotionnel n'était pas bien plus grave ?

— Reste avec elle. J'ai une affaire à régler.

— Burt, il vaut mieux que tu ne partes pas. Pour elle et pour toi.

— Reste avec elle, répéta-t-il en s'éloignant.

La rage au cœur, il prit sa voiture et se dirigea vers le ranch de Durnam. Il ne réfléchissait pas. Seule une haine terrible l'animait.

Quand il arriva, il vit que la police l'avait devancé. Il

descendit de sa voiture et se retrouva en face du lieutenant Hallinger.

— Je pensais vous voir ici cette nuit, dit le policier. J'imaginais bien qu'un homme intelligent comme vous comprendrait que c'était Durnam qui avait drogué votre cheval.

— Où est-il ?

— Il est mon hôte pour l'instant. Vous voyez, la police peut être intelligente aussi. Nous étions en train d'interroger Durnam quand on nous a prévenus que vous aviez retrouvé votre femme.

— Pourquoi ?

— Nous avons pensé que la disparition de votre épouse devait être liée à vos problèmes de dopage. Il nous a suffi de nous demander à qui profitait le crime. C'était Durnam.

— Je le soupçonnais, mais je n'avais pas de preuves.

— Nous en avons. Vous saviez qu'il avait vidé son compte en banque ?

— Oui.

— Ses bagages étaient prêts. Mais il ne voulait pas rater la course. C'est curieux de voir comment certaines personnes peuvent être obsédées par une chose au point de perdre la raison. Comment va votre femme ?

— Elle est sous le choc. Qu'allez-vous faire de lui ?

— La justice s'en occupera. Je sais ce que vous ressentez.

— Je n'en suis pas sûr.

— Peut-être. Vous n'êtes pas un enfant de chœur, monsieur Logan. Je me suis renseigné sur vous. Vous avez eu une vie agitée. Mais maintenant vous êtes marié à une femme formidable et vous pouvez trouver le bonheur. Oubliez Durnam. Il a perdu plus qu'une simple course ce soir.

Burt ouvrit la porte de sa voiture et se tourna vers le lieutenant.

— Qu'il sorte dans un an ou dans vingt ans, je serai là. Et je le tuerai.

Hallinger jeta sa cigarette et l'écrasa du bout du pied.

— Je saurai m'en souvenir.

Susan se réveilla et ouvrit prudemment les yeux. L'hôpital. Elle était sauvée.

Burt n'était pas là. Les infirmières l'informèrent qu'il allait arriver bientôt, et qu'elle devait se reposer.

Mais elle avait besoin de Burt.

Elle se tourna pour essayer de trouver une position confortable, et c'est à cet instant qu'elle le vit. Il se tenait appuyé contre la vitre et lui tournait le dos.

— Burt…

Il se précipita vers elle et s'assit sur le lit. Elle était moins pâle. Mais une seule pensée obsédait Burt : c'était à cause de lui qu'elle était là.

— Tu te sens mieux ?

— Oui, beaucoup mieux. Je ne savais pas que tu étais là.

— Tu as besoin de quelque chose ?

— Je pourrais manger, répondit-elle en souriant.

Elle voulut lui prendre la main, mais il se recula.

— J'appelle l'infirmière.

— Burt ! fit-elle en le retenant. Cela peut attendre. Tu n'as pas dormi.

— Non, la nuit a été difficile. Je vais chercher l'infirmière.

Une fois seule, Susan enfouit son visage dans l'oreiller. Il ne pouvait quand même pas lui en vouloir…

Elle ferma les yeux. Bien sûr que si ! Il lui en voulait de ce qui était arrivé et, en plus, elle le retenait dans une chambre d'hôpital le jour le plus important de sa vie.

Quand il revint, elle s'efforça de sourire.

— Tu devrais être à l'hippodrome. Je ne savais pas qu'il était aussi tard. Je m'habille tout de suite et nous partons.

— Tu n'iras nulle part.

— Tu ne voudrais tout de même pas que je rate cette course. Je sais ce que le médecin a dit, mais…

— Il a dit que tu devais rester au lit pendant vingt-quatre heures. Ne sois pas stupide.

Elle voulut parler, ouvrit la bouche, mais aucun son n'en sortit. Elle ne pourrait pas discuter avec lui.

— Tu as raison, excuse-moi.

Pourquoi ne venait-il pas la prendre dans ses bras ? Il lui tournait le dos, debout devant la fenêtre.

— Tu devrais y aller.

— Où ?

— A l'hippodrome. Il est déjà 9 heures.

— Je reste ici.

— Ne sois pas têtu. Tu ne peux pas manquer ce moment. C'est déjà assez que je sois clouée sur ce lit. Je veux avoir le plaisir de te voir à la télévision monter à la tribune officielle pour chercher ton prix. Tu n'as rien à faire ici.

Il se souvint de sa colère impuissante durant toute la nuit. Et maintenant encore, il était désemparé.

— Tu as sans doute raison.

— Alors vas-y, dit-elle en durcissant le ton.

— Oui.

Il se passa les mains sur le visage.

— Et ne reviens pas ici avant d'avoir pris un peu de repos.

— A plus tard, fit-il en sortant.

— Burt, tu vas gagner.

Mais déjà il ne pouvait plus l'entendre.

Il referma la porte et s'adossa contre le mur. Il était trop fatigué pour tenir debout, trop fatigué pour penser. La course ne comptait plus. Seule l'image de Susan attachée dans la camionnette revenait sans cesse dans son esprit.

Elle était courageuse et elle avait essayé de dissimuler sa souffrance, mais il avait vu les bandages sur ses mains. Et il avait eu peur de la toucher.

Il fallait qu'il parte. Elle n'avait pas besoin de lui. Elle voulait une victoire, et elle allait l'avoir.

Quand elle vit Burt apparaître sur l'écran de télévision, Susan ressentit un picotement dans les yeux. Il était devant le box de Double Bluff, et elle aurait donné cher pour pouvoir être à ses côtés.

Elle aurait aimé le voir en gros plan, l'entendre parler, mais il semblait fuir les journalistes.

Elle fut heureuse d'entendre le commentateur expliquer que Burt était lavé de tout soupçon. Le palefrenier avait été arrêté alors qu'il dormait dans une grange, et il avait tout avoué spontanément.

Les chevaux sortirent des écuries et la caméra se porta sur le tableau d'affichage.

Double Bluff, du ranch des Trois As. Propriétaires : Burt et Susan Logan.

Ce devait être une erreur. Le cheval appartenait à Burt. Mais elle aimait cette association.

La caméra revint sur la tribune des propriétaires et fit un gros plan de Burt. Il avait l'air exténué.

— Je t'aime, Burt, murmura-t-elle.

Les chevaux se mirent en ligne et, quand le départ fut donné, Double Bluff s'élança comme un fou. Il semblait animé d'une rage terrible, comme d'un besoin de vengeance. Et peut-être l'était-il ?

Susan n'aurait pas été étonnée d'apprendre que Burt avait transmis à son cheval une partie de ses émotions, le chargeant d'une mission sacrée.

Elle retenait son souffle. Rien n'était gagné encore. Double Bluff était dans le groupe de tête, mais elle savait que son jockey avait pour consigne de le retenir un peu la première moitié de la course.

Au dernier virage, seuls l'étalon de Travis et celui de Pentel s'accrochaient encore au galop de Double Bluff. Mais sa rage de vaincre était trop forte. Il leur prit une longueur, puis deux, puis trois, pour franchir seul et fier la ligne d'arrivée.

L'enthousiasme du commentateur se répercuta sur la foule en délire. Tous les spectateurs étaient debout et hurlaient. Susan applaudissait, les larmes aux yeux.

— Mes félicitations, madame Logan, dit l'infirmière qui était entrée en entendant le bruit.

— Merci.

Mais la partie n'était pas encore gagnée. Elle serrait les mains contre sa poitrine en une prière muette. Il fallait attendre l'annonce officielle. Il lui semblait que l'attente durait une éternité.

Enfin, les chiffres s'affichèrent sur le tableau.

— C'est Burt, s'écria-t-elle en prenant le bras de l'infirmière. Il a tant travaillé pour ça, et il a attendu si longtemps. Oh, je voudrais tant être avec lui.

La caméra suivait maintenant Burt qui se dirigeait vers la tribune des officiels. Pourquoi ne souriait-il pas ? Elle le vit serrer la main de son jockey et le féliciter, mais ne put comprendre ses paroles.

— C'est un très grand jour pour le ranch des Trois As, lui dit un reporter en lui mettant un micro devant la bouche. Cette victoire compense la disqualification de la semaine dernière, n'est-ce pas, monsieur Logan ?

Burt caressait la tête de son cheval.

— Je crois que Double Bluff a prouvé ici qu'il était un champion, et il m'a prouvé que j'avais eu raison de faire confiance à mon équipe. Mais aujourd'hui Double Bluff a couru pour mon épouse.

Il posa une couverture sur le dos du cheval.

— Excusez-moi, dit-il en s'éloignant.

— Quel magnifique cadeau, dit l'infirmière.

— Oui.

Susan regardait Double Bluff regagner son écurie, et elle ne comprenait pas pourquoi elle se sentait tout à coup aussi désemparée.

12

Quand Susan sortit de l'hôpital, ils repartirent immédiatement à la maison, mais l'ambiance n'était pas à la fête. Tout était rentré dans l'ordre, elle était saine et sauve et la réputation de Burt ressortait grandie de l'épreuve.

Alors pourquoi les choses ne tournaient-elles pas rond ?

Burt se montrait distant et il l'évitait. Il se levait tôt et rentrait très tard du travail. Susan comprit qu'il passait le plus clair de son temps dehors pour ne pas la rencontrer.

S'était-il lassé d'elle ? Pour essayer de trouver une réponse, elle alla se regarder dans le miroir. Son visage n'avait pas changé. Et son ventre était toujours plat, même si elle savait que c'était une question de semaines.

Que se passerait-il ensuite ? Quand elle lui parlerait de l'enfant, allait-il lui tourner le dos définitivement ? Non, elle ne pouvait pas croire qu'il réagirait ainsi à propos de *son* enfant. Mais s'il était fatigué d'elle et de sa présence, supporterait-il de voir son corps se déformer ?

Il lui fallait reconquérir son mari. Il ne pouvait pas être trop tard. Ils étaient encore des jeunes mariés.

Elle choisit le vin elle-même et monta le plateau dans la chambre. Puis elle alluma des chandelles qu'elle posa sur les tables de chevet et la coiffeuse. Ensuite elle alla dans la salle de bains et enfila le déshabillé qu'elle portait le soir de leur nuit de noces. Pour l'attendre, elle mit le disque de Chopin qu'ils aimaient tant, et qui était devenu leur disque.

Cette nuit allait être une nouvelle nuit de noces. Ils

allaient se retrouver. Il lui ferait l'amour, et ensuite elle lui parlerait de l'enfant, de leur enfant.

Burt était à bout de forces quand il monta l'escalier. C'était plus facile pour lui d'arriver exténué pour se coucher à côté d'elle. Elle était là, allongée près de lui, douce et chaude, et il ne pouvait pas la prendre dans ses bras.

Il voulait lui donner du temps pour réfléchir. Il savait qu'elle avait un secret. Il l'avait lu au fond de ses yeux. Quelquefois, il avait envie de la prendre par les épaules et de la secouer jusqu'à ce qu'elle lui dise tout.

Quand il ouvrit la porte de la chambre, il crut que ses jambes allaient refuser de le porter.

— Tu arrives bien tard, dit Susan en venant vers lui. Tu travailles trop.

— Il y a beaucoup à faire en ce moment.

Il ne prit pas la main qu'elle lui tendait et elle en souffrit.

— Il y a autre chose dans la vie que les chevaux.

Malgré lui, il caressa ses doux cheveux de feu.

— Je pensais que tu dormais.

— Je t'attendais. Tu me manques, Burt. Viens donc t'allonger à côté de moi. Embrasse-moi.

— Je n'ai pas encore terminé.

— Ça peut attendre. Nous n'avons pas passé une soirée ensemble depuis bien longtemps.

Elle commença à déboutonner sa chemise, et elle sut qu'il avait envie d'elle.

Mais lui ne voyait que les pansements qu'elle portait toujours aux poignets. Il en était responsable.

— Excuse-moi, j'étais juste monté pour voir si tu n'avais besoin de rien. Tu dois te reposer.

Brisée, rejetée, elle recula d'un pas.

— Tu ne veux plus de moi, c'est cela ?

Ne plus vouloir d'elle, quelle folie ! Il rêvait de son corps à en devenir fou.

— Je veux prendre soin de toi, c'est tout. Tu as connu des épreuves très difficiles.

— Toi aussi. C'est pour cela que nous avons besoin d'être ensemble.

Il lui effleura délicatement la joue du bout du doigt.

— Dors maintenant.

Elle ferma les yeux et entendit la porte se refermer.

Susan était enfermée dans son bureau à aligner machinalement des colonnes de chiffres. La logique des comptes la reposait. Elle était sûre que un plus un feraient toujours deux. La vie, elle venait de le découvrir, n'était pas aussi simple. Et son mari non plus.

Quand Travis lui téléphona pour lui annoncer que Dee était en train d'accoucher, elle fut heureuse et soulagée. Heureuse pour sa cousine et soulagée de cette diversion dans la monotonie et la tristesse de sa vie.

Elle écrivit à la hâte un mot pour Burt qu'elle laissa sur son bureau. S'il s'inquiétait, il le trouverait. Sinon…

En partant, elle regarda dans le rétroviseur s'amenuiser la maison. Elle avait rêvé d'un endroit pareil toute sa vie. L'herbe était verte maintenant, et les fleurs écloses. Elle avait du mal à comprendre qu'on pût ne pas être heureux en habitant une maison aussi belle.

Elle pensa que c'était à Burt de décider maintenant s'ils allaient être heureux ou pas.

Burt n'arrivait pas à chasser l'image de Susan telle qu'il l'avait vue la nuit dernière. Il lui avait été si difficile de la repousser. Il n'était plus très sûr d'agir pour son bien à elle, mais il savait qu'il était en train de mourir à petit feu.

Peut-être le moment était-il venu pour eux de parler ? Mais en serait-il capable ? Il n'avait plus qu'une seule certitude en tête : il ne pouvait pas vivre sans elle.

Il la chercha dans les pièces du rez-de-chaussée et trouva Rosa qui arrosait les géraniums.

— Rosa, as-tu vu Susan ?

— La *señora* est sortie il y a un moment.

— Sortie ? Où ça ?

Il savait qu'il était inutile de s'inquiéter, mais il ne pouvait s'en empêcher.

— Elle ne me l'a pas dit.

— A-t-elle pris la voiture ?

— Je crois.

Il s'apprêta à partir, mais elle le rappela.

— Burt ?

— Oui.

— Tu n'es pas beaucoup plus patient maintenant que tu l'étais quand tu avais dix ans.

— Je n'aime pas la savoir seule.

— Mais c'est ce que tu fais en permanence. J'ai du mal à ne pas voir ce qui se passe sous mon nez. Ta femme n'est pas heureuse. Et tu ne l'es pas non plus.

— Susan va très bien. Et moi aussi.

— Tu disais la même chose quand tu rentrais à la maison avec les vêtements déchirés et du sang séché au coin des lèvres.

— C'était il y a longtemps.

— Mais personne n'a oublié. Si tu veux te tourner vers l'avenir, il faut d'abord que tu regardes ton passé sans honte.

— Que veux-tu dire ?

Elle fit alors une chose qu'elle avait l'habitude de faire quand ils étaient enfants. Elle s'approcha et posa la main sur son visage.

— Elle est plus solide que tu le penses, mon frère. Et toi, tu n'es pas aussi dur que tu voudrais le faire croire.

— Je n'ai plus dix ans, Rosa.

— Non, mais à cette époque on pouvait te parler.

— En es-tu si sûre ?

— Oui, et la vie n'était pourtant pas facile alors. Tu as changé pour cela.

— Peut-être.
— Ta mère serait fière de toi.
— On ne lui a jamais donné sa chance.
— Mais tu as su saisir la tienne. Et tu m'en as offert une.
Il eut un geste las de la main.
— Je t'ai donné un travail.
— Avant que tu partes, réponds à une question. Pourquoi me laisses-tu rester ? La vérité, Burt ?

Il ne voulait pas répondre, mais le regard qu'elle portait sur lui était terrible.

— Parce qu'elle t'aime beaucoup… et moi aussi.

Elle sourit et recommença à arroser les plantes.

— Ta femme n'attendra pas longtemps que tu te décides à lui donner une réponse. Elle ne connaît pas la patience. Elle est comme toi.

— Rosa, et toi, pourquoi restes-tu ?

Elle se baissa pour arracher une feuille morte.

— Parce que je t'aime.

Il baissa les yeux puis sortit de la pièce. C'était la première fois qu'il se posait cette question au sujet de Rosa. Elle était son unique famille et, pendant longtemps, il n'avait pas voulu l'accepter. Et elle avait raison quand elle disait que Susan n'attendrait pas très longtemps sa réponse.

Il poussa la porte du bureau de Susan. Il allait lui parler. Il devait lui expliquer ce qu'il avait au fond du cœur.

Il s'assit devant la table. Des piles de dossiers étaient alignées dans un ordre parfait. Machinalement, il en prit un et commença à le feuilleter. Soudain, un papier à en-tête d'un médecin l'intrigua : une ordonnance. Elle était au nom de Susan, mais le praticien lui était inconnu.

C'était un gynécologue…

Burt s'appuya au dossier du fauteuil, la feuille de papier devant les yeux. Il lut « Test de grossesse positif » et sentit un grand vide au fond de son cœur.

Susan était enceinte ? Impossible, il l'aurait su. Pourtant ce papier semblait clairement l'affirmer. Et l'ordonnance était datée de plus d'un mois.

Susan attendait un bébé. Et elle ne lui en avait rien dit. Pourquoi ? C'est alors qu'il trouva le message.

« Burt, je suis à l'hôpital. Je ne sais pas combien de temps je vais rester là-bas. »

Il se leva, pâle comme un mort. De nouveau, il avait froid aux mains.

— Oh ! Je ne sais pas comment Adelia peut encore garder son calme.

— Les enfants ne sont jamais pressés de venir au monde, répondit Paddy en tournant les pages du magazine qu'il faisait semblant de lire.

— J'ai l'impression que ça dure depuis des heures, continua Susan. Est-ce que c'est vraiment douloureux ?

— D'accoucher ? Ne t'inquiète pas, Dee n'en est pas à son premier.

Serait-elle aussi courageuse quand son tour viendrait de mettre au monde son enfant ?

— Travis ne la quitte pas, et il doit l'aider beaucoup. Je me demande, Paddy, si tous les hommes se comportent comme ça ?

Et Burt, comment allait-il réagir ?

— Quand un homme aime une femme comme Travis aime Dee, il ne peut pas se trouver ailleurs qu'à ses côtés. Dis-moi, tu devrais te calmer un peu, petite fille.

Elle ne cessait de faire les cent pas dans la salle d'attente.

— Je crois que je vais descendre dans le hall. J'achèterai un bouquet de fleurs pour Dee. Il y a un distributeur de boissons… Veux-tu un thé ?

— C'est une bonne idée.

Dès qu'elle quitta la pièce, le vieux Paddy se leva à son tour et se mit à marcher de long en large.

Burt entra comme un fou dans l'hôpital et se précipita au bureau des admissions.

— Où est ma femme ?
— Nom ? demanda la secrétaire sans lever la tête.
— Logan. Susan Logan.
— Quand a-t-elle été admise ?
— Je ne sais pas. Il y a une heure ou deux.

La secrétaire commença à taper sur le clavier de son ordinateur.

— Pour quel motif ?
— Euh, je… enfin, elle est enceinte.
— La maternité ?

Elle tapa sur une touche et lut l'écran.

— Désolée, monsieur Logan. Nous n'avons pas reçu votre femme.
— Je sais qu'elle est ici, s'écria-t-il en sortant l'ordonnance de sa poche. Dr Morgan. Je veux voir le Dr Morgan.
— Le Dr Morgan est en train d'accoucher une autre patiente. Vous pouvez aller voir au cinquième étage, pour…

Burt n'écouta pas la suite. Il se précipita vers les ascenseurs et appuya sur le bouton d'appel. Il haïssait les hôpitaux. Sa mère était morte dans un hôpital.

— Burt, je ne t'attendais pas…

Il se retourna et vit Susan arriver, un gros bouquet à la main. Il écrasa à moitié les fleurs en la prenant par les épaules.

— Qu'est-ce que tu fais ici ? demanda-t-il.
— Burt, tu abîmes les fleurs.
— Je ne te parle pas des fleurs. Je veux que tu me dises pourquoi tu es ici.
— Je vais offrir ce bouquet, s'il est encore présentable. Je me demande ce que va penser Dee.
— Dee ? Mais de quoi parles-tu ?
— Mais, Burt… il ne me semble pas très surprenant que je veuille offrir des fleurs à une jeune maman.
— Comment ? Tu es venue pour l'accouchement de Dee ?
— Bien sûr. Tu n'as pas vu mon message ?
— Si, dit-il en la poussant dans l'ascenseur. Mais il n'était pas très clair.

— J'étais pressée. Je suis contente que tu sois venu. Cela va faire plaisir à Dee aussi.

— Comment va-t-elle ?

La porte de l'ascenseur s'ouvrit et ils sortirent.

— Elle va très bien. Paddy et moi sommes au bord de la dépression nerveuse à force d'attendre, mais Adelia reste calme.

— Tu ne devrais pas être debout, fit-il en lui prenant le bouquet des mains.

A ce moment-là, Paddy jaillit de la salle d'attente en dansant.

— Le choix du roi ! criait-il. Il y a un garçon et une fille.

— Oh, Paddy ! Elle va bien ? Et les enfants ?

Elle se jeta à son cou et ils commencèrent tous les deux à danser à la mode irlandaise.

— Susan, pourquoi ne t'assieds-tu pas ?

— M'asseoir ? Mais c'est impossible. Je suis trop heureuse.

Burt les regardait, immobile et stupide, le bouquet à la main. Il ne l'avait pas entendue rire ainsi depuis longtemps. Il avait envie de jeter ces fleurs, de la prendre dans ses bras et de la ramener à la maison, chez eux.

— Ils arrivent ! cria Paddy.

Adelia sortait de la salle, allongée sur le lit roulant. Travis était auprès d'elle et lui tenait la main. Les jumeaux dormaient sur le ventre de leur mère.

— Qu'ils sont mignons ! dit Susan en se penchant vers eux.

— Ils ressemblent à leur mère, ajouta Paddy.

— Et le médecin a dit qu'ils étaient en pleine forme, expliqua Adelia.

Burt lui tendit le bouquet.

— Je suis contente que tu sois là, Burt. C'est un moment où il fait bon être entouré de sa famille.

— Tu as besoin de quelque chose ?

L'infirmière ne lui laissa pas le temps de répondre.

— Madame Grant, vous devez aller vous reposer. Les visites sont autorisées à partir de 7 heures.

Elle s'éloigna en poussant le lit, toujours suivie de Travis.

— Bon, dit Paddy, je vais rentrer à la maison annoncer la nouvelle.

Il leur fit un signe joyeux de la main et disparut d'un pas rapide de jeune homme.

— Tu es debout depuis bien trop longtemps, dit Burt à Susan. Je vais te raccompagner à la maison.

— J'ai ma voiture.

— Laisse-la.

— Mais c'est idiot, je…

— Laisse-la, répéta-t-il en la poussant dans l'ascenseur.

— Très bien. Si tu es sûr que tu pourras supporter de te retrouver seul dans la même voiture que moi.

Elle croisa les bras sur la poitrine, l'air buté, tandis que Burt, les mains dans les poches, la regardait d'un air sombre.

Ils n'ouvrirent plus la bouche jusqu'à ce qu'ils arrivent au ranch.

— Puisque rien ne change avec toi, je monte dans ma chambre. Tu n'as qu'à aller retrouver tes chers animaux. Ils sont une meilleure compagnie que moi.

Burt se donna trente secondes pour essayer de recouvrer son calme. Quand il comprit qu'il aurait besoin au moins d'une cure de sommeil de huit jours pour cela, il la poursuivit dans l'escalier.

— Assieds-toi ! dit-en en entrant dans la chambre.

Susan le regardait, bras croisés, le nez en l'air et la moue dédaigneuse.

— Je t'ai dit de t'asseoir.

— Et moi je te dis d'aller au diable.

C'était plus qu'il ne pouvait en supporter. Avant qu'elle réussisse à lui échapper, il l'avait saisie par le bras, l'obligeant à prendre place sur le lit.

— Voilà, tu es content ? Tu ne vas pas me faire croire que tu désires avoir une conversation avec moi ?

Elle croisa les jambes avec lenteur et observa avec attention ses ongles vernis.

— Je suis flattée, Burt. Puisque tu étais si pressé de me parler, je t'écoute.

— Oui, et je veux que tu me donnes certaines réponses précises.

Mais, au lieu de lui poser des questions, il mit les mains derrière le dos et commença à tourner en rond dans la pièce. Par quoi commencer ?

Il sentit la bague de Susan qu'il portait dans sa poche depuis plusieurs jours. C'était peut-être là une bonne introduction. Il la lui tendit.

— Tu l'avais trouvée ! s'écria-t-elle, rayonnante de joie. Pourquoi ne me l'avais-tu pas dit ?

— Tu ne me l'avais pas demandé.

— Non, mais j'en étais malade de l'avoir perdue. Je m'en suis voulu de l'avoir jetée dans l'écurie.

— Pourquoi l'avoir fait ?

— Je n'avais rien trouvé d'autre. Je ne pouvais pas leur échapper, et j'étais ligotée. J'espérais que quelqu'un la ramasserait et te la rapporterait. Je ne comprends pas pourquoi tu ne me l'as pas rendue immédiatement…

— Je voulais te laisser le temps de décider si tu voulais continuer à la porter ou non.

Il lui prit la main et posa la bague dans sa paume.

— Tu es toujours en colère contre moi à cause de ce qui est arrivé ? demanda-t-elle sans oser passer la bague à son doigt.

— Je n'ai jamais été en colère contre toi.

— C'était très bien imité alors !

— C'était ma faute. Vingt heures ! Tu es restée vingt heures enfermée dans le noir à cause de moi.

Burt parlait avec une rage froide, et Susan ne comprenait pas sa réaction.

— Je pensais que Durnam était responsable de tout. Tu n'as jamais voulu en parler. Je n'ai jamais pu t'expliquer. Si…

— Tu aurais pu mourir. J'étais assis dans ce maudit

hôtel, attendant que le téléphone sonne, sans pouvoir rien faire. Quand je t'ai retrouvée, que j'ai vu ce qu'ils t'avaient fait… tes poignets…

— Mais je suis guérie maintenant.

Elle se leva pour aller vers lui, mais il recula.

— Pourquoi ? Pourquoi t'écartes-tu de moi ? Même à l'hôpital tu n'es pas resté avec moi. Pourquoi ?

— J'étais parti pour tuer Durnam.

— Oh, Burt, non.

— Je suis arrivé trop tard, fit-il avec amertume. La police était déjà là. Tout ce que je pouvais faire, c'était rester dans cette chambre d'hôpital à te regarder. Et à penser que j'aurais pu te perdre. Je me disais que je m'étais montré égoïste avec toi. Je ne t'ai jamais laissé le choix, je t'ai toujours imposé ce que je voulais.

— Assez, Burt. Pour qui me prends-tu ? Pour une faible femme sans défense ? J'ai choisi, et c'est toi que j'ai choisi. Toi, et pas ta fortune, ton argent ou ta belle maison. Toi.

C'était à son tour maintenant de laisser déborder sa rage.

— J'en ai plus qu'assez d'avoir à chercher des moyens de te prouver que je t'aime. Tu peux mettre le feu à cette maison, ce n'est pas important.

Elle se dirigea vers la penderie et l'ouvrit.

— Et toutes ces jolies choses ! Tu crois que c'est pour les posséder que je t'ai épousé ? Voilà ce que j'en fais.

Elle les jeta par terre.

— Je sais qui tu es, Burt, et je t'aime même si c'est la pire des choses…

— Tu ne sais rien du tout, dit-il calmement. Mais si tu t'assois, je vais te raconter.

— Tu ne pourras rien me dire que je ne sache déjà. Tu crois qu'il est important pour moi de savoir que tu as volé ou menti dans ta jeunesse ? Rosa m'a déjà parlé. Je sais ce qu'est la pauvreté.

— Assieds-toi.

— Non, je ne m'assiérai pas. J'en ai assez de marcher sur des œufs avec toi. Il est temps de parler. Cela fait des jours que je me tais, et que je te regarde m'éviter. Mais c'est fini. Nous ne pouvons plus perdre de temps. Aussi, si tu as des questions à poser, Burt Logan, c'est le moment, parce que moi j'ai beaucoup de choses à dire.

— Pourquoi ne m'as-tu pas dit que tu étais enceinte ?

Susan s'arrêta net, comme paralysée. Bouche bée, elle s'assit sur le lit.

— Comment l'as-tu appris ?

Il lui tendit l'ordonnance.

— Cela fait plus d'un mois que tu le sais.

— Oui.

— Tu avais l'intention de m'en parler ?

— Je suis venue pour te le dire le jour où je l'ai appris. Mais tu avais reçu la lettre de mon père, et il a encore fallu parler d'argent. Tu me parlais toujours d'argent. Ensuite, tu m'évitais et, même quand j'allais vers toi, tu me repoussais. Je vais retourner en Irlande. Comme ça, ni le bébé ni moi ne t'importunerons plus.

Les larmes coulaient sur ses joues.

— Tu le voulais, cet enfant ?

— Bien sûr que je le veux ! C'est notre enfant. Il est le fruit de notre première nuit d'amour. Je t'aimais, Burt, de tout mon cœur, de toute mon âme, mais maintenant je te déteste. Je te déteste de m'avoir laissée t'aimer sans rien me donner en retour. Tu ne m'as jamais prise dans tes bras pour me dire que tu m'aimais.

— Susan…

— Non, ne m'approche pas. Je ne veux pas de ta pitié. Je ne t'ai rien dit au sujet de notre enfant parce que j'avais peur que tu n'en veuilles pas, c'est tout.

Il s'approcha doucement.

— Je te veux, toi, et je veux notre enfant.

Elle serra très fort la bague dans sa main.

— Je t'ai dit pourquoi je t'avais épousé, Burt. Ne crois-tu pas qu'il est temps que tu me dises à ton tour pourquoi tu l'as fait ?

— Parce que j'avais peur que tu partes.

Elle eut un petit sourire triste.

— Très bien.

Elle lui tendit la bague.

— Peut-être te souviens-tu à quel doigt tu me l'avais mise ?

Il prit la bague, puis sa main. Son choix était fait. Ce n'était pas tous les jours qu'une seconde chance s'offrait à un homme.

— Je t'aime, Susan, dit-il en mettant la bague à son doigt.

— Répète-le ! demanda-t-elle, folle de bonheur. Répète-le sans cesse.

— Je t'aime, Susan, et je t'ai toujours aimée.

Quand il la prit dans ses bras, il sut alors que plus rien, pas même ses propres démons, ne pourrait les séparer.

UN SENTIMENT INTERDIT

1

Le vent de la vitesse lui giflait les joues, amenant à ses narines les odeurs ténues des premiers printemps. Cheveux au vent, Jillian Baron éperonna sa jument. Mille tâches urgentes requéraient son attention cet après-midi-là. Mais, pour une fois, le travail attendrait. Elle s'était échappée pour quelques heures et continuerait de galoper tant que le soleil resterait haut dans le ciel.

Les sabots rapides de Dalila volaient sur le tapis de boutons-d'or, martelaient l'herbe jeune et drue. Toujours au grand galop, la jument et sa cavalière empruntèrent un chemin de terre brune, bordé de buissons de sauge. Pas un arbre, pas une maison ne venait rompre la vaste ligne d'horizon. Jillian longea un champ de blé qui blondissait sous un soleil déjà brûlant. Plus loin, c'étaient les étendues fleuries des cultures fourragères, déjà presque mûres pour la fenaison. Et dans l'air pur, comme lavé par le grand soleil de printemps, s'élevait le chant clair et liquide des passereaux.

Même si elle exploitait elle-même ces immenses étendues de terres, Jillian n'était pas cultivatrice pour autant. Si quelqu'un lui avait collé cette étiquette, elle en aurait souri. Ou se serait emportée, selon son humeur du moment.

Pour l'éleveuse de bétail qu'elle était, les cultures constituaient un apport appréciable. Tout comme le potager entretenu soigneusement. Produire soi-même son fourrage et ses légumes favorisait l'autonomie d'une exploitation.

Et aux yeux de Jillian, l'indépendance figurait parmi les valeurs suprêmes.

Mais si les cultures représentaient un accessoire utile, son cheptel, lui, était sa raison d'être. Les pâturages d'Utopia s'étendaient aussi loin que portait le regard. Ils étaient riches. Vallonnés. Superbes. Et ils avaient appartenu à son grand-père. Et au père de son grand-père avant lui.

Jillian elle-même, en revanche, n'avait pas vu le jour dans les plaines sauvages du Montana. Elle n'était pas née à cheval ; n'avait pas manié son premier lasso avant l'âge de dix ans. Son enfance, elle l'avait passée dans un environnement citadin, penchée sur ses livres de classe dans un quartier résidentiel de Chicago. Parce que son père avait préféré la médecine à la terre. Et que l'Est, urbain et raffiné, l'avait attiré plus que l'Ouest, agricole et sauvage. Un choix que Jillian avait toujours respecté. A la différence de Clay Baron, son grand-père, qui, lui, n'avait jamais pardonné la défection de son fils.

Pour sa part, Jillian estimait que chacun était libre de vivre la vie pour laquelle il se sentait fait. C'était au nom de ce principe qu'elle avait quitté Chicago cinq ans plus tôt. Suivant le trajet inverse de celui pris par son père, elle avait tourné le dos à la vie urbaine pour regagner les terres de ses ancêtres.

Jillian immobilisa sa jument au sommet de la colline. De son poste d'observation, elle dominait les pâturages quadrillés par des lignes de clôture à peine visibles à cette distance. Vues d'en haut, ses terres apparaissaient comme une vaste surface ininterrompue où les bêtes semblaient paître en liberté.

Ce qui avait dû être le cas du temps de ses ancêtres, d'ailleurs, lorsque les ranchers fonctionnaient encore selon le principe du libre pâturage. C'était l'attrait de l'or qui avait amené les premiers Baron jusque dans le Montana. Mais ses arrière-arrière-grands-parents n'avaient jamais poussé jusqu'aux montagnes où se trouvaient les gisements.

La beauté et la richesse de la terre les avaient retenus en plaine. Tout comme elle avait été retenue et conquise elle-même la première fois qu'elle était venue séjourner chez son grand-père, à l'âge de dix ans.

Invités — ou, plus exactement, *convoqués* — par le vieux Clay Baron, son frère Marc et elle étaient partis passer leurs vacances d'été dans l'Ouest. Déjà âgé de seize ans, son frère était resté tout aussi insensible à l'appel de la terre que leur père l'avait été avant lui. Alors qu'elle avait compris au premier regard qu'elle était faite pour le ciel libre et les grands espaces. Et pas pour le bitume et les grands immeubles de Chicago.

C'est ainsi qu'à dix ans Jillian avait expérimenté son premier coup de foudre. Pour le ranch, du moins. Car entre son grand-père et elle, l'amour avait été plus long à venir. Coléreux et taciturne, Clay Baron avait toujours été d'un abord revêche. Et le vieillard têtu et solitaire ne vivait plus depuis longtemps que pour ses bestiaux et pour sa terre. Entre le patriarche ombrageux et la jeune citadine délurée qu'elle était encore à l'époque, le premier contact avait été plutôt explosif.

Pendant toute une semaine, ils s'étaient plus ou moins tourné autour. Puis Clay avait commis l'erreur de faire une réflexion désobligeante sur son médecin de fils. Et Jillian, indignée, lui avait volé dans les plumes. La dispute s'était envenimée. Ils avaient fini par hurler. Avec une violence telle que Clay avait même menacé de lui donner le fouet.

Ce jour-là, elle avait réussi à garder les yeux secs et la mine hautaine, même si, à l'intérieur, elle tremblait de peur. A la fin de cette première visite, ils s'étaient séparés à couteaux tirés mais dans une atmosphère de respect mutuel. Puis Clay lui avait envoyé un authentique Stetson pour son anniversaire.

Et c'est ainsi que tout avait commencé entre eux.

Peut-être avaient-ils fini par s'aimer à ce point parce qu'ils avaient pris tout leur temps pour se rapprocher l'un de l'autre. Toujours est-il que Clay lui avait transmis l'essentiel de son savoir pendant ses années d'adolescence. Et cela sans jamais avoir eu l'air de lui enseigner quoi que ce soit. Au fil des étés passés à Utopia, elle avait appris à prévoir le temps en regardant les nuages et en jaugeant la qualité de l'air. Elle avait mis des veaux au monde, monté des kilomètres de clôture, et rabattu les troupeaux comme un vrai garçon vacher.

Son grand-père, elle l'appelait par son prénom car ils étaient devenus de vieux amis. Lorsqu'elle avait goûté sa première — et dernière — prise de tabac à chiquer, Clay s'était contenté de lui tenir la tête pour l'aider à vomir. Sans lui faire l'ombre d'une remarque.

Quand la vue de son grand-père avait commencé à faiblir, Jillian était entrée un beau jour dans son bureau et Clay lui avait montré comment tenir les registres comptables. Entre Clay et elle, les grandes décisions avaient toujours été prises de façon tacite.

Le jour où elle était venue s'établir définitivement à Utopia, elle s'était contentée de poser ses valises. Et son grand-père lui avait ouvert sa porte sans demander d'explications. De la maladie de Clay, il avait également été très peu question. Jamais non plus il n'avait mentionné son testament devant elle. Mais bien avant que son grand-père ne rende son dernier soupir, Jillian avait su que le ranch serait pour elle.

Car Utopia était devenu sa raison de vivre. Ses souvenirs de l'Est, elle les avait enterrés de façon définitive. Avec plus de facilité d'ailleurs qu'elle n'en avait eu à enterrer son grand-père.

Son chagrin à la mort de Clay avait été purement égoïste et Jillian en avait conscience. Son grand-père avait eu une vie longue et pleine. Et il avait eu la chance de mourir avant que la maladie ne l'amoindrisse. Il aurait détesté se sentir faible, impuissant et inutile.

Tout comme il aurait été furieux de la voir pleurer sur lui, d'ailleurs.

« Bon sang de bois, ma fille, tu n'as rien de mieux à

faire de ton temps que de pleurnicher ? Tu as oublié que tu avais un ranch à exploiter, peut-être ? Prends deux ou trois de nos jeunes gars avec toi et va vérifier l'état de tes clôtures avant que notre bétail se disperse d'un bout à l'autre du Montana ! »

Avec un léger sourire, Jillian revit son grand-père en train de pester et de râler. Et se souvint qu'elle ne s'était jamais gênée pour lui répondre sur le même ton :

— Tu vas voir, espèce de vieil ours grincheux ! Rien que pour t'embêter, je vais faire d'Utopia le meilleur ranch du Montana, lança-t-elle dans le silence peuplé de chants d'oiseaux.

Eclatant de rire, elle renversa son visage radieux vers le ciel. Sa monture donna des signes d'impatience.

— Tu as raison, Dalila, murmura-t-elle en flattant l'encolure de la jument. Profitons de notre liberté au lieu de rester là à broyer du noir.

Faisant tourner bride à la jument, elle repartit au petit trot, savourant ces quelques instants volés à l'écrasant labeur quotidien. Même si elle avait du mal à ne pas penser à la génisse malade qu'elle avait dû isoler dans le corral. A la Jeep qui venait de tomber en panne pour la troisième fois cette année, A la clôture qui marquait la ligne de frontière infranchissable entre les terres des Murdock et les siennes.

Jillian fit la grimace comme chaque fois que le nom honni de ses voisins traversait ses pensées. La vieille inimitié entre les Baron et les Murdock remontait loin, très loin dans le passé. De fait, les hostilités entre les deux familles avaient débuté dès le premier jour où Noah Baron, son arrière-arrière-grand-père avait fondé Utopia. Le ranch des Murdock était déjà riche et prospère, à l'époque. Alors que les Baron étaient arrivés avec, pour toutes possessions, les quelques rares affaires qu'ils avaient pu transporter avec eux.

Pour les Murdock, qui avaient le mérite de l'ancienneté, les Baron étaient des intrus tout juste bons à être chassés. Jillian serra les dents en se remémorant les histoires racontées par son grand-père. Entre les deux familles, les escarmouches avaient été incessantes. Des clôtures avaient été détruites à dessein, des récoltes saccagées, du bétail volé.

Mais les Baron s'étaient accrochés. Et même s'ils avaient moins de terres et moins de troupeaux que les Murdock, Utopia constituait malgré tout une belle réussite. Si Clay avait eu la bonne fortune, comme Paul Murdock, de trouver du pétrole sur son domaine, ils auraient pu se permettre, eux aussi, de se lancer dans l'élevage de pur-sang.

Mais ça, c'était une question de chance, pas de compétence. Et elle était fière d'élever ses vaches Hereford et d'en obtenir un bon prix. Le bœuf de chez Baron était de qualité extra. Et cela, tout le monde le savait.

C'est à peine si on pouvait dire, d'ailleurs, que les Murdock étaient encore des éleveurs. Il y avait plus d'un an, déjà, que personne n'avait revu le vieux Paul Murdock à cheval, rassemblant ses troupeaux ou vérifiant l'état de ses clôtures. Le patriarche, qui était de la génération de son grand-père, devait passer ses journées à compter ses profits et à tremper dans des opérations de basse politique.

Jillian ricana tout haut. Une fois qu'elle aurait fini de moderniser Utopia, le Double M des Murdock ne ressemblerait plus qu'à un vulgaire ranch de pacotille destiné à amuser les touristes.

Rassérénée par cette pensée, Jillian lança sa jument au galop sur l'étroit sentier qui courait le long de la pointe est de son exploitation. Trop caillouteuse pour la charrue, trop aride et irrégulière pour servir de pâturage, cette mince portion de terre était toujours restée à l'état sauvage. Pour Jillian, c'était une destination de prédilection lorsqu'elle souhaitait bénéficier d'un moment de calme.

Personne ne venait jamais par ici. Ni ses employés à elle ni les hommes de Murdock. Même la clôture qui marquait la séparation entre les deux exploitations s'était effondrée depuis longtemps sans que personne juge utile de la remettre en état.

Pas une âme ne se souciait de ce petit coin de nature, sauvage et isolé. Et il était d'autant plus cher à Jillian que tout le monde s'en désintéressait. Dans ces paysages où les arbres étaient rares, elle appréciait de trouver quelques peupliers, un bouquet de trembles aux feuilles d'un vert encore tendre et hésitant. Un pinson donna de la voix, couvrant de son chant le martèlement des sabots de Dalila.

Jillian savait qu'elle risquait aussi de faire des rencontres moins sympathiques. Et qu'il n'était jamais exclu, dans ces contrées, de trouver un serpent à sonnette ou un coyote sur son chemin. Mais comme tout cow-boy qui se respecte, elle ne se promenait jamais sans un fusil attaché à sa selle.

Attirée par l'odeur de l'eau, Dalila se dirigea droit vers l'étang. Avec un léger sourire, Jillian laissa la jument aller à sa guise. Ce ne serait pas une mauvaise idée après tout de retirer ses vêtements et de piquer une tête. Cinq minutes passées dans cette eau claire et glacée la rafraîchiraient pour le restant de la journée.

Laissant retomber ses rênes, elle se détendit sur sa selle. Si son grand-père l'avait vue ainsi, il aurait hurlé. « Quand tu es seule, ne relâche jamais ta vigilance, poids plume. *Jamais*, tu m'entends ? » Mais Jillian ne songeait déjà plus qu'au plaisir qu'elle aurait à glisser nue dans l'eau froide avant de se laisser sécher en plein soleil.

La jument, cependant, perçut le danger avant elle. Dalila se cabra si brusquement que Jillian pensa aussitôt à un reptile. Tout en essayant de calmer sa monture d'une main, elle voulut détacher son fusil. Mais avant qu'elle ait eu le temps de reprendre son souffle, elle fut propulsée dans les airs et atterrit de tout son long dans l'étang. Juste avant son vol plané, cependant, elle avait eu le temps de voir que le serpent qui l'avait fait chuter n'était pas de l'espèce rampante mais appartenait à la race qui se déplace sur ses deux pieds.

Jurant et crachotant, elle refit surface. Elle repoussa les cheveux trempés qui lui tombaient sur les yeux et se tourna vers l'intrus qui chevauchait un étalon bai. Dalila dansait nerveusement sur place tandis que l'inconnu retenait sa puissante monture.

Sous le classique chapeau à large bord des cow-boys, l'homme de haute taille avait d'épais cheveux noirs et bouclés. Le visage à demi dissimulé par le Stetson était anguleux et rude, avec des traits équilibrés. Il avait un nez droit au tracé aristocratique ; et sa bouche au dessin ferme et énergique conférait une certaine solennité à l'ensemble.

Jillian ne prit pas le temps d'admirer la façon magistrale dont cet individu se tenait en selle. Mais elle ne put que remarquer son regard, en revanche. Ses yeux étaient aussi noirs que ses cheveux. Et distinctement moqueurs.

— Qu'est-ce que vous fichez ici ? lança-t-elle d'un ton menaçant.

L'homme lui opposa un silence impassible. Et s'accorda tout loisir, en revanche, pour admirer la jeune naïade. Il la trouvait tout simplement magnifique. Mouillés, ses cheveux flamboyants avaient pris la riche couleur du cuivre. Ils encadraient un visage ovale, d'une élégance discrète et tout en finesse. Ses yeux vert jade lançaient des éclairs. Elle avait l'air aussi redoutable qu'une chatte sauvage en colère.

Il laissa son regard glisser plus bas et nota la bouche aux lèvres pleines, presque voluptueuses, offrant un contraste intéressant avec le menton trop volontaire. La fille était grande, longiligne et assez peu pourvue en matière de rondeurs et de courbes. Et pourtant, avec sa chemise trempée qui la moulait comme une seconde peau, elle lui apparut comme l'image même de la féminité.

Loin de sembler effrayée par sa présence, elle lui jeta un regard qui en aurait cloué plus d'un sur place.

— Je vous ai posé une question, je crois : que faites-vous ici, sur ma propriété ?

Toujours sans prendre la peine d'ouvrir la bouche, l'inconnu descendit de cheval avec une aisance qui dénotait une longue habitude. Se dirigeant vers elle d'un pas impérieux, il s'immobilisa soudain pour lui sourire.

Un sourire si dangereusement attirant que Jillian en eut un instant le souffle coupé. Il lui offrit sa main tendue.

— Puis-je vous aider à sortir de là ?

Refusant le soutien offert, Jillian s'extirpa de l'étang par ses propres moyens. Trempée, réfrigérée et plus remontée que jamais, elle plaça les mains sur les hanches.

— Vous n'avez pas répondu à ma question.

Décidément, elle ne manquait pas de cran. Amusé, il glissa les pouces dans les poches de son pantalon.

— Je peux vous assurer que cette terre n'est pas la vôtre, mademoiselle…

— Baron, compléta Jillian avec hauteur. Et vous ? Qui êtes-vous pour contester que ce sol m'appartienne ?

Il porta la main à son chapeau, avec plus d'insolence que de respect.

— Aaron Murdock.

Il sourit lorsque, plus féline que jamais, elle émit une brève expiration sifflante.

— Et la ligne de frontière passe juste ici, poursuivit-il en désignant une ligne imaginaire qui passait entre ses bottes et les siennes. Elle doit couper l'étang juste en son milieu. Et si mes calculs sont bons, vous avez atterri de mon côté.

Aaron Murdock… Le fils et l'héritier. N'était-il pas censé gérer le pétrole paternel dans de prestigieux bureaux à Billings ? A première vue, il ressemblait plus à un cow-boy habitué à vivre à la dure qu'au citadin policé que lui avait décrit Clay. Mais ce n'était pas le moment de méditer sur ces questions de détail.

L'essentiel, en l'occurrence, étant de défendre son territoire.

— Si j'ai atterri de votre côté, c'est uniquement parce que vous traîniez dans le coin avec un cheval non castré.

Du menton, elle désigna le superbe étalon.

— Vous ne seriez pas tombée si vous aviez tenu vos rênes correctement, rétorqua-t-il.

Le fait qu'il ait raison ne servit qu'à exacerber la colère de Jillian.

— Son odeur a effrayé Dalila.

— Dalila, vous dites ?

Avec un regard amusé, il se tourna vers la jument.

— Ça doit être le destin, murmura-t-il. N'est-ce pas, Samson ?

Obéissant, l'étalon vint lui poser la tête sur l'épaule. Refrénant un sourire, Jillian pinça les lèvres.

— Souvenez-vous du sort échu au véritable Samson et tenez-le à distance de *ma* jument.

— Jolie pouliche, commenta Aaron, les yeux rivés sur Jillian. Un peu nerveuse, peut-être ? Mais elle ferait une bonne poulinière.

Les yeux verts de Jillian se plissèrent de façon menaçante.

— La reproduction de mes chevaux me regarde, Murdock. Dites-moi plutôt pourquoi vous êtes venu traîner dans le coin. Vous ne trouverez pas de pétrole par ici.

— Je n'en cherchais pas... Je ne cherchais pas de femme non plus, d'ailleurs, précisa-t-il lentement en jouant avec une mèche de ses cheveux. Et il semble pourtant que je viens d'en trouver une.

Jillian ressentit une sensation étrange dans la poitrine. Comme une expansion soudaine. Un mélange détonant d'oppression et d'excitation, de tension et d'allégresse. « Oh, non ! » songea-t-elle consternée en reconnaissant le symptôme. Elle avait eu un moment de regrettable faiblesse à vingt ans. Mais il était hors de question qu'elle retombe une seconde fois dans le même piège.

Elle baissa un instant les yeux sur les longs doigts hâlés qui jouaient dans ses cheveux. Puis elle planta son regard dans le sien.

— Vous tenez à votre main, Murdock ? s'enquit-elle d'une voix suave.

Pendant une fraction de seconde, il hésita, comme s'il était tenté de relever le défi. Avec un haussement d'épaules, cependant, il lâcha la mèche prisonnière.

— Pas commode, la petite, n'est-ce pas ? Mais vous avez toujours été prompts à dégainer, vous, les Baron.

— Pour nous défendre, oui, rectifia Jillian.

Ils se mesurèrent du regard. Des étincelles volèrent. Mais pas seulement. Le courant d'attirance mutuelle qui circula entre eux les inquiéta l'un et l'autre par son intensité.

— Je suis désolé pour le vieux Clay, déclara Aaron d'un ton plus sobre. C'était votre grand-père, je suppose ?

Jillian garda le menton levé en signe de défi. Mais il vit une ombre de tristesse endeuiller le vert lumineux de ses yeux.

— Mon grand-père, oui.

Ainsi, elle l'avait aimé, le vieux bougre, grincheux et taciturne. Etonnant. Aaron se frotta le menton.

— Alors vous devez être la petite fille qui venait passer ses étés ici, dans le temps. Jill, c'est ça ?

— Jillian, rectifia-t-elle froidement.

Il sourit.

— Jillian… C'est un prénom qui vous va bien, en effet.

— Pour vous, ce sera mademoiselle Baron.

Aaron choisit de ne pas faire de commentaires.

— Si vous avez confié la direction de l'exploitation à Gil Haley, vous n'avez pas trop de soucis à vous faire. Le ranch devrait tourner comme une horloge.

Une lueur outragée brilla dans les yeux verts.

— La direction d'Utopia, c'est à moi qu'elle revient, Murdock.

— Vous ? releva-t-il, amusé.

— En personne, oui. Et je n'ai pas passé les cinq dernières années bouclée dans un gratte-ciel de Billings, à fixer un écran d'ordinateur. Utopia m'appartient et je travaille dans ce ranch *de mes mains* au lieu de me contenter de parader dans les foires en exhibant les prix remportés par ma viande.

Ignorant sa protestation, Aaron prit les deux mains en question dans les siennes et les examina avec curiosité. Elles étaient vivantes et fortes, calleuses et compétentes.

Et représentaient une véritable bouffée d'oxygène pour lui, après toutes les mains oisives et manucurées qu'il avait eu l'occasion de tenir à Billings.

— Intéressant, murmura-t-il.

Jillian fulminait. Elle était furieuse qu'il puisse ainsi la maîtriser sans effort. Furieuse contre le sang indocile qui rugissait à ses tempes. Furieuse contre la fascination dont elle se sentait prisonnière.

Une odeur séduisante de cuir, d'homme et de cheval venait lui troubler les narines. Un anneau couleur ambre entourait les iris d'Aaron, accentuant encore l'impression de profondeur que donnait son regard sombre. Une fine cicatrice courait le long de sa mâchoire gauche. Et ses lèvres…

Refusant le vertige qui menaçait, Jillian se rejeta en arrière. Une fois déjà, elle avait succombé à ce genre de sirènes. Et elle avait fini soumise, sentimentale, dépossédée d'elle-même.

Par chance, elle n'était plus aussi naïve à vingt-cinq ans qu'elle l'avait été cinq ans plus tôt.

— Je crois vous avoir déjà mis en garde pour vos mains, Murdock.

Le visage d'Aaron demeura impassible.

— En effet, oui. Pourquoi ?

— Je déteste qu'on me touche.

Son regard, étrangement intuitif, plongea dans le sien.

— Tout animal à sang chaud — y compris l'être humain — a besoin de contact physique. Quelqu'un vous aurait-il touchée de mauvaise manière, Jillian ?

Elle ne cilla pas.

— Vous empiétez sur mon domaine privé, Murdock.

— C'est possible. Peut-être faudrait-il envisager de remettre la clôture.

— Très drôle.

Cette fois, lorsqu'elle chercha à se dégager, il desserra lentement sa prise.

— Contentez-vous de rester de votre côté, suggéra-t-elle.

— Et si je passe la frontière ?

Elle leva le menton.

— Je réglerai votre cas.

Tournant le dos à l'ennemi, Jillian se dirigea vers Dalila, résistant à la tentation de flatter l'encolure de Samson au passage. Une fois en selle, elle eut la satisfaction de regarder Aaron de haut.

— Profitez bien de vos vacances à la campagne, Murdock, ironisa-t-elle. Et attention de ne pas vous épuiser, surtout.

Imperturbable, Aaron leva la main pour caresser les flancs de Dalila.

— Je tâcherai de suivre cet excellent conseil, Jillian.

Elle se pencha pour lui jeter un regard noir.

— Mademoiselle Baron.

A sa grande surprise, Aaron l'attrapa par la bride de son chapeau pour amener son visage à hauteur du sien.

— Je préfère Jillian… On vous a déjà dit qu'un homme se vautrerait volontiers pendant des heures dans l'odeur qui émane de vous ?

Jillian fit abstraction des battements désordonnés de son cœur et le gratifia d'un sourire hautain.

— Vous me décevez, Murdock. Je pensais qu'un citadin comme vous était capable de formuler des compliments qui sentent un peu moins la bouse et le fumier.

— Je tâcherai de m'entraîner. Et je vous promets de faire mieux la prochaine fois.

Avec un léger rire, elle effleura les flancs de Dalila avec ses étriers.

— Il n'y aura pas de prochaine fois.

La jument allait s'élancer lorsqu'il la retint fermement par la bride.

— Je vous croyais plus fine que cela, Jillian. Nous nous reverrons, quoi qu'il arrive, et vous le savez aussi bien que moi.

— Vous semblez déterminé à vouloir mettre votre main en danger, Murdock.

Sur un sourire désinvolte, il tapota les flancs de Dalila, puis se tourna vers sa propre monture.

— A très bientôt, Jillian.

Furieuse, elle attendit qu'il soit monté sur Samson. Les deux chevaux se retrouvèrent nez à nez, mâle contre femelle, nerveux, frémissants et dansant sur place l'un et l'autre.

— Je ne vous le répéterai pas, Murdock : restez de votre côté, ordonna-t-elle entre ses dents serrées juste avant d'éperonner sa jument.

Fines, nerveuses et racées l'une et l'autre, la cavalière et sa monture s'éloignèrent au grand galop. Samson poussa un hennissement d'impatience. Aaron l'apaisa en lui caressant l'encolure.

— Désolé, mon vieux. Tu ne peux pas l'avoir cette fois-ci. Mais bientôt, elle sera à toi, mon beau Samson… Bientôt.

Le vent et la vitesse aidèrent Jillian à digérer sa colère. Elle laissa la jument galoper à sa guise, en songeant que Dalila avait peut-être besoin, elle aussi, de calmer les ardeurs de son sang. Samson et son maître étaient aussi troublants l'un que l'autre. Si l'étalon n'avait pas appartenu à un Murdock, elle aurait demandé une saillie pour Dalila et cela sans lésiner sur le prix. Elle avait quelques beaux chevaux à Utopia. Mais aucun dont les qualités soient comparables à celles du superbe étalon d'Aaron Murdock.

Jillian regrettait par ailleurs que ce dernier ne ressemble en rien au businessman tiré à quatre épingles qu'elle avait imaginé. Un citadin aux manières raffinées l'aurait laissée de glace.

Pourquoi fallait-il que cet Aaron lui ait coupé les jambes ainsi ? Une femme dans sa position ne pouvait se permettre ce genre d'attirance. Et surtout pas pour un rival appartenant au camp ennemi.

Jillian secoua la tête. C'était le moment ou jamais de garder les pieds sur terre, au contraire. Car elle n'avait pas seulement hérité des terres de son grand-père. Il lui avait également transmis son ambition. Et elle était déterminée à faire d'Utopia l'empire dont rêvaient ses ancêtres.

Déjà, elle avait versé un premier acompte pour acheter le petit avion indispensable à tout rancher moderne mais que son grand-père avait toujours obstinément refusé d'acquérir. Une fois qu'ils auraient l'appareil, ils pourraient survoler le ranch en quelques heures à peine. Le bétail égaré serait repéré facilement. Et les clôtures abîmées également.

Si Jillian était attachée à la tradition, elle n'en croyait pas moins à la nécessité de moderniser les équipements pour alléger les tâches. Les Jeep et les pick-up avaient leur utilité, mais elles ne reniaient pas non plus les chevaux et les bons vieux lassos de toujours. Si les temps et la technologie avaient changé, l'état d'esprit, lui, restait toujours le même.

L'éleveur, comme n'importe quel autre exploitant agricole, restait tributaire des éléments et dépendait des caprices de la terre comme du ciel. Ne pouvant tabler sur rien ni sur personne, il ne devait, au fond, compter que sur lui-même. Telle avait toujours été la philosophie de Jillian.

Renonçant à ses projets de farniente, elle s'orienta vers le nord et galopa le long de la ligne frontière entre ses terres et celles des Murdock. Puisqu'elle n'était plus d'humeur à vagabonder, autant se rendre utile et vérifier l'état des clôtures.

Jillian passa au trot à côté d'un pâturage où des vaches à la tête blanche continuèrent à paître tranquillement sans se soucier de sa présence. De loin, elle entendit le vrombissement d'un moteur. Jillian fit la grimace en reniflant les gaz d'échappement. C'était un crime de couvrir les bonnes odeurs d'herbe et de bétail avec de pareilles pestilences. Mais les temps étaient révolus depuis longtemps où seuls les chevaux avaient droit de cité dans un ranch.

Se dirigeant dans la direction d'où venait le bruit, elle repéra le vieux pick-up de Gil Haley. Jillian leva la main en guise de salut et galopa pour le rejoindre. Gil était un des rares cow-boys authentiques qui travaillaient encore dans la région. Elle songeait parfois que Gil aurait été parfaitement heureux s'il avait pu continuer à vivre en errant, accompagnant les troupeaux pour la transhumance, avec son vieux sac de couchage et une bonne provision de tabac à mâcher pour seules possessions.

Elle immobilisa Dalila devant lui et sourit.

— Salut, Gil !

— Ah ! te voilà, toi. Où avais-tu disparu ? s'enquit-il de sa voix rauque et traînante.

Gil n'avait jamais été homme à perdre son temps en politesses inutiles. Il disait ce qu'il avait à dire sans jamais utiliser un mot de trop.

— Il y a un problème, Gil ?

— Une imbécile de vache s'est emberlificotée dans des fils barbelés un peu plus haut, marmonna-t-il en déplaçant sa chique. Mais nous avons réussi à la dégager avant qu'elle ne fasse trop de dégâts.

Jillian hocha la tête.

— Quelqu'un a vérifié les clôtures côté ouest, aujourd'hui ?

L'œil à demi clos, comme si son visage avait été définitivement déformé par la chique qui traînait en permanence au coin de sa bouche, Gil la dévisagea un instant sans rien dire.

— Non. Pourquoi ?

— Je m'en charge… Tu sais que je suis tombée sur Aaron Murdock, au fait ? précisa-t-elle après une légère hésitation. Ça m'a surprise de le voir ici. Je croyais qu'il était à Billings.

Gil secoua la tête.

— Aaron a récupéré le ranch.

— Le ranch ? Mais qui va s'occuper de leur or noir, alors ?

— Sa sœur a épousé un magnat du pétrole, précisa Gil, qui ne disait pas grand-chose mais était toujours au courant de tout. Alors le vieux Paul s'est débrouillé pour faire revenir son fils.

Jillian demeura un instant sous le choc.

— Tu veux dire qu'Aaron Murdock dirige le Double M ? Et qu'il ne repartira pas pour Billings ?

Gil cracha avec une remarquable expertise.

— Le vieux Murdock ne doit pas être loin de ses soixante-dix ans. Il a peut-être envie de se reposer un peu et de passer la main.

Jillian réprima un soupir. Ainsi, elle allait avoir un Murdock sur le dos, tout compte fait. Depuis cinq ans qu'elle vivait à Utopia, elle n'avait pas croisé le vieux Paul une seule fois. Mais Aaron avait déjà trouvé le moyen d'envahir un lieu qu'elle considérait comme son havre privé. Même s'il lui fallait bien admettre qu'il en était propriétaire pour moitié.

— Il y a longtemps que le jeune Murdock est revenu de Billings ?

Gil prit son temps pour répondre, tirant distraitement sur ses longues moustaches grises.

— Quelques semaines, je crois.

Quelques semaines seulement. Et déjà il avait fallu qu'elle tombe sur lui. Et que leur rencontre fasse des étincelles, en plus.

Renonçant à questionner Gil plus avant en présence de ses hommes, Jillian prit congé d'un signe de tête.

— Je vais vérifier les clôtures, annonça-t-elle en tournant bride.

Gil la suivit des yeux d'un œil rieur. Il n'avait peut-être plus tout à fait la vue de ses vingt ans, mais il avait remarqué que les vêtements de Jillian étaient mouillés. Et que ses yeux verts lançaient des éclairs.

Ainsi Aaron Murdock et elle étaient tombés l'un sur l'autre ? Et la rencontre avait été explosive, apparemment ? Intéressant.

Avec un petit rire songeur, Gill redémarra son pick-up.

— Regarde droit devant toi, petit, ordonna-t-il au jeune employé de ferme qui se dévissait le cou pour essayer de capter une ultime image de Jillian volant sur Dalila au milieu des pâturages.

2

Dans un ranch, la journée de travail débutait bien avant le lever du soleil. Il y avait des animaux à nourrir, des œufs à ramasser, des vaches à traire. Habituée depuis toujours à participer à ces corvées, Jillian n'avait même pas sonSgé à s'y soustraire lorsqu'elle était devenue propriétaire. Alors qu'elle sortait de la maison de maître pour se diriger vers l'écurie, les premières lueurs de l'aube se dessinaient à peine sur la ligne d'horizon. Elle passa à côté de la cantine du ranch, humant avec plaisir les odeurs fortes de café et de viande grillée.

Dans la cour régnait une joyeuse effervescence. Même à cette heure matinale, l'air était doux ce jour-là. Et tout le monde se réjouissait que le rude hiver du Montana soit enfin mort et enterré.

La première visite de Jillian fut pour Dalila. Elle s'occupait toujours de sa jument en priorité avant de passer aux autres chevaux. Une fois ce petit monde nourri et sorti dans le corral, il ne lui resta plus qu'à poursuivre son chemin vers l'étable où les vaches à lait attendaient la traite.

— Jillian ?

Elle s'immobilisa pour saluer Joe Carlson, le responsable des troupeaux qu'elle avait embauché six mois plus tôt malgré l'avis défavorable de son grand-père. Joe n'avait ni la tenue ni l'allure des cow-boys qui travaillaient au ranch. Il se déplaçait en Jeep plutôt qu'à cheval et son chapeau en feutre gris était toujours d'une propreté impeccable. Mais même Gil avait dû admettre que Joe connaissait son boulot comme personne. Et Jillian comptait sur lui pour améliorer la qualité de sa viande.

— Ça va, Joe ?

Il vint à sa rencontre en secouant la tête.

— Bon sang, Jillian, déjà levée ! Quand cesseras-tu de faire des journées de travail de quinze heures ?

Avec un léger rire, Jillian repartit vers la laiterie en adaptant son pas à celui, plus lent, de son responsable des troupeaux.

— J'arrêterai en août. Lorsqu'il faudra passer à des journées de travail de dix-huit heures.

Joe l'arrêta à l'entrée du bâtiment en lui posant la main sur l'épaule. Une main sans cals et aux ongles nets. Une main qui, inexplicablement, lui en rappela une autre. Plus forte. Plus dure. Plus brune.

— Tu sais que tu peux être propriétaire d'un ranch sans pour autant participer à l'intégralité des tâches ? Tu finiras par te tuer si tu continues comme ça. Pourquoi ne pas embaucher quelqu'un pour diriger l'exploitation à ta place ?

— Ce ranch n'est pas un jouet pour moi, Joe. Lorsque je ne me sentirai plus capable de le diriger moi-même, je le vendrai.

— Tu travailles trop.

— Et toi, tu *t'inquiètes* trop, rétorqua-t-elle en riant. Et c'est très gentil de ta part, d'ailleurs. Comment va notre ami le taureau Hereford ?

Joe sourit, révélant une belle rangée de dents, blanches et régulières.

— C'est une brute redoutable. Mais il fait son boulot. Jusqu'à présent, il a monté toutes les vaches que nous avons lâchées dans son périmètre d'action. Il est insatiable.

— Prions pour qu'il le reste, murmura Jillian en songeant à la somme vertigineuse qu'elle avait dû débourser pour acquérir le reproducteur en question.

— Attends que les vaches commencent à mettre bas et tu te rendras compte par toi-même. Utopia aura bientôt du bœuf pur-sang de qualité impeccable, je te le garantis. Tu veux venir jeter un coup d'œil sur notre bourreau des cœurs ?

— Le taureau ? Tout à l'heure, peut-être… Tu sais quoi, Joe ? J'aimerais le voir remporter le premier prix à la foire de juillet, lança-t-elle par-dessus l'épaule en entrant dans la laiterie. Et, pour une fois, battre le candidat des Murdock. Tu ne peux pas imaginer quel plaisir cela me ferait.

Le soleil brillait déjà avec force lorsque Jillian se donna enfin le temps d'avaler un petit déjeuner consistant. Avec un emploi du temps aussi chargé que le sien, elle aurait dû avoir l'esprit trop occupé pour penser à Aaron Murdock. Mais, depuis leur rencontre de la veille, son voisin lui hantait l'esprit en permanence. Parce qu'il avait excité sa curiosité, peut-être. Avec un peu de chance, elle parviendrait à l'oublier, une fois qu'elle en saurait un peu plus à son sujet.

Il ne lui restait donc qu'une chose à faire : mener l'enquête. Elle réussit à arrêter Gil juste au moment où il démarrait au volant de son pick-up.

— Je viens avec toi, annonça-t-elle en sautant à bord.

Avec un haussement d'épaules, il cracha sa chique par la vitre ouverte.

— Tu fais bien comme tu veux.

Jillian ne put s'empêcher de rire.

— Quelle exquise galanterie, Gil, ironisa-t-elle. Je ne comprends pas qu'un beau parleur comme toi n'ait jamais trouvé à se marier.

Un discret sourire frémit sous la moustache grise.

— Tu n'as jamais eu la langue dans ta poche, fillette. Et si tu t'occupais du tien, de mariage ? Tu n'as que la peau sur les os, mais tu n'es pas vilaine.

Jillian posa un pied chaussé de botte sur le tableau de bord et rajusta son chapeau.

— Je préfère vivre seule. Les hommes disent toujours ce qu'il faut faire et comment le faire.

— Ce n'est pas bon pour une femme de tenir un ranch toute seule, décréta Gil.

— Les hommes le font bien, eux.

— Les hommes, ce n'est pas pareil.

— Ils sont meilleurs que nous ?

Gil secoua la tête avec un léger sourire en coin.

— Pas meilleurs, non. *Différents*, je te dis.

Avec un grand rire, Jillian lui tapa affectueusement sur l'épaule.

— Espèce de vieux bouc machiste, va. Je te pardonne si tu me parles de Paul et d'Aaron Murdock. La famille a été déchirée par de gros conflits, si j'ai bien compris ?

— Il y en a eu quelques-uns, oui. Les Murdock ont toujours été de fortes têtes.

— Il paraît. C'est à la suite d'un clash avec son père qu'Aaron est parti pour Billings, je crois ?

— Il y a eu du rififi au Double M, lorsque le jeune Murdock est revenu avec son diplôme d'université en poche et des idées « d'amélioration » plein la tête, maugréa Gil avec la morgue propre aux autodidactes.

Son dédain la fit sourire.

— Si son père lui a payé des études, c'était peut-être bien pour qu'il ramène des idées neuves, non ?

Gil émit un vague grognement.

— C'est possible. Mais le vieux Murdock a dû estimer que son rejeton était un peu trop pressé de mettre ses connaissances en pratique. On raconte qu'Aaron a accepté alors de travailler trois ans pour son père avant de prendre lui-même la direction du ranch.

Gil s'immobilisa devant une grille. D'un bond, Jillian descendit du pick-up pour l'ouvrir. Un faisan détala dans l'herbe, juste à quelques pas.

— Et alors ? s'enquit-elle, sitôt remontée en voiture.

Gil lui jeta un regard en coin.

— Le sujet t'intéresse, on dirait ? Eh bien, au bout de trois ans, le vieux Murdock n'était toujours pas prêt à passer la main. Et il a refusé de céder la place. Du coup, le jeune

Murdock a claqué la porte et il est parti en annonçant qu'il monterait sa propre exploitation.

— C'est ce que j'aurais fait à sa place, commenta Jillian. Son père n'avait pas le droit de revenir sur la parole donnée.

— Sans doute pas, non. Et pourtant, Aaron s'est ravisé, finalement. Au lieu d'acheter son propre ranch, il a accepté d'aller à Billings, où il a pris en main la gestion des puits de pétrole familiaux. Personne n'a compris pourquoi il avait cédé. Peut-être que son père y avait mis le prix.

Jillian eut un sourire méprisant. Si Aaron avait eu du cœur au ventre, il aurait envoyé bouler son vieil autocrate de père et il se serait débrouillé par lui-même. Sourcils froncés, elle repassa la scène de leur rencontre dans sa mémoire : elle revit le visage énergique, les mains fortes, le regard sans concession. De la personne d'Aaron s'était dégagée comme une aura de puissance.

Etrange. Elle avait du mal à imaginer qu'un homme tel que lui ait pu s'incliner sans broncher devant une autorité paternelle abusive.

— Que penses-tu de lui, toi, Gil ? *Personnellement ?*

— De lui, qui ?

Elle soupira avec impatience.

— A ton avis ? Aaron Murdock, bien sûr !

Gil fit mine de se frotter pensivement le menton pour dissimuler un sourire.

— Que veux-tu que je te dise ? C'était un gamin bourré d'idées et d'énergie. Aussi fatigant que certaine dont je ne citerai pas le nom.

Il rit de bon cœur lorsque Jillian le foudroya du regard.

— Il a toujours été rude à la tâche, avec ça. Même à douze ans, travailler ne lui faisait pas peur. Quand il a commencé à se faire pousser un début de barbe à dix-huit ans, toutes les filles du pays se sont mises à soupirer après lui. Fallait voir comment que ça lui tournait autour…

Jillian leva les yeux au ciel.

— Je ne m'intéresse pas à sa vie amoureuse, Gil ! Il

ne s'est jamais marié, au fait ? s'enquit-elle dans la foulée, sans s'inquiéter de ses propres contradictions.

— Je suppose qu'il doit penser qu'une épouse lui dirait ce qu'il doit faire et comment il doit le faire. Et qu'il préfère vivre seul.

Elle éclata de rire.

— Tu es un vieux malin, Gil Haley… Hé ! Regarde ! Nous avons eu nos premiers veaux.

Sans avoir à se consulter, ils bondirent hors du pick-up et commencèrent à compter. C'était là un des grands plaisirs du printemps : une explosion de vies nouvelles.

Le regard de Gil se promena sur le troupeau et ses yeux délavés se plissèrent encore un peu plus qu'à l'ordinaire.

— Ce sont les rejetons du nouveau taureau, commenta-t-il pensivement. Jolies petites bêtes. L'ami Joe sait ce qu'il fait, apparemment… Ça fait dix petits, c'est ça ?

— Dix, oui. Et vingt vaches ont l'air d'être sur le point de mettre bas.

Fronçant les sourcils, Jillian recommença à compter.

— Bizarre. Il ne devrait pas y avoir plus de… ?

Elle s'interrompit net lorsque la plainte se fit entendre, couvrant les mugissements paisibles qui s'élevaient autour d'eux.

— Par là-bas, cria-t-elle alors que Gil avait déjà commencé à courir.

Ils le trouvèrent gisant dans l'herbe à côté de sa mère mourante. Agé d'un jour. Deux tout au plus. Jillian émit des petits sons rassurants en prenant le veau nouveau-né dans ses bras. La vache, elle, saignait abondamment et ne respirait plus qu'à peine.

Si seulement ils avaient eu l'avion, songea-t-elle tristement en entendant Gil s'éloigner pour retourner au pick-up. En survolant le ranch, ils auraient pu repérer la vache en difficulté et intervenir à temps pour l'aider à vêler.

Avec un léger soupir, Jillian concentra son attention sur le veau apeuré mais bien vivant qu'elle tenait serré contre elle. Les pertes en bétail faisaient partie de la vie de tout éleveur. On ne pouvait pas passer son temps à pleurer les animaux malades ou perdus.

Mais lorsqu'elle vit Gil revenir avec le fusil, elle ne put s'empêcher de lui jeter un regard désolé. Un long frisson la parcourut lorsque le coup de feu partit, explosant dans le silence.

Gil soupira.

— Je vais appeler Jesse et Peter sur mon portable pour qu'ils m'aident à la charger.

S'approchant du veau qu'elle tenait toujours dans ses bras, il lui prit le museau pour l'examiner, sourcils froncés.

— Il est mal parti dans l'existence, celui-là. S'il veut s'en sortir, il lui faudra une sacrée rage de vivre.

Jillian serra les dents.

— Je ferai en sorte qu'il s'en tire.

Une heure après le dîner, ce soir-là, Jillian tombait de fatigue. Des mouflons avaient déboulé dans un de ses prés à foin et ravagé l'herbe sur leur passage. Un de ses hommes s'était fracturé l'épaule lorsque son cheval s'était cabré devant un serpent à sonnette. Sur trois points différents, on avait trouvé des brèches dans ses clôtures et plusieurs de ses vaches s'étaient égaillées sur les terres des Murdock. Ils avaient passé des heures à pister et à ramener les fugitives.

Mais Jillian n'avait pas oublié le veau nouveau-né pour autant et s'était arrangée pour lui trouver un box bien au chaud dans la grange à bestiaux. Refusant de laisser à quiconque le soin de le nourrir, elle l'avait mis au biberon elle-même. A présent que sa journée de travail était enfin terminée, elle était revenue câliner l'orphelin et tenter de le nourrir une dernière fois avant la nuit.

Assise en tailleur dans la paille, rassérénée par la tiède odeur animale autour d'elle, elle caressa la petite tête blanche.

— Tu te sens mieux, déjà, commenta-t-elle doucement.

Il émit un son haut perché qui la fit rire.

— Eh oui, Petite Boule. C'est moi ta maman, maintenant.

A son grand soulagement, il accepta de lui-même la tétine.

— C'est bien, Petite Boule. Tu es en train de récupérer. La vie est cruelle, c'est vrai. Mais *a priori* nous n'en avons qu'une à notre disposition. Alors autant faire avec.

Elle rit lorsque le veau tomba lourdement sur son derrière et continua à téter goulûment, les deux pattes avant largement écartées, son regard rivé au sien.

— Continue à boire comme ça et, dans quelques semaines, tu seras au pré avec les autres à manger de l'herbe fraîche et à faire le fou avec tes copains.

Jillian gratta affectueusement le veau derrière l'oreille.

— Quelque chose me dit que tu as un bel avenir avec les dames, Petite Boule.

Lorsqu'il eut fini de prendre son lait, le veau entreprit aussitôt de mordiller son jean. Jillian le renversa sur le dos en riant et lui caressa le ventre.

— Vous avez décidé d'en faire un veau de compagnie ?

Tournant la tête en sursaut, elle leva les yeux sur Aaron Murdock. Le rire s'étrangla dans sa gorge.

— Qu'est-ce que vous fichez ici ?

— C'est une de vos questions préférées, je crois, rétorqua-t-il d'un ton léger en s'accroupissant près du veau.

Jillian capta des effluves de cuir et de santal et se ferma résolument à leur magie olfactive. Il était hors de question qu'elle se laisse vampiriser par l'odeur de ce type.

— Vous vous êtes perdu en chemin, Murdock ? C'est mon ranch, ici. Le Double M est de l'autre côté de la route.

Aaron tourna la tête pour plonger son regard dans le sien. Combien de temps il était resté à l'observer, il n'aurait su le dire. Trop de temps, sans doute. Parce qu'il avait été captivé malgré lui par le son joyeux de son rire, par l'éclat de cuivre de ses cheveux, par la douceur inattendue dans son regard lorsqu'elle avait caressé le jeune animal.

Quelque chose dans ce regard avait éveillé en lui un

élan inattendu — une aspiration mal définie, infiniment plus complexe que le simple désir physique.

— Je ne me suis pas trompé de chemin, Jillian. Je suis venu vous parler.

Elle soutint froidement son regard.

— A quel sujet ?

Examinant son visage levé, il regretta d'être resté aussi longtemps à Billings.

— De reproduction équine, pour commencer.

Le regard vert s'éclaira brièvement. Mais elle feignit admirablement l'indifférence.

— De reproduction équine ?

Aaron saisit une mèche de ses cheveux.

— Votre Dalila et mon Samson. Je suis trop romantique pour laisser passer une coïncidence pareille.

— Romantique, oui. C'est ça. Laissez-moi rire, Murdock.

Elle voulut repousser sa main mais il emprisonna ses doigts entre les siens.

— Ne me jugez pas avant de me connaître, Jillian… Même si je suis effectivement capable, par ailleurs, d'identifier une jolie petite pouliche de haute race lorsqu'il m'en passe une sous le nez, ajouta-t-il d'une voix lourde de sous-entendus, rien que pour le plaisir de voir ses yeux verts lancer des éclairs.

Jillian le gratifia d'un regard hautain.

— Il n'est pas exclu que nous fassions affaire. Mais il faudrait d'abord que j'examine votre étalon d'un peu plus près.

— Entendu. Passez demain matin à 9 heures.

L'invitation était tentante. Depuis le temps qu'elle venait dans le Montana, elle n'avait encore jamais eu l'occasion de visiter l'exploitation voisine. Quant à l'étalon… elle était tombée sous le charme au premier regard. Mais elle ne voulait surtout pas donner l'impression d'accepter trop vite.

— Je tâcherai de me libérer, mais je ne promets rien. J'ai un emploi du temps chargé demain.

Se sentant délaissé, Petite Boule vint se frotter contre

ses genoux. Distraite de ses négociations, Jillian secoua la tête et lui caressa doucement les flancs.

— Il se comporte plus comme un chiot que comme un bovin, commenta Aaron en se penchant pour gratter le veau derrière l'oreille.

Jillian fut surprise de noter à quel point ses gestes pouvaient être doux. Elle rit lorsque Petite Boule lécha la main d'Aaron.

— On dirait qu'il s'est pris d'affection pour vous. Il est encore trop jeune pour avoir le moindre discernement, le pauvre.

Aaron haussa un sourcil amusé et entreprit de masser la nuque du veau.

— Comme je vous le disais hier, le juste toucher est la clé de tout. Il existe une technique pour calmer les bébés, une autre encore pour débourrer un cheval. Et une troisième, plus raffinée, pour amollir une femme.

Etrangement à l'aise, Jillian lui jeta un regard plus amusé que choqué.

— « Amollir une femme » ? C'est une expression pour le moins particulière, Murdock.

— Elle dit bien ce qu'elle veut dire, non ? Rendre une femme plus souple, plus détendue, plus réceptive…

Le veau rassasié s'était roulé en boule dans le foin et paraissait sur le point de s'endormir.

— Un mammifère mâle typique, commenta Jillian d'un ton léger. Comme vous, d'ailleurs, je crois ?

— C'est possible. Vous, vous n'avez rien de typique, en revanche.

Plus détendue qu'elle n'avait cru pouvoir l'être en sa présence, elle se surprit à sourire.

— C'est un compliment ?

— Non. Juste une observation. Si je me risquais à vous faire un compliment, vous me le cracheriez à la figure.

Jillian éclata de rire.

— Seriez-vous un brin psychologue, Murdock ?

— Peut-être… Accessoirement, j'ai reçu un prénom à la naissance. Vous avez déjà envisagé de l'utiliser ?

— Jamais, non.

Elle dut s'avouer qu'elle mentait insolemment. Déjà, lorsqu'elle pensait à lui, c'était « Aaron » qui lui venait à l'esprit. Le problème, c'est qu'elle n'était pas censée penser à lui du tout, que ce soit en terme d'Aaron ou de Murdock. Mais la fatigue et la détente aidant, elle ne put s'empêcher de lui sourire quand même.

— Petite Boule dort, murmura-t-elle rêveusement.

Il suivit la direction de son regard et sourit à son tour.

— La journée a été longue.

— Jamais assez, en fait, soupira-t-elle en s'étirant. Je milite pour la journée de vingt-six heures.

— Vous ne croyez pas que vous voulez trop en faire ?

— Ça s'appelle avoir de l'ambition, Murdock. Je ne suis pas de ceux qui se contentent de tendre la main et de prendre ce qu'on leur donne.

Elle faisait allusion au ranch qu'il tenait de son père, comprit Aaron en refoulant une bouffée de colère. S'interdisant de riposter avec violence, il haussa les épaules.

— Chacun fait ce qu'il a à faire.

Contrariée, Jillian se leva et épousseta son jean. Elle aurait aimé qu'il se défende, qu'il justifie l'attitude soumise qu'il avait adoptée envers son père. Mais que lui importait, après tout, la façon dont Aaron Murdock organisait son existence ?

— Bon, j'ai encore du travail administratif qui m'attend.

Il se leva à son tour, l'acculant sans qu'elle y ait pris garde dans un coin du box.

— Vous ne m'offrez même pas un café, Jillian ?

Alors seulement, elle vit la fureur contenue qui brillait dans ses yeux sombres. Mais si la colère d'Aaron ne lui faisait pas peur, elle était littéralement terrifiée de sentir son propre cœur battre la chamade.

— Non, répondit-elle d'une voix égale. Je ne vous offre rien du tout.

Il glissa les pouces dans sa ceinture.

— Vous avez un problème avec la politesse ?

— Les convenances m'ennuient.

Le regard d'Aaron étincela. Mais sa voix restait basse, douce, enveloppante.

— Ah, oui ? Alors laissons-les tomber une fois pour toutes.

Avant qu'elle puisse réagir, il l'attrapa par le devant de sa chemise et l'attira contre lui.

— Murdock ! protesta-t-elle, sous le choc.

Mais il ne lui laissa pas le temps de digérer les sensations créées par ce soudain contact corps à corps. Déjà sa bouche se refermait sur la sienne.

Oh, non, soupira en elle une voix faible et alanguie, alors même qu'elle se débattait encore comme une tigresse. Se défendre contre Aaron ne lui faisait pas peur. Mais se défendre contre les sensations qu'il induisait en elle ?

Elle tenta de le repousser mais il resserra la pression de ses bras autour d'elle. En se tortillant, elle ne réussit qu'à s'émouvoir davantage au contact de ses cuisses plaquées contre les siennes.

Stop. Non. D'une façon ou d'une autre, il lui fallait mettre un terme à la montée incontrôlée du désir en elle. Pendant cinq ans, elle y était parvenue sans l'ombre d'un effort. Mais, aujourd'hui, son sang échauffé courait trop vite dans ses veines et elle ne savait plus comment endiguer cette soudaine effervescence. Ses mains se crispèrent sur la poitrine d'Aaron tandis que sa bouche commençait à s'animer sous la sienne.

Aaron avait à la fois anticipé et désiré sa réaction de colère. Sa violence le ravissait. Il aimait sa combativité, son insolence. Mais il ne s'était pas attendu à trouver ses lèvres si douces. Ni son corps mince, ferme et nerveux si parfaitement complémentaire du sien.

Lorsque Jillian cessa brusquement de se débattre pour nouer les bras autour de son cou — lorsque, au lieu de subir, elle se mit à prendre et exiger à son tour — il demeura un instant sous le choc. Elle avait lutté avec une telle détermination ! Pas un instant, il n'avait envisagé qu'elle puisse être troublée par le baiser qu'il lui avait imposé dans un mouvement d'humeur.

Secoué, il se rejeta en arrière pour faire le point sur cette nouvelle situation.

Jillian leva les yeux vers lui. Sa respiration était hachée, presque haletante. Ses longs cheveux ruisselaient comme une cascade de feu dans son dos, ses yeux de chat luisaient dans la pénombre. Elle secoua la tête, comme si elle cherchait à se clarifier les idées.

Mais il ne lui laissa pas le temps de reprendre ses esprits. Avec un juron bref, il écrasa de nouveau ses lèvres sur les siennes.

Si elle ne se débattit pas, cette fois-ci, Jillian ne se soumit pas pour autant. Elle répondit au désir par le désir. Prenant là où il y avait à prendre ; donnant là où le don était nécessaire. Elle joua avec ses lèvres, avec sa langue. Goûta la saveur si extraordinairement masculine de sa bouche. Il la tenait, l'embrassait avec une vigueur insolemment primitive.

Et son ardeur dépourvue d'artifice enchantait Jillian. Elle laissa son corps prendre les commandes et découvrit qu'elle avait aspiré depuis des années à l'oubli qu'elle vivait dans les bras d'Aaron. Se sentir prise, ravie, emportée. Aller dans l'abandon jusqu'à perdre la capacité de penser. Ici, dans cet espace de chair et de feu qui se tissait entre Aaron et elle, il n'y avait pas de place pour les obligations et les responsabilités. Dans ce brûlant corps à corps, elle était femme et seulement femme.

Aaron se demanda quel philtre magique Jillian lui avait fait boire à son insu. Il cherchait à reprendre le contrôle de lui-même, mais ses mains et ses lèvres semblaient animées d'une volonté propre. Et lorsqu'il essayait de réfléchir, ses pensées se délitaient d'elles-mêmes. La sensualité exacerbée de Jillian conférait à leurs étreintes toute la volupté dont son corps ferme et longiligne semblait *a priori* dépourvu.

Et il commençait à se demander comment il avait pu vivre privé de ces délices jusqu'à l'âge avancé de trente ans.

Choqué de s'entendre penser une chose pareille, Aaron se dégagea doucement. Lorsqu'il fit un pas en arrière, Jillian chancela. *Qu'avait-elle fait ?* La respiration coupée, elle scruta le visage à la fois aristocratique et rude, les cheveux noirs qui lui tombaient dans la nuque, le regard encore incandescent. Aaron Murdock… Comment avait-elle pu oublier aussi radicalement qui ils étaient l'un et l'autre ?

Effarée de s'être laissée aller ainsi dans les bras de l'ennemi, Jillian leva le menton et fit un effort démesuré sur elle-même pour raffermir sa voix.

— Voilà, Murdock… Vous vous êtes bien amusé, j'espère ? Dégagez d'ici, maintenant.

Amusé ? Aaron aurait eu le plus grand mal à mettre des mots sur ce qu'il venait d'éprouver. Mais il était sûr et certain que « l'amusement » n'y avait eu aucune part. Les murs autour de lui tournaient légèrement. Comme le jour — déjà lointain — où il avait pris sa première cuite. L'expérience avait été intéressante. Mais il l'avait payée cher le lendemain.

Et avec Jillian aussi, il y aurait un prix à payer, sans doute.

D'un geste désinvolte, il ramassa son chapeau. Il n'avait qu'une hâte : sortir de la grange, respirer un grand coup et retrouver ses capacités de jugement.

— C'est une excellente suggestion, Jillian. Même si vous êtes difficilement résistible, je ferai mon possible pour rester à distance.

Muette et tremblante, Jillian le suivit des yeux. Même une fois que le bruit de ses pas se fut éteint dans la nuit, elle attendit cinq bonnes minutes avant de se risquer hors de la grange. Longeant le dortoir des employés, elle regagna à grands pas la vaste demeure construite par son grand-père à la place de l'ancienne ferme qui avait abrité leurs ancêtres. Clay avait toujours proclamé qu'il était né dans une maison qui aurait tenu dans la cuisine du ranch actuel.

Jillian entra par la porte d'entrée principale qui, même à cette heure tardive, restait ouverte en permanence. Typique du Montana, la maison avait un vaste séjour rustique où le bois et la pierre de taille se mariaient avec un rare bonheur aux ocres chauds de la terre cuite. Dans la cheminée aux dimensions royales, on aurait pu faire rôtir aisément un bouvillon entier. Les rideaux en dentelle ivoire que sa grand-mère avait apportés d'Irlande étaient encore accrochés aux fenêtres. Jillian avait toujours regretté de ne pas avoir connu la mère de son père. On disait de Maggie Baron qu'elle avait une opulente chevelure rousse, une silhouette fragile et les reins solides.

D'après Clay, Jillian avait hérité à la fois de la couleur de cheveux et du sale caractère de son aïeule. Et sans doute avait-elle également reçu les reins solides en partage. Songeuse, Jillian grimpa au premier étage de la grande maison vide. Et se surprit pour la première fois depuis son arrivée dans le Montana à regretter le manque de présence féminine.

Ce soir, elle aurait aimé parler à une femme. Une femme capable de comprendre la guerre intérieure qui se déchaînait en elle. Pendant une fraction de seconde, Jillian songea à appeler sa mère. Mais l'idée même la fit sourire. Si elle avouait à sa mère qu'elle était malade de désir pour un homme qui aurait dû lui être détestable, la docile épouse du Dr Baron deviendrait écarlate et lui recommanderait de lire au plus vite quelque solide ouvrage psychologique traitant de la question.

Jillian adorait sa mère, mais elle savait que c'était le genre de femme à qui certaines impérieuses nécessités physiques resteraient à jamais étrangères. Avec un soupir, elle ôta son jean et sa chemise, et les jeta en tas dans un coin avant de déambuler nue dans la salle de bains.

Autant le reconnaître : ce qu'elle avait éprouvé dans les bras d'Aaron était impérieux à souhait. Alors qu'elle n'avait rien ressenti de la sorte depuis cinq ans. C'était une bonne chose qu'elle n'ait jamais oublié Kevin et leur brève et malheureuse histoire.

A supposer, du moins, qu'une seule nuit partagée puisse être qualifiée « d'histoire ». Quoi qu'il en soit, la relation avait été un fiasco. A vingt ans, elle était vierge, innocente et stupidement sentimentale. L'interne à l'allure romantique dont elle s'était crue éperdument amoureuse n'avait ni menti ni manœuvré pour l'attirer dans son lit par de fausses promesses. Elle ne pouvait s'en prendre qu'à elle-même si elle s'était jetée à sa tête dans un grand élan de passion. Kevin l'avait d'ailleurs initiée au plaisir avec beaucoup de patience, de compétence et de gentillesse.

Elle n'avait rien — strictement rien — à lui reprocher, en fait. Il avait juste laissé échapper quelques malheureux « je t'aime » dans l'extase, qui n'avaient de sens pour lui que dans l'exaltation du moment.

Alors que son « je t'aime » à elle avait valeur de serment.

Elle avait découvert ainsi que l'acte de chair n'était pas en soi un engagement. Lorsqu'elle avait abordé la question de leur avenir commun, Kevin avait ri gentiment avant de remettre les pendules à l'heure : il ne cherchait ni femme ni compagne à temps plein. Juste une amie avec qui prendre du bon temps.

Sa désinvolture l'avait anéantie. Pour Kevin, elle était prête à tous les compromis, pourtant. Elle aurait même accepté d'imposer le silence à sa nature indépendante pour devenir une docile épouse de médecin comme sa mère. Il lui avait fallu des mois pour réaliser à quel point elle avait été stupide. Alors que Kevin s'était contenté de flirter gentiment avec une jeune étudiante, elle avait pris tous ses compliments au pied de la lettre et les avait montés en épingle. Finalement, il lui avait rendu service en la déniaisant dans tous les sens du terme.

Après avoir quitté Kevin en claquant la porte, elle avait pu faire ses propres choix de vie. Et elle savait désormais à quoi s'en tenir avec les beaux discours masculins. Les hommes, avait-elle compris, étaient beaucoup trop dangereux pour elle. Les aimer équivalait à se perdre soi-même.

Pour l'amour de Kevin, elle aurait été prête à toutes les bassesses, à tous les renoncements. Et la même chose, au fond, s'était produite avec son médecin de père. Enfant, elle avait tout essayé pour lui plaire. Mais ses tentatives avaient échoué une à une car elle ressemblait trop à son grand-père.

Clay Baron était le seul homme, en définitive, qui l'avait aimée en la prenant telle qu'elle était. Mais Clay reposait désormais à quelques pieds sous terre.

Jillian se glissa dans son bain et ferma les yeux, laissant l'eau brûlante chasser la fatigue de sa tête et de ses muscles. Si Aaron Murdock était à la recherche d'une aventure sexuelle sans lendemain, il faudrait qu'il cherche une autre candidate.

La solitude était sa compagne. Et elle n'en voulait pas d'autre pour le moment.

3

Viendra ? Ne viendra pas ?

Aaron dévalait la montagne au volant de sa vieille Jeep, zigzaguant sur la piste creusée d'ornières. Il venait d'effectuer un ravitaillement dans un de leurs campements de montagne. Et il serait volontiers resté quelques jours en pleine nature en compagnie de ses hommes pour passer des journées entières en selle à transpirer, puis lézarder le soir autour d'un feu de camp.

Il avait toujours aimé l'existence rude et solitaire des éleveurs traditionnels. Même s'il avait introduit dans leur ranch tous les éléments de modernité qu'avait toujours refusés son père.

Avec une grimace amère, Aaron songea au combat qu'il avait dû mener six ans plus tôt pour imposer l'avion que Paul considérait alors comme un luxe absurde. Renonçant à le convaincre, il avait fini par payer l'appareil lui-même. Aujourd'hui encore, son père continuait à soutenir mordicus qu'ils auraient très bien pu se passer de « ce maudit coucou ».

Aaron se contentait désormais de le laisser vitupérer sans rien dire. Non seulement l'avion servait régulièrement mais il avait fait mille fois la preuve de son utilité. Le fils avait gagné dans les faits, même si le père refuserait jusqu'au bout de reconnaître qu'il avait eu raison.

La longue série de différends qui l'avait opposé à Paul Murdock avait culminé cinq ans auparavant en une dispute homérique qui avait failli aboutir à une rupture définitive.

Aujourd'hui encore, la relation entre eux restait explosive. Aaron savait qu'il aurait à se battre pour chaque innovation qu'il voudrait apporter. Tout en ayant conscience qu'il sortirait désormais victorieux de chacun de leurs bras de fer. Son père était obstiné comme une mule mais pas stupide. Et il était gravement malade, désormais.

Dans six mois… Un an tout au plus…

Les mâchoires crispées, Aaron passa une vitesse. Il lui pesait de penser que le combat acharné que son père menait contre le cancer touchait à sa fin. Et il n'y avait rien, strictement rien, qu'il puisse faire pour aider le vieux bougre à vaincre cet ultime traquenard.

Se sentir sans recours avait toujours été difficilement supportable pour Aaron. Ce en quoi il ressemblait beaucoup à son père, d'ailleurs. Peut-être était-ce leur grande similarité de caractère qui faisait que Paul et lui avaient passé leur vie à se battre.

Repoussant ses angoisses dans un coin de ses pensées, Aaron se concentra sur la jeunesse et la fraîcheur de Jillian. Viendrait-elle ? Avec un sourire en coin, il accéléra en longeant un pré envahi par les armoises. Bien sûr que Jillian Baron serait présente au rendez-vous. Ne serait-ce que pour lui prouver qu'il ne lui faisait pas peur.

Elle déboulerait dans son ranch menton levé, en lui jetant un de ces regards brillants de défi dont elle avait le secret. Le plus étonnant, c'est qu'il avait envie de cette fille au point de ne plus en dormir la nuit. La veille, après les quelques baisers qu'ils avaient échangés, il lui avait fallu un moment pour retrouver l'usage de la parole.

S'il avait ouvert la bouche tout de suite, il se serait mis à bégayer, exactement comme à seize ans, le jour où Emma Lou Swanson l'avait initié dans les foins aux délices de la sexualité adulte.

Compte tenu de la riche expérience qu'il avait accumulée depuis, il ne comprenait toujours pas pourquoi il réagissait avec Jillian comme un adolescent débordé par sa libido. Mais une chose était certaine : il n'avait pas l'intention d'en rester là. Le hors-d'œuvre qu'il avait eu la veille n'avait fait qu'aiguiser ses appétits. Et il était décidé à consommer le plat de résistance sans attendre.

Jillian était une authentique Baron, de toute évidence : impétueuse, obstinée et un rien tête brûlée. En fait, si les Baron et les Murdock avaient tant de mal à s'entendre, c'était pour une raison bien simple : d'un côté comme de l'autre de la ligne de partage qui séparait leurs deux domaines, ils étaient dotés du même caractère de cochon.

Reprendre le ranch de son grand-père représentait un sacré défi pour Jillian. Mais il était persuadé qu'elle saurait le relever. Et il aurait plaisir à la voir réussir. Presque autant qu'il en aurait à faire l'amour avec elle.

Sifflotant joyeusement, Aaron se gara devant la maison principale. Près de la grange, un chien jappa sans conviction à son approche. De la cantine toute proche s'élevait le chant mélancolique d'un harmonica. La porte d'entrée s'ouvrit et sa mère sortit, avec une expression de profonde fatigue sur le visage.

Elle était tellement belle, songea Aaron. Si belle qu'il n'avait jamais pu s'y habituer tout à fait. Petite et mince, Karen Murdock se mouvait avec la grâce fragile d'un oiseau. Elle avait vingt-deux ans de moins que son mari et ni le froid de l'hiver ni les soleils impitoyables du Montana n'avaient altéré la clarté lumineuse de son teint.

Vêtue d'un chemisier rose pâle et d'un pantalon clair, ses cheveux blonds rassemblés sur la nuque, elle aurait fait bonne figure dans n'importe quel raout mondain. Mais, en cas d'urgence, elle était tout aussi capable de sauter en selle et de tendre des fils de clôture durant trois heures d'affilée.

— Tout va bien, là-haut, au campement ? s'enquit Karen en l'embrassant.

— Ça ne se passe pas trop mal, dans l'ensemble. Les gars n'ont pas perdu leur temps. Ils ont réussi à récupérer tout le bétail qui s'était échappé par la clôture sud.

Aaron prit une des mains de sa mère dans les siennes.

— Tu as l'air fatiguée ?

— Non, ça va. Ton père, lui, n'a pas très bien dormi, en revanche. Tu n'es pas venu le voir hier soir.

— Il n'aurait pas mieux dormi s'il avait eu ma visite. Au contraire, même.

— Vos prises de bec le distraient de sa souffrance.

Aaron eut un sourire sans joie.

— C'est une chance que je trouve toujours le moyen de le contrarier, alors.

Debout sur le perron, le visage à hauteur du sien, sa mère lui posa la main sur l'épaule.

— Tu aides ton père plus que tu ne le crois, Aaron.

— Hier matin, il m'a encore envoyé au diable.

— C'est très bien, justement. Moi, j'ai tendance à le couver, même si je sais que ce n'est pas ce dont il a besoin. Alors que toi, tu le secoues en réveillant sa colère. En luttant contre toi, il lutte pour vivre, d'une certaine façon. Mais, au fond de lui, il sait pertinemment que tu as raison.

Le ton d'Aaron se durcit malgré lui.

— Tu n'as pas besoin de m'expliquer comment il fonctionne. Je le connais par cœur.

— Presque, mon chéri. Presque, murmura Karen en pressant la joue contre la sienne.

Et ce fut ainsi qu'en arrivant au Double M, Jillian trouva Aaron avec les bras passés autour d'une très belle femme blonde. Une pointe inattendue de jalousie lui transperça la poitrine. Furieuse, elle freina un peu trop brutalement et l'arrière de sa voiture chassa, alors qu'elle se garait à côté de la Jeep.

Aaron se retourna et répondit par un sourire à son regard courroucé. Elle le maudit tout bas pour sa légèreté typiquement masculine. Et dire qu'elle n'avait pas dormi de la nuit à cause de ce séducteur sans scrupule !

Les lèvres serrées, elle se dirigea droit vers lui. Une chose était certaine : elle ne lui offrirait pas la satisfaction de lui montrer qu'il l'avait blessée.

— Je suis venue voir votre étalon, Murdock, lâcha-t-elle froidement.

— Ah, Jillian… je vous ai pourtant déjà dit que vos manières étaient déplorables, commenta Aaron, visiblement hilare.

En cet instant, elle l'aurait volontiers découpé en morceaux et pilé au mortier.

— Murdock…

— Je ne crois pas que vous ayez déjà eu l'occasion de faire connaissance, toutes les deux ?

— Pas encore, non.

Amusée par la lueur qui brillait dans le regard de son fils et par l'expression orageuse de l'arrivante, Karen descendit du perron.

— Je suis Karen Murdock, la mère d'Aaron.

Bouche bée, Jillian se tourna vers Karen. Si lumineuse. Si élégante. Et si extraordinairement jeune, surtout.

— Sa mère ? ne put-elle s'empêcher de répéter stupidement.

Karen s'appuya en riant sur l'épaule d'Aaron.

— Je considère que je viens de recevoir un très beau compliment… Allez, je vous laisse faire affaire, tous les deux. Mais si vous avez cinq minutes, entrez prendre un café avant de repartir, Jillian. La compagnie féminine est tellement rare par ici que je serais ravie de bavarder un peu avec vous.

— Euh… oui, je n'y manquerai pas. Merci, madame Murdock.

Sourcils froncés, Jillian suivit des yeux la gracieuse silhouette de Karen.

— C'est la première fois que je vous vois à court de mots, Jillian.

Elle leva les yeux vers lui.

— Votre mère est très belle.

— Et ça vous surprend ?

Si seulement il pouvait cesser de sourire comme ça. Elle lui jeta un regard mauvais.

— L'élément de surprise vient surtout de ce que vous ne lui ressemblez pas du tout, Murdock.

Aaron lui passa un bras autour des épaules.

— Quelle charmeuse vous faites, Jillian.

Tentée de laisser son bras où il était, elle se força à le repousser quand même.

— Vous sentez le jasmin aujourd'hui, commenta-t-il, sans paraître s'offusquer. Vous vous êtes parfumée pour moi ?

Elle le foudroya du regard.

— Vous croyez vraiment que j'ai du temps à perdre avec ce genre de futilités, Murdock ?

Pour toute réponse, il lui ôta son chapeau en riant et lui plaça un rapide baiser sur les lèvres. Le temps de rassembler ses esprits, et Jillian explosa.

— De quel droit osez-vous ?

Il leva les mains en signe de reddition.

— Désolé. J'ai perdu la tête. Il se produit des choses étranges en moi lorsque vous me regardez comme si vous aviez envie de me découper en morceaux, précisa-t-il en lui replaçant son chapeau sur le crâne.

— La prochaine fois, je ne me contenterai pas de regarder, prévint-elle. Je passerai directement à la découpe.

Aaron aligna son pas sur le sien.

— Comment va le petit veau ?

— Bien. J'attends la visite du vétérinaire, cet après-midi. Mais je pense qu'il s'en sortira.

— Il a été conçu par votre nouveau taureau ?

Elle fronça les sourcils.

— Que savez-vous de mon nouveau taureau, au juste ?

— Il en est beaucoup question, par ici. Et il se trouve que vous l'avez raflé sous mon nez, ce noble animal. Je m'apprêtais à faire le voyage en Angleterre lorsque j'ai appris que vous l'aviez déjà acheté.

Jillian accueillit cette heureuse nouvelle avec un grand sourire.

— Ah, oui ?

— Je savais que ça vous ferait plaisir d'apprendre cela.

Elle posa un pied chaussé de bottes sur la barrière du corral.

— Ce n'est pas une réaction très sympathique de ma part, admit-elle. Je n'ai pas un tempérament aimable, Murdock.

Il hocha la tête.

— Dans ce cas, nous devrions nous entendre. Comment l'a-t-on surnommé, votre taureau, déjà ?

— Des surnoms, il en a une bonne dizaine. « Casanova » est le seul d'entre eux que l'on puisse répéter en compagnie choisie.

Il rit doucement.

— Il me semble en avoir entendu deux ou trois qui étaient encore plus suggestifs, en effet. Combien de veaux jusqu'à présent ?

— Une cinquantaine. Mais les vaches commencent tout juste à vêler.

— Vous avez recours à l'insémination artificielle ?

Sur la défensive, elle fronça les sourcils.

— Pourquoi cette question ?

— Nous exerçons le même métier, Jillian.

— Justement.

— On peut être collègues sans être forcément rivaux.

Jillian enfonça son chapeau sur son crâne.

— Montrez-moi votre étalon, Murdock, lui demanda-t-elle sèchement.

Aaron ne répondit rien. Il se contenta de la regarder droit dans les yeux. Puis il prit un licol accroché à un clou et sauta d'un bond souple dans le corral.

Jillian réalisa soudain qu'elle avait fait preuve d'une impolitesse qui confinait à la grossièreté. Etre réservée, distante et même inamicale était une chose. Mais ça ne lui ressemblait pas de se comporter comme elle venait de le faire.

Sourcils froncés, Jillian prit appui sur la barrière et regarda Aaron s'approcher de l'étalon. Le cheval et son maître avaient indiscutablement des points communs. Ils étaient aussi racés, aussi farouchement mâles l'un que l'autre. Avec une nette tendance pour chacun d'entre eux à ne vouloir en faire qu'à sa tête.

Or, l'étalon n'était manifestement pas d'humeur à accepter le licol. Aaron le siffla, puis l'appela par son nom. Pourtant, Samson se contenta de secouer sa crinière avec indifférence avant de s'éloigner dédaigneusement.

— Quel démon, bougonna Aaron.

Mais elle entendit l'humour percer sous la remontrance. Il tenta une seconde approche que Samson esquiva avec une morgue royale. Eclatant de rire, Jillian se percha sur la barrière pour suivre la scène. Aaron lui adressa un clin d'œil et s'éloigna sur un haussement d'épaules. Mais il avait à peine traversé la moitié du corral lorsque Samson fit demi-tour et le poussa amicalement du museau.

— Ça y est ? Tu es d'humeur à te réconcilier ? commenta Aaron en lui ébouriffant affectueusement la crinière. C'est un peu tard maintenant que tu m'as ridiculisé aux yeux de cette dame.

Ridicule ? Lui ? Jillian connaissait suffisamment les chevaux pour admirer la maestria avec laquelle Aaron maniait son étalon. S'il avait voulu l'impressionner, il aurait pu en rajouter dans le spectaculaire. Or, il avait adopté l'attitude radicalement inverse en s'appliquant, au contraire, à donner l'illusion de la facilité. Jillian dut admettre avec un léger soupir que tout ce qu'elle avait vu d'Aaron Murdock jusqu'à présent forçait le respect.

Elle tendit la main pour flatter l'encolure de Samson.

— Aaron ? dit-elle, utilisant son prénom à dessein.

— Oui ?

— Je suis désolée.

Le regard sombre demeura indéchiffrable. Mais il lui offrit sa main tendue en signe de réconciliation. Jillian l'accepta et sauta dans le corral.

— Il est magnifique, commenta-t-elle en laissant glisser une main admirative sur un flanc doux comme de la soie. Vous l'avez depuis longtemps ?

— Depuis sa naissance, en fait. Mais il m'a fallu cinq jours pour capturer son père.

Levant les yeux, Jillian vit une lueur d'excitation briller dans son regard.

— Ils devaient être au moins cent cinquante mustangs dans sa harde. Et Django était le cheval dominant. C'était de loin le plus fier et le plus sauvage de tous. Il a failli me tuer la première fois que j'ai réussi à lui passer le lasso. Même une fois prisonnier dans sa stalle, il a été à deux doigts de tout casser et de s'enfuir. On aurait dit le diable en personne avec ses jambes en sang et son regard fou. Il a fallu qu'on se mette à six pour le tenir et le forcer à saillir la jument.

— Et qu'est-il advenu de Django par la suite ? s'enquit Jillian avec inquiétude.

La castration était généralement le sort réservé à ces étalons indomptables. Le regard d'Aaron trouva le sien au-dessus du garrot de Samson.

— Je l'ai relâché. Certains êtres ne sont pas faits pour vivre en captivité.

Sans réfléchir, elle tendit la main à Aaron.

— C'est une belle décision.

Les yeux plongés dans les siens, il lui caressa les doigts.

— Vous êtes une femme intéressante, Jillian. Avec quelques brèches délicieuses dans votre redoutable cuirasse.

Troublée, elle tenta de dégager sa main.

— La cuirasse est solide et les brèches sont rares, croyez-moi.

— Ce qui les rend d'autant plus attachantes. Vous étiez belle hier soir, avec votre visage baigné de lumière, en train de murmurer des mots tendres à votre nouveau-né à quatre pattes.

Pourquoi le banal compliment lui faisait-il battre le cœur ? Jillian secoua la tête.

— Je ne suis pas belle. Et je n'ai aucune envie de l'être.

Amusé, Aaron inclina la tête.

— Vous n'avez pas envie d'être belle mais vous l'êtes quand même. On n'a pas toujours ce qu'on veut dans la vie.

— Ne recommencez pas, Murdock, ordonna-t-elle avec suffisamment d'autorité pour faire frémir l'étalon entre eux.

— Recommencer quoi ?

Jillian soupira.

— Je me demandais tout à l'heure pourquoi je me comportais toujours de façon aussi grossière avec vous. Mais la raison est simple, en fait : il n'y a que la violence que vous compreniez. Lâchez-moi la main !

— Non.

D'une tape sur l'arrière-train, il chassa Samson, si bien qu'ils se retrouvèrent face à face, sans autre séparation entre eux que quelques centimètres de terre battue.

— Je me demandais de mon côté pourquoi j'avais toujours envie de vous mettre une fessée ou de vous jeter sur une épaule pour vous traîner dans la grotte la plus proche, ajouta-t-il pensivement. Peut-être est-ce pour la même raison, au fond. Parce que vous ne comprenez que la force.

— Vos raisons ne m'intéressent pas, Murdock.

— Ah, non ? J'aurais peut-être pu te croire s'il n'y avait pas eu le baiser d'hier soir, murmura-t-il d'une voix soudain caressante. J'ai commencé, c'est vrai. Mais tu admettras que tu as fini par participer activement. Et j'ai passé la nuit à réfléchir à la suite que j'ai envie de donner à ce fascinant prélude.

Etait-ce parce qu'il avait prononcé une vérité qu'elle n'avait aucune envie d'entendre ? Ou réagissait-elle à son regard sardonique et à son ton insolent ? Toujours est-il que son poing serré atterrit soudain avec force dans l'estomac d'Aaron.

— Voilà la suite que *je* donne à ton « fascinant prélude », lança-t-elle par-dessus son épaule en s'éloignant à grands pas.

Elle n'alla pas très loin, cependant. Aaron se jeta sur elle par-derrière et la cloua au sol. Couchée sous lui, elle se débattit avec une énergie farouche. Mais Aaron la maîtrisa sans difficulté.

— Espèce de dangereuse furie ! Depuis le début, tu as tout fait pour mériter une solide correction.

— Parce que tu crois que je te laisserai lever la main sur moi, Murdock ?

Jillian tenta de lui mettre un coup de genou stratégique. Mais il modifia sa position juste à temps. Et elle se retrouva en position de vulnérabilité totale, plaquée au sol avec une cuisse d'Aaron passée entre les siennes. Une onde de chaleur qui n'avait rien à voir avec la colère la traversa de part en part.

— Ah, c'est comme ça que tu veux te battre ? Dans le style « tous les coups sont permis, même les plus bas » ?

Elle ouvrit la bouche pour l'insulter mais il l'embrassa avant qu'elle ait pu émettre un son. Aaron sentit le pouls de Jillian s'accélérer sous ses doigts, puis ne perçut plus rien que le nectar qu'il buvait à ses lèvres. Il n'aurait même pas su dire si elle se débattait encore sous lui tellement le goût de sa bouche l'enivrait.

Les sensations qu'elle éveillait en lui étaient si riches et nuancées qu'il aurait pu continuer à embrasser Jillian Baron une vie entière. Troublé que ce concept de « vie entière » lui ait soudain traversé l'esprit, il se redressa en la maintenant fermement par les poignets.

— Je devrais te rosser au lieu de t'embrasser.

— J'aurais préféré les coups, rétorqua-t-elle, menton levé.

Il était déjà arrivé à Jillian de mentir. Mais c'était la première fois qu'elle le faisait aussi effrontément. Qu'Aaron l'ait envoyée au sol, O.K. C'était de bonne guerre. Mais comment pouvait-elle avoir *envie* que leurs bouches se reprennent, que leurs langues bataillent, que leurs bras se saisissent de nouveau ?

— Tu pourrais ôter ta carcasse de là, Murdock ? Tu n'es pas aussi efflanqué que tu en as l'air.

— Je préfère te parler dans cette position. C'est moins risqué.

— Je n'ai rien à te dire.

Une lueur machiavélique scintilla dans les yeux noirs d'Aaron.

— Si tu n'as pas envie de parler, on peut s'occuper autrement.

Il se penchait sur ses lèvres lorsque Samson les interrompit en poussant son museau entre eux. Aaron l'écarta avec impatience.

— Fiche-moi la paix et trouve-toi une pouliche, cheval de malheur.

Ce fut plus fort qu'elle : Jillian éclata de rire lorsque l'étalon revint à la charge.

— Ton cheval a des techniques de séduction plus sophistiquées que les tiennes, Aaron ! Allez, laisse-moi me relever, maintenant.

Il scruta le jeune visage levé vers lui : les yeux verts brillants, sa chevelure de feu étalée dans la poussière.

— Tu devrais le faire plus souvent, Jillian.

Elle souffla sur une mèche de cheveux qui lui tombait sur les yeux.

— Faire quoi ?

— Me regarder comme ça en riant.

— Aaron… Si je te demande pardon pour ce coup de poing, accepteras-tu de me libérer ?

— Ne gâche pas la beauté du moment. Tu m'as pris par surprise mais tu ne me frapperas pas une seconde fois.

Cela, elle était toute prête à le croire.

— D'accord. Mais, ce coup, tu l'avais mérité. Et tu t'es vengé depuis. La terre est dure, Murdock.

— La terre, peut-être. Mais toi, tu es plutôt confortable. Que reproches-tu à mes techniques de séduction, au fait ?

— Le moins que l'on puisse dire, c'est qu'elles ne sont pas très raffinées. Et maintenant, si tu veux bien m'excuser… Certains d'entre nous sont obligés de travailler pour vivre, Murdock.

— C'est du raffinement que tu veux, alors ? conclut-il en se penchant pour laisser courir ses lèvres sur ses pommettes et sur son front. Qu'à cela ne tienne. Je ne demande qu'à améliorer mes méthodes.

— Non, protesta-t-elle d'une voix tremblante en sentant sa bouche se rapprocher dangereusement de la sienne.

Aaron demeura un instant en suspens. Il s'était attendu à tout sauf à la soudaine vulnérabilité qu'il lisait dans les yeux verts dardés sur lui.

— Mmm… Encore un point faible dans l'armure de la guerrière, chuchota-t-il. Je te préviens que je vais être tenté de me servir de cet avantage contre toi.

— Le seul avantage que tu as sur moi en ce moment, c'est ton poids, maugréa-t-elle.

Une ombre tomba sur eux avant qu'Aaron puisse répondre.

— Alors, mon fils ? Que fais-tu par terre dans la poussière, couché sur une jolie fille ?

Tournant la tête, Jillian vit un vieil homme aux yeux sombres dressé au-dessus d'eux. La ressemblance avec Aaron était évidente. Mais comment imaginer que ce vieillard trop maigre lourdement appuyé sur une canne puisse être le redouté Paul Murdock ?

Aaron sourit en levant les yeux vers son père.

— J'hésite entre lui mettre une raclée et lui faire l'amour, admit-il avec la plus parfaite décontraction.

Le vieux Murdock rugit de rire.

— Comme tu n'es ni aveugle ni stupide, mon fils, le choix s'impose de lui-même. Mais, en attendant, comporte-toi comme un être civilisé et relève-toi que je puisse voir un peu à quoi elle ressemble.

Aaron s'exécuta obligeamment et la hissa sur ses pieds, comme s'il avait affaire à un vulgaire paquet. Jillian le foudroya du regard. Qui aurait pu prévoir qu'elle se retrouverait pour la première fois en présence de Paul J. Murdock, échevelée, couverte de poussière, et toute chaude encore du corps de son fils ?

— Ainsi vous êtes la petite-fille de Clay Baron ?

Elle soutint sans broncher le regard acéré du patriarche.

— Oui.

— Vous ressemblez à votre grand-mère.

Jillian leva le menton.

— Il paraît, oui.

— Elle avait un sacré tempérament, votre grand-mère. C'est la seule Baron à avoir jamais mis les pieds ici, d'ailleurs. Elle est venue à pied pour souhaiter la bienvenue à Karen, juste après notre mariage. Et si un de mes hommes avait eu le malheur d'essayer de l'arrêter, elle lui aurait mis un œil au beurre noir sans hésiter.

Accoudé à la barrière, Aaron porta ostensiblement la main à son estomac.

— Je sais de qui elle tient, cette tigresse, alors, commenta-t-il en se tournant vers son père. C'est elle qui m'a attaqué, figure-toi. Et elle n'y est pas allée de main morte.

Jillian essuya la poussière sur son chapeau.

— Il va falloir songer à renforcer tes abdominaux, Murdock. Car je peux frapper plus fort que ça.

Paul Murdock se mit à rire.

— J'aurais dû l'endurcir un peu plus, ce garçon… Quel est votre prénom, jeune fille ?

Elle tourna un regard hésitant dans sa direction.

— Jillian.

— Vous êtes jolie et vous semblez avoir la tête sur les épaules. Mon épouse apprécierait votre compagnie. Entrez donc boire un café avec nous.

Jillian n'en croyait pas ses oreilles. Ainsi le terrible Murdock — l'ennemi ancestral de son grand-père — l'invitait aimablement à venir papoter un moment chez lui ?

— Merci, monsieur Murdock, murmura-t-elle, interdite.

Ils se dirigèrent à pas lents vers le ranch, adaptant leur allure à celle du vieil homme. Comme Paul Murdock se débattait avec sa canne pour négocier les marches du perron, Jillian tendit automatiquement le bras pour l'aider. Mais Aaron la retint par le poignet et secoua la tête.

— Karen ? lança Murdock d'une voix forte quoique essoufflée. Nous avons de la compagnie.

Ouvrant la porte d'un geste large, le vieil homme fit signe à Jillian d'entrer.

Le « ranch house » des Murdock était plus vaste et plus élégant qu'Utopia. Mais les deux maisons avaient en commun le style typique de l'Ouest, avec ses lambris en chêne et ses carrelages en terre cuite. On trouvait cependant au Double M quelque chose qui manquait à Utopia : une pointe de raffinement féminin dans le décor.

Jillian nota les vases de potier avec des bouquets de fleurs fraîches, le grand miroir en bronze, les harmonies de couleurs. Même si Clay Baron avait gardé les rideaux en dentelle ivoire de son épouse défunte, sa maison s'était « masculinisée », au fil des années.

De grands pots en cuivre près de la cheminée contenaient des compositions de fleurs sèches. Dans l'arrondi d'une fenêtre était aménagée une banquette confortable avec des coussins de couleurs vives.

Karen entra en poussant une table roulante sur laquelle étaient disposées une cafetière en argent et des tasses.

— Aucun de ces deux hommes n'a pensé à vous proposer de vous asseoir, Jillian ? s'écria-t-elle en secouant la tête.

Murdock se laissa choir lourdement dans un grand fauteuil en cuir sombre.

— Aaron et la petite Baron se fréquentent d'assez près, apparemment, commenta-t-il avec un sourire jovial en se tournant vers son épouse.

La protestation de Jillian se perdit dans un murmure lorsque Aaron la poussa d'autorité sur le canapé. Contenant stoïquement son irritation, elle s'adressa à Karen.

— Vous avez une très belle maison, madame Murdock.

Karen ne chercha pas à dissimuler son amusement.

— Merci. Je crois que je vous ai aperçue au rodéo du 4 Juillet, l'année dernière. Je me souviens de m'être fait la réflexion que vous ressembliez comme deux gouttes d'eau à Maggie — votre grand-mère. Vous comptez concourir encore cette année ?

— Bien sûr. Même si mes hommes n'ont pas apprécié que je batte le meilleur d'entre eux au lasso.

Aaron prit une mèche de cheveux entre ses doigts.

— Tiens. Ça me donne envie de m'inscrire aux épreuves de rodéo, cette année.

— Tu ne penses pas que tu as perdu la main après avoir passé cinq ans assis derrière un bureau ? s'enquit Jillian en sirotant son café.

A peine eut-elle prononcé ces mots qu'elle sentit un éclair de tension passer entre Aaron et son père.

— J'imagine que ça ne s'oublie pas plus que la natation ou le vélo, commenta Karen d'un ton léger. Vous avez été élevée dans l'Est, je crois ?

Jillian acquiesça d'un signe de tête en se demandant quels vieux démons elle avait réveillés entre Paul Murdock et son fils.

— A Chicago, oui. Mais j'étais un peu comme le vilain petit canard, là-bas… Je crois que la passion de l'élevage a sauté une génération, dans ma famille.

Karen remua le sucre dans sa tasse.

— Et votre frère ?

— Il est médecin, comme mon père.

Paul Murdock but son café d'un trait.

— Je me souviens de votre papa. On ne faisait pas plus calme et plus sérieux que lui. Jamais un mot plus haut que l'autre.

La description amena un sourire sur les lèvres de Jillian.

— Mon père a toujours été le calme personnifié, en effet.

— J'en conclus que tu tiens plutôt de ton grand-père que de lui, observa Aaron avec une moue éloquente.

— Je comprends que Baron ait choisi de vous laisser le ranch, marmonna le vieux Murdock. Vous avez l'air de vous plaire, par ici. Et avec Gil Haley aux commandes, vous pouvez êtes tranquille. Il connaît le métier comme personne.

— Gil est le meilleur contremaître dont je puisse rêver, mais les commandes, c'est moi qui les tiens, rectifia Jillian.

Paul Murdock fronça ses épais sourcils poivre et sel.

— Tenir un ranch n'est pas un travail de femme. Quand on commence à voir des cow-boys en jupe, c'est le début de la fin.

— Je ne me mets pas en robe pour m'occuper du bétail, monsieur Murdock.

Le front barré par un pli sévère, le vieux Murdock reposa sa tasse.

— Votre grand-père et moi n'avons pas toujours été les meilleurs amis du monde, mais c'était un rancher et un vrai. Il a travaillé dur pour faire d'Utopia une exploitation digne de ce nom. Et je ne tolérerai pas que son œuvre soit détruite par une illuminée qui se prend pour une héroïne du Far West.

— Paul…, protesta Karen.

Mais Jillian se levait déjà.

— Mon grand-père avait des idées moins étroites que les vôtres. S'il m'a transmis Utopia, c'est parce qu'il savait que je poursuivrais son œuvre. Et croyez-moi, j'ai l'intention de la mener loin… Merci pour le café, madame Murdock.

Drapée dans sa dignité, elle se tourna vers Aaron.

— Nous avons encore à fixer les termes du contrat.

Murdock tapa rageusement sur le sol avec sa canne.

— Du contrat ?

— Pour une saillie. Je veux que Samson couvre une des juments de Jillian, précisa Aaron avec désinvolture.

— Quoi ? C'est impossible ! De mémoire de rancher, jamais on n'a vu un Murdock faire affaire avec un Baron !

— Je fais affaire avec qui je veux, l'entendit-elle répondre à son père alors qu'elle se dirigeait vers la porte.

Il la rattrapa alors qu'elle atteignait sa voiture. Le toisant avec hauteur, elle croisa les bras sur la poitrine.

— Parlons peu, parlons bien, Murdock. Quels sont tes tarifs pour une saillie ?

Aaron prit appui sur le capot.

— Tu as un joli tempérament, Jillian. Depuis quelque

temps, j'étais le seul à parvenir encore à mettre mon père en rage.

Elle réprima un soupir.

— Ton père est un esprit racorni, incapable d'oublier de vieilles querelles… Tes tarifs, Murdock ?

— Viens dîner ce soir et nous en débattrons.

— Me distraire est un luxe que je ne peux pas me permettre.

— Qui te parle de te distraire ? Tout éleveur digne de ce nom sait que les meilleurs contrats se négocient au cours d'un repas d'affaires.

Jillian tourna les yeux vers le ranch. Passer une soirée en compagnie de Paul Murdock ? Jamais elle ne tiendrait jusqu'au dessert sans casser quelque chose.

— Ecoute, Aaron, je suis d'accord pour la saillie et je suis prête à signer, si tes conditions sont acceptables. Mais je ne veux pas de rapprochement avec toi et ta famille. Cela fait plus d'un siècle que les Baron et les Murdock se détestent.

L'ombre d'un sourire passa sur les lèvres d'Aaron.

— Et qui est un « esprit racorni incapable d'oublier les vieilles querelles » ?

Jillian se força à respirer calmement. Paul Murdock était un vieil homme, après tout. Et malade, de surcroît, à en juger par son apparence. En outre, par bien des aspects, il lui faisait penser à son grand-père, même si elle aurait préféré mourir plutôt que de l'admettre.

Il serait mesquin de sa part de ne pas faire preuve d'un minimum de compréhension.

— Très bien. Je viendrai dîner. Mais si ça vire au pugilat, tu ne pourras t'en prendre qu'à toi-même.

— Nous devrions parvenir à éviter le pire. Je passe te prendre à 19 heures.

— Je connais le chemin, objecta-t-elle en le poussant pour ouvrir sa portière.

La main d'Aaron se referma sur son avant-bras.

— Je passe te prendre, Jillian, répéta-t-il, inflexible.

Elle haussa les épaules.

— Fais comme ça te chante.

Il l'embrassa avant qu'elle ait eu le temps de prévenir la manœuvre.

— C'est exactement mon intention, en effet, murmura-t-il contre ses lèvres.

4

Jillian fulminait toujours lorsqu'elle arriva à Utopia. Un nuage de poussière tourbillonna sous ses roues tandis que sa voiture cahotait sur la piste inégale. A cette heure, la cour du ranch était quasiment déserte. Mais même si elle avait été noire de monde, elle n'aurait pas résisté à la tentation de claquer sa portière quand même.

Elle n'avait jamais été femme à contenir sa mauvaise humeur s'il y avait moyen de l'exprimer librement. La portière malmenée claqua comme un coup de pistolet dans le silence.

Trop énervée pour se consacrer à ses registres, Jillian se dirigea vers la grange.

— Tu as l'intention d'assassiner quelqu'un en particulier ou n'importe qui peut faire l'affaire ?

Jillian tourna la tête en sursaut. Joe Carlson arrivait dans sa direction, son chapeau impeccable vissé sur la tête et un sourire amical aux lèvres.

— *Les Murdock*, lâcha-t-elle entre ses dents serrées.

Joe hocha la tête.

— Je me doutais que ça devait être quelque chose de cet ordre. Vous n'avez pas réussi à tomber d'accord sur le prix de la saillie ?

— Nous n'en sommes même pas encore au stade des négociations. C'est te dire. Je dois y retourner ce soir.

— Ah, d'accord. D'où ton expression meurtrière.

Jillian décrocha une selle et entreprit de la nettoyer.

— Si cet étalon n'était pas une pure merveille, j'enverrais tous les Murdock au diable. Y compris et surtout le père.

Cette fois, Joe ne put s'empêcher de rire.

— Ah, je vois. Tu as fait la connaissance de Paul.

— J'ai eu droit à son opinion éclairée sur les cow-boys en jupe, surtout.

— Mmm… J'imagine la scène, en effet.

La bonne humeur de Joe était communicative. Jillian se remémora avec quel effort le vieil homme avait grimpé les marches du perron. Et sa colère retomba aussi vite qu'elle était montée.

— Je n'aurais pas dû m'énerver contre lui comme ça. Paul Murdock est âgé. Et je pense qu'il est…

Elle allait ajouter « gravement malade » mais un scrupule l'en empêcha. Paul Murdock avait sa fierté de toute évidence. Et elle ne voulait pas être à l'origine de rumeurs malveillantes sur l'état de santé du vieux tigre.

— Je pense qu'il est plus bourru que franchement mauvais, conclut-elle finalement.

Joe lui jeta un regard en coin. Jillian avait eu une hésitation, comme si elle avait été sur le point de dire autre chose et qu'elle s'était ravisée au dernier moment. Mais il savait qu'il ne parviendrait à rien s'il essayait de l'interroger. Au cours des six derniers mois, il avait eu l'occasion de vérifier que Jillian Baron — seul maître à bord après Dieu — prenait ses prérogatives au sérieux et n'entendait pas qu'on marche sur ses plates-bandes. D'un seul regard glacial, elle était capable de remettre à sa place quiconque s'avisait de l'approcher d'un peu trop près.

— Tu as une minute pour venir voir le taureau, Jillian ?

Glissant les pouces dans les passants de sa ceinture, elle acquiesça d'un signe de tête et lui emboîta le pas.

— Gil t'a dit qu'on avait compté une cinquantaine de jeunes veaux, hier ?

— Oui. De mon côté, je suis allé voir dans la section sud du ranch. Et nous avons eu pas mal de naissances aussi.

— Combien ?

— Une trentaine. Mais ce n'est qu'un début. Le vêlage devrait continuer encore au moins une semaine ou deux.

Jillian fronça les sourcils.

— En comptant le bétail hier, j'ai eu l'impression qu'il nous manquait quelques têtes. Il faudra vérifier si une partie des vaches gestantes ne se sont pas égarées dans la montagne.

— Je me charge des recherches. Comment va l'orphelin ?

Jillian sourit. La dernière chose à faire pour un éleveur était de s'attacher à l'une de ses bêtes. Mais entre Petite Boule et elle, il était déjà trop tard pour revenir en arrière.

— II se porte comme un charme. Je trouve qu'il a déjà grandi depuis hier.

— Et voici l'heureux papa, annonça Joe avec un clin d'œil en s'immobilisant devant l'enclos du taureau.

Magnifique. Absolument magnifique, songea Jillian en rajustant son chapeau. Le taureau leur jeta un regard noir et émit un ronflement menaçant. Sa robe d'un brun roux luisait au soleil. Il n'était pas aussi imposant qu'un Angus mais, bâti en force, il avait quand même l'allure d'un petit tank.

— Notre grand séducteur a un caractère particulièrement exécrable, commenta Joe en faisant la grimace.

— Aucune importance. Je ne lui demande pas d'être aimable. Juste de se reproduire.

— Pas de problème de ce côté-là. Il est vigoureux à souhait. C'est à peine s'il a perdu du poids pendant la saison d'accouplement. Et maintenant que nous utilisons l'insémination artificielle, il devrait pouvoir féconder toutes tes vaches ce printemps.

Avec un sourire satisfait, Jillian prit appui sur la barrière de l'enclos.

— Notre viande devrait bientôt être inégalable, en effet. Tu sais ce que j'ai appris ce matin, entre parenthèses ?

— Non ?

— Qu'Aaron Murdock était très intéressé par notre don Juan à cornes, lui aussi. Il se préparait même à faire le voyage jusqu'en Angleterre pour aller voir à quoi il ressemblait. Il a renoncé lorsqu'il a appris que nous avions déjà conclu la transaction. Je t'avoue que je suis plutôt contente de moi sur ce coup-là. Si je ne m'étais pas décidée à l'acheter sur un coup de tête, notre terreur serait en train de déployer ses talents sur les vaches des Murdock.

— Aaron était encore à Billings, il y a un an, lorsque nous avons fait venir notre Casanova d'Angleterre, observa Joe, sourcils froncés.

Jillian haussa les épaules.

— J'imagine qu'il devait quand même participer de loin aux affaires du ranch… A propos des Murdock, j'étais sérieuse, hier, lorsque je te disais que je tenais à remporter le ruban bleu du plus beau taureau à la foire de juillet. Jusqu'à présent, la compétition ne m'intéressait pas. Mais, cette année, je veux gagner. Coûte que coûte.

Joe lui jeta un regard mi-interrogateur, mi-amusé.

— Pour des raisons personnelles ?

Elle sourit.

— Si l'on veut, oui. En attendant, prions pour que les gènes de Casanova fassent des miracles et que nos bêtes partent à un bon prix à Miles City. Pour l'instant, nos comptes sont encore dans le rouge et il ne faudrait pas que ça dure… Tiens-moi au courant si tu as du nouveau sur les vaches manquantes, Joe. Je serai dans mon bureau si tu as besoin de moi.

— Je me charge des fugueuses, répéta Joe.

Et il la suivit des yeux d'un air songeur.

Il était déjà 18 heures lorsque Jillian termina enfin ses tâches administratives. Avec un soupir de soulagement, elle referma ses registres. Les comptes du ranch n'étaient pas brillants pour le moment, mais *a priori* la situation devrait s'assainir durant l'été. Entre l'avion et le taureau, les dépenses s'étaient littéralement envolées depuis qu'elle avait pris les rênes d'Utopia. Mais compte tenu de l'amélioration du patrimoine génétique de son cheptel, elle espérait de juteux profits à la vente aux enchères annuelle de Miles City.

Dans moins d'un mois, Utopia ferait partie des ranchs modernes équipés de leur propre avion. Quant au nouveau taureau, il avait déjà fait ses preuves. Se renversant contre le dossier en cuir du vieux fauteuil de bureau de son grand-père, Jillian scruta le plafond. Il ne lui restait plus qu'à essayer de dégager quelques heures ici et là pour préparer son brevet de pilote. En tant que propriétaire de ranch, elle tenait à maîtriser toutes les tâches liées à son exploitation.

Elle était capable de ferrer un cheval et de recoudre un animal blessé. Durant ses étés passés au ranch, elle avait appris à manier une faucheuse. Et s'était même risquée une fois à pratiquer une castration. Il n'y avait pas une besogne accomplie dans ce ranch qu'elle n'aurait été en mesure d'exécuter elle-même.

Mais une chose était certaine : dès qu'elle en aurait les moyens, elle embaucherait quelqu'un pour s'occuper des feuilles de salaire et tenir les livres de comptes. Il lui restait plus d'énergie après une journée de dix heures passée en selle qu'après un après-midi consacré à la paperasse et aux chiffres.

L'année prochaine, avec un peu de chance…

Riant d'elle-même, Jillian posa ses pieds chaussés de bottes sur le bureau. Comme son grand-père le lui avait dit et répété, il était imprudent pour un éleveur de tabler sur un avenir toujours aléatoire. Tout pouvait arriver en un an : une sécheresse, une épidémie, une tempête de neige.

Et puis il y aurait la facture du garagiste pour la Jeep, la note de carburant qui monterait en flèche, une fois qu'ils auraient l'avion. Sans parler des frais de vétérinaire qui pouvaient varier d'un mois à l'autre. Oui, si elle voulait s'en sortir, il lui faudrait faire des étincelles à Miles City. Et un ruban bleu gagné à la foire de juillet pourrait lui faciliter la tâche.

En attendant l'été, elle veillerait à garder l'œil sur ses

veaux nouveau-nés. *Et sur Aaron Murdock.* Jillian sourit en songeant à son arrogant voisin. Si elle avait été certaine de pouvoir lui faire confiance, elle aurait eu plaisir à parler élevage avec lui. Aaron connaissait son métier. Et ils auraient sûrement eu des idées intéressantes à échanger.

Sur ce plan-là aussi, son grand-père avait laissé un grand vide en mourant. Elle n'avait plus personne désormais avec qui aborder les problèmes du ranch. Plus personne avec qui former des projets et redessiner l'avenir.

Elle avait une entière confiance en Gil, bien sûr. Mais son contremaître était trop épris de tradition pour souhaiter le moindre changement. Ce n'était pas avec lui qu'elle pouvait élaborer d'audacieuses stratégies d'expansion ou rêver de grandes innovations.

Ce qu'il lui manquait dans ce ranch, finalement, c'était quelqu'un avec qui parler. Surprise qu'une pareille idée lui traverse l'esprit, Jillian secoua la tête avec impatience. Comment pouvait-elle penser des absurdités pareilles ? De la compagnie, elle en avait à revendre, à Utopia ! Il lui suffirait de sortir dans la cour pour trouver quelqu'un avec qui rire et plaisanter.

— Tu crois que tu peux t'offrir le luxe d'avoir des états d'âme avec un emploi du temps comme le tien ? murmura-t-elle.

Dehors, près du bâtiment qui abritait la salle à manger commune, elle entendit tinter le triangle. Reconnaissant l'appel au repas du soir, elle jugea qu'il était temps de monter se changer.

Une fois douchée, Jillian hésita devant sa penderie ouverte. Il serait tentant d'enfiler simplement un jean propre et une chemise. Mais se présenter dans une tenue aussi décontractée serait considéré comme une marque d'impolitesse. S'il n'y avait eu que Paul et Aaron, elle l'aurait fait par défi. Mais elle n'avait pas envie de blesser Karen.

Fouillant parmi les quelques robes qu'elle avait reléguées au fin fond de l'armoire, Jillian sortit un ensemble en lin blanc et noua un grand foulard de couleur autour de sa taille. Concession suprême : elle appliqua une touche de maquillage et mit des boucles d'oreilles. Sans toutefois pousser le zèle jusqu'à se relever les cheveux. Se contentant d'un simple coup de brosse, Jillian les laissa onduler sur ses épaules. Inutile de se déguiser en femme du monde pour négocier un contrat, après tout !

Lorsqu'elle entendit une voiture approcher, Jillian dut se faire violence pour ne pas se précipiter à la fenêtre. Se forçant à prendre son temps, elle descendit posément l'escalier.

Ce fut un Aaron sans chapeau qu'elle trouva sur le pas de sa porte. Mais, même sans l'uniforme classique du cow-boy, il n'en restait pas moins qui il était : un homme de la terre à la beauté virile et rude, adoucie par une pointe d'élégance aristocratique.

Jillian se demanda en le regardant où il avait trouvé la patience de rester cinq années durant cloué derrière un bureau. Vêtu d'un jean et d'un chandail noir, il paraissait plus sombre et plus dangereusement fascinant que jamais. Réprimant un frisson, elle soutint calmement son regard.

— Tu es ponctuel, Aaron.

Sans l'inviter à entrer, elle tira la porte derrière elle et sortit sur la galerie. Il paraissait prudent, vu les circonstances, de passer le moins de temps possible seule avec lui.

— Je te retourne le compliment, répondit-il en lui prenant la main. Et j'ajoute que tu es aussi très belle, que tu aies envie de l'être ou non.

Le pouls de Jillian réagit par une accélération brutale.

— Tu as vraiment envie de la perdre, cette main, Murdock ?

Il garda ses doigts prisonniers des siens.

— J'ai appris une chose dans la vie, Jillian. C'est que l'on n'apprécie vraiment que ce pour quoi l'on s'est battu.

Avec une lenteur délibérée, il porta sa paume à ses lèvres, sans détacher son regard du sien. Ce n'était pas un geste auquel elle s'attendait de sa part. Pour cette raison sans doute, Jillian se soumit, immobile, sans même songer à se dégager.

C'est seulement lorsqu'il sourit qu'elle sortit de son état de transe pour le fusiller du regard.

— Je te préviens : la prochaine fois que je te frapperai, je viserai un peu plus bas.

Aaron embrassa ses doigts une seconde fois avant de les relâcher.

— Je suis prêt à le croire.

Renonçant à réprimer le sourire qui lui montait aux lèvres, elle secoua la tête.

— Bon. As-tu, oui ou non, l'intention de me nourrir, Murdock ?

Sans attendre sa réponse, elle dévala les marches. La voiture d'Aaron correspondait point pour point à l'image qu'elle s'était faite de lui avant de le connaître. Jillian siffla devant l'élégante Maserati, aux lignes basses, au profil ramassé, à l'allure redoutablement rapide.

— Joli jouet, Murdock, commenta-t-elle en prenant place à bord.

Il sourit en mettant le contact.

— Je trouve que c'est plus élégant pour promener une jolie femme qu'une Jeep ou un pick-up.

— Dans le cas présent, même un tracteur aurait fait l'affaire. Il ne s'agit pas d'une promenade galante mais d'un rendez-vous cent pour cent business, collègue.

Aaron ne répondit rien, se contentant de lui opposer un sourire énigmatique. Jillian se concentra sur ses mains brunes, qui reposaient sur le volant. Il maniait la Maserati avec autant d'aisance qu'il maniait sa monture. Et sans doute caressait-il les femmes avec une égale compétence.

Bien décidée à garder ses distances, elle se renversa contre son dossier. Les derniers rayons du soleil couchant doraient l'herbe neuve. Un mugissement indolent s'éleva d'un pâturage proche.

— Que pense ton père du fait que je viens dîner ce soir ?

— A ton avis ? éluda Aaron.

— Il a été plutôt courtois et accueillant avec moi tant qu'il me considérait simplement comme la petite-fille de Clay Baron. Mais lorsqu'il a appris que je dirigeais le ranch, il a changé radicalement de ton… Il considère que tu es en train de fraterniser avec l'ennemi, n'est-ce pas ?

Aaron quitta un instant la route des yeux pour croiser son regard amusé.

— Et toi ? Qu'est-ce que tu en dis ?

— J'en dis que le passé est le passé. Et que ce serait dommage de passer à côté d'un arrangement avantageux pour les deux parties au nom d'une vieille inimitié dont on ne sait plus très bien au juste sur quoi elle repose.

Elle marqua une hésitation avant d'ajouter à mi-voix :

— Ton père est très malade, n'est-ce pas ?

L'expression d'Aaron se modifia à peine. Mais elle sentit quelque chose se fermer en lui.

— Oui.

— Je suis désolée, murmura-t-elle en songeant à son grand-père. C'est tellement dur pour des hommes de cette trempe de sentir que leurs forces les trahissent.

— Il est mourant, annonça Aaron d'une voix égale.

Choquée, elle secoua la tête.

— Mais ce n'est pas possible ! Il paraît encore tellement… tellement dans la vie.

— Il y a cinq ans, lorsqu'ils ont diagnostiqué son cancer, ses médecins ne lui donnaient pas plus de deux ans. Mon père leur a ri au nez, a traité sa maladie par le dédain. Et il a vécu pendant quatre ans comme si de rien n'était. Mais il a rechuté cet hiver et…

Les doigts d'Aaron se crispèrent sur le volant.

— … il tiendra peut-être jusqu'aux premières neiges mais il ne verra pas les dernières.

Il s'exprimait avec un tel détachement que Jillian se demanda ce qu'il ressentait vraiment.

— Je n'avais jamais entendu dire qu'il était malade.

— Nous avons préféré garder cela pour nous.

Sourcils froncés, elle scruta son profil.

— Alors pourquoi m'en avoir parlé ?

— Parce que tu es capable de comprendre la fierté. Celle qui aidera mon père à garder la tête haute jusqu'au bout. Et parce que rien n'est plus éloigné de ta nature que la duplicité et les cancans.

Jillian le regarda un instant puis détourna la tête. Aucun mot doux, aucun compliment n'aurait pu la toucher autant que cette simple affirmation.

— Ce doit être difficile pour ta mère, murmura-t-elle.

— Elle est plus solide qu'il n'y paraît.

Avec un léger sourire, Jillian hocha la tête.

— Forcément, oui. Sinon, elle n'aurait jamais pu rester elle-même face à un homme comme ton père.

Ils passèrent sous la grande arche de bois qui marquait l'entrée du Double M. C'était l'heure du jour où la lumière se faisait plus tendre, les ombres plus paresseuses, l'air plus doux. Quelques vaches paissaient indolemment en nourrissant les jeunes veaux encore fragiles qui se pressaient sous leurs flancs.

— J'aime bien ce moment de la journée, observa Jillian rêveusement. Lorsque les tâches du jour sont accomplies et qu'il n'est pas encore temps de penser à celles du lendemain.

Aaron contempla la main à la fois forte et fine qui reposait sur ses genoux.

— As-tu jamais songé que tu travaillais peut-être trop durement ?

— Jamais, non, pourquoi ? Tu as quelque chose contre les cow-boys en jupe, toi aussi, Aaron ?

— Je n'ai aucun problème avec les cow-boys en jupes, non. Ni avec les cow-girls en pantalon, au demeurant. Mais le bruit court, par ici, que Jillian Baron abat des journées de travail de douze heures.

— Et alors ?

Il haussa les épaules.

— Qu'est-ce que tu fais pour te détendre ?

— Il m'arrive de regarder un film de temps en temps. Mon grand-père en avait toute une collection.

— C'est une activité solitaire, observa-t-il.

— Solitaire, la vie du rancher l'est par définition, non ?

Jillian fronça les sourcils lorsque le cabriolet s'immobilisa devant une jolie maison de bois blanche.

— Qu'est-ce que tu fais ?

— Je me gare devant chez moi, précisa-t-il avec désinvolture en descendant de voiture.

Interloquée, Jillian demeura assise. Elle avait admis comme une évidence qu'Aaron habitait avec ses parents dans le vaste « ranch house » situé quelques kilomètres plus loin. Pas un instant, elle n'avait imaginé que le dîner proposé par Aaron se déroulerait ailleurs qu'en présence de sa famille.

Comme il lui ouvrait sa portière, elle lui jeta un regard sévère.

— C'est quoi, cette manœuvre tordue, Murdock ?

— *Quelle* manœuvre tordue ? Tu avais accepté mon invitation à dîner, non ?

— Parce que j'avais cru comprendre que le repas se déroulerait dans la maison familiale, en présence de tes parents.

Une lueur amusée brilla dans les yeux sombres d'Aaron.

— Tu avais mal compris, alors.

— Et tu t'es bien gardé de rectifier mon impression.

— Je n'ai pas cherché à t'induire en erreur non plus. Mes parents n'ont rien à voir avec ce qui se passe entre nous, Jillian.

— Il ne se passe rien entre nous.

Sa réaction le fit sourire.

— Nous avons un arrangement à débattre. Entre ton cheval et le mien.

Comme elle continuait à le dévisager d'un air dubitatif, il se rapprocha jusqu'à effleurer son corps avec le sien.

— Cela t'effraie d'être seule avec moi, Jillian ?

Elle leva le menton avec insolence.

— Parce que tu crois que tu me fais peur, peut-être ? Tu te surestimes, Murdock.

Amusé de voir qu'elle mordait à l'hameçon, il se pencha pour attraper sa lèvre inférieure entre ses dents.

— Peut-être que oui. Peut-être que non. Nous pourrons toujours poursuivre jusqu'à la maison de mes parents si tu te sens un peu trop… intimidée par ma compagnie.

Ignorant les battements effrénés de son cœur, elle lui jeta un regard indifférent.

— Ta compagnie ne constitue pas une menace pour moi, déclara-t-elle d'une voix égale en se dirigeant vers la porte.

« Oh, si, elle constitue une menace », songea Aaron en lui emboîtant le pas. Et il en admirait d'autant plus son courage. Prévoyant une soirée intéressante, il ouvrit et lui fit signe d'entrer.

Jillian regarda autour d'elle avec curiosité en se demandant ce que le cadre de vie d'Aaron lui révélerait à son sujet. Il semblait avoir hérité des goûts de sa mère, avec un faible pour les matériaux nobles et les lignes épurées. Un immense panneau peint sur un mur contrastait par ses couleurs vives avec le sable et l'ivoire qui dominaient par ailleurs. Même si la pièce n'était pas grande, elle donnait une impression d'ordre et de sérénité.

Jillian s'approcha d'une étagère où elle avait repéré une collection de figurines en étain. Elle nota un mustang lancé au galop et admira la délicatesse de l'exécution tout en regrettant que les goûts d'Aaron soient si dangereusement proches des siens.

Se retournant vers son hôte, elle lui adressa un sourire distant.

— C'est très agréable, chez toi. Même si le cadre est un peu simple pour un Murdock.

Il rit doucement.

— Je préfère considérer cela comme un compliment. Comment aimes-tu ta viande ?

Jillian glissa les mains dans ses poches.

— Saignante.

— Parfait. Nous serons deux, alors. Tiens-moi compagnie pendant que je fais à manger, tu veux bien ?

Il lui prit le bras et elle se laissa entraîner sans protester.

— Ainsi tu vas me servir du bœuf de chez Murdock cuisiné par un Murdock ? Quel honneur !

— Considérons qu'il s'agit d'une sorte de calumet de la paix.

Elle se mit à rire.

— Je t'avoue que je préférerais un *banquet* de la paix, en l'occurrence. Je n'ai rien mangé depuis ce matin et je suis affamée.

— Comment ça, tu n'as rien mangé depuis ce matin ?

Son regard désapprobateur la fit sourire.

— J'ai passé la journée à trier des factures et à faire des additions. Il n'y a rien de tel pour me couper l'appétit…

Elle s'interrompit pour jeter dans la cuisine un bref regard appréciateur. Le style rustique du plancher de bois et des meubles de rangement s'accordait bien avec le reste de la maison. Et pas une miette qui ne soit à sa place. Elle siffla entre ses dents.

— Tu es irréprochablement ordonné.

— J'ai vécu quelque temps dans le dortoir, avec le reste des hommes du ranch, précisa Aaron en débouchant une bouteille de vin. C'est une expérience définitive. Soit on choisit la crasse *ad vitam aeternam*, soit on devient carrément maniaque.

— Mais pourquoi as-tu atterri dans le dortoir, alors que la maison de tes parents… ?

Elle s'interrompit, consciente de se mêler une fois de plus de ce qui ne la concernait pas.

— Mon père et moi ne sommes pas faits pour vivre dans une trop grande proximité. On a déjà dû te dire que nos relations étaient plutôt tendues ?

— J'ai appris que vous aviez eu une violente dispute il y a cinq ans. Juste avant que tu partes à Billings.

— Et tu te demandes pourquoi je me suis incliné docilement devant la volonté de mon père au lieu de l'envoyer au diable et d'aller monter mon propre élevage ailleurs ?

Jillian accepta le verre qu'il lui tendait.

— Bon, O.K. Je reconnais que je me suis posé la question. Mais cela ne me regarde pas.

Il scruta un instant le fond de son verre, puis but une gorgée avant de planter son regard dans le sien.

— Non, en effet. Cela ne te regarde pas.

Sans un mot de plus, il se baissa pour sortir deux énormes steaks du réfrigérateur. Jillian but un peu de vin et garda le silence tout en observant les préparatifs du repas. Cinq ans plus tôt, les médecins avaient annoncé que son père était condamné à brève échéance, lui avait confié Aaron sans montrer d'émotion particulière. Et c'était précisément à cette époque qu'il avait accepté d'aller à Billings pour gérer les intérêts pétroliers des Murdock.

Pour attendre patiemment que le cancer fasse son œuvre et venir récupérer l'héritage dès que le vieux Murdock aurait passé l'arme à gauche ? Glaçante, cette idée lui procura un léger frisson. *Non.* Il lui était impossible de penser cela d'Aaron. Même si ses rapports avec son père étaient conflictuels, elle le sentait incapable de fonctionner selon une logique aussi froidement opportuniste.

Reposant son verre sur la table, elle fit un pas dans sa direction.

— Je peux faire quelque chose pour t'aider ?

Jetant un regard par-dessus l'épaule, Aaron vit qu'elle l'observait calmement. Il savait quels soupçons venaient de traverser l'esprit de Jillian.

Mais il voyait à son expression qu'elle avait tranché en sa faveur. Il songea que l'opinion de cette fille aurait dû le laisser de marbre. Mais le vote de confiance muet qu'il lisait dans ses yeux le cloua sur place, en proie à un bouillonnement d'émotions difficilement définissables. Profondément troublé, il mit les steaks à griller et se tourna lentement dans sa direction.

— Oui, tu peux faire quelque chose pour m'aider, Jillian.

Plaçant les deux mains en corolle autour de son visage, il se pencha sur ses lèvres. Il avait eu l'intention de lui prodiguer un baiser rapide. Un geste simple pour apaiser les drôles de turbulences qu'elle venait de susciter en lui. Mais, loin de se calmer, ses émotions gagnèrent en intensité.

Jillian se raidit et tenta de se dégager. Jusqu'à présent, Aaron avait aimé la dimension de lutte qui entrait dans leurs étreintes. Mais, en cet instant, c'était à la douceur de Jillian qu'il aspirait. Une douceur enfouie, invisible, mais dont il pressentait la secrète présence en elle.

— Jillian, non…

Il laissa ses doigts se perdre dans ses cheveux. Et sentit vibrer dans sa voix des sentiments inconnus qu'il ne chercha ni à comprendre ni à nommer.

— Pour une fois, ne me résiste pas… s'il te plaît.

Quelque chose dans le ton d'Aaron paralysa la volonté de Jillian. Elle cessa de s'opposer, s'abandonna. Et en s'abandonnant, s'offrit quelques instants d'ineffable plaisir. Ce soir, la bouche d'Aaron n'exigeait rien. Généreuse, presque tendre, elle demandait simplement. Et son baiser était pure douceur. Les mains de Jillian cherchèrent l'appui de ses épaules. Elle laissa sa tête partir en arrière pour qu'il puisse l'embrasser plus librement.

Non sans étonnement, Aaron se découvrait capable de tendresse. Aucune femme, jusqu'à présent, n'avait réveillé cet aspect caché de sa personnalité. Il avait toujours désiré dans l'urgence ; jamais dans la durée. Alors même que l'envie de faire l'amour montait en lui, il ressentait un contentement profond, comme si une quête non formulée venait de trouver un aboutissement. Et la sensation était tellement puissante qu'il se sentit vaciller soudain au bord d'un gouffre irréversible.

Secoué, il écarta Jillian et examina ses traits avec un mélange d'étonnement et d'inquiétude, comme s'il venait d'être victime de quelque phénomène bizarre.

Sous son regard scrutateur, Jillian fit un pas en arrière. Elle venait de rencontrer la douceur là où elle s'attendait le moins à la trouver. Et il n'y avait rien qu'elle ne soit plus fermement décidée à combattre.

Elle planta son regard dans le sien.

— Je suis venue ici pour dîner et pour parler affaires. Alors que cela ne se reproduise pas, O.K. ?

Il se tourna vers la rôtissoire et se concentra sur sa viande.

— Il serait plus avisé d'en rester là, en effet... Bois ton vin, Jillian, et oublie ce qui vient de se passer.

Elle lui obéit pour se donner une contenance.

— Je mets la table ?

Sans tourner les yeux dans sa direction, Aaron lui expliqua où trouver les assiettes et les couverts. Lorsqu'elle eut sorti la salade du réfrigérateur et préparé une carafe d'eau fraîche, elle considéra le repas préparé par Aaron avec un réel enthousiasme.

— Ou tu es un excellent cuisinier ou je suis vraiment très affamée, commenta-t-elle, l'eau à la bouche.

— Les deux. Alors mange ! Quand on est maigre comme un haricot, on ne peut pas se permettre de sauter un repas.

Elle haussa les épaules sans se formaliser.

— C'est une question de métabolisme. Je peux avaler n'importe quoi. Je ne prends jamais un gramme.

— C'est ce qui s'appelle avoir de l'énergie nerveuse.

— Je ne suis pas nerveuse, protesta-t-elle fermement.

— Peut-être pas, non. Mais tu as de l'énergie à revendre... Pourquoi as-tu quitté Chicago ? s'enquit-il avant qu'elle puisse formuler une réponse.

— Je n'y trouvais nulle part ma place.

— Tu aurais pu faire ton trou là-bas si tu l'avais *réellement* voulu.

Jillian le dévisagea un instant avant de répondre.

— Disons alors que j'ai choisi de « faire mon trou » ailleurs. Dès le premier été où je suis venue en vacances ici, je me suis sentie chez moi.

— Et ta famille ?

— Ils frissonnent discrètement d'horreur en songeant

que je vis dans un désert culturel, avec des kilomètres d'herbe et de bovins pour unique horizon. Je crois que mon père a souffert de son enfance ici comme j'ai souffert d'une certaine façon de la mienne là-bas… Nous avons très peu de points communs dans ma famille.

— De quel point de vue ?

Jillian s'attaqua à son steak.

— Je détestais les cours de piano.

Il ne put s'empêcher de rire.

— Tu aurais préféré l'harmonica ?

— Oui, je sais, ça paraît banal, comme ça, de ne pas aimer le piano. Mais, pour moi, c'était un peu le symbole de mon incapacité à m'insérer dans ma propre famille. Mon frère Marc, lui, était passionné d'opéra comme ma mère et fasciné par la médecine comme mon père. Il était toujours en phase avec mes parents. Alors que j'avais l'impression d'être tombée d'une autre planète et d'avoir atterri là par erreur. Je n'ai jamais réussi à écouter *La Traviata* jusqu'au bout, c'est te dire à quel point je suis dénaturée !

— Il doit y avoir moyen de s'intégrer dans une famille tout en ayant sa propre personnalité, non ?

Le regard de Jillian se perdit dans le vague.

— Pour d'autres, peut-être. Mais dans la mienne, je faisais figure d'extraterrestre. C'est avec Clay que j'ai commencé à me sentir comprise. Lui, il ne me faisait jamais la leçon. Il se contentait de hurler, de vociférer et de jurer comme un charretier.

Avec un sourire amusé, Aaron la resservit.

— Et tu aimes qu'on te hurle après ?

— Je ne conçois pas de pire punition que de longs et patients sermons.

Il fit la grimace.

— Je n'ai jamais eu à souffrir de ce genre de maux. Mon père ne me faisait pas la morale. Il m'enfermait simplement dans la réserve à bois.

Aaron découvrit qu'il aimait plus que tout entendre le son du rire de Jillian.

— Pourquoi ne pas être venue vivre chez ton grand-père plus tôt si tu te sentais comme une étrangère à Chicago ?

Elle haussa les épaules.

— Je m'étais lancée dans des études universitaires. Mes parents jugeaient qu'il était vital pour moi d'obtenir un diplôme. Et comme il était tout aussi vital pour moi d'essayer de leur plaire, j'ai pensé que ce serait un moyen de les satisfaire. Et puis j'ai eu cette histoire avec…

Jillian se tut, sidérée d'avoir été sur le point d'évoquer sa lointaine passion pour son interne. Elle découpa méticuleusement un morceau de son steak avant de poursuivre d'un ton détaché.

— J'ai fini par comprendre que je n'arriverais à rien là-bas. Alors je suis venue à Utopia.

« Voilà donc le quelqu'un qui l'a touchée de la mauvaise façon », se dit Aaron. Elle s'était reprise très vite, mais il avait senti que la blessure restait sensible. Et que ce n'était pas encore le moment de rouvrir la plaie.

— Tu as eu raison de partir, acquiesça-t-il. C'est ici que tu as ta place, Jillian.

Troublée, elle tourna les yeux vers lui. « Ici » chez lui ? Ou « ici » dans le Montana ?

— Ma place est à Utopia, oui, crut-elle utile de préciser. Et pour en revenir au problème qui nous occupe : ton père a déclaré tout à l'heure qu'un Murdock ne faisait pas affaire avec un Baron.

— Mon père ne régit pas ma vie.

— C'est pour le contrarier que tu as décidé que ton Samson se reproduirait avec ma Dalila ? demanda-t-elle en le regardant droit dans les yeux.

La lueur d'acier dans le regard d'Aaron la fit frissonner.

— Si j'avais une revanche à prendre sur qui que ce soit, je ne procéderais pas par des voies aussi détournées, Jillian. Si je veux ta jument, c'est pour des raisons tout à fait personnelles.

— Qui sont ?

Il leva son verre.

— Mes raisons.

Jillian haussa les épaules. Rien n'obligeait Aaron à fournir des explications, après tout. Puisqu'il s'agissait d'une discussion d'affaires, ils avaient juste à tomber d'accord sur le prix.

— D'accord. Quel est ton tarif de saillie, alors ?

Aaron scruta ses traits sans répondre.

— Tu as fini de manger, apparemment ?

Baissant le nez sur son assiette, Jillian constata qu'elle n'en avait pas laissé une miette. Elle émit un léger rire.

— Je dois reconnaître que le repas était excellent. Votre bœuf est presque d'aussi bonne qualité que le nôtre.

Il répondit à son sourire en se levant pour débarrasser.

— Passons à côté, si tu veux. Je te fais un café ?

— Surtout pas, non. J'ai déjà vidé une cafetière en planchant sur mes comptes.

Aaron prit le reste de vin ainsi que leurs deux verres et emporta le tout dans le séjour.

— Tu n'as jamais songé à embaucher un comptable pour te soulager dans tes tâches ?

— L'année prochaine, si tout va bien. Ça me laisserait du temps libre pour me consacrer à des activités moins sédentaires. Je crois que je ne suis pas faite pour rester quelque part sans bouger.

— Le bruit court que tu aurais un certain talent pour capturer un veau au lasso ?

Jillian se laissa tomber sur le canapé.

— Ce n'est pas seulement une rumeur, Murdock. Si tu as envie de te mesurer à moi, c'est quand tu veux.

Il prit place à côté d'elle et se mit à jouer avec le foulard noué autour de sa taille.

— O.K., j'y penserai. Mais, en attendant, cela n'a rien d'une torture non plus de te voir en jupe, cow-girl.

Elle lui jeta un regard sévère par-dessus le rebord de son verre.

— Nous étions censés parler tarifs de saillie, rappelle-toi. Que veux-tu pour Samson ?

Aaron attrapa une mèche de ses cheveux et l'enroula nonchalamment autour d'un doigt.

— Le premier poulain.

5

Un silence total tomba dans la pièce. Sourcils froncés, Jillian reposa son verre.

— Tu as perdu la tête ?

— L'argent ne m'intéresse pas. Il y aura deux saillies garanties cent pour cent. Je prends le premier poulain, quel que soit le sexe. Et le deuxième est pour toi.

— Résumons-nous, Murdock : tu voudrais que je fasse pouliner Dalila, que je prenne tous les frais à ma charge, que je me trouve privée de l'usage de ma jument pendant plusieurs mois, que je paye le vétérinaire et que je te remette gentiment le résultat de tous ces efforts ? Tu te moques de moi ou quoi ?

Aaron se renversa contre son dossier avec un discret sourire aux lèvres.

— En échange, tu aurais le deuxième poulain gratuitement. Et je suis prêt à partager les frais.

Jillian secoua la tête.

— Ce serait trop contraignant pour moi. Je préfère payer pour la saillie.

— Je n'ai pas besoin d'argent. C'est le poulain qui m'intéresse. C'est à prendre ou à laisser.

Se levant avec brusquerie, Jillian se dirigea vers la fenêtre. Elle aurait adoré pouvoir lui assener un non catégorique et partir en lui claquant la porte au nez.

Mais le projet, étrangement, lui tenait à cœur. Tout comme elle avait obéi à une impulsion pour l'achat du taureau Hereford, elle savait intuitivement que l'union de Samson et Dalila pourrait donner des résultats extraordinaires. Clay lui avait d'ailleurs souvent répété qu'elle avait un feeling particulier pour les animaux.

Pensive, elle scruta la nuit obscure pendant qu'Aaron attendait en silence.

— Le premier poulain est pour moi, déclara-t-elle soudain. Et tu auras le second. C'est ma jument qui prend les risques, après tout.

Aaron hocha la tête en réprimant un sourire. C'était exactement ainsi qu'il aurait réagi si on lui avait fait la même proposition.

— Entendu. Mais à condition qu'on la fasse saillir de nouveau dès que le premier poulain sera sevré.

— D'accord, ça marche. Mais tu payes la moitié des frais de vétérinaire. Pour les *deux* poulains.

Il haussa les sourcils. Jillian était une âpre négociatrice. Et elle en savait manifestement un rayon sur l'élevage des chevaux.

— Va pour la moitié des frais. On commence dès les premières chaleurs.

Jillian hocha la tête.

— Tope là, Murdock. Tu veux que je rédige le contrat ou tu préfères t'en occuper ?

— Peu importe. Personnellement, une poignée de main me suffit.

— C'est un engagement en soi, en effet. Mais ça ne fait jamais de mal de mettre les choses par écrit.

Il lui prit la main.

— Tu te méfies de moi, Jillian ?

Elle ne put s'empêcher de sourire.

— Comme de la peste, oui. Et tu aurais d'ailleurs été déçu si j'avais réagi autrement.

— J'aime bien ton côté direct, en fait. Dommage que j'aie été absent pendant cinq ans. Mais je sens que nous allons rattraper le temps perdu, tous les deux.

— Pour ma part, je n'ai rien perdu du tout et surtout

pas du temps. Et maintenant que nous avons dîné et fait affaire, Murdock, j'aimerais rentrer chez moi.

Elle voulut se détourner mais il la retint.

— Tout n'est pas encore réglé entre nous, Jillian.

— Pour ma part, j'ai traité tout ce que je voulais traiter avec toi.

Lorsqu'il fit un pas en avant, elle lui jeta un regard menaçant.

— Attention, Murdock : je ne voudrais pas avoir à te frapper une seconde fois aujourd'hui.

Il lui prit les deux mains.

— Inutile d'essayer, tu ne m'atteindrais pas. Je te veux dans mon lit, Jillian.

Elle soutint son regard sans ciller.

— Tu ne m'auras pas.

— … et lorsque nous ferons l'amour ensemble, poursuivit-il sans tenir compte de son interruption, je peux te garantir que ce sera inoubliable pour l'un comme pour l'autre.

Tirant sur ses poignets, il l'amena contre lui, si bien que le blanc immaculé de sa jupe vint se détacher sur le noir profond de son pantalon.

— Dès le premier instant où je t'ai vue, j'ai eu envie de toi.

Elle leva le menton avec son habituelle arrogance.

— C'est ton problème, Murdock. Pour ma part, tu ne m'attires absolument pas.

— Ah, non ? Tu me confirmeras ça dans une minute…

Il se pencha sur ses lèvres. Et l'embrassa. Plus voracement qu'il n'en avait eu l'intention. Avec elle, il semblait ne jamais trouver la juste mesure. Soit il tombait dans une tendresse presque éthérée ; soit il se déchaînait dans des débordements d'un désir qui n'avait plus rien de civilisé. Les bras de Jillian se tendirent pour le repousser ; son corps se raidit sous l'assaut. Mais, très vite, il la sentit céder et basculer, contaminée à son tour par l'élan qui l'emportait.

Jillian ferma les yeux. Le baiser d'Aaron était exactement tel qu'elle l'avait espéré : entêtant, éperdu, passionné. Toutes les bonnes raisons qu'elle avait eues de lui résister sombrèrent dans l'oubli. Ne surnageait plus, dans son esprit embrumé, que la conscience aiguë du plaisir.

Lorsque la bouche d'Aaron se détacha de la sienne, Jillian voulut protester. Mais ses récriminations se muèrent en gémissements de plaisir lorsqu'il pressa ses lèvres dans son cou. D'instinct, elle renversa la tête en arrière pour lui laisser une plus grande latitude. La bouche d'Aaron vint trouver son oreille. Il lécha, mordilla, murmura des mots dont elle ne saisissait pas le sens mais qui faisaient monter son excitation jusqu'au vertige.

Les mains enfouies dans les cheveux de Jillian, Aaron se laissa tomber avec elle sur le canapé. Dès l'instant où ils furent allongés, il fut pris d'une envie impérieuse de la toucher partout. Son corps était si jeune, si mince, si merveilleusement féminin et élastique sous la fraîcheur du lin blanc. Ses seins petits et ronds ne remplissaient pas sa paume, mais ils étaient fermes et parfaitement proportionnés.

Leurs jambes se mêlèrent, s'enchevêtrèrent. Leurs soupirs se confondirent lorsqu'il finit par glisser une cuisse entre les siennes. Elle s'abandonna contre les coussins ; il répondit à l'appel de son corps offert. Incapable de se détacher de ses lèvres, il l'embrassait avec une avidité qui frisait la brutalité. Et non seulement Jillian ne protestait pas, mais elle en redemandait. Son odeur l'enveloppait ; son souffle glissait dans sa bouche, murmurant des promesses muettes.

Jillian se raccrocha aux épaules d'Aaron. Le poids de son corps sur le sien lui apportait une satisfaction indicible, comme le pressentiment d'une totale complétude. Et les promesses érotiques que chuchotait Aaron étaient folie murmurée dans un monde déstructuré où ne subsistait plus qu'un tourbillon sans fin de couleurs et de formes indifférenciées.

Personne jamais ne l'avait désirée comme il la désirait.

Et jamais son corps n'avait brûlé comme il brûlait en cet instant. Son unique expérience de l'amour avait été agréable et douce mais dépourvue d'exaltation. Rien ne l'avait préparée à l'immense flux de passion qui menaçait de la submerger. Elle était tentée de lâcher ses dernières amarres et de se laisser porter par la force du courant.

Une main d'Aaron glissa sous sa jupe relevée, remonta à rebours d'une cuisse pour chercher le creux doux de la chair. Elle se sentait si près d'imploser qu'elle eut peur. Peur que les morceaux épars d'elle-même restent dissociés à jamais, la laissant dépendante et privée de l'identité qu'elle s'était construite.

Prise de panique, elle se mit à lutter contre la part d'elle-même qui ne demandait qu'à céder.

— Non, protesta-t-elle dans un murmure.

— Jillian, bon sang !

Vacillant au bord du point de non-retour, Aaron l'enveloppa dans ses bras.

— Laisse-moi, je te dis !

Avec la force que seule donne la peur, Jillian réussit à le repousser et à se lever. Avant que l'un d'eux n'ait pu prononcer un mot, elle se précipita dehors, fuyant à toutes jambes un danger qu'elle aurait eu bien du mal à nommer.

Aaron jurait haut et fort lorsqu'il la rattrapa.

— Qu'est-ce qui t'a pris, tout à coup ?

— Lâche-moi ! Je refuse qu'on me tripote !

— Tripote ?

Il n'entendit même pas son cri de douleur étouffé lorsque sa main se crispa sur son bras.

— Parce que toi, tu ne me « tripotais » pas, peut-être ? Ne me prends pas pour un imbécile, Jillian.

— Je veux rentrer chez moi, protesta-t-elle faiblement. Je t'ai déjà dit que je n'aimais pas qu'on me touche.

— *Toi* ? Tu ne donnais pas vraiment l'impression d'être à la torture, pourtant. Tu avais plutôt l'air...

Aaron s'interrompit en voyant la lueur de panique dans les yeux verts. Il y avait de la fierté aussi, dans son regard.

Une fierté terrifiée à laquelle le désir se mêlait encore. Il ne put s'empêcher de penser au regard de l'étalon sauvage qu'il avait gardé, l'espace de quelques heures, attaché dans une stalle.

Conscient qu'il serrait le bras de Jillian à le briser, Aaron prit une profonde inspiration. Il savait qu'il n'aurait qu'à se pencher sur ses lèvres pour réveiller en elle des ardeurs prêtes à se rallumer. Mais certains êtres n'étaient pas faits pour vivre en captivité.

— Ecoute, Jillian, tu as le droit de différer ce qui finira par arriver entre nous. Mais tu te trompes si tu crois pouvoir y échapper.

Elle ouvrit la bouche pour répondre, mais il l'arrêta d'un simple mouvement de la tête.

— Essaye de te taire pour l'instant, O.K. ? J'ai envie de toi et, après ce qui vient de se passer sur mon canapé, la sensation n'a rien de confortable. Je te raccompagne chez toi tant que je me sens encore d'humeur chevaleresque. Et je te conseille de vite monter dans cette voiture avant que je ne change d'avis.

Sans un mot, Jillian se laissa choir sur le siège passager de la Maserati. Ils roulèrent dans un silence épais, lourd d'hostilité réciproque. Le dos droit, les lèvres serrées, Jillian commença par ressasser ses griefs contre Aaron. Mais à mesure que le calme revenait en elle, sa colère, peu à peu, se retournait contre elle-même.

Il y avait un nom pour qualifier une femme qui semblait se donner librement à un moment, pour se débattre en hurlant quelques minutes plus tard. Et ce nom-là n'avait rien de flatteur. Jamais elle n'avait joué à ce jeu-là auparavant. Et elle n'avait pas une haute opinion des femmes qui se livraient à ce genre de caprice.

Mais si la fureur d'Aaron était justifiée, sa propre colère n'en restait pas moins parfaitement légitime. Il avait déboulé dans sa vie sans qu'elle ne lui demande rien. Et elle refusait qu'il ranime une sexualité soigneusement tenue sous le boisseau pendant cinq ans.

Elle ne voulait pas désirer pour la bonne raison qu'elle ne souhaitait pas dépendre. Si elle s'attachait à Aaron, sa confiance en elle-même s'effriterait petit à petit. Et il finirait par exercer un pouvoir démesuré sur elle. Comme elle en avait déjà fait la cuisante expérience avec Kevin.

Elle savait bien que le désir suscité par l'interne n'avait été qu'un souffle de brise à côté de la tornade déchaînée par Aaron. Ce dernier était incontestablement dangereux pour elle. Le baiser tendre, presque planant qu'il lui avait prodigué dans la cuisine avait touché en elle des zones beaucoup trop sensibles.

Mais il n'en restait pas moins qu'elle s'était comportée comme une idiote avec lui. Et s'il y avait une chose qu'elle détestait plus que tout, c'était d'être dans son tort.

Une biche franchit la clôture sur leur gauche et s'immobilisa, comme pétrifiée dans le halo des phares. Au moment où Aaron freina, elle s'envola d'un bond aérien et l'obscurité de la nuit se referma sur elle. Touchée par la beauté de la scène, Jillian tourna les yeux vers Aaron et vit qu'il souriait. Une émotion violente et douce à la fois la saisit à la gorge.

— Je suis désolée, murmura-t-elle. J'ai réagi stupidement.

Aaron quitta la chaussée des yeux.

— Même chose pour moi. Nous avons une propension à nous emporter l'un et l'autre.

Elle hocha gravement la tête.

— Comme nous allons être amenés à nous revoir, il serait peut-être judicieux de définir une ligne de conduite.

Un discret sourire joua au coin des lèvres d'Aaron.

— Ah, oui ? Et quel genre de ligne de conduite ?

— Inutile de ricaner bêtement, Murdock. Nous sommes en relation d'affaires.

— D'affaires ? murmura-t-il en passant le bras sur le dossier de son siège.

— Tu t'entraînes pour prendre cet air idiot, Murdock, ou il te vient naturellement ?

— Non, non, pas d'insultes, Baron. Nous sommes en train de conclure un arrangement à l'amiable, n'oublie pas.

Jillian lutta pour réprimer un sourire mais finit par perdre la partie.

— Tu as un certain sens de l'humour, admit-elle.

— C'est une des qualités que l'on me reconnaît, en effet. Ainsi, nous sommes partenaires en affaires. Et voisins également, ne l'oublie pas.

— Si tu tiens à être précis, on pourrait ajouter « collègues ».

— Soyons précis, alors. Je peux te poser une question ?

— Mmm… oui.

— Où cherches-tu à en venir, au juste ?

Jillian se mit à rire.

— J'essaye de faire le point sur la situation. Pour ne pas avoir à m'excuser de nouveau à la première occasion. Je déteste demander pardon.

— Cela n'arriverait pas, si tu ne te déchaînais pas pour un oui ou pour un non…

— Cette fois-ci, je resterai calme, Aaron.

— Dix contre un que tu t'emporteras de nouveau avant la fin de la conversation.

Elle se mit à rire.

— Si je relevais ce pari diabolique, Murdock, tu m'asticoterais jusqu'à me rendre folle de rage.

— Je vois que nous commençons à bien nous connaître. Mais tu ne m'as toujours pas dit où tu voulais en venir, lui rappela-t-il en s'immobilisant dans la cour du ranch.

— Nous pourrions travailler ensemble dans de bonnes conditions si nous faisions un gros effort mutuel.

— Je suis d'accord.

Il se tourna vers elle, la touchant déjà dans l'espace confiné de la voiture de sport.

— Et nous sommes appelés à rester voisins puisque nous sommes fermement enracinés ici l'un et l'autre, poursuivit-elle.

— C'est exact. Tu oublies cependant une chose, Jillian.

— Laquelle ?

— Tu as parlé de ce que nous sommes l'un pour l'autre. Mais pas de ce que nous allons être.

Elle lui jeta un regard méfiant.

— Ce que nous allons être ?

— Amants, murmura-t-il en lui caressant le cou du bout du doigt.

Jillian fit un effort pour ne pas perdre son calme.

— Je crois que nous n'avons plus rien à nous dire, Murdock. Il est impossible d'avoir une conversation suivie avec toi.

Comme elle attrapait sa poignée, il posa la main sur la sienne. Leurs visages étaient si proches qu'elle sentait la chaleur de son souffle sur ses lèvres.

— Je ne suis pas quelqu'un de patient, murmura Aaron. Mais je sais attendre lorsque cela en vaut la peine.

— L'attente risque d'être longue.

— Peut-être plus longue que je ne le souhaiterais mais moins longue que tu ne le penses, en tout cas.

Il lui ouvrit sa portière.

— Passe une bonne nuit, Jillian.

Elle descendit de voiture avant de se retourner pour lui lancer un regard assassin.

— Ne franchis pas la ligne de partage entre nos deux ranchs avant d'y avoir été invité, Murdock.

Escortée par l'écho ironique de son rire, elle grimpa l'escalier du perron au pas de course.

Au cours des journées qui suivirent, Jillian fit des efforts héroïques pour bannir Aaron de ses pensées. Et lorsqu'il surgissait dans son esprit quand même, elle s'appliquait à brosser de lui un portrait peu flatteur. Elle se répétait qu'il était autoritaire, capricieux et habitué à obtenir tout ce qu'il voulait. Et lorsqu'elle parvenait à se conditionner efficacement, elle en oubliait presque qu'Aaron la faisait rire, qu'Aaron la faisait désirer, qu'Aaron l'enchantait…

Les nuits, cependant, étaient difficiles. Pour échapper à

ses pensées obsédantes, Jillian prit l'habitude de se coucher encore plus tard et de se lever avant même le lever du jour.

L'horizon était encore teinté de rose lorsqu'elle galopa dans les pâturages, quelques jours plus tard, pour aider ses hommes à rassembler une centaine de vaches et de veaux et les pousser dans le corral. Une opération qui à Utopia se déroulait sans cris, sans jetés de lasso et sans démonstrations de force inutiles. Jillian estimait qu'il valait mieux éviter d'épuiser les vaches en leur criant dessus et en les effrayant. Plus ils procédaient en douceur, plus le marquage au fer se passait dans de bonnes conditions.

Maintenant Dalila au pas, elle sépara une vache et son veau d'un petit groupe de génisses. En chemin, elle croisa Gil, qui arrivait à pied et immobilisa sa jument pour échanger quelques mots avec lui.

— Dans trois semaines ou un mois, lorsque nous marquerons de nouveau, nous disposerons de l'avion, déclara-t-elle avec bonne humeur. Cela nous facilitera la tâche pour repérer les bêtes égarées.

— Tu as encore trop travaillé, observa Gil en secouant la tête. Qu'est-ce qu'il se passe, Jillian ? Tu as l'air tendue, ces derniers jours.

Elle haussa les épaules.

— Il ne se passe rien de particulier. Il y a beaucoup de boulot, c'est tout. Les foins devraient commencer la semaine prochaine. C'est une période chargée.

Repérant un veau qui filait vers l'ouest, effrayé par la présence des hommes, Jillian éperonna Dalila et partit à sa suite. Comme le fuyard partait droit en direction des barbelés, elle accéléra l'allure et, à la dernière minute, réussit à attraper le jeune fugueur au lasso.

Le veau protesta et se débattit jusqu'au moment où sa mère arriva au petit trot.

— Toi, occupe-toi donc de ton petit au lieu de me regarder avec cet air de reproche. S'il s'était pris dans les barbelés, tu l'aurais trouvé dans un sale état, ton rejeton.

Libérant le veau captif, Jillian se tourna vers Gil en riant.

— Alors ? Que penses-tu de mon adresse au lasso ? Tu crois que tu as encore un vague espoir de me battre au rodéo de juillet ?

— Il faut une vie entière pour acquérir le geste parfait, petite fille, marmonna le contremaître.

Bien que le ton de Gil n'ait rien d'inhabituel, Jillian vit à son regard qu'il y avait des ennuis dans l'air.

— Qu'est-ce qu'il se passe, Gil ?

— Viens avec moi. J'ai un truc à te montrer.

Sans un mot, elle descendit de cheval et le suivit à pied en tenant Dalila par la bride. Autour d'eux, le rassemblement suivait son cours, ponctué par le mugissement inquiet des vaches, les hurlements des veaux, les mouvements majestueux des bovins dans l'herbe, les cris des hommes qui cherchaient à guider tout ce petit monde dans le corral.

— J'ai découvert ça, ce matin.

Jillian jura en voyant les fils de clôture gisant à terre.

— Bon sang ! Je me suis occupée personnellement de cette section pas plus tard que la semaine dernière, pesta-t-elle en se demandant combien de ses bêtes avaient franchi la limite pour se perdre dans les terres du voisin.

Voilà qui expliquait sans doute pourquoi elle avait constamment l'impression depuis quelque temps que ses troupeaux n'étaient pas au complet.

— Il me faudra de l'aide pour rassembler les fugitives.

— Ouais, marmonna Gil en se penchant pour ramasser le barbelé à terre. Jette un œil là-dessus, en attendant.

Alertée par la gravité de son ton, Jillian se baissa pour examiner le fil de clôture. La coupure était trop nette, trop précise pour pouvoir être attribuée à l'usure. Elle jura avec force.

— Le fil a été sectionné avec une pince, murmura-t-elle en tournant la tête vers les pâturages voisins.

De l'autre côté de la brèche, les terres des Murdock s'étendaient à perte de vue. Au lieu de la colère attendue, Jillian eut la surprise de sentir la tristesse et la déception l'envahir. Aaron aurait-il été capable de lui faire ce coup bas pour se venger d'avoir été repoussé ? Elle laissa retomber le fil endommagé.

— Envoie trois de nos hommes pour vérifier si aucune de nos bêtes ne s'est égarée de l'autre côté. Quant à la clôture, j'aimerais que tu t'en occupes toi-même. Et que tu gardes l'information pour toi.

Gil la regarda un instant de ses yeux éternellement plissés. Puis il cracha par terre.

— C'est toi la patronne, bougonna-t-il.

— Commencez le marquage sans moi, si je ne suis pas de retour à temps. Je tiens à ce que les veaux puissent être identifiés le plus tôt possible.

— Je me demande si nous n'avons pas déjà trop attendu, commenta Gil, sourcils froncés.

Préoccupée, Jillian se remit en selle.

— Ainsi, tu as l'impression qu'il nous manque des bêtes, toi aussi ? Nous en reparlerons, Gil. A tout de suite.

En chevauchant sur les terres des Murdock, elle tomba sur quelques cow-boys occupés, eux aussi, à rassembler les nouveau-nés en vue du marquage.

— Où est Murdock ? lança-t-elle à l'un d'eux. *Aaron* Murdock ?

L'homme porta un doigt à son chapeau.

— Dans les pâturages au nord, m'dame.

— La clôture a été endommagée, signala-t-elle brièvement. Quelques-uns de mes hommes vont venir récupérer mes bêtes par ici. Faites de même, de votre côté.

— Bien, m'dame.

Mais Jillian n'entendit pas sa réponse. Elle filait déjà à bride abattue dans la direction que le cow-boy venait de lui indiquer. Elle nota au passage que les hommes d'Aaron procédaient selon des méthodes assez similaires à celles qu'elle préconisait à Utopia. Les veaux et leurs mères étaient menés au corral calmement, sans hurlements et sans fanfaronnades.

Jillian repéra Aaron de loin. Juché sur Samson, il manœuvrait pour ramener un veau indocile dans le rang.

Sans se soucier des regards rivés sur elle, Jillian piqua droit sur le maître des lieux. Le bord du chapeau d'Aaron jetait de l'ombre sur son visage. Elle ne pouvait discerner son expression mais sentait son regard rivé sur elle tandis qu'elle galopait dans sa direction.

— J'ai deux mots à te dire, Murdock.

— Parle.

Il poussa le veau en direction du reste du troupeau. Mais Jillian se pencha pour agripper le pommeau de sa selle.

— Seuls, siffla-t-elle entre ses dents.

L'expression d'Aaron demeura placide. Mais elle ne voyait toujours pas son regard. Il fit signe à l'un de ses hommes de récupérer le veau fugitif.

— Tâche d'être brève. Je n'ai pas de temps à perdre en mondanités, lança-t-il sèchement en chevauchant à son côté.

Jillian contrôla Dalila, qui donnait des signes de nervosité en présence de Samson.

— Il ne s'agit pas d'une visite amicale. La clôture ouest a été endommagée.

Il survola son équipe d'un regard rapide.

— Tu as besoin d'aide pour la réparer ?

— Je veux savoir qui a sectionné *délibérément* les barbelés.

Aaron lui-même ne bougea pas mais l'étalon tressaillit sous lui.

— Sectionné, tu dis ?

— Je l'ai constaté moi-même.

Il remonta son chapeau sur son front et elle vit enfin son visage. Aussi dur et implacable que lorsqu'il l'avait jetée à terre, dans le corral.

— De quoi m'accuses-tu, Jillian ?

Elle lui jeta un regard de défi.

— Je te fais part de ce que je sais. Pour le reste, c'est à toi de voir.

D'un geste qui n'avait de calme que l'apparence, il saisit les deux pans de la veste de cow-boy qu'elle avait enfilée le matin même.

— Je ne suis pas le genre d'éleveur à couper les clôtures de ses voisins, O.K. ?

Sans même tenter de se dégager, elle soutint son regard. Un vent léger se leva, jouant avec les boucles rousses qui s'échappaient de son chapeau.

— Peut-être pas toi, non. Mais vous êtes nombreux à travailler au Double M. Et j'ai la nette impression qu'il me manque du bétail. J'ai envoyé trois de mes hommes chez toi pour vérifier qu'aucune bête ne s'était échappée de ton côté. Et j'ai suggéré à l'un de tes aides de faire de même chez moi.

Il hocha la tête. Mais une colère sourde continuait à brûler dans son regard.

— Une clôture peut être sectionnée des deux côtés, Jillian.

L'espace d'une seconde, elle demeura bouche bée. Puis elle repoussa sa main avec impatience.

— Tu crois que je serais venue ici, si j'étais la coupable ?

— Vous êtes nombreux à travailler à Utopia, rétorqua-t-il, reprenant textuellement l'argument qu'elle venait de lui opposer.

Les yeux rivés sur lui, Jillian sentit sa rage retomber. Elle s'était précipitée chez Aaron sous l'empire de la colère et de la déception, sans prendre le temps de réfléchir à tous les aspects de la situation. Certains de ses hommes travaillaient à Utopia depuis des années. Et elle savait qu'ils étaient de confiance. D'autres en revanche n'étaient embauchés que pour la saison. Ceux-là étaient des errants, pour la plupart. Répugnant à se fixer, ils allaient de ranch en ranch et parcouraient l'Ouest au gré du hasard et de l'humeur.

Rien ne prouvait donc que les torts n'étaient pas de son côté.

— Il te manque du bétail ? s'enquit-elle plus calmement.

— Je te tiendrai au courant.

— De mon côté, je ferai procéder à un dénombrement du cheptel dans tout le secteur ouest.

Jillian se tourna vers le soleil levant.

— Je n'ai pas besoin de tes vaches à viande, Murdock.

— Pas plus que je ne cours après les tiennes.

Elle leva le menton.

— Tu reconnaîtras qu'il y a des antécédents. Fut un temps où les Murdock prenaient un malin plaisir à détruire les clôtures des Baron.

— En effet, oui. La dernière fois qu'un tel incident a été signalé remonte à 1921.

— Il n'empêche que l'inimitié entre les Baron et les Murdock a résisté au temps. Ton père n'a pas manqué de souligner l'autre jour que nous étions ennemis.

— Et tu penses sérieusement que mon père s'est traîné jusqu'à ta clôture en pleine nuit pour te jouer un mauvais tour ? lança Aaron avec impatience.

Elle redressa la taille.

— Je ne suis pas idiote.

— Ah, non ?

Les mâchoires crispées, il guida sa monture de manière à se placer juste en face de la sienne.

— Si tu n'es pas idiote, tu arrives très bien à le faire croire en tout cas. Je vais vérifier la clôture moi-même et je te tiendrai au courant.

Il s'éloigna au grand galop avant qu'elle puisse lui répondre. Ulcérée, Jillian repartit à bride abattue en direction d'Utopia.

6

Lorsque Jillian atteignit le ranch, le bétail à marquer avait déjà été guidé dans le corral. Un coup d'œil levé vers le ciel lui indiqua qu'il devait être 8 heures passées. Vaches et veaux tournaient nerveusement dans l'enclos et les aides avaient déjà commencé à les séparer. Ce qui n'était pas une mince affaire. Tout en écoutant les sons familiers qui s'élevaient dans l'air tiède et chargé de poussière, Jillian descendit de cheval et enleva la selle de Dalila. Le marquage au fer faisait partie des étapes cruciales dans la vie d'un ranch. Oubliant temporairement ses problèmes de voisinage et de barrière, elle se jeta dans la mêlée.

Certains de ses hommes s'activaient à cheval, poussant les vaches affolées d'un côté pendant que les veaux étaient rassemblés dans une autre partie du vaste corral.

Avec des cris et des invectives, une vache et son veau furent menés hors de l'enclos principal. Mais la mère fut retenue alors que son rejeton partait déjà dans la glissière. Gil allait et venait, dirigeant les opérations avec son énergie coutumière.

Avec un léger rire, Jillian enfonça son chapeau sur ses yeux et, lasso en main, se mêla à la bataille. La poussière volait. Les veaux terrifiés hurlaient leur désarroi pendant que les mères affolées se jetaient contre la barrière pour les rejoindre.

Gil sélectionna un veau qu'il attrapa au lasso et le tira jusqu'à lui.

— La clôture est réparée ? s'enquit-elle brièvement.

— Ouaip.

— Je m'occuperai du reste plus tard. Il faudra que nous parlions sérieusement, Gil.

Il souleva son chapeau pour essuyer son front en sueur.

— Quand tu voudras… Les veaux sont regroupés. Il ne reste plus qu'à se mettre au boulot.

Jillian s'approcha de l'enclos où les veaux désespérés roulaient des yeux fous.

— Du calme, les petits gars. Ça ne va pas être agréable mais ce sera rapide, leur annonça-t-elle en guise de consolation.

Le marquage l'avait toujours fascinée, même si elle ne l'aurait pas avoué pour un empire. Les veaux entraient dans la glissière un à un et prenaient leur élan, se croyant libérés. Mais ils étaient aussitôt attrapés, soulevés et couchés sur une table. Puis soumis au fer rouge, à la vaccination et à la castration, pour certains.

Le travail était harassant, difficile, salissant. L'air sentait la sueur, la chair brûlée et le désinfectant. Des anecdotes étaient échangées ; des hauts faits relatés. Ce n'était pas le premier marquage auquel participait Jillian. Mais chaque fois elle se félicitait d'appartenir à cet univers si particulier qui était celui des ranchers.

Prenant sa place à la table, elle se chargea des vaccinations. Lorsque le dernier veau fut sorti de l'enclos, les hommes étaient affamés. Et les veaux choqués réclamaient piteusement leurs mères.

L'estomac dans les talons, Jillian s'assit sur une caisse retournée et essuya son visage noirci par la poussière. Sa chemise lui collait à la peau et elle transpirait sous son Stetson. Et ce n'était qu'un début. Il leur faudrait encore une bonne semaine avant de terminer le marquage de printemps.

Lorsque tous les aides du ranch eurent disparu dans la salle à manger commune, Gil sortit deux bières d'une glacière et lui en tendit une.

— Merci, murmura Jillian en portant la bouteille glacée

à sa joue. J'ai parlé à Murdock. Il a l'intention de vérifier la clôture lui-même.

Elle s'interrompit pour boire une gorgée.

— Qu'est-ce que tu en penses, toi, Gil ? Tu crois que c'est le genre de type qui serait capable de nous faire un coup en traître ?

— A ton avis ?

Jillian haussa les épaules. Elle avait déjà tenté de réfléchir à la question. Mais les sentiments personnels compliqués que lui inspirait Aaron l'empêchaient de porter un jugement objectif.

— C'est à toi que je pose la question, Gil.

Le vieux contremaître s'absorba un instant dans ses réflexions.

— Le jeune Murdock a du caractère, mais ce n'est pas le genre de gars à agir par-derrière. Le père, lui, aurait pu s'amuser à nous faire une grosse vacherie, il y a dix ans. Rien que pour le plaisir de mettre ton grand-père en rage. Mais maintenant… Franchement, je ne vois pas les Murdock faire une chose pareille.

Gil cracha son tabac et finit sa bière avant d'enchaîner.

— J'ai compté le bétail en pâture ce matin. Il se peut que j'aie omis quelques bêtes dans la mesure où elles ont été dispersées par le rassemblement.

Jillian reposa la bouteille qu'elle venait de porter à ses lèvres.

— Et alors ?

— J'ai l'impression qu'il nous en manque une bonne centaine.

— Une *centaine* ? répéta-t-elle, choquée. Jamais une telle quantité de vaches ne serait passée à travers la brèche d'une clôture. Pas d'elles-mêmes, en tout cas.

Gil hocha la tête.

— Les gars que j'ai envoyés chez Murdock sont revenus un peu avant toi. Seule une douzaine de nos bêtes avait franchi la ligne de frontière entre les deux ranchs.

Jillian fronça les sourcils.

— Mais où seraient passés les animaux manquants, alors ?

— C'est bien la question, justement.

— Je veux qu'on procède à un dénombrement rigoureux du cheptel dès demain matin. En commençant par les pâtures de la section ouest.

Baissant les yeux, elle nota qu'elle avait serré les poings.

— L'explication la plus plausible est qu'un des hommes de Murdock vole notre bétail — peut-être pour le Double M, mais plus vraisemblablement pour son propre compte.

Gil mordilla sa chique.

— Peut-être.

— Ou alors c'est un des nôtres qui a fait le coup.

Le vieux contremaître soutint calmement son regard.

— C'est tout aussi possible, oui. Il se pourrait que Murdock s'aperçoive qu'il lui manque des bêtes également.

Jillian hocha la tête.

— Pour le dénombrement du cheptel demain, ne choisis que des hommes de confiance. Des gens qui travaillent pour nous depuis au minimum un an. Et qui savent tenir leur langue.

Gil hocha la tête.

— Tu as l'intention de collaborer avec Murdock pour pincer le voleur de bétail ?

— S'il le faut.

Elle se souvint de la colère d'Aaron quelques heures plus tôt et soupira.

— Va te restaurer, Gil.

— Tu viens aussi ?

— Non.

Secouant la tête, elle posa la selle sur le dos de Dalila et entreprit d'ajuster les sangles. Juste au moment où elle allait enfourcher sa jument, Gil lui tapa sur l'épaule. Jillian vit qu'il tenait un morceau de pain avec de la viande.

— Mange ça, tu m'entends ? C'est un ordre. Tu vas finir par t'envoler au premier coup de vent, sinon.

Elle sourit et mordit à pleines dents dans le sandwich improvisé.

— Vieux chien galeux, va !

Se penchant sur Gil après s'être assurée que personne ne regardait, Jillian ignora ses protestations et lui planta un baiser sur chaque joue.

Elle sortit de la cour au trot puis lança sa monture au galop en direction des pâturages du secteur ouest. Allant d'enclos en enclos, elle compta rapidement le cheptel et parvint à un résultat assez similaire à celui avancé par Gil.

Cent bêtes en moins… Fermant les yeux, elle s'efforça de réfléchir calmement. L'hiver qui avait été rude lui avait coûté une vingtaine de têtes. Mais les pertes qu'elle subissait maintenant n'avaient rien à voir avec les aléas de la nature. Il lui fallait identifier le voleur de toute urgence avant que l'hémorragie ne se poursuive.

Jillian jeta un coup d'œil de l'autre côté de la clôture. D'un côté comme de l'autre, le bétail paissait paisiblement, comme si rien d'anormal n'était venu troubler leur tranquille existence bovine. De nouveau, elle serra les poings. La perte qu'elle venait de subir entamerait sérieusement son chiffre d'affaires.

Et il n'était pas dit qu'elle serait capable de remonter la pente si le voleur de bétail récidivait. Mais elle ne pouvait s'offrir le luxe de paniquer. Avant de porter plainte auprès des autorités, il fallait que Gil et ses aides effectuent un dénombrement précis du cheptel pendant qu'elle procéderait à de fastidieuses vérifications comptables de son côté. En attendant, elle se sentait sale, fatiguée et découragée. Et elle voulait remédier à cette situation avant de retourner au ranch.

Une semaine seulement s'était écoulée depuis la dernière fois qu'elle était venue à l'étang. Mais déjà le feuillage des trembles et des peupliers s'était étoffé. Même les boutons rose pâle des églantines commençaient timidement à se former. Des rudbeckias fleurissaient au bord du chemin et un passereau déchaîné chantait à la gloire du printemps.

Le soleil avait déjà dépassé le zénith. Se donnant une heure pour recharger ses batteries, Jillian attacha Dalila à une branche d'arbre et la laissa brouter au bord de l'eau. Puis elle jeta son chapeau par terre et s'assit sur une pierre pour envoyer valser ses bottes. Son jean et sa chemise suivirent le même chemin.

Dès l'instant où l'eau fraîche se referma sur elle, Jillian oublia les raideurs dans sa nuque et le bas de son dos. Même le désespoir et la peur s'atténuaient à mesure qu'elle se délassait, puisant dans le ciel, l'herbe et l'eau les forces qui lui manquaient. Avec un léger soupir de bien-être, elle ferma les yeux, renversa la tête en arrière, et s'immergea entièrement.

Aaron ne se demanda pas comment il avait su qu'il la trouverait là. Il ne s'interrogea pas non plus sur ce qui l'avait poussé à la rejoindre. Immobile sur sa monture, il se contentait de s'imprégner de la scène : le bouquet d'arbres, l'eau claire et la naïade qui se laissait flotter sur le dos, se mouvant avec des gestes lents qui ne troublaient ni le silence ni le chant pur des oiseaux.

Pour la première fois, il voyait Jillian dans un total abandon. Elle baignait dans cette profonde intimité avec soi-même que seule autorise la plus grande solitude. Aaron avait conscience que sa propre présence était intrusive. Et, pourtant, aucun effort de volonté au monde n'aurait pu le faire bouger de son poste d'observation.

La peau de Jillian était d'une blancheur de lait, ses cheveux brillaient comme une coulée d'or rouge au soleil. Aaron sentit un feu sourd couver dans ses reins et se propager dans ses veines en lentes spirales ascendantes.

Savait-elle à quel point elle était attirante, au moins, avec ce corps souple et délié, ce visage à l'ovale pur qui exprimait un mélange fascinant de fragilité et de force ?

« Non. Elle ne sait pas », dit une voix en lui. Et il était grand temps qu'un homme se charge d'éveiller Jillian

Baron à la conscience de sa propre beauté. Se laissant glisser au bas de sa monture, Aaron attacha Samson à un arbre de son côté du domaine.

Lorsqu'elle remonta à la surface de l'eau, Jillian ouvrit les yeux et trouva Aaron debout, au bord de l'étang, le regard rivé au sien. A une première réaction de choc succéda une vive irritation. Puis une indignation outrée lorsqu'elle réalisa qu'elle se trouvait en posture délicate.

Et puisqu'il était trop tard pour le réflexe pudique, elle opta pour l'insolence.

— Et si tu décampais d'ici, Murdock ? Tu ne vois pas que la place est occupée ?

— L'eau est bonne ? s'enquit-il nonchalamment.

Aaron devait reconnaître qu'elle faisait preuve d'un sang-froid admirable. Une autre femme à sa place aurait poussé des cris horrifiés et déployé de vaines stratégies pour tenter de se couvrir. Jillian, elle, se contentait de le chasser.

— L'eau est froide, Murdock. Je pense que tu dois être pressé de te remettre à ton marquage.

Avec un sourire amusé, Aaron s'assit sur une pierre au bord de l'eau. Ses vêtements, comme ceux de Jillian, étaient maculés de sueur et de crasse.

— Les veaux attendront. La matinée a été dure et je m'accorde une pause.

— J'étais là avant toi, figure-toi. Si tu avais ne serait-ce qu'une once de savoir-vivre, tu serais déjà reparti discrètement.

— Si j'avais du savoir-vivre, oui, acquiesça-t-il, obligeamment, en se penchant pour retirer ses bottes.

Jillian le fusilla du regard.

— On peut savoir ce que tu fais ?

— Je me prépare à piquer une tête, annonça-t-il avec un sourire engageant.

— Si tu as le toupet de mettre un pied dans cet étang, je te descends, Murdock.

Le sourire d'Aaron s'élargit tandis qu'il déboutonnait sa chemise.

— Tant que je reste de mon côté, je suis dans mon droit, non ?

Jillian eut une vue imprenable sur un superbe torse basané aux muscles fins, bien définis, d'une beauté presque féline. Du coin de l'œil, elle mesura la distance qui la séparait de ses vêtements. Quelle poisse ! Pourquoi ne les avait-elle pas laissés au bord de l'eau au lieu de les abandonner en tas un peu plus loin ?

Aaron, lui, semblait tirer un réel plaisir de cet épisode embarrassant.

— Hé, inutile de te braquer sur des questions de territoire. Tu n'as qu'à imaginer un fil de clôture tendu entre nous, suggéra-t-il aimablement en débouclant sa ceinture.

Jillian aurait détourné les yeux si elle n'avait pas capté la lueur moqueuse dans son regard. Conviée malgré elle à un strip-tease en règle, elle réussit à rester de marbre. Même si elle dut déglutir discrètement à une ou deux reprises.

Pourquoi fallait-il *qu'en plus* il soit bâti comme un dieu ? Avec tous les attributs virils qui allaient avec. Stoïque, elle prit soin de rester de son côté de l'étang. Lorsque Aaron plongea, des vaguelettes vinrent courir sur sa peau. Avec un léger frisson, elle s'enfonça dans l'eau.

— Ça t'amuse vraiment, cette petite farce, Murdock ?

Aaron poussa un soupir de bien-être. L'eau claire avait rincé la sueur et la poussière, et calmé momentanément les ardeurs de sa libido. Il tourna la tête vers elle en souriant.

— Tu admettras que la vue que j'ai d'ici n'est pas plus indécente que celle dont je bénéficiais sur le bord… A ce propos, je croyais que les rousses étaient criblées de taches de rousseur…

Une fossette se creusa dans la joue de Jillian. A présent qu'il était déshabillé aussi, ils se trouvaient de nouveau sur un pied d'égalité, après tout.

— J'ai eu la chance d'échapper à cette calamité. Toi,

tu es bâti comme un cow-boy classique, commenta-t-elle. Des jambes trop longues… Pas de hanches.

Se laissant flotter librement, elle conclut sur un mensonge insolent :

— J'ai déjà vu mieux, en matière d'anatomie masculine.

Résistant à la tentation de l'attraper par une cheville et de la tirer jusqu'à lui, Aaron se contenta de basculer sur le dos.

— C'est une habitude chez toi de venir nager nue ici ?

— Il n'y a jamais personne dans le coin. Enfin… c'était le cas jusqu'à maintenant. Si tu as l'intention de venir te baigner régulièrement, il faudra que nous mettions un calendrier au point.

— Je peux m'accommoder de ta compagnie, murmura-t-il en se rapprochant de la ligne de partage imaginaire qui barrait l'étang.

— Reste de ton côté, Murdock. Tu sais qu'on a le coup de fusil facile, chez les Baron.

Pour montrer que sa présence ne l'affectait pas, elle ferma les yeux et fit la planche.

— J'aime bien venir ici le dimanche après-midi, lorsque les gars sont de repos et qu'ils s'assemblent dans la cour pour nettoyer leur matériel et se raconter leurs histoires. C'est le seul moment de la semaine où ils se rappellent que je suis une femme. Du coup, ils se sentent obligés d'édulcorer leurs récits. C'est désagréable pour eux comme pour moi.

— Et le reste du temps, le fait que tu sois une femme ne les dérange pas ?

— Lorsqu'on est occupé à convoyer le bétail, à nettoyer les étables ou à réparer une clôture, le sexe ne compte pas.

Aaron tourna la tête et fit glisser sur elle un long regard appréciateur.

— Si tu le dis…

Jillian rit doucement et laissa ses jambes descendre vers le fond.

— De toute façon, il faut bien que je laisse mes employés

entre eux de temps en temps pour qu'ils puissent râler un bon coup contre leur patronne. Tes hommes aussi se plaignent, Murdock ?

Aaron sourit.

— Nous avons frisé l'insurrection lorsque ma sœur a décidé d'aménager le dortoir, il y a sept ans. Elle était déterminée à le transformer en petit nid douillet avec de jolis rideaux à fleurs et des murs couleur pastel.

Renversant la tête en arrière, Jillian éclata de rire.

— Oh, mon Dieu ! Des rideaux à fleurs pour des cow-boys ! Comment se fait-il que ton père l'ait laissée faire ?

— Ma sœur ressemble à ma mère, répondit-il simplement. Mon père ne peut rien lui refuser. Mais les gars devenaient fous, là-dedans. J'ai bien cru que ça allait mal se terminer.

— Je parie que tu as retiré discrètement les rideaux une nuit et que tu les as fait brûler dans un coin ?

Les yeux d'Aaron pétillèrent.

— J'ai réussi à tenir sept ans en gardant le silence sur mon forfait. Ne compte pas me faire passer aux aveux maintenant… Vous avez marqué l'orphelin aujourd'hui ?

Jillian hocha la tête.

— Marqué, tatoué et vacciné, oui.

— Et rien de plus ?

Elle sourit.

— Rien de plus, non. Taurillon il est, taureau il deviendra. Quelque chose me dit qu'il pourrait se muer en un sérieux rival pour son père. Ce serait dommage de castrer un futur reproducteur.

Ramenée aux réalités du moment, Jillian fronça les sourcils.

— J'ai vérifié la clôture ouest, au fait. Et je n'ai pas trouvé d'autres brèches.

Aaron hocha la tête. Il savait qu'ils auraient à aborder le sujet tôt ou tard. Mais il regrettait déjà le moment de paisible camaraderie qu'ils venaient de partager.

— Mes hommes ont récupéré six bêtes fugitives passées de votre côté.

— Et sinon ton cheptel est au complet ? s'enquit-elle après une légère hésitation.

— Ça m'en a tout l'air, oui. Pourquoi ?

— Parce qu'il me manque cent têtes, Aaron.

Sidéré, il lui attrapa le bras.

— *Cent ?* Tu en es sûre ?

— Nous n'avons encore effectué qu'un dénombrement approximatif. Mais je sais qu'une quantité importante de mes bêtes a disparu, en tout cas.

Aaron secoua la tête.

— Je ferai compter le cheptel de mon côté. Mais je ne vois pas comment une centaine de têtes venues de chez toi auraient pu passer la brèche et se disperser sur mes terres sans que personne s'en aperçoive.

— Je sais qu'elles n'ont pas disparu chez toi, Aaron.

Il lui effleura la joue.

— J'aimerais t'aider. Si nous survolons ton ranch en avion, nous repérerons peut-être les fugitives.

Tentée de s'appuyer sur lui comme la première faible créature venue, Jillian secoua la tête.

— Je te remercie de me le proposer. Mais je doute que les bêtes manquantes se soient simplement égarées.

— Je suis de ton avis, admit-il, le regard sombre. Je t'accompagnerai chez le shérif.

Elle se mordit la lèvre.

— Merci, mais ça ira. Je peux me débrouiller toute seule.

— Tu *peux*, oui. Mais rien ne t'y oblige.

Aaron se demanda comment il avait pu se laisser leurrer par son assurance de surface au point de passer à côté de la fragilité qui se dissimulait sous le masque. Ses yeux paraissaient immenses, presque enfantins. Et il y avait comme un fond de panique dans son regard.

Par un réflexe instinctif de protection, il l'attira contre lui. Mais comme les mots lui manquaient, il finit par chercher sa bouche. Les lèvres de Jillian s'entrouvrirent et elle se laissa porter par la douceur du baiser. Elle ne se souvenait pas de s'être jamais sentie aussi détendue. Comme si elle était en synergie totale avec les gestes, les caresses, les mouvements d'Aaron.

Légère et réconfortante tout d'abord, sa bouche, peu à peu, se faisait plus insistante. Elle sentait son cœur d'homme battre fort et vite contre le sien. A mesure que le baiser s'approfondissait, une sensation de vide se creusait au fond de son ventre. Son corps se tendit et son cœur, soudain, se mit à croire à la promesse du partage.

Mais lorsque son esprit commença à s'embrumer et qu'elle se sentit lâcher prise, l'imminence de la chute la fit sortir en sursaut de son état de transe.

Si Aaron obtenait d'elle ce qu'il voulait, ce ne serait pas du partage. Juste un don unilatéral. Et donner, c'était prendre le risque de la dépossession.

D'un geste vif, Jillian se dégagea de son étreinte. En se demandant si elle avait perdu la tête. Comment pouvait-elle laisser un Murdock lui faire l'amour alors que son fil de clôture avait été sectionné et qu'il lui manquait une centaine de têtes ?

— Je t'avais dit de rester de ton côté, Murdock, lança-t-elle en se détournant pour regagner la berge.

Estomaqué, Aaron la suivit des yeux. La façon dont elle s'était abandonnée dans ses bras avait fait de lui un autre homme. Jillian était la première à toucher la part la plus secrète, la plus vulnérable de son être. La première à éveiller en lui le désir du don, de la profondeur, du partage.

Mais elle était également la première à le rejeter avec dédain, comme si elle avait affaire à un dragueur quelconque qui aurait cherché à tirer parti de la situation.

— C'est un sport, chez toi, de souffler ainsi le chaud et le froid, Jillian Baron ?

Jillian enfila sa chemise sans même prendre la peine d'en secouer la poussière. Pour une raison qu'elle ne parvenait à définir, elle était au bord des larmes.

— J'ai failli me laisser prendre à ton jeu, lâcha-t-elle

entre ses dents serrées. Mais ces paroles réconfortantes, ces gestes tendres, cette proposition d'aide… c'était juste une stratégie pour parvenir à tes fins. Désolée, mais c'est le genre d'hypocrisie qui me donne envie de gerber, Murdock.

Les mains d'Aaron se crispèrent sur le bouton de son jean. Il sentait monter une rage si violente qu'il se demanda s'il parviendrait à la maîtriser.

— Attention à ce que tu dis, Jillian.

Le regard étincelant d'indignation, elle se tourna vers lui.

— Tu as été clair depuis le début sur ce que tu voulais de moi, non ? Je n'avais pas de problème de disparition de bétail lorsque tu étais encore à Billings, très occupé à attendre que ton père…

Horrifiée par l'accusation qu'elle s'apprêtait à lancer, Jillian s'interrompit net. Elle ouvrit la bouche pour s'excuser mais la referma sous le regard meurtrier d'Aaron.

— A attendre quoi ? s'enquit-il d'une voix dangereusement calme.

Même si elle aurait volontiers donné la moitié de ses terres pour pouvoir retirer les paroles odieuses qu'elle venait de prononcer, Jillian réagit à la menace par le défi.

— Je te laisse le soin de répondre à cette question toi-même, Aaron. Tout ce que je te demande, c'est de ne plus jamais poser la main sur moi. Et de garder définitivement tes distances. Tes mots doux me révulsent, O.K. ?

Sur cet adieu, elle fit demi-tour et s'éloigna à grands pas pour récupérer son jean.

Aaron ne se donna pas le temps de réfléchir avant d'agir. Son lasso sifflait déjà dans l'air avant qu'il ait réalisé ce qu'il était en train de faire. Les paroles de Jillian l'avaient blessé au vif. Il venait de lui donner quelque chose de lui-même qu'il n'avait encore jamais partagé avec aucune autre femme. Et elle foulait aux pieds ce qu'il y avait en lui de plus authentique et de plus sincère.

Jillian poussa un léger cri de surprise lorsque le nœud coulissa juste au-dessus de sa taille, lui immobilisant les deux bras.

Elle se retourna pour le foudroyer du regard.

— Ça ne va pas, non ? Qu'est-ce que tu fais ?

— Ce que j'aurais dû faire il y a déjà une semaine.

Tirant sur la corde d'un geste sec, il l'amena à lui. Son regard était noir de rage.

— Mais ne t'inquiète surtout pas, Jillian : il n'y aura pas de mots doux, cette fois.

— Tu me le payeras, Murdock. Et cher.

Cela, Aaron voulait bien le croire. Mais il n'en avait strictement rien à faire, en la circonstance. Il l'attrapa par les hanches et la pressa contre lui.

— Tu as l'art de rendre les hommes fous, Jillian. La douceur et l'abandon incarnés à un moment ; puis une chatte sauvage toutes griffes dehors cinq minutes plus tard. Puisque tu sembles incapable de savoir ce que tu veux, je vais décider pour toi.

Il l'embrassa avec un mélange de rage et de désir dont Jillian perçut aussitôt l'écho vibrant en elle. Ce qui ne l'empêcha pas de lutter comme une tigresse.

Pressée contre son torse mouillé qui détrempait sa chemise, elle sentit la terre se dérober sous ses pieds lorsqu'il la renversa sous lui. Même plaquée au sol sous le poids d'Aaron, Jillian ne céda pas à la panique mais continua à se tortiller, à se débattre ; puis à l'insulter lorsque ses lèvres quittèrent les siennes pour lui dévorer le cou et les épaules. Mais son juron se mua en gémissement lorsque sa bouche revint se mêler à la sienne. Ses mouvements sous lui changèrent de tonalité, passant de la protestation à l'invite. Mais ce fut à peine s'ils s'aperçurent du changement. Jillian ne répondait plus qu'à l'appel impérieux de son désir. Désir pour cet homme-là et nul autre. Désir pour Aaron. Et elle savait que rien ne pourrait plus l'empêcher d'y céder.

Aaron, lui, était comme noyé en elle. Il avait tout oublié : le lasso, sa douleur, sa colère. Il n'avait plus conscience que de sa présence sous lui. De sa fragilité. De sa sensualité active. De la clameur assourdissante dans son ventre et dans ses reins. Devenue avide, la bouche de Jillian refusait de quitter la sienne. Ses mains couraient dans son dos, ses doigts s'enfonçaient dans sa chair, se raccrochaient à ses hanches.

Jillian changea de position pour ajuster plus étroitement son corps au sien. Une odeur grisante d'eau et d'herbe froissée lui montait à la tête. Les deux syllabes de son prénom résonnèrent à son oreille comme un appel.

Il n'y avait aucune douceur dans leur étreinte. Et aucune parole n'était nécessaire. Ce qu'ils s'apportaient en cet instant était aussi primitif que mutuel.

Elle poussa un gémissement de reconnaissance lorsque Aaron déboutonna sa chemise pour porter les lèvres à ses seins. La montée du plaisir fut si brusque et si déchirante qu'elle demeura sans force pendant qu'il s'activait à réveiller son désir avec ses dents et sa langue tour à tour. Pressé de la débarrasser de sa chemise, Aaron tira d'un mouvement brusque. Rencontrant une résistance inattendue, il chercha d'où venait le blocage.

Et se figea d'horreur lorsque ses doigts touchèrent le crin du lasso. Le souffle court, comme frappé par la foudre, il ferma les yeux, luttant comme un possédé pour recouvrer la raison. Le visage enfoui entre les seins de Jillian, il sentait son cœur battre contre sa joue comme un oiseau en cage.

Qu'avait-il fait ?

Il avait été à deux doigts de prendre de force une femme ligotée et non consentante. Quelle que soit la provocation au départ, il n'y avait pas de rédemption possible à ses yeux pour un acte tel que celui-là. Lâchant une obscénité, il la libéra de ses liens sans quitter son visage des yeux.

Immobile et comme noyée, elle avait l'air d'une gisante. Ses lèvres étaient gonflées et humides de ses baisers. Le regard voilé de ses yeux mi-clos ne lui livra aucun indice sur ce qu'elle ressentait.

— Tu voulais me faire payer ? C'est le moment, murmura-t-il sombrement en roulant sur le dos.

Jillian souleva les paupières. Le ciel était d'un bleu pur au-dessus de sa tête et le passereau chantait toujours. Oui, elle pourrait se venger. Elle avait lu l'horreur et le dégoût de soi dans le regard d'Aaron. Il lui suffirait d'ailleurs de pas grand-chose. Juste de se lever et de s'éloigner sans un mot.

Mais elle n'était ni stupide ni masochiste.

Roulant sur lui, elle plongea son regard dans le sien.

— Tu payeras, oui, Murdock. Si tu ne finis pas ce que tu as commencé.

Sans lui laisser le temps de répondre, elle s'empara de sa bouche, enfouit les doigts dans ses cheveux et frotta doucement son torse nu contre le sien. Le grognement de plaisir d'Aaron résonna dans sa bouche, se mélangea à son souffle, vibra jusque dans ses reins.

Tout se passa alors dans un furieux tourbillon. Toujours en position dominante, Jillian s'attaqua au jean d'Aaron et le fit descendre sur ses hanches. En lui caressant les flancs, elle sentit une profonde cicatrice sous ses doigts et éprouva une douleur aiguë, comme si sa propre chair avait été lacérée.

Sans un mot, il la fit rouler de nouveau sous lui. Avec leurs doigts, avec leurs lèvres, ils s'amenèrent mutuellement vers une frénésie qui frisait la souffrance. Il se joignit à elle alors qu'elle était secouée par un spasme et ranima son désir d'une seule poussée. Et ce fut une longue montée aveuglante, jusqu'à la chevauchée finale où ils explosèrent dans un râle partagé.

Pendant un long moment, Jillian demeura immobile, flottant dans un vide désincarné. Les mains sur le dos d'Aaron, elle sentait sa respiration laborieuse. Même après la violence du cataclysme, ils n'étaient, étrangement, ni apaisés ni même repus. C'était la première fois que Jillian expérimentait un tel phénomène. Comme si rien ne pouvait calmer l'élan démesuré qui les jetait l'un vers l'autre.

Avec un léger frisson de plaisir et d'inquiétude mêlés, elle comprit qu'elle le désirait encore. Qu'elle voulait reproduire ses sensations à l'identique, retrouver cet instant de gloire où leurs deux corps brûlants s'étaient fondus en une seule torche vive qui ne demandait qu'à se consumer.

Après toutes ces années où elle s'était prudemment abstenue de toute implication affective, elle se retrouvait en manque d'un homme qu'elle connaissait à peine. Un homme pour lequel elle était censée ne ressentir qu'hostilité et méfiance.

Mais le plus effrayant, c'est qu'elle avait une entière confiance en lui, au contraire. Et c'était peut-être encore ce qui la terrifiait le plus. Elle n'avait aucune raison logique de se fier à Aaron Murdock, pourtant. Lui faisant oublier ses ambitions, son travail et ses responsabilités, il l'avait ramenée au constat élémentaire qu'elle était femme. Et, au lieu de lui en vouloir, elle en tirait un plaisir insensé.

Aaron releva la tête et repoussa tendrement une mèche rousse qui lui tombait sur les yeux.

— Jillian… Cela devrait être facile entre nous, maintenant, et pourtant ça ne l'est pas, murmura-t-il doucement. Tu comprends ce qui se passe ?

S'autorisant une dernière faiblesse, elle pressa un instant sa joue contre la sienne.

— Non, je ne comprends pas, chuchota-t-elle. Il faut que je réfléchisse.

— Réfléchir à quel sujet ?

Elle ferma les yeux un instant et secoua la tête.

— Je ne sais pas. Laisse-moi maintenant, Aaron. J'ai besoin d'être seule.

Ses doigts se crispèrent sur les siens.

— Pour combien de temps ?

— Je ne peux pas te le dire.

Il aurait été si simple pour lui de la retenir. Quelques baisers, quelques caresses auraient suffi. Mais Aaron songea au mustang sauvage qu'il avait eu tant de mal à capturer.

Avec un léger soupir, il roula sur le côté et lui rendit sa liberté. Ils se rhabillèrent en silence, chacun de son côté, secoués par des sentiments pour lesquels ils n'avaient de mots ni l'un ni l'autre.

Lorsque Jillian se pencha pour récupérer son chapeau, Aaron la retint par le poignet.

— Si je te disais que ce qui vient de se passer a de l'importance pour moi — beaucoup plus que je ne l'avais prévu et sans doute beaucoup plus que je ne l'aurais souhaité —, tu me croirais ?

Jillian s'humecta les lèvres.

— Je te crois, maintenant. La question est de savoir si je le croirai toujours demain.

Aaron ramassa son propre Stetson, le vissa sur son crâne et lui saisit le menton.

— J'attendrai, mais pas indéfiniment. Et si tu ne viens pas à moi, j'irai à toi.

Jillian ignora le léger frisson d'excitation qui lui courut sur la peau.

— Si je ne viens pas à toi, il sera inutile de chercher à me revoir, Aaron, murmura-t-elle en se détournant pour détacher sa jument.

Il saisit la bride de Dalila, le temps de plonger son regard dans le sien.

— Je ne renoncerai pas, Jillian.

Se détournant sans attendre sa réponse, il franchit la ligne de frontière entre leurs deux terres, sauta sur sa monture et disparut au grand galop.

7

« Si tu ne viens pas à moi, j'irai à toi. »

Ces paroles continuèrent à résonner dans la tête de Jillian pendant la chevauchée du retour. Et poursuivirent leur refrain lancinant même une fois qu'elle eut repris ses activités. Elle savait qu'il y avait eu quelque chose de plus entre Aaron et elle qu'une étreinte sauvage culminant sur une violente flambée de jouissance. Mais si elle était prête à assumer l'attirance physique, elle n'était pas tout à fait certaine de vouloir affronter les sentiments confus qu'Aaron suscitait en elle.

Si elle allait le retrouver, qu'adviendrait-il de leur histoire ? Le risque, elle le voyait se profiler, évident, effrayant. Si elle lâchait les rênes, maintenant, il n'en faudrait pas beaucoup pour qu'elle tombe amoureuse. Une fatalité que Jillian avait autant de mal à admettre qu'à comprendre.

Elle avait toujours pensé que les gens tombaient amoureux parce qu'ils en décidaient ainsi. Qu'ils aimaient parce qu'ils se sentaient prêts à vivre en couple, à s'engager. Prête, elle l'avait été, quelques années plus tôt, lorsqu'elle avait rencontré Kevin. Prête à expérimenter les émotions qui pour elle allaient de pair avec la grande aventure amoureuse.

Mais, aujourd'hui, elle ne se sentait ni mûre ni disposée à rencontrer un homme. Et ce qu'elle éprouvait pour Aaron n'avait rien de doux. Il y avait une violence dans ses sentiments pour lui dont elle ne savait honnêtement quoi penser.

Pouvait-elle se permettre d'aller à lui et de s'abandonner

de nouveau aux tornades qu'il faisait naître en elle ? Au risque d'oublier toutes ses responsabilités ? Jillian était consciente que la position qu'elle occupait à la tête du ranch restait précaire. Elle n'avait pas encore eu le temps, en quelques mois, d'asseoir solidement son autorité. Si elle se laissait emporter par la passion, parviendrait-elle malgré tout à tenir le cap et à rester maître du navire ?

Supporterait-elle, en outre, le déséquilibre sentimental qui se creuserait forcément entre Aaron et elle ? Et surmonterait-elle la rupture lorsqu'il déciderait de poursuivre son chemin de son côté ? Elle ne se faisait aucune illusion sur leur avenir commun. A part son grand-père, aucun homme, jamais, ne s'était attaché durablement à elle.

Jillian soupira en reposant le combiné du téléphone. Si sa vie était compliquée sur le plan personnel, elle avait carrément viré au drame dans le domaine professionnel. Il ne manquait pas moins de cinq cents bêtes à son cheptel. Aucun doute ne subsistait : elle était victime d'une bande de voleurs de bétail.

— Alors ? s'enquit Joe en se laissant choir dans un de ses fauteuils de bureau.

— J'ai tout essayé, mais rien à faire. Ils ne peuvent pas livrer l'avion avant la semaine prochaine… Cela dit, au point où on en est, cela ne changerait plus grand-chose. Les voleurs ont eu le temps d'emmener nos bêtes jusqu'au-delà des frontières du Wyoming.

Joe étudia le rebord de son Stetson impeccable.

— Tu crois qu'ils sont allés aussi loin ?

— C'est ce que je ferais à leur place, en tout cas. Un troupeau de cinq cents bêtes, ça ne passe quand même pas inaperçu. Le shérif fait ce qu'il peut, mais ils ont pris de l'avance sur nous, Joe… Et je ne peux strictement rien faire à part attendre, conclut-elle en serrant les poings, effarée par la conscience de son impuissance.

Sourcils froncés, Joe fit tourner son chapeau entre ses doigts.

— Si tu veux mon avis, le moyen le plus simple de

dissimuler cinq cents bêtes, c'est de les disperser au milieu d'un cheptel qui comporte quelques milliers de têtes, Jillian.

— Précise ta pensée, ordonna-t-elle froidement.

Joe se leva. Même après six mois passés à Utopia, il avait gardé l'allure et la façon de raisonner du monde des affaires d'où il venait.

— Objectivement, tu ne peux pas faire mine d'ignorer que la clôture a été sectionnée sur notre limite ouest. Et que ce pâturage mène directement au ranch des Murdock.

— Je sais où mène le pâturage, Joe. Et je sais également que je ne peux pas me fonder sur quelques fils coupés pour accuser mes voisins de vol de bétail.

Joe haussa les épaules.

— D'accord. N'en parlons plus.

Le fait qu'il renonce à insister exacerba encore la mauvaise humeur de Jillian. Et ranima ses doutes de surcroît.

— Enfin, Joe, réfléchis ! Leur ranch est presque deux fois plus important que le mien ! Aaron n'a pas besoin de me voler mon bétail pour vivre.

— Pas pour vivre, non. Mais il pourrait avoir d'autres raisons, plus subtiles. Avec un demi-millier de bêtes en moins, ton profit, cette année, se réduira à pas grand-chose. Imagine qu'il en disparaisse encore cent ou deux cents de plus… Tu serais obligée de vendre une partie de tes terres pour t'en sortir.

Jillian ferma un instant les yeux. Les soupçons exprimés à mots couverts par Joe lui avaient déjà traversé l'esprit. Et elle s'était haïe de remuer des pensées aussi sordides.

— Si Aaron Murdock voulait acheter mes terres, il me l'aurait demandé, Joe.

— Et tu l'aurais envoyé bouler en lui disant de repasser dans deux siècles. Aaron Murdock est un homme ambitieux. Rien ne prouve qu'il veuille se contenter de ce que son père lui a laissé.

Tous ces arguments étaient irréfutables. Et pourtant…

— Laisse l'enquête au shérif, Joe. C'est son boulot.

Le visage de son responsable des troupeaux se crispa.

— C'est vrai. Et je devrais retourner m'occuper du mien.

Découragée et indécise, Jillian se passa la main dans les cheveux.

— Je suis désolée, Joe. Je sais que tu te bats pour Utopia.

— Et pour toi aussi, accessoirement.

— J'apprécie. Vraiment. Mais j'ai besoin d'y voir un peu plus clair avant d'agir. Je me donne encore un peu de temps.

Joe coiffa son chapeau et rabattit le bord sur ses yeux.

— Je comprends. Mais si tu as besoin d'aide, sache que tu peux compter sur moi.

— Merci, Joe. Je ne l'oublierai pas.

Restée seule, Jillian se laissa tomber dans son fauteuil et enfouit le visage dans ses mains. Si seulement elle avait eu le droit de céder à la panique ! D'éclater en sanglots, comme une petite fille, et de s'en remettre à quelque autorité compétente pour affronter la situation à sa place. Mais les terres d'Utopia lui appartenaient à elle seule. Et il n'y avait personne pour prendre la relève.

D'un geste las, elle prit les gants en cuir qu'elle avait laissés sur le bureau et se dirigea vers la porte. La vie continuait à Utopia et le travail n'attendait pas. Même si on la délestait de ses dernières bêtes, il lui resterait toujours ses terres. Et la détermination nécessaire pour se reconstruire.

En sortant sous la véranda, elle vit Karen Murdock se garer dans la cour. Après une légère hésitation, Jillian se porta à sa rencontre.

— Je passais vous dire un petit bonjour, Jillian. J'espère que je ne vous dérange pas ?

L'élégance naturelle de la mère d'Aaron avait quelque chose d'irrésistible. Jillian sourit.

— Pas du tout. Je vous offre un café ?

— Avec grand plaisir.

Karen suivit Jillian jusqu'à la cuisine.

— Il y a une éternité que je n'étais pas revenue par ici. Dans le temps, nous nous voyions régulièrement, votre grand-mère et moi, admit-elle avec l'ombre d'un sourire. Clay et Paul faisaient semblant de ne se rendre compte de rien, mais ils n'étaient pas dupes… Que pensez-vous des vieilles querelles entre familles rivales, vous ?

Jillian versa deux doses de café dans le filtre.

— Si vous m'aviez posé la question il y a deux semaines, j'aurais montré les dents. Mais j'avoue que mon opinion sur la question a pas mal évolué ces derniers temps.

Karen prit place à la table de la cuisine.

— Vous m'en voyez ravie, Jillian. Je sais que Paul a eu quelques paroles indélicates, l'autre fois. Mais mettre les autres en fureur a toujours fait partie de ses péchés mignons. Il a la provocation dans le sang.

Tournant la tête par-dessus l'épaule, Jillian lui jeta un regard amusé.

— Je crois qu'il ressemble beaucoup plus à mon grand-père que je ne me l'étais imaginé.

— Paul et Clay étaient bâtis sur le même modèle. C'étaient des monuments, des forces de la nature. Et on n'en fait plus beaucoup, des comme eux… J'ai entendu parler de vos pertes en bétail, Jillian. Si nous pouvons vous aider en quoi que ce soit…

Les mâchoires crispées par la tension, Jillian se concentra sur la cafetière.

— Le shérif fait ce qu'il peut, murmura-t-elle.

— Aaron m'a parlé de la clôture coupée, poursuivit Karen après une légère hésitation. Même s'il a évité d'en informer son père.

— La brèche dans la clôture est un détail sans importance, madame Murdock. Je sais que votre fils n'a rien à voir dans cette histoire.

Karen hocha la tête.

— Aaron se fait du souci pour vous.

Jillian sortit deux tasses et les posa sur la table.

— Il n'a pas à s'inquiéter. C'est mon problème.

— Vous refusez délibérément tout soutien, Jillian ?

Avec un léger soupir, elle prit place en face de la mère d'Aaron.

— Tenir un ranch reste un challenge pour une femme, madame Murdock. Et je dois me montrer deux fois plus forte qu'un homme si je veux réussir à m'imposer dans cet univers. Aucune faiblesse ne m'est permise.

— Jillian… Il n'y a personne dans cette pièce à qui vous ayez quoi que ce soit à prouver, murmura Karen.

Levant les yeux, Jillian vit une telle sollicitude dans le regard de la mère d'Aaron qu'elle relâcha le contrôle qu'elle maintenait sur elle-même.

— Je suis malade de peur, admit-elle. J'ai pris des gros risques financiers cette année parce que j'espérais me rattraper avec le chiffre d'affaires de cet été. Mais *cinq cents têtes* en moins… Il me faudra du temps pour m'en remettre.

Karen posa la main sur la sienne.

— Il se peut encore qu'on retrouve le bétail disparu.

— Les chances sont infimes, désormais. Mais je n'ai pas le droit de m'effondrer, chuchota Jillian en serrant les poings. Clay m'a laissé son héritage. J'ai le devoir de le faire fructifier.

— Pour toi ou pour ton grand-père, Jillian ? s'enquit doucement Karen.

— Pour les deux. Je suis redevable à Clay de ses terres. Et du savoir-faire qu'il m'a transmis.

Karen secoua la tête.

— Attention de ne pas te laisser dévorer.

— Utopia est tout ce que je possède, murmura-t-elle dans un souffle. Je n'ai strictement rien d'autre.

— Je vais te dire une chose, Jillian : même si tu devais perdre jusqu'à ton dernier mètre carré de terre, tu trouverais le moyen de repartir sur de nouvelles bases. Tu es comme Aaron. Tu as cette énergie en toi.

— Aaron avait d'autres choix possibles, lui, lâcha Jillian en se levant pour les resservir.

Karen la regarda un instant en silence.

— Tu penses au pétrole et à Billings, n'est-ce pas ? Aaron l'a fait pour son père… et pour moi. J'espère ne jamais avoir à lui redemander un sacrifice aussi cruel.

— Je ne comprends pas, murmura Jillian, le souffle soudain suspendu.

— Paul avait fait une promesse à Aaron alors qu'il n'était encore qu'un tout petit garçon : le Double M serait pour lui dès qu'il l'aurait mérité. Or, pour avoir mérité son ranch, Aaron l'a mérité, admit Karen avec un profond soupir. Je crois que tu peux comprendre ce que ce genre de transmission signifie.

Jillian hocha la tête et attendit le reste du récit en silence.

— Lorsque Aaron a terminé ses études, son père n'était pas encore prêt à lui céder les rênes.

» Ça a été orageux quelque temps, puis ils ont passé un nouveau contrat. Aaron acceptait de travailler au ranch en se pliant aux méthodes de Paul pendant trois ans. Au terme de cette période d'essai, Aaron devait prendre la direction du Double M. Avec les pleins pouvoirs.

— J'imagine que ça ne doit jamais être facile pour un éleveur de lâcher ce qu'il a passé une vie entière à construire, concéda Jillian.

Karen secoua la tête.

— J'aime profondément mon mari, Jillian. Mais en l'occurrence Paul avait tort. L'heure était venue pour lui de laisser la place. Et peut-être l'aurait-il fait s'il n'avait pas senti en lui la menace de… Mais peu importe ses raisons, se reprit-elle. Paul n'a pas tenu ses promesses et Aaron et lui se sont écharpés verbalement comme seuls deux hommes de caractère peuvent le faire. Sitôt calmé, Aaron m'a annoncé son intention de monter son propre ranch dans le Wyoming. Même s'il était très attaché au Double M, je sais qu'il rêvait depuis longtemps de créer quelque chose à lui.

— Mais il ne l'a pas fait.

Karen plongea son regard dans le sien.

— Non. Car je l'ai supplié d'y renoncer. Nous venions

d'apprendre que Paul n'avait plus, au maximum, que deux années à vivre. Mon mari était furieux d'avoir à s'incliner devant la maladie. Paul est un homme d'une immense fierté, Jillian. Et jusque-là, aucun obstacle ne lui avait résisté.

Jillian songea au regard d'aigle du vieil homme. A son profil hautain.

— Je suis désolée, Karen.

— Paul m'a interdit de parler de son cancer à qui que ce soit. Pas même à notre fils. Or, je peux compter sur les doigts de la main le nombre de fois où je me suis opposée à la volonté de mon mari, murmura Karen en scrutant le fond de sa tasse.

Observant le beau visage serein, Jillian comprit que si cette femme avait paru s'incliner devant son mari pendant des années, ce n'était pas par faiblesse. Mais, au contraire, parce qu'elle avait une force intérieure peu commune.

— Je savais que si Aaron partait en rompant les ponts, Paul cesserait de lutter et qu'il laisserait le cancer prendre le dessus. Je savais également qu'Aaron ne se le pardonnerait pas, s'il apprenait par la suite que sa décision avait précipité son père dans la tombe. Alors j'ai révélé la vérité à mon fils et je lui ai demandé de renoncer à son rêve. Il est donc parti pour Billings. Et même s'il est persuadé qu'il l'a fait pour moi, je sais que c'est pour Paul qu'il a mis ses propres projets entre parenthèses. Ses médecins ne partageraient peut-être pas mon avis, mais je suis persuadée qu'Aaron a fait don de cinq années de vie à son père.

La gorge nouée, Jillian se détourna.

— Je lui ai dit des choses affreuses, Karen.

— Tu n'es sûrement pas la première. Aaron était conscient qu'aux yeux du monde il aurait l'air d'un faible. Mais il ne s'est jamais préoccupé de ce que pensaient les gens.

— Je ne peux même pas lui présenter mes excuses. Il serait furieux, si je lui dis que je sais.

— Tu le connais bien.

— Non, justement, protesta Jillian avec une soudaine exaltation. Je ne le connais pas ; je ne le comprends pas et…

Elle se tut abruptement, sidérée d'avoir laissé transparaître son désarroi devant la propre mère d'Aaron.

— Je suis peut-être sa mère, Jillian. Mais je suis également une femme. Une femme capable de comprendre que l'on puisse hésiter face à un engagement amoureux qui promet d'être compliqué. J'avais à peine vingt ans lorsque j'ai rencontré Paul. Et lui avait passé la quarantaine. Ses amis pensaient qu'il était devenu fou et que la « jeunette » en voulait à son argent…

Avec un léger sourire, Karen se leva pour placer la main sur son épaule.

— Quoi qu'il en soit, je ne suis pas venue ici pour te donner des conseils sur ce qui se passe entre Aaron et toi mais pour t'offrir mon amitié… si tu veux bien l'accepter.

Jillian examina ses traits en silence — la beauté intemporelle, la grâce, le mélange de force et de douceur.

— Je l'accepte volontiers. Merci de votre générosité, Karen.

Karen lui effleura la joue.

— Générosité ? Je suis très égocentrique, au contraire. Cela fait trente ans que je vis dans un monde d'hommes. Et c'est si bon de parler à une femme de temps en temps…

Aaron arpentait la véranda devant chez lui en regardant la lune se lever. La nuit était calme, silencieuse, et portait déjà en germe les odeurs de l'été. Sa bière à la main, il but distraitement une gorgée. Combien de temps comptait-elle encore le faire attendre comme ça ? Une semaine déjà s'était écoulée depuis qu'ils avaient fait l'amour au bord de l'étang. Et chaque soir en rentrant chez lui, il se heurtait à un vide dont il n'avait jamais souffert jusque-là.

Toute sa vie, il s'était cru imperméable à l'opinion d'autrui. Découvrir une forme de vulnérabilité en lui avait été un choc. Jillian était sans doute la première femme qui avait le pouvoir de le blesser. Et elle ne l'avait guère ménagé.

Ce qui ne l'empêchait pas de continuer à la désirer comme

un fou. Aurait-il un fond masochiste caché ? Il avait envie qu'elle lui fasse confiance, en plus. Qu'elle s'ouvre à lui de ses problèmes. Pour qu'il puisse la soutenir et l'aider. Alors qu'il n'avait jamais ressenti le besoin de s'impliquer dans la vie de qui que ce soit jusqu'ici.

Serrant les poings, il pesta contre le monde en général et les femmes en particulier. Puisque Jillian s'obstinait à ne pas venir à lui, il était peut-être temps qu'il prenne l'initiative de son côté. Que cela lui plaise ou non, il allait…

Aaron avait déjà le pied sur la première marche lorsqu'il vit deux phares se dessiner dans la nuit. Une tension s'installa dans ses épaules et dans les muscles de son ventre. Il posa sa bière sur la rampe et regarda Jillian se garer devant chez lui, sans dire un mot.

Les jambes tremblantes, Jillian descendit de la Jeep. Pour une femme qui refusait toute forme de faiblesse par principe, elle se sentait singulièrement tourmentée. Elle avait compté sur le trajet pour calmer son anxiété. Mais celle-ci n'avait fait que croître à mesure qu'elle approchait du but.

Menton levé, elle soutint le regard fixe d'Aaron et grimpa les marches de bois qui menaient à la galerie.

— Je commets une erreur en venant ici, déclara-t-elle en s'immobilisant en haut de l'escalier.

En appui contre un pilier, il continua à lui opposer un visage imperturbable.

— Tu crois ?

— Ma vie est déjà assez chaotique en ce moment. Je n'ai pas besoin de complications supplémentaires.

Aaron scruta ses traits en silence.

— Tu as mis un sacré bout de temps pour arriver ici, Jillian.

— Je ne serais pas venue si j'avais pu m'en empêcher.

Les nœuds de tension dans les muscles d'Aaron se relâchèrent. Il ne s'était certainement pas attendu à un pareil aveu de sa part.

— Maintenant que tu es là, tu pourrais peut-être te rapprocher un peu…

Ainsi, il n'avait pas l'intention de lui faciliter la tâche. Rassemblant son courage, Jillian se planta devant lui — si près que leurs corps se touchaient presque.

— Ça ira comme ça ?

Il sourit.

— Pas tout à fait encore.

Nouant les doigts derrière sa nuque, Jillian effleura ses lèvres des siennes.

— Et là ?

— Encore plus.

Enfin, il s'autorisa à la toucher. Glissant un bras possessif autour de sa taille, il l'amena contre lui.

— Mille fois plus près encore, Jillian.

Les yeux brillants, elle ajusta son corps au sien.

— Plus près et nous tombons dans l'attentat à la pudeur.

De la pointe de la langue, il suivit le tracé de sa lèvre inférieure.

— Je payerai la caution si nous finissons au poste.

— Tais-toi, Murdock, murmura-t-elle juste avant de l'embrasser à pleine bouche.

Tout le désir accumulé pendant une semaine jaillit entre eux avec la violence d'une source trop longtemps contenue. Se penchant pour passer une main sous ses genoux, Aaron la souleva dans ses bras.

— Aaron…

Sa protestation fut étouffée par un baiser échevelé tandis qu'il franchissait la porte d'entrée. Elle ne put s'empêcher de rire.

— Aaron, pose-moi. Je peux marcher.

— Tu ne peux pas marcher puisque je te porte, observa-t-il en attaquant l'escalier.

— C'est ta façon d'exprimer ta domination masculine ?

Elle lui adressa le plus innocent des sourires en réponse à son regard mauvais.

— C'est ma façon d'être romantique, Jillian. Lorsque

je veux exprimer mes instincts macho, je m'y prends de la manière suivante, enchaîna-t-il en la faisant basculer sur son épaule comme un vulgaire sac de son.

Après le choc initial, Jillian dut admettre qu'elle l'avait cherché.

— D'accord, un point pour toi, commenta-t-elle, tête en bas. Je voulais juste dire que je ne cherchais ni domination ni idylle.

Aaron haussa les sourcils en pénétrant dans la chambre. Sous le ton léger, presque joueur, il avait perçu la gravité à peine masquée. Il la laissa descendre lentement contre lui.

— Tu n'aimes pas les idylles, Jillian ?

— Disons que ce n'est pas ce à quoi j'aspire, chuchota-t-elle, les yeux brûlant de désir, en cherchant ses lèvres.

Mais il la retint par les poignets.

— Tant pis pour toi. Il faudra que tu fasses avec… Tu penses qu'une relation purement physique est moins dangereuse ? s'enquit-il négligemment en lui mordillant l'oreille.

— Je crois que toute relation avec toi est dangereuse par définition.

Le souffle de Jillian se suspendit un instant lorsque la langue d'Aaron glissa le long de son cou — chaude, humide, furieusement sensuelle.

— Tu es si étonnamment douce, par endroits, murmura-t-il en laissant courir ses lèvres sur sa peau. Tout ce qu'on voit d'abord chez toi, c'est ton menton insolent et ton regard brillant de défi. Tu es remontée comme une pile, dure à la tâche et capable de passer des journées entières à attraper des veaux à mains nues. Qui se douterait que sous l'accoutrement du cow-boy tu caches une ossature fragile et une peau délicate comme la soie ?

Jillian voulut protester mais elle avait perdu l'énergie nécessaire. Aaron sourit. C'était exactement ainsi qu'il la voulait pour lui : abandonnée, fondante, comme égarée par le plaisir. Il l'aimait désirante, effrénée et active. Mais il était bon, ne serait-ce qu'un instant, de la sentir faible et alanguie dans son étreinte.

Il avait l'intention de prendre tout son temps avec elle, ce soir. Sans hâte aucune, il la fit reculer jusqu'au lit et s'asseoir sur le bord du matelas. Un rayon de lune éclairait ses yeux déjà troublés et il entendait le va-et-vient irrégulier de son souffle.

Il laissa descendre un doigt caressant depuis sa joue jusqu'à ses seins et défit le premier bouton de sa chemise. Puis le deuxième. Au troisième, il laissa glisser la main le long de ses flancs jusqu'à ses cuisses. Puis il coinça une de ses jambes entre ses genoux et lui retira ses bottes une à une.

— A toi maintenant.

Satisfaite de retrouver l'initiative, Jillian s'exécuta avec un sourire luisant de défi sensuel. Si elle avait finalement décidé d'aller trouver Aaron, c'était pour vivre avec lui une expérience d'égal à égal. Elle ne voulait pas de promesses doucement murmurées, pas de mots tendres uniquement destinés à séduire. Pour ne pas tomber amoureuse, avait-elle raisonné, il lui suffirait de rester attentive aux demandes de son corps et de réduire son cœur au silence.

Dès l'instant où sa seconde botte toucha le sol, Aaron l'attrapa par la taille avec toute la délicatesse d'un joueur de rugby plaquant l'adversaire et la fit tomber en arrière sur le lit. En éclatant de rire, Jillian noua les bras autour de son cou.

— Tu passes ton temps à balancer les femmes par terre, Murdock. Drôle d'habitude, non ?

— J'ai ce menu défaut, en effet… J'aime bien ta bouche, commenta-t-il en la lui mordillant. Elle fait partie de tes zones de douceur secrète.

Il continua à lui téter la lèvre inférieure, sans fièvre aucune, jusqu'à ce qu'elle s'alanguisse de nouveau. Jillian tenta de lutter contre la torpeur dangereuse qui s'emparait d'elle. Elle était venue chercher la frénésie et le tourbillon, la brûlure et l'extase. Pas la douceur insidieuse et encore moins la tendresse ou l'abandon. Et pourtant…

Les sensations que lui procurait Aaron semblaient combler des aspirations enfouies dont elle avait à peine soupçonné l'existence. Les tensions et les angoisses des derniers jours se relâchaient peu à peu sous l'effet de ses caresses. Comme si, pour la première fois de sa vie, elle était aimée, choyée, dorlotée. Et même si Jillian savait qu'il s'agissait d'une illusion, elle n'avait aucune envie de la voir se dissiper.

Elle frotta sa joue contre celle, râpeuse, d'Aaron. Ses mains glissaient sur son corps avec une légèreté délicieuse. Avec un petit soupir, Jillian s'attaqua aux boutons de sa chemise pour sentir la nudité de sa peau contre la sienne. Tandis qu'elle modelait sous ses doigts les muscles durs de son torse, elle songea qu'elle n'avait eu que des bribes d'impressions la première fois où ils avaient fait l'amour. Tout s'était passé dans l'urgence et la faim exacerbée. Ils s'étaient emparés l'un de l'autre avec une fureur possessive qui n'avait pas laissé place à l'exploration et à la découverte.

Mais aujourd'hui… aujourd'hui, elle perdait la tête, car la bouche d'Aaron semblait être partout à la fois. Et elle ne savait plus où se situaient les frontières entre l'ici et l'ailleurs, le masculin en elle, le féminin en lui.

Jamais Aaron n'avait imaginé qu'il pourrait éprouver une telle jouissance à donner du plaisir. Chaque ligne du corps de Jillian l'éblouissait, chaque centimètre carré de sa peau le rendait fou. Son désir exacerbé frisait la torture. Et pourtant il continuait à différer le moment où il plongerait dans sa chair offerte pour s'y perdre.

Ce n'est que lorsque la langueur de Jillian devint frénésie qu'il accéléra le rythme de ses caresses. A deux reprises, il l'amena au bord de la jouissance, mais sans jamais la laisser atteindre le pic par-delà lequel tout bascule.

Jillian s'arc-bouta sous lui, le regard aveugle, si consentante qu'elle était prête à tout donner, jusqu'à la dernière parcelle de son être.

— Aaron…

Il pesa sur elle de tout son poids.

— Dis-moi que tu me désires cette fois, lui ordonna-t-il dans un souffle.

Tête renversée, elle noua les jambes à ses hanches.

— Oui, je te veux. Maintenant.

Un éclair cisailla ses iris sombres.

— Pas seulement maintenant.

D'un seul mouvement de reins, il s'immergea en elle. Et le fil de la réalité se rompit.

8

Lorsque Aaron revint à lui, il avait le visage enfoui dans les cheveux de Jillian. Leur odeur lui emplissait les narines, fraîche comme les fleurs sauvages dont sa mère faisait de grands bouquets au printemps.

Elle était si silencieuse et immobile sous lui qu'il crut qu'elle s'était endormie. Mais lorsqu'il se souleva sur un coude pour la regarder, il vit qu'elle avait les yeux grands ouverts dans le noir. Il pressa ses lèvres sur sa joue, puis effleura les cernes qui lui avaient sauté aux yeux lorsqu'elle s'était avancée vers lui sur la galerie.

— Tu ne dors pas assez, commenta-t-il, sourcils froncés.

Après leurs ébats passionnés, Jillian s'était attendue à peu près à tout, sauf à ce commentaire préoccupé sur sa santé. Elle ne put s'empêcher de rire.

— Je me porte comme un charme, Murdock.

Il lui prit le menton dans la main.

— Faux. Tu es fatiguée. Soucieuse.

Elle scruta le visage au regard intense penché sur le sien. Il aurait été si simple, dans ce moment d'intimité après l'amour, de partager avec lui ses doutes, ses peurs et ses angoisses, comme elle l'avait fait avec Karen le matin même. Mais confesser ses faiblesses à une femme était une chose. Admettre devant un homme et un rival qu'elle se sentait au bord de la panique pouvait être beaucoup plus risqué.

— Aaron, je ne suis pas venue ici pour…

— Je sais pourquoi tu es venue ici : parce que tu ne

pouvais pas t'en empêcher. Mais maintenant que tu es dans mon lit, il faudra accepter le reste avec.

Elle tenta de rassembler sa dignité.

— Et de quel « reste » veux-tu parler, s'il te plaît ?

Une lueur amusée scintilla dans les yeux d'Aaron.

— Tu me fais penser à ma prof de math de sixième lorsque tu prends cet air sévère.

— Le regard sévère est l'une des rares facultés que je tienne de ma mère. Mais tu n'as pas répondu à ma question.

— Je suis dingue de toi.

La stupéfaction de Jillian était manifeste. Et sa surprise tirait plutôt du côté de la consternation que de l'émerveillement. Aaron jugea plus prudent de revenir à une certaine légèreté.

— J'imagine que c'est ton caractère infernal qui m'a fait succomber. Mais indépendamment de ce qui se passe entre nous, j'ai l'intention de te donner un coup de main, Jillian.

— Il n'y a pas grand-chose que tu puisses faire.

Au lieu de répondre tout de suite, il s'adossa au montant de bois sculpté de son lit et l'attira contre lui. Après une légère résistance, elle s'abandonna dans son étreinte.

— Où en est l'enquête ? demanda-t-il en enfouissant les lèvres dans ses cheveux. Ça progresse ?

— Je n'ai pas à t'impliquer dans mes problèmes, Aaron. Ce n'est pas juste pour toi.

— Impliqué, je le suis déjà, dans la mesure où il y a eu ce fil de clôture sectionné.

Sensible à son argument, Jillian hocha la tête.

— Nous avons effectué un dénombrement complet du cheptel et il nous manque cinq cents têtes. Par mesure de précaution, nous avons marqué immédiatement tous les veaux restants.

— Et le shérif a des pistes ?

Elle haussa les épaules.

— Il n'a pas encore réussi à déterminer par où les bêtes avaient été emportées. S'il y a eu d'autres clôtures endommagées, tout a été réparé avec beaucoup de soin après le passage des voleurs. Le shérif pense que les animaux manquants n'ont pas tous été sortis d'un coup mais par petits groupes successifs, prélevés ici et là.

— C'est bizarre qu'ils aient laissé un fil coupé en évidence.

— Ils n'ont peut-être pas eu le temps de le remettre en place.

— Ou ils l'ont fait à dessein pour détourner l'attention sur moi pendant qu'ils terminaient tranquillement leur boulot.

— C'est bien possible.

Jillian appuya — brièvement — la tête contre son épaule.

— Je suis désolée, Aaron, chuchota-t-elle. Je ne pensais pas ce que je t'ai dit au sujet de ton père.

— Oublie ça, va.

Elle leva les yeux.

— Je ne peux pas.

Il l'embrassa avec rudesse.

— Quand on veut, on peut… Et demain matin, nous survolons ton ranch en avion. Je n'ai rien contre le shérif ni contre ses méthodes. Mais tu connais Utopia mieux que lui.

Jillian lui jeta un regard désemparé.

— J'apprécie ton geste. Honnêtement. Mais je ne veux pas me sentir en dette envers toi. Je ne sais pas comment t'expliquer, mais…

— Alors n'explique rien, trancha-t-il en lui renversant la tête en arrière de manière à plonger son regard dans le sien. Je ne suis pas toujours ouvert à la discussion, Jillian. Tu pourras te battre avec moi et parfois même l'emporter. Mais il y aura des moments où tu ne pourras pas m'arrêter.

Les yeux verts étincelèrent.

— Pourquoi la provocation au combat, alors que je faisais de louables efforts pour me montrer reconnaissante ?

D'un seul mouvement, il la fit rouler avec lui en travers du lit.

— Parce que tu es infiniment plus dangereuse lorsque tu es douce… Tu restes dormir ici cette nuit.

— Il est hors de question que je…

Aaron lui imposa silence avec un baiser si passionné qu'il la laissa sans voix.

— Tu restes, j'ai dit.

Et il la prit avec une frénésie qui frisait le désarroi.

Entendre les oiseaux à son réveil faisait partie des charmes de l'été pour Jillian. Le reste de l'année, elle se levait si tôt que la nuit était encore sombre et silencieuse lorsqu'elle s'arrachait de la tiédeur des draps. Pendant quelques secondes, elle s'offrit le luxe de rester les yeux clos, à écouter les sons du matin. Puis elle s'étira, roula sur le côté et découvrit où elle était.

La chambre d'Aaron.

Pour la première fois, elle avait dormi avec un homme. Connu l'intimité d'un sommeil commun. Comment avait-elle pu avoir la faiblesse de croire qu'elle parviendrait à vivre une histoire avec Aaron sans prendre de risques ? A s'impliquer physiquement tout en gardant son cœur au sec ?

Ce qui ne signifiait pas pour autant qu'elle était amoureuse, bien sûr. Il était techniquement impossible de s'éprendre de quelqu'un en si peu de temps. Tournant les yeux vers la fenêtre grande ouverte, elle vit que le soleil, déjà haut, entrait à flots. Mais quelle heure était-il donc pour que la lumière soit déjà si forte ?

Furieuse contre elle-même, Jillian s'assit dans le lit juste au moment où Aaron entrait avec deux tasses de café sur un plateau.

— Déjà levée ? Dommage. Je me faisais une fête de te réveiller à ma manière.

D'un geste vif, elle repoussa la masse de boucles rousses qui tombaient en désordre sur son front.

— Il faut que je rentre à Utopia. Je devrais déjà être au travail.

Aaron la retint fermement par l'épaule.

— Je ne connais pas d'éleveur au monde qui ne puisse se permettre de déserter son ranch un jour ou deux. Tu as déjà l'air un peu plus reposée. C'est un début… Bois ton café, maintenant.

Elle voulut protester mais l'odeur du précieux breuvage était trop tentante.

— Quelle heure est-il ? s'enquit-elle entre deux gorgées.

— 9 heures passées.

Les yeux écarquillés par l'horreur, elle repoussa les couvertures.

— Il faut que je rentre.

De nouveau, il la maintint plaquée contre ses oreillers.

— D'abord, ton café. Après, un petit déjeuner. Et on verra ensuite.

— Arrête de me traiter comme si j'avais six ans !

Il baissa les yeux sur ses seins.

— Je pourrais être tenté de te traiter en femme.

— Arrête de chercher à me mater, Murdock, ordonna-t-elle en riant. Et laisse-moi filer. J'apprécie le café, mais je ne peux pas me permettre de paresser au lit jusqu'à midi.

— Je suis sûr que cela fait des mois que tu n'as pas dormi huit heures d'affilée. Je t'aurais accordé plus de sommeil cette nuit si tu ne m'avais pas… assailli à plusieurs reprises.

Jillian haussa les sourcils.

— Assailli ?

Ainsi, même après la nuit qu'ils venaient de passer, elle avait encore besoin d'être rassurée sur le fait qu'il la trouvait désirable ? Hallucinant.

Il se pencha pour lui embrasser le front.

— Si tu veux abuser encore une fois de moi, ce matin, je suis ton serviteur.

Jillian laissa échapper une brève expiration tremblante.

— Je crois que je vais t'épargner pour le moment, Murdock. Tu as un ranch, des clôtures et du bétail qui t'attendent, non ?

« J'ai une femme à protéger, surtout », fut la réponse qui se présenta à l'esprit d'Aaron. Mais compte tenu de la personnalité de la demoiselle, il jugea plus avisé de garder cette pensée pour lui.

— Quel rabat-joie tu fais, Jillian ! Allez, file sous la douche pendant que je prépare le petit déjeuner. Ensuite, nous survolerons Utopia en avion.

— Aaron, rien ne t'oblige à perdre un temps précieux à cause de…

Il s'immobilisa.

— Pour une femme intelligente, tu es parfois singulièrement lente à saisir les choses les plus simples, Jillian. Le vol de bétail est une affaire grave qui concerne tous les ranchers alentour. S'aider entre éleveurs est une question de solidarité.

Consciente qu'elle l'avait offensé sans le vouloir, Jillian hocha la tête.

— Je vais faire un saut pour prévenir Gil Haley, alors.

— C'est inutile. J'ai déjà envoyé quelqu'un pour l'avertir que tu étais ici.

Jillian en bafouilla d'étonnement.

— Tu as envoyé dire à *Gil* que j'étais ici avec toi, ce matin ? Tu as songé aux conclusions qu'il pourrait en tirer ?

De distant, le regard sombre rivé sur elle se fit glacial.

— Désolé. L'idée que l'on puisse penser que tu as passé la nuit avec moi t'est insupportable, apparemment.

Lorsqu'il sortit de la chambre à grands pas, le premier réflexe de Jillian fut de s'élancer à sa suite pour s'expliquer. Mais, parvenue à la porte, elle s'immobilisa net. Qu'allait-elle dire à Aaron ? Qu'elle n'avait pas honte, comme il le croyait, mais qu'elle était profondément troublée par leur histoire ? Intimidée par l'intensité inattendue de ses sentiments pour lui ?

Le feu aux joues, elle fit demi-tour et se replia dans la salle de bains. Tout compte fait, il serait plus sage de rester sur un malentendu plutôt que de prendre le risque de s'emberlificoter dans des explications compromettantes…

*
* *

Aaron l'aurait volontiers étranglée. Ouvrant la porte de la cuisine à la volée, il jeta une tranche de bacon dans la poêle brûlante.

— Et maintenant tu te calmes, s'ordonna-t-il à voix haute.

Entre Jillian et lui, il n'avait été question que de vivre quelques moments de plaisir partagé, après tout. Si ses sentiments à lui avaient pris des proportions insoupçonnées, il ne pouvait s'en prendre qu'à lui-même.

Qu'avait-il à se montrer aussi possessif avec cette fille ? Elle lui avait un peu tourné la tête, d'accord. Mais la situation n'avait rien d'irréversible. S'il l'avait dans la peau en ce moment, c'est parce que leur entente physique était parfaite. Mais de là à penser qu'il était prêt à s'engager dans quelque chose de durable…

Non. Jamais de la vie. De fait, il aurait gardé ses distances, si Jillian ne s'était pas débattue dans ses problèmes de vol de bétail. Son principal souci était de l'aider à traverser une mauvaise passe. Comme il l'aurait fait pour n'importe quel voisin en difficulté.

Rassuré sur l'état de ses sentiments, Aaron sifflota en retournant la tranche de bacon. Le cœur tranquille, il leva les yeux en entendant Jillian pénétrer dans la pièce. Les cheveux mouillés, la peau vierge de tout maquillage, elle était si belle, si saine, si tentante, si…

Horreur et consternation. Il était bel et bien amoureux d'elle. Comment allait-il se sortir de ce traquenard ?

Jillian s'immobilisa net à l'entrée de la pièce. Pourquoi la regardait-il aussi fixement que s'il avait affaire à une apparition ?

— Quelque chose ne va pas, Aaron ?

Il secoua la tête, comme pour chasser une vision tenace.

— Non, tout va bien… Tu aimes tes œufs comment ?

— Brouillés, de préférence.

Surmontant une appréhension paralysante, Jillian s'avança vers Aaron. Elle s'était heurtée à tant de rejets dans sa vie qu'elle retenait, par principe, tout geste qui pouvait passer de près ou de loin pour une manifestation d'affection.

Il lui fallut une bonne dose de courage pour poser la main sur son épaule. Et lorsqu'elle le sentit se raidir à son contact, elle retira ses doigts comme s'il l'avait brûlée.

— Désolée pour tout à l'heure. Je ne suis pas très douée lorsqu'il s'agit d'accepter de l'aide, Aaron.

Il souleva ses œufs d'un vigoureux coup de spatule.

— J'avais remarqué, oui.

Elle cligna les yeux pour endiguer les larmes qui montaient stupidement.

— Merci pour tout, balbutia-t-elle.

Il fit glisser les œufs brouillés sur une assiette.

— C'est bon. Il n'y a pas de quoi en faire un plat.

Il avait le ton rogue et l'œil mauvais. Blessée au vif, Jillian se détourna. Qu'avait-elle espéré, d'ailleurs ? Elle n'avait jamais été le genre de personne à inspirer de la tendresse.

— Tu ne manges pas, toi ? s'enquit-elle d'un ton détaché.

— C'est déjà fait.

Lorsqu'il posa bruyamment son assiette sur la table, elle lui jeta un regard noir.

— Tu as l'air très occupé, Murdock. Pourquoi ne demandes-tu pas à un de tes hommes de m'emmener en avion à ta place ?

— J'ai dit que je m'en chargeais.

Elle haussa les épaules.

— Si ça t'amuse.

— Tu veux savoir ce qui m'amuse, Baron ?

La saisissant aux épaules, il la gratifia d'un baiser tellement échevelé qu'ils en restèrent haletants de désir et bouillonnants de rage l'un et l'autre.

Aaron enjamba une chaise et s'installa en face d'elle pendant qu'elle faisait un sort à son petit déjeuner.

— Tu sais que tu aurais déjà dû acheter un avion

quelques années plus tôt ? observa-t-il, sachant qu'il la ferait bondir.

Comme prévu, le regard vert lança des éclairs.

— Ah, oui, tu crois ?

— Tout à fait. Seuls les idiots refusent de vivre avec leur temps.

— Tu as d'autres suggestions comme celle-ci à me faire, Murdock ?

— Plusieurs, en fait.

Elle repoussa son assiette.

— Tu veux savoir ce que tu peux en faire, de tes conseils ?

— Tu me raconteras ça plus tard. Nous avons déjà perdu assez de temps comme cela.

Jillian serra les dents et le suivit en silence. Elle savait déjà que l'avion d'Aaron serait une épreuve pour elle. Autant elle se sentait en confiance à cheval, en voiture ou à moto, autant elle détestait se retrouver suspendue entre ciel et terre dans un fragile oiseau en métal.

Aaron enfila un casque et des lunettes, et lui jeta un regard en coin.

— Tu n'as pas peur, au moins ?

— Pas du tout, répondit-elle, hautaine, en se forçant à se détendre.

Elle réussit à garder bonne figure, même lorsque la boîte de conserve d'Aaron quitta la terre ferme dans un fracas de moteur assourdissant. De toute façon, il faudrait bien qu'elle s'habitue à cette torture puisque son propre avion arrivait la semaine suivante.

— Ce sont de petits modèles, observa Aaron en notant de discrets signes de nervosité chez sa passagère. Mais ils ont l'avantage d'être aisés à manœuvrer. On peut se poser quasiment n'importe où avec ces engins minuscules.

— Minuscule est le mot, oui, marmonna-t-elle.

— Regarde au-dessous de toi. Et tu verras que le monde est grand.

Jillian obéit pour une seule et unique raison : elle ne voulait surtout pas montrer qu'elle était malade de peur. Et le plus étonnant, c'est qu'en voyant le paysage se déployer sous eux elle oublia instantanément ses angoisses.

La terre était découpée en bandes ambre et brunes, si régulières qu'elles semblaient avoir été tracées à la règle. La rivière qui coulait dans leurs deux propriétés dessinait de jolis méandres bleus ; le bétail formait de petits groupes indolents et deux jeunes poulains gambadaient dans l'herbe verte d'un enclos. En les voyant au-dessus d'eux, deux hommes à cheval ôtèrent leur chapeau et leur firent signe en l'agitant. Aaron répondit à leur salut en inclinant une aile de l'avion.

Loin de s'en effrayer, Jillian se surprit à rire.

— C'est magnifique, Aaron ! Et tellement grand ! J'ai encore du mal à imaginer que ces immensités m'appartiennent.

— C'est un lien presque charnel qui nous relie à la terre, n'est-ce pas ? Je ne me lasse pas de la regarder, de la sentir, de la parcourir.

« Il l'aime autant que moi », comprit Jillian. Et il n'en avait pas moins accepté pendant cinq ans de vivre en exil à Billings. Chaque fois qu'elle pensait au sacrifice qu'il avait consenti, son admiration pour lui augmentait.

— La première fois que je suis venue à Utopia, à dix ans, j'ai pris discrètement une motte de terre et je l'ai rapportée chez moi en avion, lui confia-t-elle sur une impulsion.

Aaron lui jeta un regard en coin. Elle était si désarmante, par moments, qu'il en avait le souffle coupé.

— Et tu l'as gardée longtemps ?

— Jusqu'à ce que ma mère tombe dessus et qu'elle la jette à la poubelle.

— Ta mère ne comprenait rien à cet amour, je suppose.

Jillian émit un petit rire sans joie.

— Ma mère ? Elle ne comprenait rien à tout ce qui me concernait. Je crois que j'ai toujours été un mystère pour elle.

Aaron eut mal pour elle. Son père et lui avaient eu beau s'écharper, ils s'étaient toujours compris dans le fond. Le regard de Jillian s'assombrit tandis qu'elle parcourait les pâturages des yeux.

— Si seulement je savais ce que je cherche, murmura-t-elle.

— Y a-t-il un secteur de ton ranch qui a été plus touché que les autres ?

Elle hocha la tête.

— La partie nord, apparemment. Je n'en reviens pas d'avoir pu laisser passer une énormité pareille. Cinq cents bêtes détournées sous mon nez. Et je n'y ai vu que du feu.

— Tu n'es ni la première ni la dernière à qui ça arrive. Si tu voulais convoyer du bétail à partir de ton secteur nord, par où passerais-tu ?

— Si j'étais une voleuse de bétail, tu veux dire ? Je pense que je chargerais les bestiaux dans un camion et que je les emmènerais de l'autre côté de la frontière, dans le Wyoming.

Aaron hésita à lui soumettre l'hypothèse qui lui paraissait la plus plausible.

— As-tu songé que de la viande déjà découpée serait beaucoup plus facile à dissimuler que des animaux vivants ?

Jillian se mordit la lèvre. Elle y avait déjà pensé, bien sûr. Mais elle avait toujours refusé d'accepter une éventualité qui signerait la mort de ses derniers espoirs.

— C'est une possibilité, oui. Mais si c'était le cas, je continuerais à rechercher les coupables quand même. Ils méritent d'être jugés.

Aaron hocha la tête.

— Je suis de ton avis… Essayons d'examiner la situation du point de vue des voleurs. Les veaux ne valant pas grand-chose, à ce stade, il est probable qu'ils aient laissé les vaches et les petits en vie afin de continuer à les engraisser. A moins que ces types ne soient complètement stupides, bien sûr.

— S'ils étaient stupides, ils n'auraient pas réussi à voler mon bétail sous mon nez.

— Exact. Pour les bœufs, en revanche… La solution

la plus simple consistait peut-être à trouver un endroit tranquille pour les abattre.

Rectifiant légèrement son cap, Aaron dirigea l'avion vers le nord.

— Peut-être même avaient-ils déjà négocié la viande à l'avance, observa Jillian, sourcils froncés. Et s'ils utilisaient une remorque ou un camion pour escamoter quelques sujets à la fois, il est possible qu'ils les aient emmenés dans un des canyons, au cœur des montagnes.

— Allons jeter un coup d'œil, proposa Aaron.

Pendant quelque temps, ils continuèrent à voler en silence. L'euphorie de Jillian était retombée, même si le paysage qui se déroulait sous eux avait encore gagné en grandeur tourmentée. La montagne n'était pas majestueuse comme ses sœurs situées plus à l'ouest, mais nue, solitaire et farouche. Seuls les coyotes et les chats sauvages menaient une existence farouche dans ces hauteurs désolées.

Aaron prit de l'altitude pour décrire un cercle autour des pics hérissés que coupaient des canyons à fond plat. Quel meilleur endroit pour y cacher du bétail volé, en effet ? Lorsque Jillian vit le rassemblement de vautours, son cœur se souleva et le pressentiment d'une tragédie la prit à la gorge.

— Je vais me poser, annonça Aaron, les mâchoires crispées.

Jillian ne dit rien. Les poings serrés, elle le regarda manœuvrer. Un silence assourdissant tomba lorsque Aaron coupa les gaz.

— Tu veux attendre ici ?

— C'est mon bétail, répondit-elle simplement en sautant du biplace.

De la terre dure et sèche montait une odeur métallique, très différente des senteurs végétales qui émanaient des pâturages. Un vautour s'éleva dans un froissement d'ailes et, lugubre spectateur, alla se poser sur une corniche au-dessus d'eux.

— Avec quatre roues motrices, rien de plus simple

que de passer par la brèche dans la montagne pour venir jusque-là, observa Jillian en rabattant son chapeau sur ses yeux pour se protéger du féroce éclat du soleil.

Le canyon était étroit et formait une enclave protégée entre trois hautes murailles de roche grise où quelques sauges obstinées s'accrochaient encore à mi-pente. Même l'écho de leurs pas rendait un son creux, inquiétant. Frappée d'horreur, Jillian s'immobilisa en fronçant les narines.

— Mon Dieu…

L'odeur était douce, fétide, épaisse. Et elle marquait la fin de ses derniers espoirs.

Jurant avec force, Aaron se pencha pour ramasser un os nettoyé par un coyote et le jeta au loin.

— J'ai une pelle dans l'avion. Nous pouvons essayer de creuser, si tu veux. Ou aller directement voir le shérif.

La gorge nouée, elle s'essuya les mains sur son jean.

— J'aimerais autant en avoir le cœur net tout de suite.

Elle lut dans son regard qu'il admirait et respectait sa décision. Sans un mot, il se détourna pour regagner le biplace. Jillian attendit qu'il se soit éloigné pour serrer les poings et fermer les yeux. Elle aurait voulu hurler de rage impuissante. Du bétail appartenant à son ranch avait été emporté, abattu et vendu. Des heures de labeur acharné étaient parties en fumée. Quoi qu'elle fasse, le fruit de ses efforts était perdu à tout jamais.

Il lui fallut quelques minutes pour recouvrer de nouveau son calme. Elle se préparait à vivre une année difficile où il lui faudrait se serrer la ceinture. Mais elle ne baisserait pas les bras. Ces voleurs, elle les voulait derrière les barreaux. Et elle lutterait jusqu'au bout pour que justice soit faite.

Lorsqu'il la rejoignit avec la pelle, Aaron nota immédiatement la colère qui brillait dans ses yeux. Mais il aimait autant la voir en rage et déterminée que poignardée par le désespoir, comme elle l'avait été quelques minutes plus tôt.

— Assurons-nous simplement que les restes sont bien enterrés ici. Dès que nous aurons la preuve, nous filerons chez le shérif.

Jillian acquiesça d'un signe de tête. Même s'ils ne trouvaient qu'une peau, ce serait déjà une peau de trop. La pelle s'enfonça dans la terre avec un bruit sec.

Aaron n'eut pas à creuser longtemps. Levant les yeux sur le visage impassible de Jillian, il dégagea une première dépouille. Malgré la puanteur suffocante, elle se baissa sans ciller et chercha le « U » qui était la marque de son ranch.

— Si ce ne sont pas des preuves, je ne sais pas ce qu'il leur faut, murmura-t-elle en luttant contre la tentation de se laisser tomber à genoux. A ton avis, combien de…

Aaron la coupa d'un ton sec.

— Laisse le shérif faire son boulot, Jillian.

Il était aussi furieux que si les bœufs vilement massacrés avaient été les siens. Jurant tout bas, il essuya la pelle sur la terre remuée et délogea quelque chose.

Jillian se baissa pour ramasser le gant. Il était sale mais fait d'un cuir de qualité. C'était typiquement le genre de gants qu'utilisaient les cow-boys pour manier les barbelés des clôtures. Elle ressentit une pointe d'espoir mêlée d'excitation.

— L'un d'entre eux a dû le perdre en cours d'opération, s'exclama-t-elle en se relevant d'un bond. Peut-être qu'on le tient et je te jure qu'il va me le payer cher, Aaron. La plupart de mes aides gravent leurs initiales dans le cuir, à l'intérieur.

Sans se soucier de la crasse, elle retourna le gant. Aaron la vit blêmir. Ses doigts se crispèrent sur la peau lorsqu'elle leva les yeux vers lui. Sans un mot, elle lui tendit la pièce à conviction. Sourcils froncés, il la lui prit des mains et l'examina. Des initiales, il y en avait bel et bien.

Mais il s'agissait des siennes : A.M. Aaron Murdock.

Il tourna vers elle un regard dépourvu d'expression.

— Voilà qui nous ramène à la case départ, je suppose. Tiens, prends le gant. Tu en auras besoin pour le shérif.

Elle lui jeta un regard noir de fureur.

— Parce que tu penses que je suis assez stupide pour croire que tu as quoi que ce soit à voir avec tout ça ?

Pivotant sur ses talons, elle partit vers l'avion au pas de charge. Un instant tétanisé sur place, Aaron réussit à la rattraper avant qu'elle ait escaladé les derniers rochers qui barraient l'entrée du canyon.

Il lui saisit les épaules sans ménagement et l'obligea à lui faire face.

— Les apparences sont contre moi, Jillian. Qu'est-ce qui te fait dire que je ne suis pas un voleur de bétail ?

— Je sais que des défauts, tu en as à la pelle, Aaron. Mais s'il y a une chose en toi que je ne mettrai jamais en doute, c'est ton intégrité. Tu ne sectionnerais pas mes fils de clôture et tu n'abattrais pas mon bétail.

Non seulement ses paroles lui allèrent droit au cœur, mais il vit qu'elle avait les yeux noyés de larmes. La politique d'Aaron avec les femmes en pleurs s'était toujours résumée à un seul mot d'ordre : « Eloigne-toi et attends que ça passe. »

Mais, étrangement, l'idée de fuir ne lui traversa même pas l'esprit. Au lieu de chercher à dédramatiser la situation, il l'entoura de ses bras et lui effleura la joue.

— Jillian…

— Non ! S'il te plaît. Ce n'est vraiment pas le moment !

Elle tenta de se dégager mais il la retint fermement. La tête enfouie contre son épaule, elle sentit son corps, solide comme un roc, offrant à la fois la compréhension et le réconfort dont elle avait besoin.

Mais que resterait-il d'elle lorsqu'il lui retirerait l'appui de ses bras ? Lorsqu'elle perdrait la protection qu'il lui offrait sans un mot ?

— Aaron… Non, protesta-t-elle d'une voix entrecoupée. Je te préviens que tu vas avoir droit aux chutes du Niagara.

— Je ne peux pas rester les bras ballants. Appuie-toi sur moi un instant. Ça ne te fera pas de mal.

Il se trompait sur ce point. Pleurer avait toujours été une épreuve humiliante pour Jillian. Mais il n'y avait déjà plus moyen d'arrêter le flot. Elle laissa donc venir ses larmes et sanglota éperdument pendant qu'Aaron la serrait dans ses bras au pied de la montagne aride, sous le grand soleil de printemps.

9

La découverte dans le canyon de deux cents peaux portant la marque d'Utopia fit sensation. Si bien que Jillian n'eut même pas le temps de tomber dans l'amertume et le découragement. Elle eut de longues entrevues avec le shérif ainsi qu'un entretien avec l'Association des éleveurs. Et tous les exploitants des environs l'appelèrent ou lui rendirent visite pour manifester leur soutien.

Pendant deux semaines, au moins, les « événements d'Utopia » firent l'objet de toutes les conversations. Il y avait trente ans que l'on n'avait pas assisté à un vol de bétail d'une pareille envergure. Et les conjectures allaient bon train.

Lorsque l'agitation commença à retomber, Jillian fut soulagée d'un côté que le flot des visites et des questions se soit calmé. Mais son espoir de voir ses voleurs arrêtés s'amenuisait de jour en jour.

Si elle avait fini par se résigner à la perte de son bétail, elle ne parvenait pas à accepter, en revanche, que ses voleurs continuent à circuler en toute liberté, avec *son* argent en poche. Jillian devait reconnaître que l'opération avait été brillamment menée. En semant des « indices » qui avaient focalisé toute l'attention sur la frontière entre Utopia et le Double M, les voleurs s'étaient octroyé toute la latitude nécessaire pour évacuer tranquillement le bétail par le nord.

La seule consolation de Jillian, c'est qu'elle n'avait pas été dupe un seul instant de l'épisode du gant. Depuis leur découverte sanglante dans le canyon, Aaron n'avait cessé de lui offrir un soutien sans faille.

Mais s'il se montrait présent, il se gardait bien de la surprotéger pour autant. Et de cela surtout, Jillian lui était reconnaissante. En ce temps d'épreuve, la douceur était dangereuse pour elle. Elle avait découvert que pour tenir l'angoisse à distance, le travail acharné restait le meilleur remède. Se forçant à vivre au jour le jour, elle s'arrangeait pour rester à pied d'œuvre du matin jusqu'au soir.

L'événement majeur prévu pour cet après-midi-là était la saillie programmée pour Dalila. Aaron était arrivé avec Samson ainsi que deux de ses hommes. Gil et un autre employé de Jillian joindraient leurs efforts aux leurs pour maîtriser l'étalon juste avant qu'il ne monte la jument.

Une fois qu'un cheval entier avait capté l'odeur d'une jument en chaleur, il devenait très vite ingérable. Et c'était un sang particulièrement fier qui courait dans les veines de Samson.

Alors qu'elle entrait dans le paddock en tenant Dalila par la bride, Jillian observa Samson. C'était un animal superbe, bouillonnant, encore à demi sauvage. Son regard glissa alors sur Aaron, qui maintenait la tête du cheval.

Il était calme, flegmatique, presque relâché, en apparence. Mais elle le savait sur le qui-vive et prêt à réagir de manière fulgurante lorsqu'il s'agirait de contrôler l'étalon. Il était mince, noble et droit. Et sous son allure désinvolte se cachait une puissance toujours prête à jaillir.

L'homme et l'étalon formaient une unité magnifique. *Mon amant*, songea Jillian avec, comme chaque fois, un léger tressaillement intérieur. Lorsqu'elle était seule et qu'elle pensait à Aaron, l'anxiété prenait parfois le dessus. Mais lorsqu'ils étaient face à face, ses sentiments n'avaient plus rien à voir avec la peur.

Etait-ce l'air lourd, orageux, chargé d'une pluie imminente ? Ou était-elle en symbiose avec sa jument au point de percevoir ses frémissements ? Son cœur, en tout cas, battait à grands coups sourds dans sa poitrine et de légers frissons d'excitation glissaient sur sa peau moite.

Les deux chevaux perçurent mutuellement leur odeur. L'étalon voulut se ruer en avant et lutta, furieux, contre les cordes qui empêchaient sa progression. La tête rejetée en arrière, la queue en panache, il appelait la jument. Des jurons s'élevèrent tandis que les hommes alliaient leurs efforts pour retenir le cheval en rut.

La main de Jillian se crispa sur la bride de Dalila, qui cherchait à lui échapper à son tour. Elle murmura des paroles apaisantes mais la jument était trop paniquée pour les entendre. Samson poussa une sorte d'appel passionné et Dalila se cabra, arrachant presque la bride de la main de Jillian.

— Aidez-la à tenir la jument, cria Aaron, sourcils froncés, en voyant les redoutables sabots levés.

Jillian réussit à raffermir sa prise. Elle était en nage et sa chemise lui collait dans le dos.

— Non. Elle n'a confiance en personne, à part moi. Mais ne traînons pas trop.

L'étalon était déchaîné, la robe luisante de sueur, le regard terrifiant. Maintenu par cinq hommes, il se dressa sur ses jambes arrière et, pendant quelques secondes, demeura comme suspendu, puissant, superbe et menaçant. Puis il monta la jument.

Indifférents aux humains, les deux chevaux se livrèrent à la pure violence de leurs instincts. Jillian en oublia la douleur de ses muscles tétanisés par l'effort. Les pieds solidement plantés dans le sol, elle mettait toutes ses forces en œuvre pour empêcher que sa Dalila ne se blesse en ruant ou en se cabrant.

Mais, malgré son épuisement, elle était sensible à la beauté brute de la scène, à la tension qui émanait des deux animaux en rut. Des odeurs puissantes lui emplissaient les narines. Des dizaines de fois, déjà, elle avait assisté à la reproduction. Mais c'était la première fois qu'elle mesurait l'élan — superbement irrépressible — qui présidait à la copulation. Et son corps savait désormais que le désir qu'une femme éprouvait pour un homme pouvait être tout aussi débridé, tout aussi primitif.

Les premières gouttes de pluie s'écrasèrent dans le corral. Le visage levé, Jillian la sentait couler sur ses joues, tiède, humide, caressante. De nouveau un juron s'éleva parmi les hommes qui tenaient l'étalon. La pluie rendait les cordes plus glissantes et leur compliquait encore la tâche.

Lorsque son regard trouva celui d'Aaron, son cœur se mit à battre à un rythme aussi furieux et désordonné que celui de Dalila. Le désir la transperça, si élémentaire qu'elle l'accepta comme émanant de la partie la plus véridique de son être.

Aaron perçut la vibration qui la parcourait et sourit. Elle sentit une soudaine faiblesse dans les cuisses mais garda les yeux rivés aux siens. Son excitation était presque douloureuse, comme si Aaron la touchait physiquement.

L'envie qu'elle avait de lui se doublait d'une rassurante sensation de sécurité, alors même qu'elle percevait le danger partout alentour. Là encore, Jillian ne chercha pas à lutter contre ses certitudes élémentaires. Aaron et elle avaient aidé à créer une vie neuve. Et leurs deux chevaux embrassés formaient entre eux comme un lien.

Lorsque Samson et Dalila furent séparés, Jillian reconduisit la jument dans son box. La lumière était pauvre, l'air alourdi par les odeurs prégnantes de paille, de foin et de cuir. Retirant le licou, elle pansa et étrilla Dalila jusqu'à ce que la jument recouvre peu à peu son calme.

Reposant sa brosse, Jillian enfouit le visage dans sa crinière.

— Là, ma jolie… Tout va bien, maintenant. Nos corps ont des exigences contre lesquelles on ne peut pas grand-chose, n'est-ce pas ?

— C'est ainsi que tu conçois les rapports entre les sexes, Jillian ?

Debout à l'entrée du box, Aaron la regardait en souriant. Lorsqu'elle se tourna vers lui, il scruta ses traits avec attention, cherchant des signes de tension ou de fatigue. Il avait pris cette habitude depuis leur expédition dans le canyon. Et si elle s'était cabrée dans un premier temps, elle avait fini par accepter tout naturellement cette marque d'intérêt et de sollicitude.

— Arrête de m'examiner comme si j'étais un cheval malade, protesta-t-elle en riant.

Aaron pénétra dans le box et passa doucement la main sur les flancs de la jument.

— Elle a l'air de s'être calmée, apparemment ?

— Je crois que ça va aller, oui. Mais je suis contente que nous ne les ayons pas lâchés ensemble dans un enclos. Avec le tempérament de ces deux-là, il y aurait sans doute eu des dégâts… En tout cas, le poulain sera un champion, Aaron. J'ai senti qu'il se passait quelque chose de mémorable entre ces deux chevaux, tout à l'heure.

Sur une impulsion, elle lui passa les bras autour du cou et l'embrassa ardemment. Aaron ne fut pas peu surpris par sa réaction. C'était la première fois qu'elle lui manifestait spontanément de l'affection. Comme chaque fois qu'il la tenait dans ses bras, il sentit des élancements du cœur mêlés à un désir qui ne cessait de s'approfondir et de s'exacerber.

Jillian souriait toujours lorsqu'elle s'écarta de lui. Le visage grave, il la ramena dans son étreinte et se contenta de la tenir contre lui. La douceur de cet enlacement la confondit.

— Tu ne devrais pas t'occuper de Samson ? murmura-t-elle.

— Il est déjà reparti avec mes deux assistants.

Elle frotta sa joue contre la chemise mouillée de pluie.

— Je te fais un café à la maison, Aaron ?

— Ce n'est pas de refus.

Il lui entoura les épaules lorsqu'ils ressortirent sous la pluie qui tombait toujours à seaux.

— Tu as eu des nouvelles du shérif ?

— Je l'ai appelé hier. Toujours rien de nouveau.

Ils firent une pause devant la porte de la cuisine pour se débarrasser de leurs bottes boueuses. Tête penchée sur le côté, Jillian essora ses cheveux mouillés.

— Le seul point positif, c'est que tout le comté est au courant. Et que les autres éleveurs se sont engagés à ouvrir l'œil. Je me demande d'ailleurs si je ne vais pas proposer une récompense.

— Ce n'est pas une mauvaise idée, acquiesça-t-il en prenant une chaise.

Les jambes allongées devant lui, il regarda Jillian aller et venir pour préparer le café. Un bouquet de fleurs fraîches était disposé sur la grande table de ferme, la pluie frappait les vitres et la lumière était douce. Son esprit vagabonda et alla se perdre dans des rêveries vaguement domestiques.

Il lui fallut quelques secondes pour réaliser qu'il était en train d'imaginer des séquences qui ressemblaient à s'y méprendre à… une existence conjugale. L'idée le surprit tellement qu'il faillit éclater de rire.

Il se hâta de revenir à la conversation en cours.

— Et si je me chargeais de la récompense ? Non, non, écoute-moi d'abord, avant de commencer à hurler, enchaîna-t-il en la voyant sur le point de refuser. Mon père a eu vent de cette histoire de fil de clôture coupé. Et ça l'a mis dans un état terrible. Avec l'inimitié légendaire qui est censée opposer les Baron et les Murdock, il sait que certaines personnes vont forcément penser — sans le dire — qu'on présente de la viande volée à sa table.

Jillian les servit en café.

— Je n'ai jamais songé à une chose pareille.

Aaron prit une de ses mains dans les siennes.

— Je sais. Si ça s'était passé il y a dix ans, l'idée qu'on puisse le soupçonner de ce genre d'horreur aurait beaucoup amusé ma forte tête de père. Mais il n'est plus tout à fait le même homme, désormais. Il se sent vieux, malade, dépassé, et je crois qu'au fond de lui-même son vieux rival Clay lui manque. Tu lui ferais une faveur, Jillian, en lui donnant le sentiment d'être utile. Autrement dit, c'est un service que je te demande. Et ce n'est pas spécialement facile pour moi.

Elle baissa les yeux sur leurs deux mains jointes.

— Tu l'aimes, ton père, n'est-ce pas ?

— Oui, admit-il avec le même ton indifférent qu'il avait eu pour lui annoncer l'imminence de son décès.

Mais elle comprenait tellement mieux comment il fonctionnait, à présent.

— Je serais reconnaissante à ton père de m'aider à financer la récompense.

Il entrelaça ses doigts aux siens.

— Pour te remercier, je me porte volontaire pour t'aider à retirer tes vêtements mouillés.

Jillian s'étira en riant.

— Ton dévouement te perdra, Murdock... Mon Dieu, quel luxe de rester assis à boire du café à 4 heures de l'après-midi ! Tiens, je te parie cinquante dollars que je te bats à l'épreuve de la prise du veau au lasso, au rodéo du 4 Juillet.

Aaron avança sa main tendue.

— Tope là. Tu participes à d'autres épreuves ?

— Je ne pense pas, non. La course des trois barils ne m'intéresse pas vraiment. Et il ne me paraît pas recommandé de me lancer dans la montée du cheval sauvage avec selle.

— Ah, non ? Pourquoi ?

— Parce que je me casserais le cou, admit-elle piteusement.

Aaron songea qu'une semaine auparavant encore elle n'aurait sans doute jamais consenti à un tel aveu de faiblesse. Il se pencha en riant pour l'embrasser. Le baiser se voulait purement amical, mais il ranima chez lui un désir toujours latent.

— C'est ta bouche qui me fait ça, murmura-t-il en lui attrapant le cou. Une fois que je commence à m'y intéresser, plus moyen de m'arrêter.

Le souffle irrégulier de Jillian glissa sur ses lèvres.

— Nous sommes en milieu d'après-midi, Aaron.

Il sourit.

— En effet, oui. Tu me fais visiter ton lit ?

Jillian souleva ses paupières déjà pesantes.

— Tu es fou. J'ai plein de choses à faire.

— Mmm… Comme quoi, par exemple ?

— Eh bien, je dois… euh…

Les lèvres d'Aaron glissaient sur les siennes en un mode plus provocant encore qu'un simple baiser.

— Tu dois quoi ? s'enquit-il en lui caressant la bouche de la pointe de la langue.

— Je n'arrive plus à penser, se plaignit-elle.

C'était ce qu'il voulait. Et si elle devait absolument penser à quelque chose, il faudrait que ce soit à lui et rien qu'à lui. Il avait besoin, tout à coup, qu'elle oublie ses tâches innombrables et qu'elle lui accorde la priorité sur tout le reste — son ranch et ses ambitions y compris.

— Tu n'as pas besoin de penser, murmura-t-il en la tirant sur ses pieds. Tu peux sentir, n'est-ce pas ?

Sentir, oui. Dans les bras d'Aaron, avec le front contre sa poitrine, elle avait accès aux sensations les plus riches et les plus variées. Non seulement aux sensations, mais aux émotions aussi. Aux élans. Aux envies. A la peur et au désir.

— J'ai envie de faire l'amour avec toi, Aaron, admit-elle dans un souffle. C'est plus fort que moi. Et j'ai l'impression que ça n'arrête jamais.

Il lui releva la tête pour plonger son regard dans le sien.

— Au beau milieu de la journée, Jillian ?

— Parfaitement, Murdock. Je te veux. Ici et maintenant.

Avec un sourire en coin, il examina la table de cuisine.

— Ici, tu dis ?

Elle hésita.

— Je t'accorde le temps de monter à l'étage, déclara-t-elle finalement. Mais tu as intérêt à faire vite.

Plaçant les mains sur ses épaules, elle sauta dans ses bras en accrochant les jambes autour de sa taille.

— En haut de l'escalier, deuxième porte sur ta droite, Murdock.

Pendant qu'Aaron négociait les marches, Jillian se demanda comment il réagirait si elle lui révélait qu'il était le premier homme dans sa vie. Elle avait découvert dans les bras d'Aaron que le « grand amour » de ses vingt ans n'avait pas été un amant, juste un incident de parcours. Mais elle se sentait beaucoup trop fragile et incertaine pour confier à Aaron qu'il n'y avait eu personne avant lui.

Abandonnant la tête sur son épaule, elle ferma les yeux. Et décida que, pour une fois, elle cueillerait les fleurs du plaisir sans s'inquiéter des conséquences.

— Tes capacités physiques sont en baisse, Murdock. Au bout d'une vingtaine de marches à peine, tu as le cœur qui bat comme un tambour.

— Le tien bat en accéléré, aussi. Et tu t'es laissé porter, riposta-t-il en découvrant la chambre de Jillian.

La pièce lui ressemblait : pratique, avec des matières simples, des couleurs franches et nettes. Et, néanmoins, sans qu'il puisse en définir l'origine exacte, il émanait des lieux une atmosphère indiscutablement féminine.

Jillian n'était pas le genre de femme à s'encombrer de colifichets, de bibelots ou autres fanfreluches. Les sols étaient lisses, les murs presque nus. Seul un vase en poterie brun-rouge contenant un bouquet de chatons apportait une touche décorative. Un unique tableau abstrait au mur évoquait un coucher de soleil sanglant sur des eaux tourmentées.

Il songea qu'elle prenait un soin presque maniaque à se montrer sobre et pragmatique dans tous les aspects de son quotidien. Comme si, dans le monde d'homme où elle vivait, elle devait nécessairement s'interdire la moindre note de fantaisie.

Aaron sourit. Malgré toute l'application qu'elle mettait à cacher les aspects les plus rêveurs de sa personnalité, on devinait, sous la sobriété de façade, une aspiration criante à aimer et à être aimée.

— Il n'y a pas grand-chose à voir, ici, commenta Jillian avec un léger haussement d'épaules en voyant qu'il observait les lieux avec attention. Je passe tellement peu de temps dans ma chambre.

Aaron la reposa doucement sur le sol.

— Quelque chose de toi transparaît dans cette pièce, pourtant. Un style. Une odeur.

Elle rit, inexplicablement charmée par sa remarque, et s'attaqua aux boutons de sa chemise.

— Tu veux que je t'aide à te déshabiller, Aaron ?

— Mais certainement. Je te laisse la direction des opérations.

Jillian secoua la tête.

— Ne compte pas sur moi pour jouer les séductrices fatales, Murdock. Je ne connais aucun truc subtil, aucune ruse féminine.

Avant qu'il puisse répondre, elle se jeta sur lui en riant et le poussa à la renverse sur le lit.

— Tu vois. Rien que des méthodes directes qui vont droit au but.

— Il faut reconnaître que tu es une amante énergique, murmura Aaron, sensible à la chaleur du corps de Jillian, même à travers leurs deux chemises humides.

— J'aime bien ton physique, Murdock, murmura-t-elle en lui immobilisant le visage entre les mains. Ça m'énervait au début, mais je commence à l'accepter.

— Accepter quoi ? Ma drôle de tête ?

Elle pouffa.

— Mais non, idiot. Accepter le fait que je te trouve attirant. Tes traits ont quelque chose d'inquiétant, de sauvage, d'implacable. Mais, dès que tu souris, tu deviens assez irrésistible. Et c'est encore plus dangereux.

— Le danger ne te fait pas fuir ?

Elle frotta affectueusement son nez contre le sien.

— Peut-être qu'il me stimule, au contraire.

Aaron hocha la tête. Ce qu'elle recherchait, en l'occurrence, c'était le vertige et l'aventure. Mais s'il était prêt à lui offrir le suspense et les sensations fortes, il avait également l'intention de lui montrer que l'attirance entre eux pouvait s'inscrire dans la durée.

Aaron voulut la faire basculer sous lui, mais elle avait déjà entrepris de lui couvrir le visage de baisers. C'était à peine s'il sentait le poids de son corps souple allongé sur le sien. Mais il percevait avec acuité chaque ligne et chaque courbe.

Non, elle n'avait rien d'une « séductrice fatale ». Son approche de l'amour était dépourvue de stratégie. Mais c'était exactement ainsi qu'il l'aimait. Il entendait l'assaut rythmé de la pluie battant les vitres. Une pluie dont Jillian portait encore l'odeur sur elle. Il avait presque l'impression d'être seul avec elle dans un pré, avec le parfum de l'herbe mouillée et les eaux du ciel glissant sur leurs peaux nues.

Jamais Jillian n'avait imaginé que cela pouvait être aussi exaltant d'ensorceler un homme par la seule force de sa sensualité. Elle sentait une faiblesse gagner Aaron et le pouvoir qu'il lui conférait en s'abandonnant à ses caresses lui montait à la tête. Comme ivre, elle riait, laissant son souffle glisser sur sa peau et sur ses lèvres.

Et lui semblait ne rien vouloir d'autre, dans l'immédiat, que rester allongé là, à se soumettre à ses explorations. Inlassables, ses mains allaient et venaient sur lui, cherchant à mieux donner et à mieux connaître.

Ses doigts se firent interrogateurs lorsqu'ils s'attardèrent sur la cicatrice qui lui barrait la hanche.

— C'est Brahmâ, expliqua-t-il tandis qu'elle tirait sur son jean, centimètre après centimètre. Jillian, tu es sûre que… ?

Mais elle lui imposa le silence en scellant ses lèvres aux siennes.

— Brahmâ est un taureau, je suppose.

Il hocha la tête.

— Pendant un rodéo. A une période de ma vie où je brillais plus par mon courage que par mon intelligence.

Elle aima le petit grognement de plaisir qu'il émit

lorsqu'elle descendit lentement le long de son torse pour presser les lèvres sur la cicatrice. Dans l'air épaissi, les odeurs de leurs désirs mêlés se répandaient en volutes entêtantes. Elle aurait pu continuer à goûter et à festoyer ainsi des heures durant. A Aaron, elle apportait la joie, le plaisir. Et c'était plus — infiniment plus — que ce qu'elle avait cru être capable d'offrir à qui que ce soit.

Aaron sentait un foyer brûlant s'étaler au creux de son ventre. Dans un état second, il n'avait même plus la force de lutter contre le feu qui le consumait sans merci. Les mains de Jillian le torturaient ; sa bouche le rendait fou. Jamais, jusque-là, il ne s'était préoccupé de ses propres zones de vulnérabilité. Mais il était fasciné à présent que Jillian les mettait en évidence une à une.

Ses mains et ses lèvres semblaient être partout. Avec un instinct infaillible, elle naviguait d'un point sensible à l'autre, jusqu'à ce qu'un tremblement continu finisse par le gagner. Le vent redoubla de violence, rabattant en hurlant la pluie contre la vitre. Une soudaine folie s'empara alors de lui.

Il la retourna d'un mouvement vif et la plaqua sur le matelas, en lui maintenant les deux bras au-dessus de la tête. S'il avait eu le temps et la patience, il les aurait sans doute attachés au montant du lit.

Il examina le visage levé vers lui. Aucune trace de peur ne troublait les traits de Jillian ; aucune soumission ne se dessinait dans son attitude. Elle le défiait de la prendre, au contraire. Sachant que, quelle que soit la façon dont il procéderait, il serait pris aussi.

Avec un juron étouffé, il s'empara de sa bouche.

Jillian accueillit son baiser avec une ardeur égale à la sienne. En poussant Aaron jusqu'à ses limites, elle avait réussi à éveiller cette frénésie en lui. Cet homme, dans un sens, la connaissait mieux que personne.

Et il n'en continuait pas moins à la désirer. Elle. Il y avait si longtemps qu'elle attendait un tel échange, un tel partage. Et elle avait attendu d'autant plus désespérément qu'elle ignorait être dans l'attente. Aaron tira sur sa chemise avec une telle violence qu'elle entendit le tissu craquer. Des éclairs argentés explosèrent derrière ses paupières closes.

Il la débarrassa du reste de ses vêtements avec des gestes frénétiques. Puis leurs jambes et leurs bouches se mêlèrent, leurs corps enfin libérés se pressèrent l'un contre l'autre. Aaron n'avait jamais rien connu d'aussi intime que ce mélange d'êtres, de peaux, de saveurs.

Lorsqu'elle s'ouvrit sous lui, il se souleva au-dessus d'elle pour dévorer des yeux le visage levé vers lui. Le regard de Jillian était assombri, voilé par le désir. De désir *pour lui*. Il sut alors qu'il avait obtenu ce qu'il voulait : elle ne pensait plus qu'à lui. En cet instant, strictement plus rien d'autre ne comptait.

— J'ai eu envie de toi dès que je t'ai vue, murmura-t-il en venant en elle.

Il vit son visage s'illuminer lorsqu'il se mut lentement entre les douces parois resserrées sur lui. Résistant à l'urgence, il fit durer leurs sensations, exerçant sur lui-même un contrôle aussi torturant qu'exquis.

Jillian gémit. Elle croyait avoir compris ce qu'était le plaisir. Mais Aaron lui montrait aujourd'hui qu'il était possible d'aller plus loin encore. La montée implacable était à la fois douleur et suprême jouissance. Et même si elle sentait la pression devenir intolérable, elle aurait voulu que cela dure toujours. Elle en aurait pleuré de joie, gémi de souffrance.

Elle soupira son nom comme s'il n'en existait pas d'autre au monde. Les deux syllabes murmurées suffirent à faire perdre le contrôle d'Aaron. Il y eut comme un grand éclair blanc, puis il l'emporta avec lui dans les noires hauteurs d'un ciel d'orage.

10

Le trajet jusqu'à la ville était long et sinueux. Et la chaleur promettait d'être implacable. Mais la fête nationale du 4 Juillet était le premier jour de congé que Jillian s'accordait depuis le début de la saison. Et elle était fermement décidée à profiter pleinement d'un moment de liesse et de détente. Pendant quelques heures, elle voulait oublier ses problèmes financiers et ses angoisses pour vivre comme un membre à part entière de la petite communauté d'éleveurs dont elle faisait partie.

Un bruit de voix joyeuses s'élevait près du paddock. Une bonne odeur de pâtisserie flottait dans l'atmosphère. Et on entendait déjà un violoneux faire ses gammes en préparation du bal qui débuterait à la nuit tombée.

Avant de penser à la fête, cependant, Jillian alla jeter un coup d'œil sur les rivaux de son taureau. Six bêtes au total avaient été présentées pour le concours. Toutes puissantes, superbement musclées, avec des cornes brillantes et des poitrails impressionnants. Jillian savait que le concurrent le plus sérieux de son don Juan serait le taureau mis en lice par le Double M — un animal magnifique qui avait remporté le ruban bleu trois années d'affilée.

Mais, cette fois-ci, le taureau des Murdock serait devancé, songea-t-elle en examinant avec fierté son superbe Hereford. Et si elle décrochait le prix cette année, cela compenserait en partie les grosses pertes financières qu'elle avait subies.

— Alors ? Vous admirez le futur gagnant ?

Jillian se retourna au son de la voix encore puissante

de Paul Murdock. Le vieil homme avait fière allure dans ses habits de fête. Mais son visage au nez d'aigle était pâle sous le Stetson. Lourdement appuyé sur une canne au pommeau doré à l'or fin, le père d'Aaron tenait rivé sur elle un regard encore luisant de défi.

— J'admire le futur gagnant, oui, acquiesça-t-elle en contemplant ostensiblement son propre taureau.

Paul Murdock examina l'animal à son tour.

— C'est donc lui le Casanova dont on m'a rebattu les oreilles, commenta-t-il pensivement… Mmm… Il a des possibilités, en effet.

Jillian vit passer dans ses yeux comme un éclair d'envie. Elle sourit.

— Une place de second n'est jamais à dédaigner non plus, observa-t-elle d'un ton léger.

Paul Murdock commença par la clouer sur place de son regard aigu de rapace. Puis, comme elle restait immobile à le défier de son menton levé, il finit par rire de bon cœur.

— Vous êtes une sacrée bonne femme, Jillian Baron. Le vieux Clay vous a transmis tout ce qu'il faut savoir, apparemment.

— Tout ce qu'il faut savoir pour diriger Utopia, oui.

— Peut-être, admit-il sombrement. Les temps changent.

Que cela soit difficile à accepter pour un homme de la trempe de Paul Murdock, Jillian pouvait le comprendre. Elle ressentit même un élan de sympathie inattendu pour le vieux tyran.

Le vieillard brandit sa canne.

— Mais ce vol de bétail est une abomination, en revanche ! Je reconnais que votre grand-père et moi, nous n'avons pas toujours été les meilleurs amis du monde. Le vieux lascar était obstiné comme un chien sur son os. Jamais vu une pareille tête de mule.

Le visage de Jillian demeura impassible. Tellement impassible même que Paul Murdock songea qu'il serait intéressant de défier une pareille adversaire au poker.

— Cela définit bien mon grand-père, acquiesça-t-elle

avec un sourire angélique. Avec une personnalité comme la vôtre, vous deviez le comprendre à demi-mot, je suppose ?

Murdock émit un rire amusé.

— Votre grand-père et moi avions quelques traits en commun, en effet. Et je veux que vous sachiez que s'il lui était arrivé une chose pareille, je l'aurais soutenu. Tout comme j'aurais attendu de lui qu'il me vienne en aide, dans une circonstance aussi dramatique. Un rancher est un rancher.

Il y avait une telle fierté dans la voix du vieil homme que Jillian redressa insensiblement la taille.

— Je sais. Ça passe avant tout le reste.

— Il y aura toujours des gens pour dire que le bétail qui vous manque a pu se fondre dans les pâturages du Double M.

— Je n'y ai jamais cru une seconde, monsieur Murdock. D'ailleurs, si je pensais que vous serviez ma viande à votre table, vous seriez déjà en train de payer la note.

Paul Murdock eut un sourire admiratif.

— Clay Baron a eu de la chance de vous avoir comme petite-fille. Même si je persiste à penser qu'une femme a besoin d'un homme à ses côtés pour diriger un ranch.

— Attention à ce que vous dites, monsieur Murdock. Je commençais tout juste à me dire que vous aviez des côtés supportables.

Clairement ravi par sa réaction, il rit de nouveau. Jillian songea que, dans quarante ans, Aaron donnerait cette même impression de redoutable puissance qui émanait de son père aujourd'hui.

— On ne change plus les vieux singes comme moi… Le bruit court que mon fils s'intéresse à vous de très près. Je reconnais qu'il a plutôt bon goût.

Elle soutint son regard perçant sans ciller.

— Et vous croyez tout ce qui se raconte, monsieur Murdock ?

— Si mon fils ne s'intéressait pas à vous, ce serait un imbécile. Or, on peut dire de lui ce qu'on veut, mais ce garçon n'a rien d'un idiot. Il aurait besoin d'une femme pour le stabiliser, en revanche.

— Ah, vraiment ? rétorqua Jillian sèchement.

— Ne recommencez pas à vous hérisser comme une chatte en colère, jeune fille, lui ordonna Murdock. Il y a dix ans, je lui aurais sans doute fait la peau s'il s'était risqué à regarder une Baron d'un peu près. Mais les temps changent, comme nous venons de le constater. Que nous le voulions ou non, nous vivons côte à côte depuis plus d'un siècle. Qui sait si un jour les Murdock et les Baron ne finiront pas par unir leurs terres ?

— Je n'ai pas l'intention de stabiliser qui que ce soit, monsieur Murdock. Et j'envisage encore moins une fusion entre le Double M et Utopia.

— Dans la vie, il y a ce que l'on projette et planifie. Et il y a ce qui nous tombe dessus sans crier gare. Il n'y a qu'à regarder ce qui s'est passé pour Karen et moi. Vous pensez vraiment que j'avais prévu de finir mes jours aux côtés d'une beauté fragile et délicate devant qui j'ai toujours l'impression d'avoir les semelles crottées, même lorsque je suis en habits du dimanche ?

Jillian se mit à rire et lui passa spontanément la main sous le bras.

— J'ai l'impression que vous essayez d'enterrer la hache de guerre… Non, non, ne me regardez pas de cet œil mauvais, monsieur Murdock. Aaron et moi, nous… nous nous comprenons. J'ai de l'affection pour votre femme et je crois que je commence à trouver votre compagnie tolérable.

— Tout le portrait de sa grand-mère, cette petite, marmonna Murdock entre ses dents.

Comme ils marchaient ainsi dans les rues de la ville, quelques regards curieux se tournèrent dans leur direction. Un Murdock et un Baron bras dessus bras dessous, cela ne s'était encore jamais vu. En s'interrogeant sur ce qu'aurait pensé son grand-père du tour que prenaient les événements, Jillian se surprit à sourire. Clay aurait râlé sans doute. Mais, au fond de lui-même, ce rapprochement ne lui aurait pas déplu. *A fortiori* dans la mesure où cela faisait jaser autour d'eux.

Lorsque Aaron vit son père et Jillian approcher à pas lents de l'arène, il interrompit sa conversation avec un vieux cow-boy de rodéo pour concentrer toute son attention sur ce duo inattendu. Il vit Jillian rejeter les cheveux en arrière et lever le visage vers son père pour dire quelque chose qui fit éclater le vieil homme d'un rire tonitruant. En cet instant, si cela n'avait pas déjà été fait, Aaron serait tombé amoureux de Jillian Baron sur-le-champ.

— Tiens, commenta le cow-boy à côté de lui. Ce n'est pas la petite Baron qui rapplique avec ton paternel ? Je croyais qu'un Baron et un Murdock ne s'adressaient la parole que pour se lancer des insultes ?

— Rien n'est éternel ici-bas. Pas même les vieilles querelles de famille, rétorqua Aaron d'un ton léger.

Abandonnant son compagnon, il se porta à la rencontre de Jillian et de son père.

— Alors, vous deux ? Il n'y a pas eu de sang versé ?

— Ton père et moi avons conclu une trêve armée, annonça Jillian.

Le vieux Murdock, qui les observait de son œil d'aigle, comprit que les rumeurs ne mentaient pas : il se passait bel et bien quelque chose entre Jillian et son fils. Le lien d'intimité entre eux sautait aux yeux. Et soudain, au lieu de sentir le poids de la maladie et la nostalgie pour la vie qui le quittait, Paul Murdock éprouva un instant de paix profonde. Comme si, dans la continuité avec ce fils qui lui ressemblait tant, il venait de capter une petite parcelle d'éternité.

— Il faut que j'aille rejoindre ta mère, Aaron. Nous serons dans les gradins tout à l'heure pour vous voir concourir... Même vous, oui, ajouta-t-il en gratifiant Jillian d'un regard faussement courroucé.

Côte à côte, Aaron et elle regardèrent le vieil homme s'éloigner de sa démarche digne et fatiguée.

— Je l'ai rencontré près de l'enclos des taureaux tout à l'heure, précisa-t-elle lorsqu'il fut hors de portée de voix. Je me demande s'il n'est pas venu à dessein pour me parler. Il a été très gentil.

— Peu de gens trouvent mon père « gentil ».

— Peu de gens ont eu un grand-père comme Clay.

Lorsqu'elle se tourna vers lui en souriant, Aaron ne put résister à la tentation de lui caresser la joue.

— Je sais que tu n'aimes pas que je te le dise, mais tu es très belle, Jillian.

Elle coula vers lui un regard presque frivole.

— Aujourd'hui, tout est permis. C'est jour de fête.

— Tu as envie de le passer avec moi ?

Aaron lui tendit la main, conscient que si elle acceptait de se montrer en public avec lui, cela représenterait de sa part une forme d'engagement.

Sans une hésitation, Jillian entrelaça ses doigts aux siens.

— On commence par le stand pâtisserie ou on visite le reste de la foire ?

Toute la matinée, ils se promenèrent côte à côte, déambulant entre les stands et assistant aux manifestations les plus variées. Le ciel était clair et lumineux ; la foule joyeuse et endimanchée. Les enfants se poursuivaient en riant ; des adolescents flirtaient avec l'insouciance propre à leur âge. Des vieillards mâchaient leur tabac en se racontant d'héroïques souvenirs inventés.

Aaron amena Jillian contre lui sur une impulsion et l'embrassa ouvertement. Aussitôt des applaudissements s'élevèrent derrière eux. Jillian croisa le regard amusé de deux cow-boys de son propre ranch.

— C'est jour de fête, non ? se justifia Aaron, apparemment très fier de lui.

Jillian le mesura des yeux.

— C'est un feu d'artifice que tu veux, Murdock ?

Jetant les bras autour de son cou, elle lui scella les lèvres avant qu'il puisse répondre. Si son baiser à lui avait été franc, joueur et amical, le sien fut voluptueux, prolongé et infiniment plus suggestif.

— Tu m'as manqué hier soir, Murdock, chuchota-t-elle avant de faire un pas en arrière et de lui tendre de nouveau la main.

Ebranlé, le souffle court, Aaron l'attrapa par les épaules.

— Tu as intérêt à finir ce que tu viens de commencer, Jillian.

— J'y compte bien.

Comme deux enfants libres, ils continuèrent de se divertir. Même si Jillian avait l'impression de se soustraire à ses devoirs, elle savourait chaque seconde passée ainsi dans l'exubérance et le plaisir. Il lui semblait que le ciel n'avait jamais été aussi bleu, qu'elle n'avait jamais ri avec autant d'insouciance.

A l'heure où le rodéo débuta officiellement, elle flottait dans un état d'euphorie proche de l'ivresse. Brandissant le ruban bleu gagné haut la main par son Hereford, elle se percha sur un tonneau pendant qu'Aaron, assis par terre, enfilait ses bottes d'équitation. Elle avait le sentiment que la chance était de nouveau de son côté, qu'elle était armée pour surmonter tous les obstacles.

Les cow-boys dans leur plus belle tenue s'étaient déjà rassemblés pour préparer leur matériel. Le rodéo du 4 Juillet était l'occasion pour ces hommes habitués à une vie rude et souvent solitaire de présenter une selle joliment décorée, le classique pantalon de cuir appelé « chap » et un beau cheval bien entraîné. Sous le ciel d'un bleu implacable, l'excitation commençait à monter. Jillian se leva pour s'approcher de la barrière.

— Tu n'as jamais tenté de monter un taureau sauvage ? s'enquit Aaron en venant se placer à côté d'elle.

Elle abandonna la tête contre son épaule.

— Je pourrais me lancer mais j'ai la flemme, admit-elle. Je dédie cette journée à la paresse. J'ai vu que tu t'étais témérairement inscrit à l'épreuve de monte à cru sur cheval sauvage ?

Il hocha la tête.

— Tu t'inquiètes pour moi ?

Elle rit doucement.

— J'ai un baume très efficace pour soigner les contusions et les coups.

— Si c'est toi qui me l'appliques, je veillerai à faire quelques chutes. Cela dit, je peux me passer de concourir, murmura-t-il en penchant la tête pour lui mordiller la lèvre. Nous serions tranquilles au ranch. Et j'irais bien me baigner dans l'étang avec toi.

Avec un léger sourire, Jillian pressa les lèvres contre les siennes.

— Tout à l'heure, peut-être. Après le barbecue de ce soir.

Plutôt que de s'asseoir dans les tribunes avec les spectateurs, Jillian préférait se tenir près de la piste avec les autres concurrents. Elle aimait écouter les anciens évoquer leur gloire passée pendant qu'elle graissait son matériel. Des odeurs de barbecue flottaient dans l'air et les conversations roulaient avec l'accent marqué du terroir qui était propre à ces gens.

Non, jamais le reste de sa famille ne parviendrait à comprendre la passion que lui inspirait le Montana rustique. Ses parents et son frère ne seraient pas plus dans leur élément ici qu'elle-même ne l'était dans une loge d'opéra.

Dans des moments comme celui-ci, lorsqu'elle se sentait heureuse et intégrée, Jillian oubliait les tourments d'une adolescence marquée par une profonde insécurité intérieure. Longtemps, elle s'était crue déficiente, incomplète et parfois même « anormale ». Alors qu'elle était tout simplement différente.

Perdue dans ses pensées, Jillian s'accouda à la barrière, laissant Aaron converser avec Gil juste derrière elle. Tout se passa alors très vite.

Comme elle s'étirait en se massant les muscles du dos, elle entendit un rire enfantin. Quelque chose de rouge — un ballon — fila entre les montants de la barrière et alla rebondir sur le sol en terre battue. A la suite du jouet, un petit garçon se jeta en avant, se glissa sous le longeron et déboula dans l'arène. Avant que la mère n'ait poussé son premier hurlement, Jillian avait déjà sauté par-dessus la barrière et se ruait à la suite de l'enfant. De loin, comme dans une autre dimension, elle entendit Aaron crier son nom.

Du coin de l'œil, elle vit le taureau tourner la tête et river son regard fou au sien. Le sang se glaça dans ses veines. Terrifiée, elle accéléra encore l'allure pour rattraper l'enfant. Sourde aux cris d'horreur qui s'élevaient dans la foule, elle sentit la terre trembler sous elle lorsque le taureau chargea. Utilisant son élan, elle se jeta en avant et plaqua le garçonnet au sol en tombant sur lui de tout son poids. Le taureau passa si près qu'elle sentit la chaleur de la masse d'air déplacée.

« Ne bouge pas, surtout. Evite même de respirer », s'ordonna-t-elle, en maintenant impitoyablement l'enfant sous elle, malgré ses pleurs paniqués. Elle n'osa même pas tourner la tête lorsqu'elle entendit crier tout près. Pour l'instant, elle avait échappé au pire, puisqu'elle n'était encore ni encornée ni piétinée.

Une bordée de jurons retentit juste au-dessus d'elle et quelqu'un l'attrapa par le bras.

— Tu n'es pas un peu folle, par hasard ?

Reconnaissant la voix, Jillian se détendit et se laissa remettre sur pied. Elle serait sans doute tombée si elle n'avait pas été maintenue par deux bras d'acier.

Elle leva les yeux sur le visage livide d'Aaron tandis qu'il la secouait sans ménagement par les épaules.

— Tu es blessée ? Tu as mal quelque part ? Réponds-moi, bon sang !

Sa tête tournait comme le jour où elle avait essayé sa première dose de tabac à chiquer. Elle sentit vaguement que quelqu'un lui saisissait la main. Dans un état second, elle vit la maman en larmes balbutier des remerciements pendant que le garçonnet sanglotait bruyamment dans les bras de son père.

Jillian fit un effort pour rassurer la mère, même si ses lèvres semblaient avoir le plus grand mal à se mouvoir.

— Il en sera quitte pour la peur. Même s'il risque d'avoir quelques bleus.

Aaron serra les lèvres pour ne pas recommander aux parents effarés de mettre leur affreux mouflet en laisse.

— Allez, ça suffit, maintenant. Je t'emmène aux urgences.

Jillian se sentait assaillie par des sensations étranges : cet océan de visages autour d'elle, la fureur inexplicable d'Aaron.

— Aux urgences ? protesta-t-elle faiblement. Mais je n'ai rien du tout.

— Ah, non ? Tu es suffisamment en forme pour que je t'étrangle, alors ?

Une ombre grise couvrit la lumière et elle secoua la tête. Dégageant sa main, elle redressa la tête.

— Fiche-moi la paix ! Je vais parfaitement bien, déclara-t-elle une seconde avant que le sol ne se porte brutalement à sa rencontre.

Sa première sensation au réveil fut celle d'un linge dégoulinant sur son front. Elle fronça les sourcils, incommodée par l'eau qui lui dégouttait dans le cou. Ouvrant les yeux, elle vit Aaron approcher un verre de ses lèvres. Gil se tenait debout juste à côté et tripotait les bords de son chapeau.

— Elle a rien du tout, que je te dis, mon gars. Les filles, tu sais ce que c'est, ça te prend des vertiges pour un oui ou pour un non.

— Comme si tu en savais quelque chose, toi, Gil, marmonna-t-elle juste avant de prendre la gorgée du brandy qu'Aaron lui fit avaler de force.

Elle toussa, la gorge en feu. Mais le brouillard se dissipa devant ses yeux.

— Je ne me suis pas évanouie, au moins ? chuchota-t-elle, consternée.

— Si tu n'étais pas évanouie, cela y ressemblait beaucoup, aboya Aaron.

— Mais laissez donc cette enfant respirer, à la fin !

Au son de la voix calme et distinguée de Karen Murdock, la foule s'écarta comme la mer Rouge devant Moïse. La mère d'Aaron s'agenouilla à son côté et émit un petit claquement de langue désapprobateur en soulevant le linge trempé qu'on lui avait collé sur le front.

— Les hommes ne font jamais dans la nuance, soupira-t-elle en essorant le tissu trempé. Ça va aller, Jillian ?

Avec une grimace de douleur, elle réussit à se mettre en position assise.

— Quand je pense que je suis tombée en syncope ! C'est ridicule.

— Tu crois que c'est le moment de t'inquiéter de ton image ? vocifera Aaron.

Jillian leva la tête en sursaut.

— Ecoute, Murdock…

— Je ne l'ouvrirais pas trop à ta place, la coupa-t-il en rebouchant son flacon d'alcool. Si tu tiens sur tes jambes, je te raccompagne. Allez, ouste ! On bouge d'ici.

— Un : je vais tout à fait bien. Deux : il est hors de question que je rentre chez moi.

Aaron voulut riposter mais Karen lui imposa silence d'un regard.

— Je suis certaine que tu es en pleine forme, Jillian. Le problème, c'est que tu es devenue la vedette du jour, tu comprends ? Tout le monde veut te porter en triomphe, te féliciter, te questionner sur ce qui s'est passé. Ils ne te laisseront pas une seconde de tranquillité si tu restes au rodéo.

Il n'en fallut pas plus pour paniquer Jillian.

— Dans ce cas, j'ai intérêt à m'éclipser, en effet. Mais tu peux rester, toi, Aaron. Je suis capable de…

Sans même lui laisser le temps de terminer sa phrase, il lui attrapa le poignet et l'entraîna d'autorité vers son pick-up.

— Je ne sais pas quel est ton problème, Murdock. Mais rien ne m'oblige à accepter que tu te conduises comme ça avec moi, protesta-t-elle, furieuse en essayant en vain de se dégager.

— Ne dis rien, d'accord ? Je ne suis pas d'humeur à discuter.

L'allure courroucée d'Aaron dissuada efficacement tous ceux qui auraient pu être tentés de venir leur parler. Parvenu au camion, il ouvrit la portière et la déposa comme un paquet de linge sale sur le siège passager. Son chapeau sur les genoux, Jillian serra les lèvres, déterminée à ne pas ouvrir une seule fois la bouche pendant le temps que durerait le trajet.

Et dire que la journée avait si bien commencé. Mais il avait suffi d'un malheureux incident pour que tout s'effondre. Non seulement elle n'aurait pas l'occasion de briller dans la capture du veau au lasso, mais elle manquerait également le barbecue du soir où elle aurait pu récolter les honneurs de son ruban bleu. Au lieu de faire la fête, elle rentrait piteusement dans son ranch solitaire avec les muscles en compote et le dos fracassé.

Et, pour couronner le tout, Aaron la traitait comme une criminelle patentée. Qu'avait-elle donc commis de si effroyable ? Ce n'était pas lui qui avait eu la frayeur de sa vie en se faisant charger par un taureau furieux. Elle avait déchiré son « chap » tout neuf ; ses coudes et ses genoux étaient en sang. Et techniquement parlant, elle avait quand même sauvé la vie de ce gamin, non ?

Alors pourquoi Aaron roulait-il comme un fou furieux, le regard rivé droit devant lui, comme si elle s'était mal conduite ?

— A force de lever le menton comme ça, tu vas t'attirer de sérieux ennuis un de ces quatre, Jillian.

Elle tourna lentement la tête pour lui jeter un regard noir.

— Dis-moi, puisque visiblement tu as un problème, Murdock, tu pourrais peut-être cracher le morceau ? Je ne suis pas d'humeur à supporter tes remarques fielleuses.

Pour toute réaction, il freina abruptement et immobilisa le pick-up sur le bas-côté. Toujours sans un mot, il ouvrit sa portière à la volée, descendit du camion et la planta là pour fouler au pas de charge l'herbe haute d'un pré.

Les nerfs à vif, Jillian sauta du pick-up à son tour et se lança à sa suite.

— Mais qu'est-ce qui te prend, à la fin ?

— Fiche-moi la paix, Jillian.

Aaron serra les poings. Il lui fallait de la distance. Etre seul un moment. Et échapper au retour torturant de cette seule image obsédante : le corps à terre de Jillian et le taureau se ruant sur elle, cornes baissées. S'il avait manqué son but au lasso…

Il avait fallu trois cordes bien placées et la force de plusieurs hommes pour détourner *in extremis* l'animal en furie de la femme et de l'enfant allongés. *Il aurait pu la perdre pour toujours. Il s'en était fallu d'un cheveu.*

Elle l'intercepta au pas de course et l'attrapa par les pans de sa chemise.

— Je t'interdis de me parler sur ce ton, tu m'entends ? J'en ai plus qu'assez de ton caractère tordu et de tes humeurs de chien. Alors vis ta vie, Murdock. Et oublie que j'existe !

Bien décidée à instaurer entre eux une distance définitive, elle rebroussa chemin pour regagner la route. Mais elle n'avait pas fait deux pas lorsque Aaron la rattrapa par les épaules et la fit pivoter vers lui. Il la prit dans ses bras et serra fort. Si fort même qu'elle crut qu'il allait la broyer.

Folle de colère, elle se débattit comme une chatte furieuse. Mais Aaron se contenta de raffermir son étreinte. Ce n'est que lorsqu'elle cessa un instant de lutter pour rassembler ses forces que Jillian s'aperçut qu'il tremblait et que sa respiration était rapide et saccadée.

Il était hors de lui, oui. Mais son émotion n'était pas de la rage. Sans trop savoir de quoi elle le consolait, Jillian lui caressa le dos.

— Aaron ? chuchota-t-elle doucement.

Secouant la tête, il s'enfouit le visage dans ses cheveux. Et comprit que, pour la première fois en trente ans, il était à deux doigts de s'effondrer. Ce n'était pas de solitude et de distance qu'il avait eu besoin, d'ailleurs. Mais de la tenir contre lui. De la sentir vivante, solide et en sécurité dans ses bras.

— C'est trop dur, ce que tu m'as fait, Jillian, lâcha-t-il d'une voix rauque et cassée.

Contrite, elle continua à lui masser le dos, même si elle n'avait toujours pas la moindre idée de ce qu'elle avait pu lui infliger.

— Je suis désolée, murmura-t-elle à tout hasard.

— Les cornes sont passées tellement près… J'ai cru qu'il t'avait touchée. J'étais fou.

Le taureau, songea Jillian. C'était la peur qu'il avait eue pour elle qui l'avait mis dans cet état. Elle sentit son cœur fondre.

— Tout s'est bien terminé, Aaron. Ce n'était pas aussi impressionnant que cela a pu t'apparaître de loin, murmura-t-elle en posant la joue contre sa poitrine.

— De loin ?

Il lui saisit le visage entre les mains.

— J'étais juste à quelques pas derrière lui lorsque j'ai réussi à le rattraper au lasso. A deux secondes près, il t'encornait et te soulevait comme un trophée.

Les yeux levés vers lui, elle déglutit.

— Je… je ne savais pas.

Aaron vit le sang se retirer de son visage. Se traitant mentalement de tous les noms d'oiseaux, il lui prit les deux mains et les porta tour à tour à ses lèvres.

— Tu es saine et sauve, c'est l'essentiel. J'ai réagi un peu violemment, s'excusa-t-il en se forçant à sourire. Mais je n'aurais pas aimé te récupérer toute trouée.

Jillian sourit faiblement.

— Ça aurait fait désordre, n'est-ce pas ?

Il se pencha sur ses lèvres et lui prodigua un baiser comme jamais encore ils n'en avaient échangé. Il y avait une qualité particulière, soudain, dans la façon dont il la tenait dans ses bras… quelque chose d'à la fois doux et brûlant sur lequel elle ne parvenait pas à mettre un nom.

Aaron comprit que le moment était venu de lui parler de ce qu'il ressentait — qu'elle soit prête à l'entendre ou non. Mais pas maintenant, au milieu de ce pré inconnu.

Puisque l'expérience était destinée à rester unique, il lui avouerait son amour dans les règles de l'art. Glissant un bras autour de sa taille, il l'entraîna vers le camion.

— Tu vas commencer par te détendre dans un bain chaud, déclara-t-il en la soulevant pour la poser délicatement sur le siège passager. Puis je te préparerai à manger et nous dînerons aux chandelles.

Avec un large sourire, Jillian se renversa contre son dossier.

— Finalement, je me demande si je ne vais pas m'évanouir plus souvent.

11

En arrivant au ranch, Jillian était pleinement réconciliée avec la perspective de passer le reste de la journée chez elle. Et tant pis s'ils manquaient le feu d'artifice en ville. Ils trouveraient le moyen de s'éblouir à leur façon. Aaron paraissait déterminé à la dorloter et elle avait la ferme intention de le laisser faire. C'était la première fois, après tout, que quelqu'un se montrait aux petits soins avec elle. Enfant, elle avait eu une santé de fer et un moral à toute épreuve. Ni son père ni sa mère n'avaient jugé utile de bichonner leur fille. Quant à Clay, il avait toujours traité ses plaies et ses bosses par le dédain.

Si Aaron voulait la câliner, la choyer et s'inquiéter de ses égratignures, elle était prête à tenter l'expérience. Surtout s'il recommençait à l'embrasser comme il l'avait fait tout à l'heure, dans le pré.

Un calme profond régnait dans le ranch. Le personnel au grand complet était à la fête — femmes et enfants compris. Avec un sentiment d'étrangeté, Jillian regarda autour d'elle.

— Je crois que c'est la première fois que je me trouve seule ici. D'habitude, il y a toujours au moins quelqu'un dans le dortoir, dans la salle de repas ou aux cuisines. Sans parler des allées et venues des femmes de cow-boy qui étendent le linge ou travaillent dans le jardin avec leurs enfants. C'est un peu comme un village, un ranch, en somme.

Aaron lui prit les mains.

— C'est important, pour toi, d'avoir un lieu qui se suffit à lui-même ?

— L'indépendance est la clé de notre survie, non ? La moindre tempête de neige en hiver peut nous couper du monde pendant des semaines. Et puis j'aime bien l'ambiance. Je suis contente qu'une partie de mon personnel soit stable et vive à Utopia avec femme et enfants.

Une impression bizarre tenaillait Jillian, comme s'il manquait quelque chose dans le paysage. Sourcils froncés, elle balaya les lieux du regard. Mais ne détecta rien d'anormal.

Avec un haussement d'épaules, elle se tourna vers Aaron et souleva le bord de son chapeau.

— Quand tu m'as parlé de bain tout à l'heure, tu ne m'as pas proposé de me frotter le dos, je crois.

— Je ne t'ai rien promis, c'est vrai. Mais si tu te montres persuasive, je me laisserai peut-être convaincre.

Elle lui passa les bras autour du cou et renifla son odeur avec délice — un mélange de colophane, de cheval et de savon pour cuir.

— Je t'ai déjà dit que j'avais des douleurs partout ? précisa-t-elle dans un murmure.

— Pas encore, non.

— Et que j'avais quelques égratignures vraiment cuisantes ?

Il sourit.

— Et tu aimerais des bisous pour soulager tes bobos, c'est ça ?

Avec un petit soupir, elle lui mordilla l'oreille.

— Si ce n'est pas trop te demander.

Il entreprenait de la pousser en douceur vers la porte d'entrée lorsque Jillian poussa une exclamation sourde et s'échappa de ses bras pour traverser la cour en courant. Jurant tout bas, il se lança à sa suite.

Comment avait-elle pu ne pas s'en rendre compte tout de suite ? Courant jusqu'au paddock, elle le trouva vide. Totalement et entièrement vide. Les poings serrés, elle contempla le biberon qu'elle avait laissé accroché à la barrière.

— Que se passe-t-il, Jillian ?

— Ils m'ont pris Petite Boule. Ici. Dans ma cour. A deux pas de chez moi.

— Tu es sûre ? Un de tes hommes l'a peut-être rentré dans la grange avant de partir ?

Mais Jillian secoua la tête.

— Ça ne leur a pas suffi de me prendre cinq cents de mes bêtes. Il a aussi fallu qu'ils me volent mon taurillon. J'aurais dû accepter lorsque Joe m'a proposé de rester. Mieux même, il aurait fallu que je monte la garde moi-même.

Aaron lui posa une main sur l'épaule.

— Avant toute chose, allons vérifier s'il n'est pas tout simplement dans l'étable.

Elle leva vers lui un regard éteint.

— Petite Boule n'est pas ici, Aaron. Je ne peux pas te dire comment je le sais, mais je le sais.

L'attitude résignée de Jillian lui fendit le cœur. Il aurait encore préféré qu'elle hurle ou qu'elle pleure.

— On commence par faire le tour des lieux pour nous assurer que rien d'autre n'a disparu. Puis on appellera le shérif.

— Le shérif, oui, répéta-t-elle avec un petit rire sans joie.

— Jillian, murmura-t-il en l'attirant dans ses bras.

Mais elle se dégagea aussitôt.

— C'est d'accord, Aaron. Je n'ai pas l'intention de m'effondrer, cette fois. Je ne leur donnerai pas cette satisfaction.

Il lui effleura les cheveux.

— Fais le tour de la grange, alors. Je vais voir les étables.

Par acquit de conscience, Jillian fit ce qu'il lui demandait. Mais elle savait qu'elle trouverait la stalle vide. Elle fixa les minuscules particules de foin et de poussière qui tournoyaient dans un rayon de lumière. Quelqu'un lui avait pris le taurillon auquel elle avait eu la faiblesse de s'attacher.

Mais, d'une façon ou d'une autre, cette fois, elle trouverait le coupable.

Lorsque Aaron la rejoignit quelques minutes plus tard, les mots furent inutiles. Côte à côte et en silence, ils pénétrèrent dans la grande maison. Tout en préparant le café, Aaron tendit une oreille admirative pendant qu'elle téléphonait au shérif. La voix de Jillian était calme et ferme. Alors qu'il savait pertinemment à quel point elle était attachée au taurillon qu'elle avait élevé au biberon.

Tout en allant et venant dans la cuisine, Aaron songea que les voleurs avaient commis une erreur en volant le jeune veau. Qu'espéraient-ils en faire, au juste ? Le vendre comme viande de boucherie ? Le jeu n'en valait pas la chandelle, à un âge aussi précoce.

D'un autre côté, quel rancher de la région accepterait d'acheter un taurillon Hereford aussi facilement identifiable ? Le ou les personnes qui avaient dérobé Petite Boule s'étaient mises dans une situation quasi impossible. Avec un peu de chance, ils commettraient une nouvelle imprudence qui permettrait au shérif de les repérer et de les arrêter.

Il tendit un café à Jillian, qui l'accepta d'un signe de tête tout en poursuivant sa conversation téléphonique avec le shérif. Aaron se dirigea vers la fenêtre en se demandant comment un homme était censé s'y prendre pour aimer une femme dotée d'une pareille force de caractère.

— Il a promis de faire son possible, annonça-t-elle en reposant le combiné. Demain, je retourne au siège de l'Association des éleveurs. Et j'ai l'intention de taper du poing sur la table. Puisque ces types courent toujours, ils ne vont pas s'arrêter là. Et ils ne limiteront pas forcément leur champ d'action à Utopia. Il faut que les autres éleveurs se mettent dans la tête que ça peut leur tomber sur le coin de la figure à tout moment.

Elle finit son café d'un trait et le posa sur la table.

— Cela dit, nos voleurs sont allés trop loin, cette fois, Aaron. Ils se sont moqués de moi en prenant mon taurillon sous mon nez. Et ça va leur retomber dessus d'une façon ou d'une autre.

Aaron ne put s'empêcher de sourire.

— Je crois que si les voleurs de bétail te voyaient en cet instant, ils prendraient leurs cliques et leurs claques et disparaîtraient de l'autre côté de la frontière sans demander leur reste.

A la grande stupéfaction de Jillian, elle réussit à lui rendre son sourire.

— Merci.

— Tu as faim ?

Elle fit la moue.

— Je ne sais pas trop, en fait.

Il lui ébouriffa les cheveux.

— Va prendre ton bain. Je trouverai bien quelque chose dans le frigo.

Jillian fit spontanément un pas dans sa direction et lui passa les bras autour de la taille. Comment avait-il deviné qu'elle avait besoin de se retrouver seule quelques instants ? Avec elle, il avait une faculté vraiment étonnante à poser les bons actes au bon moment.

— Pourquoi es-tu si merveilleux avec moi, Aaron ?

— Dieu seul le sait. Va donc dénouer tes muscles martyrisés dans l'eau chaude.

Jillian lui pressa un baiser sur les lèvres en se demandant comment lui exprimer sa gratitude. Il avait eu la délicatesse de lui laisser du temps pour elle sans l'abandonner pour autant.

Retirant ses vêtements déchirés, elle fit la grimace en découvrant ses ecchymoses. Mais elle était consciente que ses bleus à l'âme seraient plus longs à s'atténuer que ceux qu'elle avait sur la peau. En se montrant incapable de protéger son bétail, elle avait trahi la confiance que Clay lui avait accordée. Si seulement son grand-père avait été encore en vie pour lui passer un bon savon, elle aurait pu rager et tempêter à son tour et l'affaire aurait été réglée.

Mais comme il n'était pas là pour lui hurler dessus,

il ne lui restait plus qu'à serrer les dents et à essayer de trouver des solutions. Qui avait pu dérober son veau sous son nez ? L'un de ses propres employés ? C'était tout à fait possible, malheureusement. Quoi de plus simple que de reculer un camion jusqu'au paddock, de charger Petite Boule et de filer ?

Cela dit, rien ne l'empêchait de mener discrètement l'enquête. Même si le shérif faisait ce qu'il avait à faire, il ne lui était pas interdit de poser quelques questions de son côté. Ne serait-ce que pour s'assurer que l'un de ses hommes n'avait pas brillé par son absence à la foire.

Pauvre Petite Boule. Il n'y aurait plus personne, désormais, pour le gratter derrière l'oreille et lui murmurer des paroles d'affection. Le cœur lourd, Jillian ferma les yeux et se détendit dans son bain en faisant le vide dans son esprit.

Au bout d'une heure, l'eau chaude avait fait des miracles. Ses muscles endoloris avaient recouvré leur souplesse. Et la tristesse et le découragement avaient disparu avec l'eau du bain.

Ragaillardie, Jillian enfila un jean et une chemise propres et redescendit dans la cuisine. Attirée par les arômes qui s'élevaient des fourneaux, elle alla soulever le couvercle de la cocotte. Et inspira avec délice les fumets d'un chili con carne.

Cette fois, il n'y avait plus aucun doute : elle avait l'estomac dans les talons.

— Aaron ?

Mais il n'était nulle part en vue. Elle prit une cuiller et commença à remuer. Au bout de quelques minutes, elle décida qu'il n'était pas interdit de goûter pour s'assurer que le plat était assez assaisonné.

— Ma mère me donnait toujours une claque sur la main lorsque je faisais ça, commenta Aaron.

Elle laissa retomber le couvercle avec fracas.

— Tu m'as fait une peur bleue, Murdock. J'ai cru que…

Alors seulement, elle vit les fleurs qu'il tenait à la main. La plupart des hommes qu'elle connaissait auraient eu l'air ridicule en se présentant ainsi, bouquet au poing. Mais bizarrement, ce n'était pas le cas pour Aaron. Au contraire même, il lui parut plus séduisant que jamais.

Aaron nota que Jillian avait les deux mains nouées dans le dos. Elle paraissait décontenancée, presque empruntée. S'il avait su qu'il suffisait de quelques sauges sclarées et d'une dizaine de brins de sainfoin pour troubler Jillian Baron, il aurait écumé les prés plus tôt.

Il se pencha pour lui embrasser les coins de la bouche.

— Tu ne veux pas de mes fleurs, Jillian ?

— Si, si… Bien sûr.

Se forçant à dénouer ses doigts crispés, elle prit le bouquet.

— Merci. Elles sont très jolies.

— L'odeur des fleurs sauvages me rappelle celle de tes cheveux.

Comme elle lui jetait un regard méfiant, il secoua la tête.

— C'est la première fois que quelqu'un t'offre des fleurs ?

Pas la première fois, non. Il y avait eu les livraisons du fleuriste cinq ans auparavant. Accompagnées d'un billet doux.

— J'ai déjà eu des roses rouges, répondit-elle avec un haussement d'épaules.

Au son de sa voix, Aaron comprit qu'il avançait en terrain miné. Enroulant une mèche de ses cheveux autour d'un doigt, il fit la moue.

— Des roses ? Ce sont des fleurs beaucoup trop civilisées pour toi.

Jillian baissa le nez sur le bouquet aux couleurs audacieusement mêlées.

— Dans le temps, je pensais qu'avec un peu d'effort je pourrais devenir une jeune femme rangée, admit-elle à voix basse.

Il lui souleva le menton.

— C'était ce que tu désirais ?

— Ce que je *croyais* désirer, en tout cas. Et j'étais prête à tout pour y arriver.

— Tu étais amoureuse de lui, alors ?

Pourquoi il creusait la blessure ainsi, il n'aurait su le dire. Une force qu'il ne parvenait à contrôler le poussait à l'interroger sans merci.

— Aaron…

— Tu l'aimais, Jillian ?

Avec des gestes d'automate, elle entreprit de verser de l'eau dans un vase.

— J'étais très jeune, à l'époque. Et il avait beaucoup de points communs avec mon père. C'était sans doute une façon indirecte pour moi de me faire accepter par ma famille.

Aaron découvrit que la jalousie avait un goût amer.

— Cela ne répond pas à ma question.

D'une main légèrement tremblante, Jillian arrangea les fleurs dans le vase.

— Je ne suis pas certaine de connaître la réponse. Nous devrions manger, non ?

Jillian ne résista pas lorsqu'il posa les mains sur ses épaules. Un instant, elle eut peur qu'il ne lui dise quelque chose de gentil. Mais il l'attira contre lui et l'embrassa avec un emportement inattendu. Nouant les bras autour de sa taille, elle répondit à son baiser avec une égale ardeur.

— Dépêchons-nous de dîner, suggéra Aaron. Ça fait des heures que j'ai envie de faire l'amour avec toi.

— Mmm… Le repas peut attendre, non ?

Il rit doucement et enfouit les lèvres dans son cou.

— Pas question. Quand je cuisine pour une femme, elle mange… Va me chercher deux assiettes.

Elle fit ce qu'il lui demandait et sortit deux bières du réfrigérateur.

— Lorsque tu en auras assez de tenir un ranch, Aaron, je t'embaucherai comme cuisinier… Oups ! s'exclama-t-elle après avoir avalé sa première bouchée. Tu n'y as pas été de main morte avec les piments.

— C'est pour départager les hommes des blancs-becs. C'est trop épicé pour toi ?

Elle lui jeta un regard de dédain et prit une seconde bouchée.

— Rien n'est trop épicé pour moi, Murdock.

Jillian dîna avec autant d'appétit que lui et ils terminèrent leur assiette ensemble.

— Extraordinaire, commenta-t-elle.

— Tu veux que je te resserve ?

— Franchement, non, ça ira. Je tiens à ma peau.

— Nous avions un contremaître mexicain quand j'étais gamin. J'ai passé des mois en montagne avec lui, quand on convoyait le bétail en été. Et il m'a tout appris. Y compris à faire la cuisine et à jouer au poker.

Fascinée, elle posa les coudes sur la table.

— Il faudra que nous organisions une partie un de ces quatre… Je compte sur mes talents de joueuse de poker pour déstabiliser mes voleurs de bétail, déclara-t-elle en se levant pour débarrasser la table. Je suis sûre qu'il y en a un qui va se couper à un moment ou à un autre. Ils sont allés trop loin, cette fois.

Aaron arpenta la cuisine pendant qu'elle faisait couler l'eau dans l'évier.

— J'aimerais t'aider, Jillian. En t'offrant les services d'un détective privé, par exemple.

Touchée, elle se retourna pour le prendre dans ses bras.

— Tu m'as déjà aidée. Et je ne l'oublierai jamais.

— Je pourrais te déléguer quelques-uns de mes hommes pour qu'ils fassent des patrouilles régulières dans tes pâturages.

— Aaron…

— Tu crois que c'est facile pour moi d'être là, sans rien faire, à te regarder te débattre avec tes problèmes ?

Elle tenta de se concentrer sur ses paroles, mais il lui était difficile de réfléchir alors qu'il l'embrassait déjà à perdre haleine. Chaque fois qu'il la touchait, elle perdait pied presque aussitôt. Le désir sauvage qu'il suscitait en elle était à la fois aliénation et délivrance. Aaron l'aidait à libérer la femme passionnée qui se dissimulait en elle.

Mais alors même qu'il la révélait à elle-même, il l'enfonçait toujours plus loin dans le manque et la dépendance. Et elle se sentait sans recours face à la force d'attirance démesurée qui la jetait dans ses bras.

« C'est au moins une chose que je peux faire pour elle, songea Aaron : l'aider à oublier. » Si elle avait eu la force de le repousser, toutefois, Jillian l'aurait également tenu à distance de son lit. Elle avait été blessée en amour par cet homme qui ressemblait à son père. Et ses élans restaient bridés, sa confiance hésitante.

Frustré de se heurter encore et toujours à cette part de refus en elle, il se pencha pour lui placer un bras sous les genoux et la souleva contre lui. Lorsqu'ils faisaient l'amour, au moins, elle était sienne sans réserve.

— J'ai envie de toi, chuchota-t-elle contre ses lèvres.

Violemment troublé, il se laissa tomber avec elle sur le canapé, sans détacher un instant sa bouche de la sienne. Jillian rit doucement lorsqu'il jura en se débattant avec ses vêtements. Le désir qui les jetait l'un vers l'autre était pur et sans ombres. Elle le sentait vibrer et circuler entre eux avec une intensité égale. Lorsqu'ils faisaient l'amour, il n'y avait ni serviteur ni maître, ni dominant ni dominé.

Aujourd'hui, Aaron était insatiable et elle se laissait aller, s'abandonnait à lui en confiance. Chaque caresse, chaque baiser lui ouvrait de nouvelles portes, révélait de nouveaux espaces de plaisir. Aaron lui offrait une liberté encore plus échevelée que celle qu'elle trouvait en chevauchant à bride abattue dans les prés.

Il lui apportait à la fois la douceur et le feu ; l'emportement et la tendresse. Et elle gémit en découvrant à quel point ces dons lui étaient précieux.

Seulement lorsqu'elle fit entendre ce léger son plaintif, Aaron se souvint qu'elle avait le corps couvert de bleus. Il secoua la tête, s'efforçant de chasser les brumes qui obscurcissaient ses pensées.

— Je te fais mal.

— Non, protesta-t-elle en l'attirant de nouveau contre elle. Tu ne me fais jamais mal. Je ne suis pas fragile, Aaron.

— Tu crois ?

Il se redressa pour examiner son visage et contempla l'ossature délicate, la peau couleur de miel qui gardait sa douceur, malgré l'impitoyable rigueur du climat. Mais, avant tout, il voyait les traces de vulnérabilité qui apparaissaient et disparaissaient dans son regard.

— Tu veux que je te montre la fragilité qu'il y a en toi ?

— Aaron…

Mais, déjà, il lui caressait le visage avec une douceur infinie, comme si sa peau avait été un papier de soie qu'il aurait craint de déchirer. Il lui murmurait des paroles si tendres et si légères qu'elles agissaient sur elle comme une drogue. Son corps devenait lourd, si lourd qu'il s'enfonçait inexorablement dans les coussins du canapé. Elle aurait voulu le toucher à son tour, mais l'état dans lequel il l'avait plongée était proche de la transe. Chaque fois que ses lèvres la faisaient frissonner, Aaron la ramenait de nouveau vers le flottement, l'indolence, le plaisir sans urgence.

Ils virent la lumière basculer peu à peu, les ombres s'allonger dans le séjour. Mais le temps semblait tourner au ralenti, comme si le grand sablier de la vie avait lui-même été saisi de torpeur. Jamais elle ne s'était sentie avec Aaron comme elle se sentait aujourd'hui. Comme si leurs deux corps qui se mêlaient doucement tissaient entre eux des fils d'éternité.

Après l'amour, Aaron se redressa en l'entraînant avec lui.

— Tu avais l'air presque évanouie, murmura-t-il avec une infinie tendresse.

Profondément troublée par la forme nouvelle d'abandon qui avait marqué leurs étreintes, Jillian releva les cheveux qui lui tombaient sur les yeux.

— C'est la première fois que ça se passe comme ça, murmura-t-elle.

Emu, il se pencha sur ses lèvres.

— On recommencera.

Tentée de se raccrocher à lui et d'en demander encore, Jillian prit peur. Et si c'étaient les spectres de la dépendance qu'elle voyait se rapprocher à grands pas ? Effrayée à l'idée qu'elle pourrait bientôt ne plus rien maîtriser, elle se dégagea du cercle de ses bras et enfila sa chemise.

— Tu es quelqu'un de surprenant, Aaron Murdock. Chaque fois que j'ai l'impression d'avoir compris qui tu étais vraiment, tu montres une nouvelle facette de toi-même.

Il l'attrapa par les pans de sa chemise et la ramena à lui.

— Et c'est grave, docteur ?

Avec un léger rire, elle lui embrassa le dos de la main.

— Peut-être pas, non. Mais j'ai du mal à te cerner.

— Et tu tiens absolument à faire le tour complet de ma personnalité ?

— Je suis quelqu'un de simple, Aaron.

Il secoua la tête.

— *Simple*, toi ? Tu plaisantes ?

— Ne te moque pas de moi, protesta-t-elle, mi-sérieuse, mi-embarrassée. Dans une situation donnée, j'aime bien savoir où j'en suis, quelles sont les options qui s'offrent et ce qu'on attend précisément de moi. Tant que je sais que je peux faire mon boulot et gérer les choses au mieux, je suis satisfaite.

Tout en enfilant son jean, Aaron lui jeta un regard pensif.

— Ton travail est vital à ce point pour toi ?

— Mon travail est tout ce que je sais faire, dans la vie. Avec la terre, je suis dans mon élément.

— Et avec les êtres humains ?

— Avec les gens, je suis moins à l'aise. Sauf avec les rares personnes que je parviens à comprendre.

Sa chemise encore ouverte flottant derrière lui, Aaron s'avança vers elle.

— Et je fais partie de la catégorie que tu ne comprends pas ?

— Ça dépend des moments. Quand on se dispute, j'ai l'impression de bien capter qui tu es. Mais dans d'autres circonstances…

— Dans d'autres circonstances ? insista Aaron en lui saisissant les épaules.

Jillian détourna les yeux. Elle avait l'impression d'avancer en terrain mouvant mais ne savait plus comment rebrousser chemin.

— Je ne m'attendais pas à ce qu'entre toi et moi ça prenne de telles proportions, admit-elle, le cœur battant.

Il la sentait remuée, indécise — luttant pour afficher une assurance qu'elle était loin de ressentir. Il prit une profonde inspiration.

— Je t'ai désirée dès le premier instant où je t'ai vue arriver au grand galop près de l'étang. Mais même lorsque tu t'es donnée, cela ne m'a pas suffi. Je voulais plus de toi… Ta douceur m'a surpris, tes fragilités me vont droit aux tripes. Tu touches quelque chose de fort en moi.

— Aaron, protesta-t-elle.

Mais, à présent qu'il était lancé, il refusait de se laisser arrêter.

— Je pense à toi tout le temps, Jillian. De jour comme de nuit. Je suis obsédé par la façon dont tu soupires mon nom quand nous faisons l'amour.

— Non, s'il te plaît…

Saisie de tremblements, elle se rejeta en arrière.

— Pourquoi « non » ? J'ai besoin de te dire les choses… Je ne peux pas garder la vérité au fond de moi indéfiniment…. Je t'aime, Jillian.

La panique la submergea. Sur la défensive, elle répondit d'une voix coupante.

— Tu n'es pas obligé de me sortir ce genre de truc. Ce n'est pas ce que j'ai envie d'entendre.

Sa réaction le coupa net dans son élan. Choqué et en colère, il la secoua par les épaules.

— Parce que je suis censé ne te dire que ce que tu as *envie* d'entendre, Jillian ?

Elle se mordit violemment la lèvre. Si elle n'avait pas été aussi fière, elle lui aurait expliqué à quel point ce « je t'aime » machinal — parole creuse par excellence — avait le pouvoir de la faire souffrir.

— Aaron, je t'ai déjà dit que je n'aimais pas les déclarations de tendresse. Ce qu'il se passe entre nous…

Il s'était attendu à tout, sauf à un rejet aussi froid, aussi catégorique. Pour la première fois, il parlait d'amour à une femme. Et elle se transformait sous ses yeux en une statue de glace.

— Oui, parlons-en, de ce qu'il se passe entre nous, lâcha-t-il en désignant le canapé où ils venaient de s'étreindre. Ça s'arrête à ça pour toi, Jillian ?

Effrayée par sa soudaine violence, elle se passa la main dans les cheveux.

— Je croyais que c'était ce que tu voulais de moi, balbutia-t-elle. Je suis désolée, mais je ne peux pas te donner plus que ce que nous avons partagé jusqu'ici. Pour moi, c'est déjà énorme.

Lentement, Aaron desserra les doigts qu'il tenait crispés sur son poignet. Jillian et lui se ressemblaient sur bien des points. Et, en matière d'orgueil, ils n'avaient rien à envier l'un à l'autre.

Tout en boutonnant sa chemise, il lui jeta un regard désenchanté.

— Je connais des femmes qui n'ont pas accès au plaisir physique, mais chez toi, c'est le cœur qui est frigide, Jillian. Si tout ce qui t'intéresse dans la vie, c'est de t'envoyer en l'air de temps en temps, tu ne devrais pas avoir trop de difficulté à trouver un partenaire. Pour ma part, je préfère une relation un peu plus humanisée.

Plus immobile qu'une statue, elle le regarda se diriger vers la porte. Le moteur du pick-up ronfla. Au moment où le camion disparut de sa vue, le soleil glissa au-dessous de l'horizon et l'ombre se referma sur les terres d'Utopia.

12

Au campement, Aaron commençait à travailler tôt le matin et terminait tard le soir. Il ne s'accordait aucun répit, chevauchant sans trêve jusqu'à ce que ses muscles malmenés crient grâce. Il traquait inlassablement le bétail égaré, ingurgitait plus de poussière que de nourriture solide et passait ses soirées dans une solitude farouche à boire bière sur bière.

Trois semaines durant, il fut d'une compagnie exécrable. Ses hommes échangeaient des conciliabules à voix basse dès qu'il avait le dos tourné. On eut tôt fait, d'ailleurs, de se rendre à l'évidence : les Murdock n'avaient jamais été commodes, mais seule une femme avait pu mettre Aaron dans un état pareil. Ne l'avait-on pas vu bras dessus bras dessous avec la petite Baron, le jour de la fête nationale ? D'aucuns, semblait-il, les avaient même surpris en train de s'embrasser à pleine bouche.

Et l'idylle, comme par hasard, s'était soldée par un échec. Quoi d'étonnant alors qu'un siècle de rivalités et de haines tenaces opposait les Baron et les Murdock ? Les deux ultimes rejetons de ces grandes familles ennemies s'étaient peut-être mis dans l'idée qu'ils pourraient déjouer la fatalité. Mais le piteux résultat d'un tel projet ne surprenait personne.

Aaron ignorait les commentaires qui se chuchotaient dans son dos. Il était monté au campement pour s'abrutir de travail. Et il continuerait ainsi jusqu'à guérison complète de cette maladie que certains appelaient « amour ».

Il était hors de question qu'il rampe et qu'il supplie. Il avait fait part de ses sentiments à Jillian et elle les lui avait jetés froidement à la figure.

Pas intéressée, lui avait-elle dit en termes clairs.

Suant à grosses gouttes, Aaron enfonça un nouveau piquet de clôture dans le sol aride et fixa le fil à l'aide d'un tendeur et de crampons. Jillian était peut-être la première femme qu'il avait aimée. Mais cela ne signifiait pas qu'elle serait la dernière. Soulevant la masse, il assena un coup violent sur un second piquet en cèdre. Aurait-il dû s'y prendre différemment pour lui parler de ses sentiments ? Faire preuve de plus de subtilité ?

Mais pour lui tenir de beaux discours, encore aurait-il fallu qu'il soit en pleine possession de ses moyens. Il lança un chapelet d'obscénités en continuant à s'acharner sur sa clôture. Comment avait-il pu s'aveugler au point de voir en elle une femme fragile et douce ? Jillian Baron n'avait pas une once de vulnérabilité en elle. C'était une fille dure et froide qui s'intéressait plus aux bêtes qu'aux êtres humains.

Et pourtant, même après trois semaines de séparation, son amour pour elle restait intact. Loin de s'atténuer, il semblait même s'exacerber, au contraire. Il serra le barbelé si fort qu'il lui entailla la peau à travers le cuir de son gant. Aaron jura avec force.

Il lui restait ses terres, pourtant. Les pâturages du Double M s'étiraient jusqu'à l'horizon sous le ciel d'un bleu implacable. Dans quelques semaines, ils rassembleraient le bétail et le conduiraient jusqu'à Miles City pour la foire. Et là, ce serait la fête pour tous.

Y compris pour lui, se jura Aaron en descendant de cheval à l'approche de la nuit. Il alla se laver à la rivière puis revint au campement. Son dîner fut avalé en trois bouchées. Laissant ses compagnons à leur partie de poker, il prit une provision de bières et sortit s'asseoir sur les marches de bois devant le chalet rudimentaire qui servait de dortoir à l'équipe.

Les étoiles se levaient une à une. Un coyote solitaire aboya longuement à la lune. Sa bouteille à la main, Aaron cessa de lutter contre les images obsédantes qui se télescopaient dans sa tête : Jillian tout habillée dans l'étang qui l'invectivait avec superbe ; Jillian chuchotant des mots tendres à son taurillon nouveau-né ; Jillian pleurant dans ses bras à l'entrée du canyon ; Jillian nue entre les draps défaits, abandonnée et consentante.

Tellement consentante…

Non, elle n'était ni simple ni commode. Mais c'était la seule femme pour qui il était prêt à tout — même à souffrir. Aaron prit une gorgée de bière. Et décida qu'il avait assez perdu de temps comme cela à broyer du noir. Les affres des amours impossibles, il les laissait aux poètes et aux masochistes. Pour sa part, il préférait l'action à la résignation.

Jillian lui avait peut-être dit qu'elle ne voulait pas entendre parler de ses sentiments pour elle. Mais il avait eu amplement l'occasion de vérifier qu'elle n'y était pas indifférente pour autant. Pour la première fois, depuis trois semaines, Aaron commença à réfléchir calmement.

Qu'avait-il fait, au fond, pour tenter de la convaincre ? Il s'était contenté d'abattre ses cartes. Et assez brutalement qui plus est. Puis, au premier signe de rejet de sa part, il était parti en se drapant dans sa dignité offensée. Cela ne lui ressemblait pas de renoncer si vite. Relevant le bord de son chapeau, Aaron sourit en levant les yeux vers les étoiles.

Jillian était butée, compliquée et volontaire. Mais il était parfaitement capable de lui tenir tête. Non, il ne retournerait pas se traîner à Utopia à genoux. Mais il était prêt à repartir sur le champ de bataille. Et à mener une offensive en règle pour récupérer Jillian Baron. Quitte à l'attraper au lasso, à la ficeler et à la marquer s'il le fallait.

Lorsque la porte s'ouvrit derrière lui, Aaron tourna un regard distrait vers l'arrivant. Il se sentait d'humeur infiniment plus sociable, tout à coup.

— Alors, Jennsen ? Tu as eu un coup de déveine au poker ? lança-t-il en tendant une bière au nouveau venu.

Il nota que le cow-boy donnait des signes de nervosité. Nouveau au Double M, Jennsen ne resterait probablement qu'une saison avant de repartir sur les routes. Rien n'était plus difficile que de donner un âge à ces cow-boys errants dont l'existence silencieuse et solitaire gardait toujours une part de mystère. Jennsen avait cette opacité dans le regard qui vous venait à force de scruter les terres d'autrui sous le grand soleil, sans jamais avoir d'endroit à soi où poser ses bagages.

— Il y a des semaines que la chance me fait faux bond aux cartes, marmonna Jennsen en s'asseyant pour rouler une cigarette. Ce n'est pas comme toi.

Aaron hocha la tête. Apparemment, le cow-boy venait tâter le terrain pour tenter d'obtenir une avance.

— La chance est capricieuse, poursuivit Jennsen en s'essuyant la bouche du revers de la main. Ils n'en ont pas beaucoup du côté de chez Baron, ces derniers temps, avec tout le bétail qu'on leur a sifflé sous le nez. Il y a des petits malins qui ont dû s'en mettre plein les poches.

Attentif à la note d'amertume dans la voix du cow-boy, Aaron lui tendit nonchalamment une seconde bière.

— C'est facile de faire du profit lorsqu'on vend de la viande que l'on n'a pas payée. Mais je dois reconnaître que les voleurs ont opéré comme des pros.

Jennsen tira sur sa cigarette. Il avait vaguement entendu parler d'un rapprochement entre Aaron Murdock et la femme de chez Baron. Mais, depuis trois semaines qu'il observait Aaron, il avait fini par conclure que ces rumeurs n'étaient pas fondées. Ce qu'il savait avec certitude, en revanche, c'est que les deux familles se haïssaient depuis la nuit des temps.

— Je pense qu'on s'en fout un peu, ici, au Double M, si les Baron perdent leur bétail ou non, laissa-t-il tomber afin de sonder les dispositions de Murdock.

Tous les sens aux aguets, soudain, Aaron allongea les

jambes devant lui. Il savait que l'ombre de son chapeau cachait son regard à Jennsen.

— C'est à chacun de se débrouiller pour protéger ce qui lui appartient, rétorqua-t-il avec un haussement d'épaules indifférent.

Jennsen s'humecta les lèvres.

— Y en a qui disent que votre grand-père se servait directement dans les pâturages des Baron.

Aaron ricana.

— Possible. Mais il n'y a jamais rien eu de prouvé.

Jennsen prit sa bière et but longuement pour puiser du courage dans l'alcool.

— Il paraît que les gars sont venus carrément jusque dans la cour des Baron pour embarquer un taurillon. Un futur reproducteur à ce qu'on dit.

Les nerfs tendus à se rompre, Aaron contint son excitation. Jennsen était bel et bien venu tâter le terrain. Mais il briguait bien plus qu'une avance…

— Je me demande ce qu'il va devenir, ce jeune Hereford, observa-t-il. Ce serait un gâchis d'en faire de la viande de boucherie, en tout cas.

Jennsen accepta la troisième bière que lui tendait Aaron, but une ultime gorgée et se jeta à l'eau.

— Les gars m'ont dit que tu étais intéressé par le taureau de chez Baron ?

Relevant son chapeau, Aaron lui décocha un sourire avenant.

— Je suis toujours à la recherche de bons reproducteurs. Tu as un filon ?

Jennsen l'examina en silence puis déglutit.

— Il se pourrait que j'aie quelque chose pour toi, ouais.

Jillian ralentit en passant devant chez Aaron et vit que la maison était déserte. Au lieu de faire demi-tour, cependant, elle accéléra de nouveau et poursuivit jusqu'au « ranch house ». En plein milieu de matinée, elle avait autre chose à faire que de traîner au Double M. Mais c'était plus fort qu'elle. Si Aaron ne revenait pas bientôt, elle allait finir par monter le débusquer dans son campement de montagne et…

… et quoi d'ailleurs ? se demanda-t-elle pour la millième fois. Tout ce qu'elle savait, c'est qu'elle venait de passer les trois semaines les plus sinistres de toute son existence. En la quittant, Aaron avait tué quelque chose de vivant en elle — une force vibrante, neuve et joyeuse dont elle s'était soigneusement appliquée à ignorer l'existence.

Elle n'avait cessé de se jurer qu'elle ne tomberait pas amoureuse d'Aaron. Et elle avait continué à nier l'évidence alors que le mal était fait depuis longtemps.

Tomber amoureuse était une expression assez appropriée, d'ailleurs. Lorsque ça vous arrivait, le sol se dérobait sous vos pieds et c'était la chute libre dans le gouffre.

Aaron était-il sincère, lorsqu'il avait prononcé son « je t'aime » ? S'il l'était vraiment, ils auraient chuté à deux. Et ils auraient au moins eu le recours de se raccrocher l'un à l'autre.

Mais s'il était amoureux d'elle, serait-il parti trois longues semaines sans donner de nouvelles ?

— Vous avez l'intention de rester assise dans cette Jeep toute la matinée ?

Tournant la tête brusquement, Jillian vit Paul Murdock qui l'observait, debout sur la galerie. Le feu aux joues, elle descendit lentement de voiture.

— Asseyez-vous, ordonna Paul. Karen prépare une carafe de thé glacé.

Elle s'exécuta poliment en se demandant quel prétexte avancer pour justifier sa visite.

— Il n'est pas encore redescendu des montagnes, précisa Paul avant même qu'elle ait ouvert la bouche.

Comme elle le regardait, interdite, il partit de son grand rire.

— Je suis peut-être vieux mais je ne suis pas encore

complètement gâteux… Alors, c'était à quel sujet, cette grosse querelle d'amoureux entre Aaron et vous ?

— Paul ! protesta Karen, qui arrivait avec un plateau. Arrête de poser des questions indiscrètes.

— Comment ça, « indiscrètes » ? Elle court après mon fils !

En un bond, Jillian se releva.

— Je ne cours après personne. Ce que je veux, je l'obtiens. Point final.

Paul Murdock rit de plus belle.

— Rien à faire, elle me plaît, cette fille. Elle est mignonne, pas vrai, Karen ?

— Ravissante.

Non sans hésitation, Jillian accepta un verre de thé et se rassit.

— J'étais passée donner des nouvelles de la jument à Aaron.

— C'est tout ce que vous avez réussi à trouver, comme excuse ? s'esclaffa Murdock. Je pense que vous pouvez faire mieux.

— Paul…

Karen se percha sur le bras du fauteuil à bascule de son mari et lui entoura les épaules. Paul brandit sa canne en direction de Jillian.

— Vous auriez le toupet d'affirmer que vous ne voulez pas de mon fils ?

— La relation entre Aaron et moi est de nature professionnelle, monsieur Murdock.

— C'est ça, oui… Je vais vous dire une chose, ma petite Jillian, précisa Paul gravement. Lorsqu'un homme est mourant, il n'a plus envie de perdre son temps avec des platitudes. Mais si vous m'affirmez en votre âme et conscience que vous ne ressentez rien pour Aaron, je suis prêt à parler de la pluie et du beau temps aussi longtemps que vous le voudrez.

Jillian ouvrit la bouche. La referma. Secoua la tête.

— Quand reviendra-t-il, monsieur Murdock ? Cela fait trois semaines déjà, murmura-t-elle, admettant sa défaite.

— Il reviendra lorsqu'il en aura assez de se montrer aussi obtus que toi, petite.

Levant les yeux, Jillian observa le couple : le vieil homme malade et sa belle et jeune épouse. Main dans la main. Unis. Le cœur battant, elle comprit que c'était ce qu'elle voulait aussi : le même amour profond et durable qui existait entre ces deux êtres *a priori* si peu assortis.

— Cette Jeep devrait pouvoir monter jusqu'au campement, observa Murdock en désignant sa voiture du menton.

Jillian ouvrit la bouche pour répondre lorsqu'elle vit le vieux pick-up de Gil se garer dans la cour. Fronçant les sourcils, elle se leva.

Gil ôta son chapeau pour saluer Karen et Paul Murdock mais il n'ouvrit même pas sa portière.

— Nous avons une urgence, monsieur Murdock, lança-t-il par la vitre ouverte.

— Que se passe-t-il ? s'enquit Jillian.

— Le shérif a appelé. Il semblerait que l'on ait retrouvé ton jeune taureau. Il aimerait que tu ailles jeter un coup d'œil pour l'identifier.

Saisie de vertige, elle se retint à la portière.

— Petite Boule ? Où est-il ?

— Chez le vieux Larraby. Monte. Je t'emmène.

Murdock se leva.

— Laissez votre Jeep ici. L'un de mes hommes vous la ramènera.

Jillian les remercia, prit congé d'un signe de la main et courut se hisser à bord du pick-up.

— Qui l'a identifié ? s'enquit-elle, surexcitée.

Jubilant intérieurement, le vieux contremaître cracha par la vitre ouverte.

— Aaron Murdock.

— Aaron…

Voir Jillian bouche bée acheva de réjouir Gil.

— Mais comment est-ce possible ? Il est resté dans la montagne pendant trois semaines sans voir personne !

— Apparemment, un des gars qui bossent pour les Murdock était mêlé au vol de bétail — un dénommé Jennsen. Mais lorsqu'il a touché son pourcentage du butin, notre valeureux cow-boy a trouvé sa part un peu maigre. Et comme il a eu tôt fait de la dilapider au poker, il a pensé que si on pouvait prélever cinq cents bestiaux sans se faire pincer, il devait y avoir moyen de sortir une bête supplémentaire pour son usage personnel.

— Petite Boule, autrement dit.

— Exact, acquiesça Gil en prenant une nouvelle prise de tabac. Il a vu que le veau avait du potentiel, alors il l'a conduit chez Larraby pour qui il avait travaillé dans le temps. Mais le gars qui avait organisé le vol de bétail n'a pas apprécié qu'il agisse en solo. La pression a monté et Jennsen s'est senti coincé. Finalement, il a joué le tout pour le tout. Et hier soir, il a proposé le taurillon au jeune Murdock.

Ainsi, elle était redevable à Aaron une fois de plus.

— Nous tenons le bon bout, Gil, lança-t-elle en se frottant les mains. S'il s'agit effectivement de Petite Boule et que ce Jennsen est coupable, nous devrions pouvoir remonter jusqu'au reste de la bande.

Gil toussota et lui jeta un regard en coin.

— Le shérif a déjà mis la main sur les autres coupables. Il a arrêté Joe Carlson il y a deux heures.

Sidérée, elle se retourna sur son siège.

— Mais qu'est-ce que tu racontes ?

— Exactement ce que je viens de te dire.

— Autrement dit, Joe — notre *Joe Carlson* — fait partie des voleurs de bétail ?

Un muscle frémit à l'angle de la mâchoire de Gil.

— On a découvert qu'il s'était acheté un joli petit ranch dans le Wyoming. Et que deux cents bêtes venues d'Utopia paissaient tranquillement sur ses terres.

Consternée, Jillian secoua la tête. Lorsque Clay avait

rencontré Joe, il avait refusé catégoriquement de l'embaucher. Et elle avait insisté pour le prendre quand même. La première décision majeure qu'elle avait prise en tant que rancher avait été également sa première grosse bourde.

— Moi aussi, je me suis fait avoir, bougonna Gil. Ça m'apprendra à faire confiance à un type qui se promène avec des bottes neuves et un chapeau propre sur la tête.

— C'est moi qui ai pris la décision de l'embaucher.

— Et moi, j'ai travaillé à ses côtés, bon sang ! Et je n'y ai vu que du feu. Quand je pense que je me suis fait rouler dans la farine comme un débutant !

Gil avait l'air tellement offusqué que ce fut plus fort qu'elle : Jillian éclata de rire. Ce qui était fait était fait, après tout. Elle récupérerait une bonne moitié de son bétail perdu, ses voleurs se retrouveraient derrière les verrous et ses comptes sortiraient bientôt du rouge. Qui sait, même, s'ils ne pourraient pas s'acheter la nouvelle Jeep dont ils avaient besoin ?

Elle se tourna de nouveau vers Gil.

— Et comment as-tu eu le fin mot de l'histoire, alors ? C'est le shérif qui est venu te parler ?

— Pas le shérif, non. Aaron Murdock. Il est passé au ranch tout à l'heure et il m'a tout expliqué.

Le cœur de Jillian battit plus vite.

— Il est passé à Utopia ? *Quand ?*

— Juste avant que je vienne te chercher.

— Ah bon. Et... et il ne t'a rien dit de spécial, à part ça ?

Gil lui opposa un visage impassible.

— Pas grand-chose, non. Il a juste mentionné qu'il avait un emploi du temps chargé. Il a l'air d'être très occupé, ce garçon.

L'œil sombre, Jillian serra les lèvres et se concentra sur le paysage. Gil lui jeta un regard en coin et dissimula tant bien que mal un sourire hilare.

*
* *

Jillian attendit la tombée de la nuit avant de se décider. Tout l'après-midi, elle avait tourné en rond avec l'espoir qu'Aaron passerait prendre de ses nouvelles. Elle élabora une douzaine de discours d'ouverture et les rejeta tous au fur et à mesure. Elle fit les cent pas dans son bureau jusqu'à user le plancher. Lorsqu'elle comprit qu'elle était en danger de hurler si elle restait une minute de plus confinée entre quatre murs, Jillian enfonça rageusement son Stetson sur son crâne, passa dans l'écurie et sella sa jument.

— Les hommes sont nuls, Dalila, maugréa-t-elle. Si c'est à ce jeu-là qu'il veut jouer, ça ne m'intéresse vraiment pas. Qu'il aille se faire voir, ce Murdock.

Galoper de nuit dans les prés lui changerait les idées. La journée, après tout, avait été riche en émotions fortes. Apprendre que Joe l'avait dépossédée méthodiquement de son bétail tout en se posant en soutien et en ami lui avait fait un choc. Cet homme l'avait trahie alors qu'elle n'avait jamais douté un seul instant de son intégrité.

Et pour couronner le tout, elle se trouvait privée de son responsable des troupeaux. En attendant d'en trouver un autre, elle assumerait les tâches de Joe en plus des siennes. Ce qui aurait l'avantage, cela dit, de détourner ses pensées d'Aaron.

Si ce dernier avait eu le moindre désir de la revoir, il aurait su où la trouver. Apparemment, il s'était vite remis de sa déception, lorsqu'elle l'avait repoussé trois semaines plus tôt. De son côté, elle s'était toujours dit que leur histoire n'était pas faite pour durer. Elle avait peut-être eu un moment de faiblesse ce matin, lorsqu'elle s'était rendue au Double M. Mais elle ne se laisserait plus prendre à ces rêveries absurdes. Elle continuerait à travailler dur dans son ranch. Et dans quelques semaines — quelques mois tout au plus — Aaron ne serait plus qu'un lointain souvenir.

Jillian ne sut jamais si elle s'était rendue délibérément à l'étang ou si elle s'était contentée de lâcher les rênes et de laisser Dalila galoper à sa guise.

L'éclat de la lune pleine posait une touche argentée

sur les bouquets de sauge et d'armoise. Jillian tenta de se persuader qu'elle n'était pas triste. Juste fatiguée. Elle n'avait aucune raison d'être malheureuse : les voleurs étaient arrêtés et elle avait récupéré Petite Boule ainsi qu'une bonne moitié du bétail volé. C'était l'épuisement, et *rien que* l'épuisement, qui suscitait en elle cette tenace envie de pleurer.

Lorsqu'elle vit la lune se refléter sur les eaux lisses et noires, elle amena sa jument au trot. Un calme presque irréel régnait près de l'étang. Seul le martèlement des sabots de Dalila troublait le silence profond de la nuit d'été. Elle entendit l'étalon au moment précis où sa jument capta son odeur. Dalila hennit doucement.

Aaron se détacha de l'ombre d'un peuplier et s'avança vers elle sans un mot.

L'attente avait été longue, parfois difficile, mais il avait su qu'elle finirait par venir. Il aurait pu aller la débusquer sur son propre territoire. Ou patienter jusqu'à ce qu'elle se présente chez lui. Mais c'était ici, aux confins partagés de leurs domaines respectifs, qu'ils étaient appelés à se retrouver.

Le ventre noué par la tension, Jillian se laissa glisser au bas de sa monture. Le visage d'Aaron était sombre, son expression dure et fermée. Ainsi c'était ici, près de l'étang de leur rencontre, que leur histoire était destinée à se terminer. Les nerfs à vif, elle attacha sa jument à une branche d'arbre. Lorsqu'elle se retourna, Aaron se tenait juste derrière elle. Silencieux comme un chat sauvage dans la nuit, il s'était rapproché sans qu'elle l'entende.

— Tu es revenu des montagnes, commenta-t-elle, impassible.

Il laissa glisser un regard amusé sur ses traits.

— Parce que tu pensais que je ne reviendrais pas ?

Elle leva le menton.

— Je ne pensais à rien du tout. Et surtout pas à toi.

Un éclair redoutable traversa le regard d'Aaron. Il

l'enlaça d'un mouvement implacable et l'amena à lui en lui attrapant la nuque.

— Et ceci ? Tu n'y pensais pas non plus ?

Avant qu'elle puisse répondre, il plaqua sa bouche sur la sienne. Il s'était préparé à ce qu'elle résiste et s'était même réjoui à la perspective de la lutte qui les opposerait. Mais elle fondit littéralement dans ses bras et répondit à son baiser avec sa fougue habituelle.

Lorsqu'il se détacha d'elle, Jillian se raccrocha à ses épaules et enfouit le visage dans son cou. Ainsi, Aaron la désirait encore. Elle n'avait pas tout perdu. Il lui restait au moins ça.

— Serre-moi fort, chuchota-t-elle. Juste une seconde.

D'un geste protecteur, Aaron l'enveloppa dans son étreinte. Comment pouvait-elle produire un pareil effet sur lui ? Le faire passer en l'espace de quelques secondes de la rage à la tendresse ? Peut-être ne saurait-il jamais comment s'y prendre avec elle. Mais il était déterminé à apprendre. Quitte à s'exercer une vie entière s'il le fallait.

Au bout de quelques instants, Jillian se dégagea et leva les yeux vers lui.

— Je tiens à te remercier pour tout ce que tu as fait, Aaron. Le shérif m'a expliqué, pour le dénommé Jennsen et…

— Ce n'est pas de bétail que je veux parler ce soir.

Le cœur lourd, Jillian se détourna. Mais il avait raison. Il était temps pour eux d'aborder la situation de front.

— J'étais sincère, Aaron, lorsque je te disais que tu pouvais te dispenser des mots d'amour avec moi. Certaines femmes ont besoin de les entendre. Ce n'est pas mon cas.

— Je ne les disais pas à « certaines femmes ». Ils s'adressent à toi.

— C'est si facile de dire « je t'aime », murmura-t-elle d'une voix vibrante de tension.

— Pas pour moi, non.

Elle se retourna lentement. Il avait l'air si calme. Seul

son regard intense, presque fiévreux, semblait trahir une tension secrète.

— C'est trop dur, chuchota-t-elle.

— Qu'est-ce qui est trop dur ?

— De t'aimer.

Il vit qu'elle avait le menton levé et les yeux noyés de larmes.

— L'amour n'est pas censé être facile, murmura-t-il sans bouger.

— Aucun homme, jamais, ne m'a aimée jusqu'à maintenant. Sauf mon grand-père. Mais nous n'avons jamais mis de mots sur l'affection que nous avions l'un pour l'autre… Alors j'ai pensé que les mots ne pouvaient que tout gâcher.

— Je ne suis pas Clay et je ne suis pas ton père. Je t'aime comme je t'aime. A ma façon. Et comme personne d'autre ne t'aimera.

Il fit un pas en avant et la vit tendue, crispée, prête à prendre la fuite.

— De quoi as-tu donc si peur ?

— Je n'ai pas peur !

— Tu trembles comme une feuille.

Jillian se tordit les mains.

— J'ai peur que tu ne changes d'avis, admit-elle dans un murmure. Que tu découvres que, tout compte fait, ton amour pour moi était un leurre et que je ne suis pas du tout ce que tu recherches. Et qu'entre-temps je sois devenue tributaire de tes sentiments pour moi — que je ne puisse plus me passer de toi, de ton sourire, de ta présence. Toute ma vie, je me suis battue pour avoir mon autonomie, tu comprends ?

Lorsqu'il tenta de la prendre dans ses bras, elle le repoussa en plaquant les mains sur sa poitrine. Aaron secoua la tête.

— Tu crois vraiment pouvoir me tenir à distance après ce que tu viens de me dire ? Les risques de dépendance, nous les prenons l'un et l'autre, Jillian. Ils sont les mêmes pour moi et pour toi.

— Mais il n'est pas dit que nous ayons les mêmes attentes.

— De quel point de vue, par exemple ?

Elle s'humecta les lèvres.

— Tu penses m'épouser ?

La surprise manifeste dans les yeux d'Aaron la pétrifia de honte et d'horreur.

— C'est une demande en mariage ? s'enquit-il en riant.

Les joues en feu, elle s'arracha à son étreinte.

— Je ne veux plus jamais te voir, lança-t-elle en courant vers sa jument.

Aaron la rattrapa et la souleva par la taille en esquivant un coup de pied de justesse.

— Quel tempérament, marmonna-t-il en la plaquant à terre pour l'immobiliser sous lui. J'ai l'impression que nous allons passer une bonne partie de notre vie commune à nous battre comme des chiffonniers, ma belle.

Avec une patience surprenante, il attendit qu'elle ait fini de l'insulter et de se débattre.

— Il se trouve que j'avais l'intention de te parler mariage de mon côté. Et que je prévoyais d'énormes difficultés pour réussir à te convaincre.

Comme elle ouvrait de grands yeux, il se pencha sur ses lèvres.

— Tu es vraiment très belle, Jillian. Non, non, n'essaye pas de protester car j'ai l'intention de te le dire souvent. Alors autant t'y habituer tout de suite.

— Tu te moquais de moi, chuchota-t-elle.

Mais il lui coupa la parole d'un baiser.

— Je ne me moquais pas de toi, je me moquais de nous. Je te donne une semaine pour t'organiser.

— Une semaine ? se récria-t-elle.

— Tais-toi, femme. Tu as droit à une semaine. Puis nous prendrons dix jours de congé l'un et l'autre pour nous marier.

Comme elle éclatait de rire, Aaron estima que le gros du danger était passé. Il pouvait lui libérer les poignets sans qu'elle en profite pour lui mettre un œil au beurre noir.

— Il ne faut pas dix jours pour se marier, Aaron !

— Je veux dix jours de tête-à-tête avec toi. Et pas un de moins. Puis, une fois de retour ici, nous commencerons à faire des projets.

Levant une main hésitante, elle lui caressa la joue.

— Jusqu'ici, tes projets me conviennent à merveille, Aaron. Dis-le-moi encore.

— Que je t'aime ? Non seulement je suis passionnément amoureux de toi, mais la plupart du temps j'apprécie aussi ta compagnie. Cela dit, ça ne me dérange pas du tout que nous en venions aux mains, à l'occasion.

Fermant un instant les yeux, Jillian secoua la tête. Lorsqu'elle les ouvrit de nouveau, ils étaient emplis de larmes et scintillaient de bonheur.

— C'est sans doute suicidaire de croire un Murdock sur parole mais je prends le risque quand même.

— Et la parole d'une Baron est censée être fiable ?

— La parole d'une Baron vaut de l'or, Murdock.

— Mmm…

Elle rit doucement en pressant les lèvres contre les siennes.

— Je t'aime, Aaron. Et je te promets que tu trouveras en moi une épouse infernale et une associée redoutable… Parle-moi de tes projets maintenant.

— Nous avons un ranch chacun. Nous pouvons les mettre en commun ou non. Les deux solutions me conviennent. Mais pour ce qui est de vivre ensemble… ça ne marchera ni dans ta maison ni dans la mienne. Je propose donc de construire un lieu à nous où nous élèverons nos enfants.

Nous… Le mot glissa sur elle comme une caresse. Comment avait-elle pu mettre tant d'années à se rendre compte que ce « nous » était le plus beau pronom du monde ? Elle se jura de l'utiliser le plus souvent possible dorénavant.

— Et où aimerais-tu que nous construisions notre future chaumière ?

Levant les yeux, Aaron regarda l'étang paisible sous la lune, le petit bouquet d'arbres.

— Au beau milieu de cette fichue ligne de frontière !

Avec un éclat de rire, elle noua les bras autour de son cou.

— *Quelle* ligne de frontière ?

Composé et édité par HarperCollins France.

Achevé d'imprimer en septembre 2018.

CPI
BLACK PRINT

Barcelone

Dépôt légal : octobre 2018.

Pour limiter l'empreinte environnementale de ses livres, HarperCollins France s'engage à n'utiliser que du papier fabriqué à partir de bois provenant de forêts gérées durablement et de manière responsable.

Imprimé en Espagne.